이쿠사가미

전쟁의 신 4 |神 신|

이구사가미

전쟁의 신

4 | 神 신 |

이마무라 쇼코 지음
이형진 옮김
이시다 스이 일러스트

하빌리스

교하치류 비술

一 북진(北辰) [아카이케 잇칸(赤池 一貫) → 사가 슈지로]
눈의 비술. 시야가 넓어지며, 상대방의 근육의 움직임을 보고 한순간 뒤를
예상할 수 있다.

二 무곡(武曲) [사가 슈지로(嵯峨 愁二郎)]
다리의 비술. 춤추듯이 가볍게 날아올라 적을 농락한다.

三 녹존(祿存) [기온 산스케(祇園 三助) → 기누가사 이로하]
귀의 비술. 멀리 떨어진 곳의 작은 소리를 잡아내는 것 외에도, 본인이 발하
는 발소리도 지워버린다.

四 파군(破軍) [아다시노 시쿠라(化野 四藏)]
팔의 비술. 괴력으로 무기를 파괴한다. 접촉한 검은 모조리 부러진다.

五 거문(巨門) [미부 후고로(壬生 風五郎) → 아다시노 시쿠라]
동체의 비술. 근육을 경화시켜, 웬만한 검격은 살갗이 찢어지는 정도로 끝
난다.

六 탐랑(貪狼) [게아게 진로쿠(蹴上 甚六) → 사가 슈지로]
피부의 비술. 공격에 자동으로 반응하여 어떠한 공격도 잠재운다.

七 염정(廉貞) [가라스마 시치야(烏丸 七弥) → 아다시노 시쿠라]
입의 비술. 독자적인 호흡법으로 일시적으로 신체 능력을 현저하게 높인다.

八 문곡(文曲) [기누가사 이로하(衣笠 彩八)]
손가락의 비술. 검의 움직임을, 통상은 불가능한 방향으로 구부러뜨린다.

비술에는 상성이 있다. 서로 이웃한 기술끼리는 상성이 나쁘고,
완전한 상태로 동시에 쓸 수 없다.
대각선 상에 위치한, 가장 거리가 먼 기술끼리는 상성이 좋다.

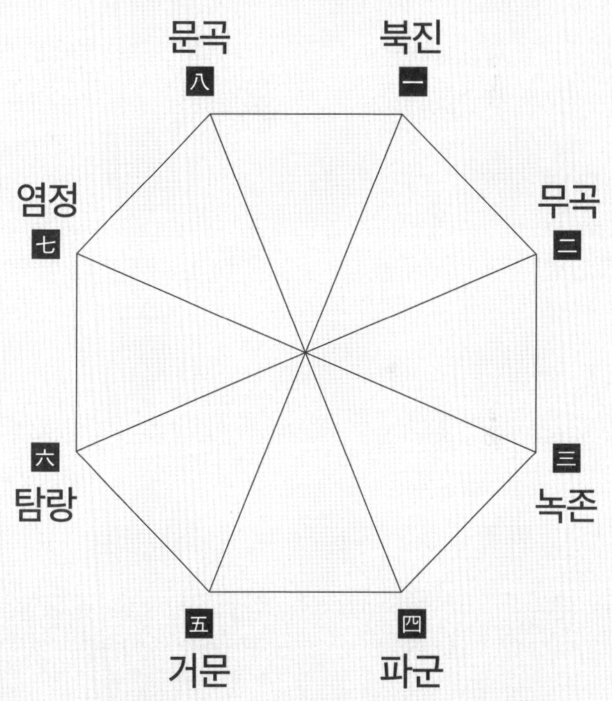

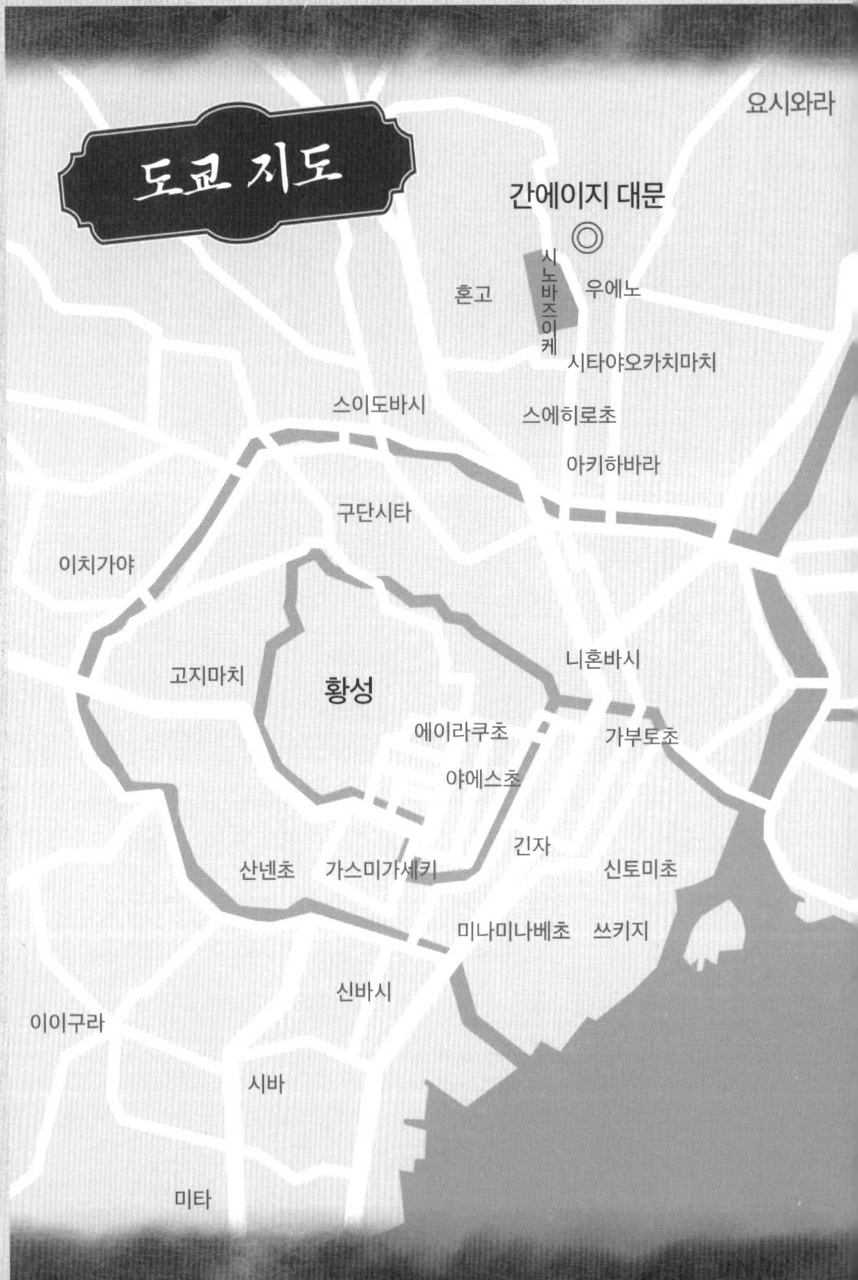

도쿄 지도
요시와라
간에이지 대문
혼고
시노바즈이케
우에노
시타야오카치마치
스이도바시
스에히로초
아키하바라
구단시타
이치가야
니혼바시
고지마치
황성
에이라쿠초
가부토초
야에스초
산넨초
가스미가세키
긴자
신토미초
미나미나베초
쓰키지
신바시
이이구라
시바
미타

제 1 장

도쿄

*

　가지바시에서 가까운, 쓰야마번 마쓰다이라 가문의 저택을 개장한 이 건물.

　당주가 사용하던 안방은 전체에 연지색 양탄자를 깔고 창틀을 만드는 등, 실내장식을 더욱 서양식으로 고쳤다.

　그 중앙에 놓인 탁자의 재질은 벚나무. 후지산 기슭의 서양식 저택에서 사용하던 자단 탁자에 비하면 따뜻함이 느껴진다. 방문객에게 조금이라도 부드러운 인상을 주기 위해 직접 지정한 것이다.

　가와지 도시요시가 비서들을 이끌고 방으로 들어섰을 때, 그 벚나무 탁자 앞에는 이미 네 명이 앉아 있었다. 엉거주춤 일어서려는 자들에게, 가와지는 손을 쓱 들어 제지하고는, 비어 있던 가운데 자리에 앉았다.

　"기다리게 했군."

　가와지는 모두를 둘러보면서 먼저 말했다. 사카키바라, 모로사와, 진보, 지카야마 네 명. 각각 미쓰비시, 스미토모, 미쓰이, 야스다라는 4대 재벌에 속하며, 그중에서도 장래가 촉망되는 자들이다. 아니, 상황에 따라서는 실권을 쥐는 것도 노릴 수 있는 지위에 있다.

　이자들은 '고독'에 찬동하여, 각각의 재벌로부터 자금을 제공해 주고 있다. 다들 재벌의 당주는 그 사실을 모른다. 본인들 재량으로 움직일 수 있는 돈뿐이다. 그것만으로도 상당한 액수여서, 재벌이 얼마

　　　　　　　　　　　　　　　　　　　이쿠사가미 전쟁의 신

나 풍요로운지 알 수 있었다. 심지어 4대 재벌이 모였으니 막대한 금액이 되었다.

"그날 이후 처음인가? 달라진 것은?"

가와지는 네 명에게 물었다. 그날이란 5월 13일의 일. 고독 참가자한 명이 기습을 감행해 와서, 후지산 기슭의 저택에서부터 서둘러 탈출한 것이다. 뭉쳐서 도망치면 오히려 위험하기도 하고, 이 멤버들이 모여 있는 것을 들키는 것은 절대로 피해야만 했다. 그래서 호위를 거느리고 도쿄까지 각자 도망친 것이다.

이후에 서신을 주고받는 일도 없었다. 사전에 만나는 것에 대해 미리 정해두었기 때문이다.

"변함없음. 가족들도 눈치채지 못했습니다."

진보는 다른 자들에게로 시선을 돌렸다. 덩치가 있기 때문에 모두를 내려다보는 것 같은 모양새가 된다. 나머지 세 명도 마찬가지라고답한 후, 지카야마는 여위어 퀭해진 눈을 위로 치켜뜨며 물었다.

"저… 한 가지 여쭤봐도 괜찮겠습니까? 저분은?"

이번에는 비서 말고도 한 명 더 동반한 것이다. 그들도 그 존재는알고 있지만, 이렇게 얼굴을 마주하는 것은 처음이다. 이 남자는 평소부터 기이한 분위기를 풍기고 있어, 아까부터 겁많은 지카야마는 힐끔힐끔 쳐다보고 있었다.

"엔주다."

"오오, 이자가."

사카키바라가 몸을 크게 흔들었고, 모두가 감탄의 목소리를 흘렸다. 지금까지 현장을 관리해 온 책임자이며, 고독의 개막을 고한 것 또한 이자였다.

"본명은 다라오 지카게. 전 경보국 사람이다."

"그렇군요. 경보국 출신입니까?"

모로사와가 이해했다는 듯이 고개를 끄덕였다.

메이지 5년(1872년), 국내의 치안유지, 사상과 언론 단속을 담당하는 경보료가 설립되었다. 그 당시에는 사법성의 관할이었으나, 메이지 7년(1874년)에는 내무성으로 이관. 그 2년 후인 메이지 9년(1876년)에 경보국으로 승격했다.

반면에 경시청은 메이지 10년(1877년)인 작년 초에 내무성의 일개 부국인 경시국으로 강등되어 버렸다. 가와지는 굴욕을 꾹 참고, 넘어져도 그냥 일어나지는 않겠다며,

– 경보국과 통합하면 어떨까요?

라고 내무경 오쿠보 도시미치에게 의견서를 제출했던 것이다.

이것은 인원 정리, 예산 삭감의 관점에서도 인정받아, 경보국이 경시국에 흡수되는 흐름이 되었다. 그 경시국의 수장인 초대 대경시가 가와지 도시요시, 바로 그다.

"실례입니다만… 걱정하지 않아도 되는 겁니까?"

지카야마가 불안한 듯이 물었다. 이 두 조직은 서로 대항 의식을 갖고 있으며, 한마디로 말하자면, 매우 사이가 나빴다. 경시국에 먹혀

　　　　　　　　　　이쿠사가미 전쟁의 신

버렸다는 이유도 있어, 경보국 출신자 중에는 불만을 품는 자도 있을 터. 게다가 합병한 지 아직 1년 반도 채 되지 않는 것이다.

"엔주."

발언을 허가한다는 의미로 가와지는 이름을 불렀다. 엔주, 다라오 지카게는 무표정한 얼굴로 고개를 끄덕이고는 입을 열었다.

"지카야마 님이 걱정하시는 것은 지극히 당연한 일. 확실히 경보국 출신자 중에는 경시국에 통합된 것을 못마땅해하는 자도 있습니다."

"그렇다면… 역시 걱정이 남습니다."

지카야마는 소심한 성격임에도 불구하고 웬일로 물고 늘어졌다. 아니, 소심하기에 더욱, 분명히 해두지 않으면 안심할 수 없는 것이겠지.

"그러나 경보국이 돌아가는 꼴을 씁쓸하게 보는 자도 있습니다. 그것이 저희… 구 막신조입니다."

다라오 지카게는 고우카조 요리키. 그 밖에도 이가조, 네고로조, 니주고키조 등, 경보국에는 수많은 구 막신이 발탁되었다. 그들은 소위 시노비(닌자)들이며, 메이지가 된 이후에 경보국에 등용된 자들보다도 훨씬 더 정찰 업무에 탁월하다.

"그런데도 우리는 전 막신이라는 이유로 아주 적은 봉급을 받을 뿐. 앞으로 출세도 바랄 수 없습니다. 저희보다도 훨씬 뒤떨어지는 무리가 계속 저희를 마음대로 부려왔습니다. 경보국은 저희가 아니라, 그저 닌자 기술이 필요했을 뿐…. 가와지 님께는 깊이 감사드립니다."

가와지는 경보국 내의 구 막신조의 불만을 알아차렸다. 그래서 통합할 때, 무능한 경보국 상층부를 일제히 잘라버리고, 구 막신조를 대거 등용한 것이다.

고독을 제안했을 때도, 지카게 등 구 막신조는 협력을 아끼지 않겠다고 맹세했다. 그뿐만이 아니라, 뿔뿔이 흩어져 있던 막부의 닌자들을 불러 모은 것이다. 이들이 고독의 감시역인 '목편'의 중심을 담당한다. 참고로, 어째서 목편인가 하면, 가명을 쓰기로 정했을 때,

– 우리는 판자 쪼가리처럼 취급당해 왔습니다. 그 분풀이로 좋은 이름 아닌가 하여.

라고 지카게가 제안했기 때문이었다.

"저도 질문해도 될까요? 목편에는 구 막신 말고 다른 이들도 있지 않습니까?"

모로사와가 냉정하게 의문을 입에 올렸다.

"네. 경보국 출신이나 막신은 아닌 자도 있습니다. 고독을 비난한 자는 대부분이 그쪽이었습니다."

지금으로부터 4개월 전, 지카게는 경보국이었던 자에게는 고독의 전모를 털어놓았다. 구 막신조 대부분은 기꺼이 찬동하였고, 막신이 아니었던 자들도 각자의 개인적인 원한 등의 이유로 적극적인 자도 있었다. 한편으로, 제정신이 아니라고 꾸짖는 자, 그렇게까지는 하지 않더라도 머뭇거리는 자도 있었다.

"그런 자들은 이미 경시국을 떠났습니다."

지카게는 엷은 웃음을 띠면서 말을 이었다. 네 명 다 의미를 알아차

　　　　　　　　　　　　　　　이쿠사가미 전쟁의 신

린 모양이다. 안도한 것 같았고, 그 냉혹함에 놀라기도 한 표정이다.

퇴직시키는 정도의 미지근한 처치는 하지 않았다. 고독에 표면적으로 반대한 자는 물론이고, 조금이라도 겁먹은 기색을 보인 자도 포함하여, 구 막신조가 그 자리에서 전부 말살했다.

경시국은 국가의 극비 사항을 다루는 이상, 만약에 순직을 했다고 해도 죽은 장소가 어디였는지 가족에게 알려지는 일은 없다. 유해는 고사하고, 머리카락조차 돌아오지 못하는 경우도 있다. 경시국에 들어갈 때 그것을 가족에게 고하기 때문에, 머리카락만 보내도 수상하게 여기는 자는 없었다. 이렇게 해서 고독에 따르는 자들만 남게 된 것이었다.

"고로 걱정할 필요는 없다."

가와지가 단언했을 때, 지카야마는 고개를 끄덕이며 승복했다. 그렇기는 해도, 여전히 지카게가 여기에 있는 이유에 대한 설명은 되지 않았다. 가와지가 눈짓을 하자, 비서장인 히라기시가 입을 열었다.

"고독이 진행되는 동안에 참가자의 과거를 알아보았습니다. 8할은 금방 알아냈으나, 2할 정도는 좀처럼 신원을 알아낼 수 없었습니다. 그러나 조금 전에서야 간신히 전부를 다 조사할 수 있었습니다."

고독 전반은 참가자 수도 많아, 목편을 총동원해서 감시자로 임명했었다. 숫자가 30 이내로 줄어들었을 때쯤에 인원에도 상당히 여유가 생겨, 참가자 조사에 인력을 할애할 수가 있었던 것이다. 그 결과, 전원의 신원 조사를 마친 것은, 최후의 참가자가 시마다 역참을 통과했을 때쯤이었다.

"엔주… 아니, 다라오 님이 직접 그것을 말씀해 주시겠다는 것이로 군요."

"그렇습니다."

진보의 말을 듣고 히라기시는 온화하게 대답했다. 드디어 본론으로 들어가고자,

"다라오."

라고 가와지는 이름을 불렀다. 지카게는 깊이 숨을 들이마시더니 단숨에 말하기 시작했다.

"인원수는 9명. 도쿄 입성 순서대로 말씀드리겠습니다."

7번 아다시노 시쿠라

120번 가쓰키 후타바

168번 기누가사 이로하

99번 쓰게 교진

108번 사가 슈지로

92번 길버트 카펠 콜맨

142번 오카베 겐토사이(환도재)

222번 덴묘 도야

277번 가무이코차

“이상입니다.”

지카게는 이름을 말하면서 마지막으로 그렇게 말을 맺었다. 모두, 저마다 한마디씩 하기 시작했다.

그 오래된 유파는 뭐라고 했더라? 분명히 교하치류. 그 자객 고쿠슈도 이 유파였고, 간지야 부코쓰를 해치웠다고 한다. 더욱이 오카베 환도재는 오보로류라고 하여, 그들과 인연이 있는 모양으로, 이것은 더욱 볼만할 것이다.

쓰게 교진은 애초부터 이가의 기린아라는 것을 알고 있었고, 경계하고 있었음에도 후지산 기슭을 기습당한 것은 유감이다.

아이누와 이방인까지 남은 건가? 아니, 청국과 타이완에서 온 자도 있지 않은가. 실력만 확실하다면, 이렇게 남은 것도 이상할 것 없다.

그 덴묘라는 꼬마에 관해서도 신원이 밝혀진 건가? 전국의 4과에 문의해 본 바, 나라현 4과의 오제키 마사지로라는 남자에게서 답변이 왔었다. 그 남자는 전 신센구미의 제사취조역(諸士取調役. 막말 신센구미에서 불량 로시의 동향 탐색과 내부 사찰 등을 담당하던 역직)으로, 그 붓쇼지 야스케에 관해서 집요할 정도로 조사를 요구받았던 적이 있다고 한다. 그 아이가 덴묘 도야라고 이름을 댔었으니, 동일 인물 아닐까? 나이나 용모도 부합한다고 답변했다.

때로는 흥분하여 얼굴이 붉어지고, 때로는 낄낄 웃고, 재벌 상인들은 그런 잡담을 하느라 이야기꽃을 피웠다. 지카게가 일일이 질문에 대답해주니 더욱 분위기가 무르익어 그칠 줄을 몰랐다.

시간으로 치면 5분 정도일까? 히라기시가 슬슬 이야기를 다음으로 진행하자고 눈짓했을 때, 모로사와가 턱에 손을 대며 내뱉은 한마디에 나머지 세 명은 일제히 신음 소리를 내고는 입을 다물었다.

"이런 여자아이가 남을 줄은… 그게 제일 놀랍습니다."

이 고독, 누가 남는다고 해도 이상할 것은 없다. 그러나 모두가 가쓰키 후타바만은 있을 수 없는 일이라고 생각했을 터. 최연소, 여자, 무력함, 나약함, 남을 수가 없는 요소를 전부 모아놓은 것 같은 참가자였기 때문이다.

"고쿠슈… 사가 슈지로 때문이로군."

갑자기 찾아든 정적 속, 가와지는 양손을 깍지 끼고 중얼거렸다.

막말의 교토, 사쓰마번 저택에서 몇 번인가 본 적이 있다. 호감을 느낄 만한 일은 없었다. 그러나 혐오한 것도 아니다. 한마디로 말하자면 무(無). 사람 죽이는 재능이 다소 뛰어날 뿐인 어중이떠중이.

나중에 자객에 특화된 '12지대'에 속해 보신 전쟁에서 싸웠다는 것도 듣고서야 간신히 생각났을 정도. 그에게 있어서는 그 정도. 고작 그 정도의 놈인 것이다. 고독 최대의 파란을 불러일으켰다는 사실에 짜증. 그것이 처음으로 놈에게 품은 감정이 되었다.

"그 탓에 다소 예정에 차질이 생겼습니다."

히라기시가 짜증의 원인을 입에 올렸다. 고독이란 죽이고, 빼앗고, 훔치고, 속이며 진행되어야 할 것이었다. 그러나 가쓰키 후타바는 그런 것들을 전혀 하지 않은 채로 도쿄에 들어갔다. 이런 사태는 전혀 예상하지 못했다.

"그야 만들어내면 그만⋯."

"그건 안 돼."

그가 말하자마자 가와지가 부정함으로써, 이어서 말하려던 지카게는 입을 한일자로 꾹 다물었다.

지카게의 말대로 하는 것이 가장 손쉬운 방법이라는 것은 안다. 별로 죄책감을 느끼는 것은 아니다. 이것은 내 긍지의 문제다. 이 나라에 사는 사람들의 삶을 지킨다. 대경시로서의 긍지에 관한 일인 것이다.

"앞으로 5일이다. 다시 한번, 철저하게 다 털어봐."

가와지가 엄격한 말투로 명령하자, 지카게는 깊이 고개를 숙이고 반드시 그리하겠다고 맹세했다.

1

6월 1일 오후, 사가 슈지로는 후타바와 함께 도쿄 거리를 걷고 있었다. 현재 이 나라는 급속하게 서양화가 진행되고 있는데, 수도 도쿄는 특히 더했다. 곳곳에서 목조건물이 철거되고, 우후죽순으로 석조건물들이 들어섰다.

그중에서도 이 긴자의 변모는 놀라울 정도였다. 벽돌로 만든 건물이 질서정연하게 서 있고, 일본이 아닌 다른 나라에 온 것 같은 착각을 불러일으킨다. 이렇게 벽돌 거리로 바뀐 것은 방화 대책을 위해서라고 하는데, 그것은 표면적인 이유에 불과하며, 일본이라는 나라를 서둘러 새롭게 꾸미고 싶다는 의지가 느껴졌다.

"저 커다란 건물은?"

후타바가 긴자에 온 것은 처음. 눈을 반짝반짝 빛내며, 새로운 것을 발견하자마자 이렇게 천진하게 묻는다.

"미쓰이 은행 긴자 지점이로군."

메이지 9년(1876년), 미쓰이 은행은 일본 첫 민간은행으로 설립되었다. 본점은 니혼바시지만, 작년인 메이지 10년(1977년)에 긴자에 지점이 생긴 것이다. 2층 건물로 빨간 벽돌로 지은 견고한 건물이고, 서양풍의 세련된 아치형 창문이 있다.

"우와…, 그런데 소리가 엄청나네."

후타바는 양쪽 귀에 가만히 손을 갖다 댔다.

"보기에는 아름답지만."

슈지로는 쓴웃음을 지으며 대답했다.

메이지 5년(1872년)의 대화재 후, 이 주변에는 돌바닥이 깔렸다. 사람들의 발소리는 둘째치고, 인력거나 마차쯤 되면 꽤 시끄러운 소리가 난다. 오늘도 긴자는 많은 사람들이 오가고, 이쪽에서 드르륵, 저쪽에서 덜컹덜컹, 정신이 없다.

"게다가 때때로 이상한 냄새도 나."

이번에는 코에 손가락을 대며, 후타바는 주위를 둘러보았다. 확실히 아까부터 아련하게 달콤한 향기가 바람 속에서 떠다니고 있었다.

"향수로군."

메이지 시대가 되고 얼마 안 있어, 도쿄, 요코하마, 고베 등에 외래품 향수가 수입되었다. 시골에서는 갖고 있는 자가 전혀 없지만, 도시에서는 크게 유행하는 물건이다.

"흐음. 그런 물건이 팔리는구나. 있잖아, 슈지로 씨. 저건 뭐야?"

후타바의 호기심이 멈추지 않는다. 또 작은 손가락을 가리키며 질문한다.

"가스등이네. 저녁이 되면 불이 들어와서 밝게 빛나는 거다."

5년 전인 메이지 7년(1874년), 가스등이 이 긴자에 설치되었다. 사방등의 불빛과는 비교가 안 될 정도로 밝아, 그 당시에는 많은 사람들이 구경하려고 찾아왔었다.

“들어본 적은 있지만, 저게 그거구나.”

“하지만 이 정도로 많이 만들어진 것은 지난달 일이다. 나도 처음 봤어.”

올해 들어 바로, 5월 초에 긴자에 66개의 가스등이 더 설치된다고 신문에서 읽었다. 한번은 보고 싶다고 생각했었지만, 설마 후타바와 함께 보게 될 줄은, 그 당시에는 생각지도 못했던 일이다. 이것으로 긴자는 밤에도 잠들지 않는 거리가 되겠지.

“요코하마에도 있었는데, 못 봤나?”

슈지로는 문득 생각나 물었다.

메이지 5년(1872년)에 일본에서 처음으로 요코하마에 가스등이 설치되었다. 외국인 거류지의 것은 둘째치고, 혼조 거리에 있던 것은 봤을 것이다.

“…그때는 필사적이었으니까.”

“그렇군.”

요코하마에서의 공방전으로부터 열흘 이상 시간이 흘렀다. 그때의 소동은 보통이 아니었다. 후타바도 등불에 신경을 쓸 여유는 없었을 테지.

“모두, 사실을 모르겠구나….”

후타바는 스쳐 지나가는 사람들을 보면서 중얼거렸다. 센다이 진대의 군인이 영국 요인 암살을 꾀했으나, 경비로 차출된 군대의 활약으로 사전에 막아냈다. 일반 사람들에게는 그렇게 신문으로 보도되었

다. 센다이 진대의 군인이란, 동생 게아게 진로쿠를 말하는 것이다. 소동의 죄를 뒤집어씌운 셈이 되었지만,

"그런 일을 마음 쓸 녀석이 아니야. 나에게 탐랑을 맡긴 것도 그 때문이다."

라고 슈지로는 확신했다. 진로쿠가 바라는 것은 단 한 가지. 형제들이 무사한 것뿐이다. 그러기 위해서는 환도재를 쓰러뜨려야만 한다. 분명 그 괴노인도 도쿄에 도착했을 것이다.

"맡겼다고 하니 생각났는데, 그거… 어때?"

후타바가 흘낏 시선을 보냈다. 슈지로의 손은 검 주머니를 잡고 있다. 폐도령 단속이 엄격한 도쿄라도 이렇게 주머니에 넣어서 운반하면 질책당하는 일은 없다.

"이건 맡긴 것이라고는 할 수 없겠지."

요코하마를 탈출하기 위해서 탔던 기차. 그 위에서 간지야 부코쓰와 최후의 싸움을 벌였다. 사투 끝에 이기기는 했으나, 오쿠보 도시미치가 줬던 요시미치 검이 두 동강이 났다. 부코쓰가 기차에서 떨어지는 순간, 그에게 던져준 무라마사 대검이다. 부코쓰는 싸우기 전에 칼집을 버렸기 때문에, 주워서 그대로 쓰고 있다.

어째서 부코쓰가 나에게 검을 넘겨준 것인가? 부러진 검으로는 즐길 수 없기 때문이라고 했다. 임종시의 말 그대로의 의미일까? 어쨌든 맡긴 것과는 다르다. 오히려 짊어지게 한 것이 아닐까? 고독의 최후를, 살육의 업보의 마지막을 끝까지 지켜보는 역할을ㅡ.

"앞으로 5일인가."

슈지로는 빨간 벽돌들 사이로 하늘을 올려다보았다.

*

5월 20일, 기차로 신바시 역으로 들어온 직후에 우리를 담당하는 쓰루바미가,

"지금부터 갈 곳이 있습니다. 따라와 주십시오."

라고 말했다.

쓰루바미가 안내한 곳은 니혼바시 뒷골목의 가게. 그곳은 작은 사진관이었다.

고독 후반전, 제2막을 위해 사진을 찍을 필요가 있다는 것. 그것만 끝나면, 그 후에는 자유롭게 행동해도 좋다고 해서, 약간 맥이 풀리는 기분이었다.

덴류지에서도 말한 것처럼, 도쿄 입성의 기한은 6월 5일. 그때까지 들어간 자는 5일 정오에, 오후 이후에 들어간 자는 시나가와에서 계류되고, 각각의 담당자가 마중하러 갈 테니 그 지시를 따라 신속하게 움직일 것. 그때까지는 도쿄부 11대구(大區) 밖으로 나가서는 안 된다는 것. 이를 위반하면 즉각 실격된다는 것. 그러나 11대구 안이라면, 어디를 가든, 누구와 만나든 상관없다는 것. 그것이 쓰루바미가 설명한 내용의 전부였다.

교진, 후타바, 이로하, 슈지로 순으로 사진을 찍었다. 교진은 장난스럽게, 사진을 무엇에 쓸 건지 탐색하려 했으나, 쓰루바미가 섣불리 입을 여는 일은 없었다. 전원이 사진을 다 찍고 나가려고 했을 때였다.

"한 장 더 찍으면 안 될까요?"

후타바가 쓰루바미에게 물었다. 몇 번이든 마음껏 다시 찍어도 괜찮다고 하니, 후타바는 모두에게 만면의 미소를 향하며,

"있잖아, 다 같이 찍어."

라고 권한 것이다.

고독에서는 슬픈 일이 많이 있었다. 그래도 결코 만날 일 없었던 우리가 만나고, 함께 여행하며 이 도쿄까지 온 것이다. 기념으로 사진을 찍자고.

"좋구먼. 모처럼이니께."

교진은 즉각 동의하고 하얀 이를 드러내며 웃었다.

"뭐, 상관없어…."

이로하는 내키지 않는 것처럼 보였으나, 별로 싫어하는 것은 아니라는 것은 금방 알 수 있었다.

"찍을까."

슈지로가 마지막으로 대답하자, 후타바는 힘차게 고개를 끄덕였다. 이렇게 해서 네 명이 함께 사진을 찍게 된 것이다.

"찍은 건 좋은디, 언제 찾으러 오는 거시여?"

교진의 말에 후타바는 앗, 하고 굳어버렸다. 그러자 쓰루바미가 곧

바로,

"제가 책임지고 맡아두겠습니다. 모든 것이 끝났을 때 전달해 드리는 걸로 하면 어떻습니까?"

라고 제안했다. 모든 것이 끝났을 때. 과연 우리는 어떻게 되어 있을까? 그 일이 머리를 스쳤으나, 후타바는 정말로 기쁜 것처럼 감사 인사를 했다.

그후, 교진과 이로하와는 따로 행동하기로 했다. 마중이 올 때까지 보름이나 남았으니, 가보고 싶은 장소, 해두고 싶은 일이 몇 개인가 있고, 다음에 대비하여 도구류도 꼼꼼하게 준비해 두고 싶은 모양이다.

"그럼 또 보자구."

교진은 손을 들면서 인파 속으로 녹아들었다.

이로하도 마찬가지로 해두고 싶은 일이 있다고 한다. 이 여행 동안에 녹존에 제법 익숙해지긴 했으나, 아직 산스케의 영역에는 도달하지 못했다. 시마다 역참에서 도도로키 주자에몬이 지적했던 약점도 극복할 수 있을지 생각하는 모양이다. 문곡과 조합하는 방식도 아직 개선의 여지가 있다고 느낀다.

앞으로 보름뿐이라고는 해도, 할 수 있는 일은 전부 해두고 싶다. 유랑 공연단 시절에 도쿄에서 신세를 졌던 공연단이 있으니, 그 장소를 빌려 수행에 집중하고 싶다고 한다. 이로하는 오빠들의 복수를, 환도재 필살을 맹세한 것이다.

“후타바.”

이로하는 헤어지면서 새삼스러운 말투로 불렀다.

“네, 네….”

“무슨 일이 있으면 불러. 반드시 달려올 테니까.”

그 말을 남기고, 이로하는 몸을 돌려 좁은 골목으로 사라져갔다.

전날인 6월 5일은 각자 맞이하기로 합의했다. 제2막에서는 무엇을 하게 될지 모르지만, 한곳에 모이게 한다면 결국은 마찬가지니까.

지금부터 마중이 올 때까지 보름 동안 슈지로는 후타바와 함께 지내기로 했다. 숙박 장소는 니혼바시의 거리의 하타고초를 선택했다. 하타고초(旅籠町). 그 이름대로 여관이 많은 동네로, 그것은 메이지가 된 이후에도 변함이 없다. 교토에서 야베한테 돈을 받았지만, 그것도 얼마 남지 않았기 때문에, 가장 싼 숙소의, 가장 싼 방이었다.

*

도쿄 입성 다음 날, 아침부터 거리로 나갔다.

“감시는 계속되는 모양이다.”

옆에서 걷는 후타바에게, 슈지로는 턱짓으로 가리켰다. 조금 떨어진 뒤를 쓰루바미가 따라오고 있는 것이었다. 아니, 예측하지 못한 사태에 대비하기 위해서인지, 교대 요원인지, 처음 보는 자가 한 명 더. 제2막이 열릴 때까지 계속해서 감시는 이어지는 모양이다. 11대구

밖으로 나가지 않는지 확인해야 할 테니, 당연하다고 하면 당연한 일일 것이다.

"막지 않아도 되는 건가?"

슈지로는 돌아보지도 않고 물었다. 목적지는, 제1대구 혼자이모쿠초(本材木町). 역체국 본부는 여기에 있다. 11대구 안에서라면 마음대로 움직여도 좋다고 했지만, 행선지가 역체국인데도 과연 막지 않을까? 그때는 뭔가 다른 수단으로 연락을 취하는 것도 생각했으나, 아직까지 쓰루바미에게 말리려는 기색은 없다.

"가시지요. 좋으실 대로."

쓰루바미는 뒤에서 거리를 좁혀와 작은 목소리로 말했다. 그러나 또 한 명의 감시자가,

"어이, 그건 곤란하지. 설마 당당하게 역체국으로 갈 줄이야…."

라며 끼어들었다.

"사와라, 어째서죠?"

쓰루바미가 불러서, 또 한 명의 이름이 사와라라는 것을 알았다. 사와라는 씁쓸한 말투로 대답했다.

"이자는 마에지마와 내통하고 있다."

"증거는 없는데요."

"동생인 아다시노 시쿠라가 마에지마와 함께 행동하고 있잖아."

"그것은 어디까지나 아다시노 시쿠라 이야기입니다. 저는 사가 슈지로 이야기를 하는 겁니다."

“하지만… 하마마쓰 우체국에서 같이 있었잖은가.”

“그것은 어쩌다 보니 우연히 함께 있었을 뿐이겠지요. 증거가 되지는 않습니다.”

“그렇다면 어째서 요코하마에 우편선이 왔지?”

“편지를 수거하러 온 것 아닐까요?”

“바보나 할 소리를.”

짜증을 숨기려고도 하지 않는 사와라에게 쓰루바미는 즉각,

“누가 바보일까요?”

라고 냉정하게 대꾸했다. 인력거가 스쳐 지나가는 동안에 쓰루바미는 말을 계속했다.

“증거를 반드시 제시하라. 그렇게 명령받지 않았습니까? 게다가 만약 말리려고 했다면 사전 통달이 있었을 것입니다. 쓸데없는 추측은 필요 없는 것 아닌지.”

“…알겠다. 그 말이 맞다.”

사와라는 태세를 전환해서 인정했다. 끝까지 맞서려는 기색은 없다. 고독에서는 참가자에게 규정을 내세우는 한편으로, 감시자에게도 지켜야 할 어떠한 규칙이 있는 것이라고 느꼈다.

그리고 또 한 가지. 새로 알게 된 것이 있다. 여행 도중에 감시자는 한 명당 2, 3명을 담당했던 모양이다. 그렇다면 감시자만도 적어도 백 명 정도는 있었다는 말이 된다. 도쿄에 온 지금, 그 인원이 최대 아홉 명만 감시하면 되는 것이다. 나와 후타바에게 각각 다른 담당이 붙었

다는 뜻인지도 모른다.

"새 감시자인가?"

"그렇습니다."

슈지로는 한번 던져본 것인데, 쓰루바미는 의외로 순순히 인정했다.

"너는 후타바 쪽에…?"

"그렇게 되었습니다."

말이 끝나는 것보다 빨리, 쓰루바미는 말을 끊는 것처럼 말했다.

다른 담당이 어떤지 잘 아는 것은 아니다. 그러나 쓰루바미는 고독의 규정을 어기지 않는 범위 안에서, 몇 번이나 유익한 정보를 넌지시 알려줬다. 호의를 품고 있다고 단언할 수는 없지만 적어도 악의는 느껴지지 않는다. 그것은 나에게가 아니라 후타바에 대해서다. 새 담당보다는 쓰루바미 쪽이 그나마 낫다는 것이다.

"잘 부탁합니다."

후타바는 발을 멈추고 뒤로 돌아, 정중하게 고개를 숙였다. 한순간 쓰루바미가 가지런한 눈썹을 올리며 아주 살짝, 나비 날갯짓만 한 한숨을 내쉬더니,

"네."

라고 중얼거리는 것처럼 대답했다.

"여기에서 기다리고 있겠습니다."

　　　　　　　　　　　　　이쿠사가미 전쟁의 신

쓰루바미는 역체국 본부 입구에서 발을 멈췄다. 과연 안에 들어가는 것은 꺼려지는 모양이다. 아니, 위험하다고 판단한 것이겠지.

"너희를 따돌리고 내빼려는 건지도 모르는데?"

"이미 뒷문에도 사람을 배치해 뒀습니다."

"그런가."

슈지로는 흥미 없다는 듯이 말하고, 역체국 본부 대지로 발을 들였다. 방금 그 한마디는 일부러 암시한 것인지는 모른다. 그러나 역시 쓰루바미와의 대화 속에는 중요한 단서가 숨어 있다.

쓰루바미와 사와라는 잠시도 우리 옆에서 벗어나지 않았었고, 어느 한쪽이 동료에게 알린 것 같지도 않았다. 그런데도 뒷문까지 관리하고 있다는 것은,

－ 원래부터 역체국 본부를 감시하고 있었다.

라는 가능성이 매우 높은 것이다.

애초에 어째서 역체국 본부에 들어가는 것을 허용한 건가? 쓰루바미가 도와준 것이라기보다는, 고독 측 현장 인원들에게는 가와지 도시요시로부터 정말로 아무런 언급도 없었던 것 같다. 어떻게 해서든 막고 싶었다면 규정으로 금지시켰을 것이고, 우리에게는 많은 수의 감시자를 붙였겠지. 감금하는 것도 가능하다. 그렇게 하지 않는 이유는,

－ 이제 와서 무슨 짓을 해도 소용없다.

라고 생각한다는 뜻. 무엇을 위해 고독을 개최한 건지는 아직 모른

다. 그러나 이미 그 목적은 달성했다. 혹은 달성할 조짐이 보인다는 뜻이 아닐까?

그렇다면 역체국의 감시는 만약을 위해서인가? 아니, 거의 도달했으나 확실하지는 않다. 9할은 달성했다는 정도 아닐까? 아무튼 이것도 역체국 국장, 마에지마 히소카에게는 전달해 둬야겠지.

"사가 슈지로다."

이미 마에지마로부터 이야기는 전해 들었겠지. 이름을 대자 곧바로 국원의 안색이 변하더니,

"이쪽으로."

라고 작은 목소리로 안으로 안내했다.

연지색 양탄자가 깔린 중앙 계단을 올라간다. 우체국원 시절에 여기에 와본 적은 있지만, 2층에 올라가는 것은 처음이다. 안내받은 곳은 국장실이었는데, 거기에 마에지마의 모습은 없었다. 국원이 방 안 기둥 시계를 옆에서 누르자, 무거운 소리와 함께 움직이더니 문이 나타났다.

"비밀 문…."

"네. 들어가시죠."

국원이 문을 밀고 안으로 들어간다. 거기에 펼쳐진 것은 20조 정도의 살풍경한 방. 10대 정도의 전신기가 놓여 있고, 각 전신기마다 국원이 붙어 있다. 그러나 그중에 마에지마의 모습은 없었다.

후타바가 그 광경에 눈을 크게 뜨고 놀라는 가운데,

“마에지마 씨는?”

이라고 슈지로는 직접적으로 물었다.

“이제야 오셨나. 마에지마 씨는 여기에는 없습니다.”

안내해 준 국원이 아니라 다른 남자가 의자에서 일어나며 대답했다. 마른 체구에 눈이 퀭했으나, 무지개처럼 아름다운 눈썹, 외꺼풀의 처진 눈 덕분에 빈상은 아니다. 오히려 한눈에 싹싹한 인상을 받게 되는 용모였다.

“역시 그렇습니까.”

현재 고독 측에서 보면 마에지마는 가장 방해되는 존재다. 오쿠보조차 암살했으니, 마에지마쯤이야 망설이지 않고 묻어버리려 들겠지. 비밀 방이 있다고는 해도, 본부에서 마음 편히 숨어 있을 수는 없을 것이다.

“우선은 안도했다. 이쪽에서 찾아가려고 해도 장소를 모르니까.”

남자는 자기의 얄팍한 가슴팍을 두드리면서 걸음을 옮겼다.

“역체국분이시군요.”

슈지로는 뻔한 사실을 말해버렸으나, 남자는 두 손의 손바닥을 위로 향하며 고개를 가로저었다.

“아니.”

“그럼, 어째서 여기에…?”

“내가 할 말이라고. 마에지마 씨한테서 급히 부탁받은 거야. 일생일대의 부탁이라더군. 참고로 그게 벌써 이걸로 세 번째지만.”

남자는 구시렁구시렁 말했으나, 갑자기 문득 생각난 듯 놀라더니 말을 이었다.

"인사가 늦었네. 나는 이시이 다다아키라라고 한다. 사가 슈지로 군. 그쪽은 가쓰키 후타바 군이지?"

"네. 저야말로 인사가 늦었습니다. 가쓰키 후타바입니다."

이름을 알고 있다는 사실에 놀란 기색을 드러내며 후타바는 다시 정중하게 이름을 말했다.

"이시이 씨…. 뭐랄까…."

역체국원이 아니라면 도대체 뭔가? 마에지마와는 어떤 관계인가? 어디서부터 물어야 할지 망설이고 있노라니, 이시이가 먼저 말을 꺼냈다.

"원래는 사가번사. 그다음에는 해군 중좌. 요슌마루(陽春丸)라고 아나?"

"하코다테 전쟁의."

슈지로가 하코다테 전쟁에 참가했을 때, 그런 이름의 배가 메이지 정부 쪽에서 나왔던 것을 떠올렸다.

"그 배의 함장 중 한 명."

이시이는 엄지로 자기 가슴을 가리켰다. 아직 만난 지 얼마 되지는 않지만, 말할 때는 몸짓을 섞어서 하는 타입이라는 것을 알았다.

"그럼 해군 관계자십니까?"

"그것도 그만뒀다. 지금은 별 볼일 없는 전신원이다."

“전신원…?”

슈지로가 앵무새처럼 묻자, 이시이는 한쪽 눈썹을 쓱 올렸다.

“공부성 전신국이다.”

역체국의 전신은 어디까지나 민간인 이용자를 위한 것. 전신기 개발, 정부의 이용은 공부성 전신국이 담당한다. 이렇게 두 국이 나눠서 담당하는 것은, 정부도 적절한 조직을 모색 중이라는 뜻. 전신이라는 최신 기술을 어떻게 취급해야 할지 확실히 정해지지 않았다는 이유다.

“공부성이 우리 편을?”

“뭘 이제 와서. 이미 철도국 무리가 편을 들어주고 있잖아.”

철도국도 공부성의 하부 조직. 마에지마의 요청으로 임시열차를 운행하여, 우리가 요코하마의 궁지를 벗어나 도쿄에 올 수 있었던 것이다.

“마에지마 씨는 경시국이 내무경 암살을 꾸몄다고 전해왔다.”

내무성과 공부성은 서로 협력해야 하는 일이 많기 때문에 밀접한 사이. 하부 국의 관할도 두 성을 빈번하게 오가고 있으며, 언젠가는 하나의 성으로 통합될 거라는 이야기까지 나올 정도다. 마에지마는 그 공부성 수뇌에게 빠짐없이 전부 털어놓았다.

“마에지마 씨가 거짓말을 할 사람이 아니라는 것은 잘 알지만, 솔직히 모두가 반신반의하는 중이다. 특히 고독인가…? 그런 말도 안 되는 일이 있냐고. 그러니까 요청이 있으면 거들어주긴 하지만 진위 여부를 확인하라고 명령받았다.”

“그렇군요.”

이시이의 지금까지의 이야기를 요약하면, 공부성으로서는 아직 표면적으로는 움직일 수 없지만, 역체국을 뒤에서나마 지원하고 실태를 파악하려고 한다는 것.

“그렇기는 해도, 갑자기 어려운 부탁을 해오고 난리네. 게다가 3일 이내에 오라는 둥, 너희가 올 때까지 여기에서 대기하라는 둥…. 정말 사람을 너무 부린다니까.”

이시이는 목덜미를 긁으면서 불평했다. 그제야 사태가 파악되기 시작했다. 마에지마는 자기는 몸을 숨기는 대신, 역체국 이상의 전신의 베테랑들에게 뭔가를 의뢰했다는 것이다.

“지금은 무엇을?”

“우리가 의뢰받은 것은 두 가지. 하나는 경시국의 전신 암호 해독이다.”

지금도 경시국으로부터 전신 송수신이 대량으로 오가고 있다고 한다. 하마마쓰 우체국에서 교진이 해독했던 암호는 이제 사용되지 않고, 새로운 것으로 바뀌었다고 한다. 게다가 여러 개의 암호가 사용되었기 때문에 골치 아프다고 한다. 전신국은 국내의 전신에 간섭할 권한이 있고,

– 암호를 쓰는 것은 무슨 까닭인가?

라고 추궁할 수도 있다. 그러나 이쪽의 협력의 정도를 노출시키는

 이쿠사가미 전쟁의 신

것은 마찬가지. 어차피 무슨 핑계를 대며 계속하겠지. 그럴 바에는 해석에 힘을 쏟는 쪽이 낫다는 판단이다.

"두 번째는 자네들을 여기서 기다리는 것이다."

먼저 도쿄에 입성한 시쿠라가 6월 4일까지 자유롭게 지낼 수 있기 때문에, 슈지로 팀도 마찬가지 처우가 될 가능성이 매우 높다. 신속하게 슈지로와 연락을 취하려고 한다. 그 남자라면 반드시 역체국 본부로 올 것이다. 그를 마중하고 연결 창구가 되어달라고 의뢰했다고 한다.

"그래서 마에지마 씨는 어디에?"

"소수의 국원과 함께 행방을 감췄다. 3시간 간격으로 그쪽에서 전신이 온다. 이것도 암호를 사용해서."

"다음 전신은 몇 시입니까?"

"15분 후다."

이시이는 히죽 웃었다. 여기에 있는 반수는 전신국원이고, 나머지는 역체국원. 힘을 합쳐 경시국의 암호 해독을 하고 있다. 이쪽의 암호를 구사한 연결은 이시이만이 담당한다. 생각하고 싶지는 않지만, 경시국과 내통하는 자가 있을 때를 대비한 대책이라고 한다.

"왔다."

이시이가 앉아 있던 전신기에 반응이 온 것은, 딱 15분 후의 일. 이시이의 타전은 근사한 것으로, 지금까지 봤던 그 누구보다도 매끄럽고 빨랐다. 여러 번의 전신이 오간 후, 이시이는 휴 하고 숨을 내쉬고,

"다음은 1시간 반 후다."

라며, 이쪽을 올려다봤다.

"전신이 끊어진 겁니까?"

"아니야, 일부러 끊었다. 자세한 것은 직접 이야기하겠다며."

"지금부터 이쪽으로 오는 건가?"

"그것도 아니야. 뭐, 때가 되면 알 거다. 그때까지 느긋하게 있어."

이시이는 하품을 한번 하고는, 차를 내오겠다며 찻주전자로 손을 뻗었다.

그로부터 또 1시간 반이 지났다. 비밀 방에는 창문은 없어서 볼 수 없지만, 이미 해는 높은 곳에 떠 있을 것이다.

"좋았어, 할까."

이시이가 손뼉을 치며 사람들을 둘러보자, 두 국의 국원들은 자리에서 일어나 방을 나갔다. 도대체 지금부터 무슨 일이 시작되는 건가? 의아해하고 있노라니, 이시이는 구석 자리에 앉아 손짓을 했다.

"시작한다."

"이것도 전신기입니까…?"

책상에는 낯선 기계. 신식 전신기일까? 방에 들어왔을 때부터 궁금했던 것이다.

"좀 더 좋은 거다."

이시이는 웃으면서 뭔가 작업을 한다. 이윽고 놋쇠로 된 통 같은 것

     이쿠사가미 전쟁의 신

을 손에 들더니,

"에 – , 여기는 이시이 다다아키라. 자리에 앉았다."

라고 놀랍게도 말을 했다. 도대체 누구에게 말을 거는 것인가? 하고, 슈지로는 미간을 찡그렸고, 후타바도 고개를 갸웃거린다. 그때였다. 통에서 체에 담긴 모래를 치는 것 같은 소리가 들리더니, 그 직후에,

『 – 여기는 마에지마 히소카… 들리나?』

라고 목소리가 들리는 것이 아닌가.

"어이, 어이… 뭐야? 이것은."

슈지로는 자기도 모르게 중얼거렸고, 후타바도 놀라 말문이 막혔다. 약간 잠긴 목소리이긴 했지만, 확실히 마에지마의 목소리였다. 이 벽 너머에 숨어 있는 건가? 하고 슈지로가 목을 뺄자,

"그런 곳에는 없어. 이것이 전화기다."

라고 이시이가 의기양양한 웃음을 보였다.

"전화기…."

슈지로와 후타바의 목소리가 겹쳤다. 처음 듣는 이름이다.

"마에지마 씨, 놀라는 것 같으니 잠시만 먼저 설명을 하겠다."

『먼저 – 해뒀으면 좋았을 것을. 어차피 놀라게 해주고 싶었던 거겠지.』

때때로 소리가 끊기기는 하지만 역시 마에지마의 목소리가 틀림없다. 아연실색하는 와중에, 이시이는 간략하게 하겠다고 전제하고, 설

명을 시작했다.

"이것은 벨 방식 전화기라고 한다. 메이지 9년 3월 10일, 아메리카의 벨이라는 사람이 개발했기 때문에 그렇게 부른다."

구조는 전신과는 비슷하면서도 다른 것으로, 전자유도라는 원리를 이용하여 멀리 떨어진 사람과 대화할 수 있는 물건이라고 한다. 작년인 메이지 10년(1877년) 11월, 이시이는 이것을 일본으로 여러 대 수입했다. 이것도 그중 한 대라고 한다. 현재 이시이는 전화기의 국산화에 주력하고 있으며, 빠르면 올해 안에는 시작품이 완성될 전망이라고 한다.

"마법 같아…."

후타바는 경탄의 목소리를 냈다. 슈지로도 동감이다. 전신도 처음 알았을 때는 경악했는데, 이 전화기의 충격은 그보다 훨씬 더하다.

『이시이, 이제 됐나?』

통 안에서 마에지마의 목소리가 울렸다.

"네, 하세요."

『고쿠슈… 아니, 슈지로. 후타바도 있지?』

"네. 여기에 ‑."

후타바가 대답하려고 하는 것을 이시이는 손으로 말렸다. 전화는 한 번에 한쪽씩밖에 말할 수 없는 모양이다. 이시이가 이제 됐다는 듯이 손을 움직였을 때,

"네, 여기에 있습니다."

라고 다시 대답했다.

『우선, 무사히 도착해서 다행이다. 우리는 여러 곳을 전전하고 있다. 지금은 전신으로 너희가 온 것을 알고, 이렇게 미리 전화를 설치해 둔 장소에 와서 말하고 있다. 그쪽 상황을 가르쳐줘.』

마에지마도 전화의 구조에는 정통한 모양으로, 여러 가지 일을 정리해서 말했다.

"현재는 후타바와 둘이 있음. 감시가 두 명 붙어 있고, 역체국 밖에 ─."

도쿄에서 해방된 것. 사진을 찍게 했다는 것. 제2막은 6월 5일 정오에 마중이 온다는 것. 슈지로 또한 단숨에 상황을 이야기했다.

다음은 마에지마 차례인데, 금방 대답은 없다. 생각하는 중인가? 그쪽에서 의논하는 중인지도 모른다. 잠시 시간이 지난 후에 간신히 통에서 목소리가 들려왔다.

『역체국에 들어가는 것을 막지 않았던 것은, 이미 목적을 달성했으니까. 혹은 우리에게 막을 수단이 없다고 생각하는 거라고 봐야 할 것이다.』

마에지마도 그와 똑같은 견해였다. 슈지로의 끄덕임이 보인 것은 아닐 테지만, 마에지마는 그것을 기다린 것처럼 말을 이었다.

『오쿠보 경이 사망한 지금, 정부를 움직이는 것은 쉽지 않아. 고독일을 이야기해 봤자, 대부분은 백일몽이라도 꾼 거냐고 비웃을 뿐이겠지. 역부족이라 미안하다….』

유리를 긁는 것 같은 잡음이 들어간 후, 통에서 마에지마의 힘 있는 목소리가 이어졌다.

『다음에 뭐가 시작되는 건지 모르는 이상, 우리로서도 지금은 손을 쓸 수가 없다. 그러나 도쿄부(메이지 초기에 에도가 도쿄로 개칭될 때 설치된 행정구역이며, 그후 도쿄시로 통합되었다가 도쿄도가 되었다) 내의 우체국은, 예의 암호로 어디에서부터든 나에게 전신이 전달되도록 해놓았다. 전력을 다해 도울 것을 약속한다.』

"의지하고 있습니다. 이로하와 교진에게도 전해두겠습니다."

『네 의동생… 아다시노 시쿠라에게는 내가 이미 전했다. 그가 잠복할 곳은 이미 수배해 놓았다. 합류할 건가?』

슈지로는 잠시 생각했다. 어차피 보름 후에는 다시 모인다. 이로하와 마찬가지로, 시쿠라도 조금이라도 힘을 연마하려고 할 것이 틀림없다. 게다가 환도재도 반드시 들어온다. 환도재가 고독의 규정을 지킬 거라는 보장은 없고, 모일 때 습격할지도 모른다. 세 사람이 다 모여서 싸우는 편이 좋다.

"아뇨, 됐습니다."

『알겠다. 이상이다. 아니, 잠시만 기다려줘….』

일단 끝내려고 했다가, 마에지마는 곧바로 붙잡았다. 그러자 둔한 광택의 놋쇠 통에서,

『슈지로 씨… 들립니까?』

라고 다른 사람의 목소리가 들려왔다.

"신지로 씨!"

후타바가 자기도 모르게 기쁨의 목소리를 냈다. 이 목소리는 사야마 신지로가 틀림없다.

『후타바, 무사해서 다행이다. 나 혼자 배를 타서 미안하다.』

"아니야. 내가 남기로 정한 걸."

『그리고 목에 건 목패도 건네주는 걸 깜빡했으니까….』

"그래서 좀 난처했어."

평소보다 조금 간격을 두고 부드러운 대화가 이어지고, 후타바는 장난스럽게 웃었다.

『이쪽은 걱정 없으니까. 마에지마 국장님과 항상 같이 있고, 비서장님과 국원분들도 지켜주셔.』

"후와 씨가 있는 건가…?"

슈지로는 혼잣말을 하려던 것이었지만, 전화는 그 목소리도 제대로 포착한 모양이다. 신지로의 조금 놀란 것 같은 목소리가 돌아왔다.

『아시나요?』

"음. 그렇다면 든든하다."

『지금 방 구석에서… 애송이, 당연하다… 라고.』

"안부 전해줘."

그때는 생각지도 못했으나, 마에지마가 하마마쓰에 왔던 때 따라왔던 두 명의 비서, 후나미 이치노스케와 우루마 류조가 상당한 실력자였던 것도 당연한 일이었다.

『두 사람 다… 반드시 살아남아.』

신지로의 숨소리까지 들은 후, 통은 바람을 전달했다.

"네. 반드시."

"모든 것이 끝나면 또."

후타바와 슈지로의 마음 또한 전달되었으리라. 그것으로 대화는 끊기고,

"끊었네."

라고 이시이가 통화 종료를 고했다.

전화기를 설치한 것은, 여기서부터 직선거리로 약 1킬로미터 떨어진 쓰키지 세이요켄(精養軒). 정부 요인이나 외국 국빈들도 이용하는 서양요리점이라고 한다. 통화가 끝나는 대로 바로 장소를 옮길 준비에 착수한다고 했다. 지금쯤은 다시 행방을 감췄을 것이다.

"이것으로 해야 할 일은 마쳤다."

마에지마 측에서 수단을 마련해준 덕분에 도쿄 입성 다음 날에 일찌감치 연락을 취할 수 있었다. 여관의 위치는 이시이한테만 알려줬다. 뭔가 알게 되면 전해주겠다고 약속해줬다. 슈지로 일행이 감사를 전하고 나가려고 했을 때, 이시이가 새삼스러운 말투로 말했다.

"우리도 화났어. 그것만은 말해두지."

전신국원, 역체국원, 모두가 일어서서 뜨거운 눈길을 보냈다. 여기에 있는 자들만큼은 고독을, 오쿠보 암살의 흑막이 경시국이라는 것을 이제 의심하지 않는다. 슈지로는 힘주어 고개를 끄덕이고 방을 나갔다.

마중이 올 때까지 앞으로 보름―. 내가 해야 할 일은, 이로하와 시쿠

라와 마찬가지로 조금이라도 막말 무렵의 감각을 되찾는 일인가?

아니, 그게 아니다. 그 무렵으로 돌아가서는 안 된다. 돌아갈 필요도 없다. 간지야 부코쓰와의 싸움을 통해 확신했다. 나는 지금이 가장 강하다고. 남은 시간 동안, 슈지로는 여행에서 생긴 상처를 치료하는 데 전념하기로 했다.

2

그후에 병원에서 치료를 받기도 하고, 여관에서 느긋하게 쉬기도 하고, 후타바와 도쿄 거리를 걸어 다니기도 했다. 줄곧 죽음과 맞닿아 있던 여행이었다. 후타바의 마음도 한계에 다다랐을 터. 이 뒤에 또 가혹한 뭔가가 기다리고 있는 이상, 조금이라도 기분 전환이 되면 좋겠다고 생각했기 때문이다.

그리고 또 한 가지. 이렇게 거리로 나가는 데는 이유가 있다. 후타바는 단바 가메오카 출신이며, 도쿄에 온 것은 이번이 처음. 제2막의 내용을 모르는 이상, 도쿄 지리에 조금이라도 익숙해지는 편이 좋으리라 생각했기 때문이다. 그렇기는 해도, 슈지로는,

— 십중팔구, 어딘가로 데려갈 거다.

라고 생각하고 있다. 도카이도에서도 이목을 피하는 것은 곤란했지

만, 도쿄에서는 그때와 비교가 되지 않는다.

어딘가 인적 드문 장소. 도쿄부 바깥일 가능성도 충분히 있고, 외딴 섬 등이 최유력 후보겠지.

거기에서 뭘 시킬 것인가? 지금까지와 같은 난투인가? 그렇다면 차라리 낫고, 승자 진출전 같은 것이라면 골치 아프다.

이로하, 시쿠라, 교진과 반드시 맞붙게 된다. 미리 짜고 일부러 질 수 있다면 좋겠지만, 패자가 죽는다는 규정이 있다면 그럴 수도 없다. 쓰루바미는 상금을 얻을 수 있는 것은, 많아 봤자 아홉 명이라고 말했는데, 조건에 따라서는 충분히 가능하다. 모두가 우리와 따로 행동하고 있는 것도 그 가능성을 눈치챘기 때문. 혼자서 생각할 시간도 필요했을 것이다.

무엇보다 후타바가 문제다. 토너먼트전이라면 바로 아웃이다. 후타바는 그것을 눈치챘을까?

"후타바⋯."

"응?"

빨간 벽돌을 배경으로, 후타바가 영롱한 눈망울로 쳐다본다.

"내가 어떻게 해서든⋯."

"반드시 구해주겠다, 는 거죠."

내 처자식도, 후타바의 어머니도. 후타바는 앞만, 희망만 보고 있다. 지금까지도 그랬고 지금도 변함없이.

그런 후타바를 어떻게 해서든 살리겠다. 만약, 토너먼트전일 때는,

　이쿠사가미 전쟁의 신

시쿠라와 이로하한테 뒷일을 부탁하고, 나는 후타바를 데리고 이탈한다. 10만 엔을 획득한 자가 반드시 아내와 아이를 구해줄 터. 가와지가 추적자를 보낸다고 해도,

－전부 물리치겠다.

라고 슈지로는 각오를 다졌다.

3일 후, 마침내 도쿄 입성 기한인 5일이 찾아왔다. 갖고 들어가도 몰수당할 우려는 있지만, 상처에 바르는 약과 붕대, 바늘과 실 등의 치료 도구는 사뒀다.

대검은 철도에서 간지야 부코쓰에게서 받은 무라마사. 협차는 동생 기온 산스케에게 빌려줬다가 이 여행에서 되돌아온 무명. 준비는 만전이다.

"나갈까."

슈지로가 말하자, 후타바도 긴장된 얼굴로 고개를 끄덕였다. 쓰루바미는 여관 안까지 마중하러 올 테지만, 이 여행은 최후까지 우리 쪽에서 먼저 발을 내딛고 싶었다.

그 마음을 헤아리고 그리 한 것은 아니겠지만, 쓰루바미도 안으로 들어오려고 하지 않고 밖에서 기다리고 있었다. 지난번에 알게 된 새로운 감시자인 사와라, 그 외에도 두 명이 더 있었다.

"시각까지 앞으로 3분. 남기실 말은 없습니까?"

쓰루바미가 확인하는 한마디에 슈지로는 퍼뜩 깨달았다. 이 말투.

무엇을 하든지 죽임당한다는 것 말고 생각할 수 있는 것은 한 가지밖에 없다.

"후타바…, 차분히 들어."

슈지로는 한쪽 무릎을 바닥에 짚고 후타바의 어깨에 손을 올리고 속삭였다.

"응."

"분명 한 곳에 모여 있을 수 없어. 뿔뿔이 흩어지게 될 거라고 생각한다."

"엇…."

후타바는 말문이 막힌 모양이다. 슈지로로서도 상정 외의 일. 승자를 결정하는 것이니 한곳에 모일 것이다. 그렇게만 생각했던 것을 후회했다.

"만약 누군가와 싸우라고 강요받게 되면 곧바로 기권해라. 기권이 허용되지 않을 때는 뭘 해서든 시간을 벌어. 반드시 내가 달려가겠다."

"네."

후타바는 침착하게 대답했다. 처음 만났던 무렵이라면 당황하여 제대로 이야기도 하지 못했을 것이다. 그러나 지금까지의 여행이, 함께 보낸 시간이, 후타바를 크게 성장시켰다.

"만약 혼자서 끝낼 수 있을 것 같은 일일 경우엔…."

"그런 일이 있을 수 있는 거야?"

후타바도 또한 필사적으로 머리를 굴리고 있다. 생각하고 묻는 것이다.

"몰라. 그러니까 떠오르는 대로 전부 다 말하는 거다. 그럴 경우에는, 우리를 신경 쓰지 마. 바로 끝내버려."

"알겠습니다."

"앞으로 1분 남았습니다."

쓰루바미가 남은 시간을 고한다. 슈지로는 쓰루바미를 올려다봤다. 불과 한순간, 허공에서 시선이 얽혔다. 이 남자, 역시 일부러 가르쳐주는 것이다. 전해야 할 일은 지금 이 틈에 전하라고 재촉하는 것이라고 확신했다. 그밖에 뭔가 빼놓은 것은 없는지. 온갖 상황을 떠올려라. 슈지로는 열심히 생각하다가 다시금 입을 움직였다.

"경단 꼬치는 상황을 봐가면서 의지해."

경단 꼬치, 역체국의 문장에서 비롯된 암호다. 우체국으로 뛰어 들어갔다가 죽임당하면 죽도 밥도 안 된다. 어디까지나 가능성이 있을 때의 이야기다.

"이로하, 시쿠라, 교진은 반드시 도와줄 거다. 가무이코차, 길버트가 남았을 때는 충분히 - ."

도와줄 가능성이 있다. 그렇게 말하는 것보다도 빨리,

"알고 있습니다."

라고 후타바가 앞질러 대답했다. 그 덕분에 남은 시간은 30초 정도인가? 여유가 생겼다. 이제 전해야 할 말은 없다. 후타바의 마음을 강하게 만들어주는 것뿐. 슈지로는 그렇게 한 가지로 생각을 정하고 최후의 말을 고했다.

"분명 걱정 없어. 금방 끝난다."

"다 함께 사진 받으러 가."

후타바의 애써 강해 보이려는 웃는 얼굴이, 그 한마디가, 눈부셨다.

"우선은 이로하를 불러."

"네."

"반드시 너를 구한다. 무슨 일이 있어도."

슈지로가 늠연하게 맹세했다. 그 직후, 쓰루바미가 말하기 시작했다.

"거기까지입니다. 이후로 이야기하면 바로 실격입니다. 눈을 가리겠습니다."

후타바의 눈에 천이 둘러진다. 시야가 막히기 직전, 후타바는 입을 꼭 다물고 힘주어 고개를 끄덕였다.

"이쪽으로."

이것은 사와라의 목소리. 손을 잡아 이끌려 잠시 걸었다. 잠시 후 소리가 들렸다. 차바퀴가 구르는 소리, 말발굽 같은 발소리, 마차다. 사와라의 재촉에 올라타자, 마차는 천천히 움직이기 시작했다. 그리고 서서히 빨라진다. 북쪽으로 꺾어졌다, 서쪽으로 꺾어졌다, 속도는 어느 정도인가 - . 마차에 흔들리면서 슈지로는 끊임없이 생각했다.

　　　　　　　　　　　　　　　　　　　　이쿠사가미 전쟁의 신

제 2 장

고독 막간

1

1시간 정도 지나 마차가 정지하자, 문이 열리는 기척이 느껴지고 사와라가 재촉했다.

"내리십시오. 눈가리개는 풀지 말도록."

슈지로가 손으로 더듬어가며 마차에서 내리자,

"이제부터 끈을 잡으십시오."

라고 또 다른 목소리가 들렸다. 적어도 두 명. 아니, 발소리의 숫자를 보니 더 있다는 것을 알았다.

"따라오십시오."

손에 닿은 끈을 잡자, 이번에는 또 사와라의 목소리. 그렇군. 끈은 나와 떨어진 상태로 안내하기 위해. 여기까지 남은 무리라면, 너무 가까이 접근하면 위험하다고 생각하는 것이다.

발걸음 수는 47보. 거기서 또 기척. 이쪽은 미닫이문 같다. 건물 안으로 들어가는 모양이다. 신발을 신은 채로 계속 걸었다. 감촉으로 마룻바닥이라는 것을 알았다.

"눈가리개를 풀어주십시오."

그제야 허락이 떨어져서 슈지로는 냉큼 천을 잡아 뜯었다. 12조 정도의 살풍경한 마루방이었다. 천장의 구조로 봐서 오래된 민가 아닐까?

방문은 다 닫혀 있다. 네 귀퉁이에는 등불이 놓여 있어, 사와라 등 감시자의 얼굴을 흐릿하게 비췄다. 숫자는 여섯 명이었다. 더욱이 방 구석에는 개어놓은 이불, 단지, 대나무 껍질 꾸러미가 있다.

"누가 여기에 오는 건가?"

슈지로는 물었다. 남은 사람 중 누군가를 이리로 보내, 실내에서 싸우게 한다. 그것을 반복하는 것 아닐까?

"아뇨. 오늘은 여기서 묵으십시오. 내일 다시 마차를 타고 장소를 옮깁니다."

"정성이로군."

일단 이렇게 중계 지점을 끼워 넣음으로써 행선지를 알 수 없게 하려는 것이겠지. 즉, 후지산 기슭의 저택처럼, 우리에게 알리고 싶지 않은 장소라는 것일까?

"물과 주먹밥, 이불도 있습니다. 이용하셔도 됩니다."

"저것이로군. 고맙기도 하지."

만 하루 정도는 먹지도 마시지도 않고 싸울 수 있도록, 사전에 배를 든든히 채워뒀고, 목도 축여뒀다. 이 정도까지 배려했다는 것은 의외였다. 이쪽이 의심하고 있다고 생각했는지, 사와라는 옅은 웃음을 지으며 말했다.

"안심하십시오… 독 같은 것은 들어 있지 않습니다. 필요하시다면 기미를 해드리죠."

"됐다."

만약 죽일 생각이라면, 기회는 얼마든지 있었다. 이렇게까지 번거로운 짓을 하면서 그럴 이유는 없다고 확신했다.

"그래서, 뭘 시킬 건가?"

슈지로는 단적으로 핵심을 찔렀다.

"그것은 내일. 오전 11시에 여기를 나가 마차 안에서 설명드리겠습니다."

"다른 자들도 이렇게 어딘가에서 묵는 건가?"

"그렇습니다."

모두가 같은 조건이라는 것을 나타내고 싶은 건지, 사와라는 이 물음에는 솔직하게 대답했다.

"이 방에서 한 발짝이라도 나가면 실격이 됩니다. 만약을 대비해서 말씀드리자면, 주위는 우리가 감시하고 있습니다. 들키지 않고 빠져나가는 것은 무리입니다."

"알고 있다."

"그럼, 이만."

사와라는 가벼운 인사를 남기고, 다른 자들을 데리고 방에서 나갔다.

내일 무엇이 있는 건가? 어쨌든 그것을 알 방법은 없고, 생각해 봤자 답은 나오지 않는다. 그렇다면 내일을 위해 조금이라도 몸을 쉬게 해둬야 한다. 슈지로는 이불을 대충 깔고 그 위에 앉았다. 여차할 때를 대비해 검은 끌어안은 채로.

　　　　　　　　　　　　　　　　　　　　이쿠사가미 전쟁의 신

─후타바는 어디지?

마차가 여러 대 왔었다. 그와 후타바에게 두 대씩. 합계 네 대였을 터. 마차가 달리기 시작했을 때, 귀에 신경을 집중시켜서 후타바가 가는 방향을 탐색했다. 나와는 반대 방향이었다고 생각한다. 이로하라면 녹존으로 정확하게 파악했겠지만, 자신은 없다. 아무튼 중계 지점을 끼고 이동했다면 그것도 의미가 없다.

단, 내가 지금 어디에 있는지는 어렴풋이나마 파악했다. 마차는 몇 번인가 꺾어졌지만, 대략 서쪽으로 이동했다. 달린 시간으로 추측해 보건대, 반초 근방이 아닐까? 11대구 범위 안에서 치르는 것이라면, 사람이 적어지는 서쪽으로 가는 것보다는 동쪽으로 가는 편이 후타바와 합류할 가능성이 높아지지 않을까? 우선은 후타바다. 슈지로는 몇 번인가 마음속으로 되풀이 말하면서 눈꺼풀을 내렸다.

빛이 들어오지 않는 방이지만, 체내 시계는 정확했다. 이제 곧 오전 11시가 된다고 생각하며 일어섰을 때, 문이 쓱 열리고 사와라 일행이 들어왔다.

"이미 준비는 만전으로 보이는군요."

"움직이는 거로군."

"네. 다시 눈가리개를."

사와라가 턱짓을 하자, 다른 자가 움직여 꼼꼼하게 눈을 가렸다. 건물에서 나가 마차에 올라탔다. 사와라도 옆에 타서,

“출발해.”

라고 마부에게 명령했다. 마차가 천천히 움직이기 시작했다. 어제보다 다소 천천히 달리는 것은, 목적지가 멀지 않기 때문일까? 아니면, 마차 소리가 대화의 방해가 되지 않도록 하기 위해서인가? 마차 안에서 이야기한다고는 했었지만, 사와라는 한동안 아무 말도 하지 않았다.

─돌고 있는 건가?

중간에 꺾어지는 방식이 이상한 때가 있었다. 위치를 파악하지 못하게 하기 위한 것뿐만이 아니라, 정말로 앞으로 나가지 않는 것 같은 때도 있다. 그때가 올 때까지 시간을 때우려는 것처럼. 45분, 아니, 50분 정도 지났을 때, 그제야 사와라가 입을 열었다.

“설명하겠습니다.”

이 타이밍. 십중팔구, 개시는 정오라고 봐도 좋다. 슈지로는 한마디도 놓치지 않으려고 귀를 기울이며 고개를 끄덕였다. 사와라는 차분히 이야기하기 시작했다.

1. 도쿄에 도착한 9명은 이제부터 각각 우에노 간에이지(寬永寺) 정문으로 간다.

2. 관소는 없다. 가는 길은 각자가 선택할 것.

　　　　　　　　　　　　　　　　　　　이쿠사가미 전쟁의 신

3. 목패를 다시 목에 건다. 단, 점수는 아니다.

4. 간에이지의 정문을 여는 것은, 오후 11시 50분부터 오전 0시까
   지 10분간만으로 한다.

5. 지금까지와 마찬가지로, 목패를 목에서 빼면 이탈로 간주한다.

6. 도착한 자들이 금 10만 엔을 공평하게 나눈다. 이상, 이것을 고독
   의 최후로 한다.

슈지로는 1부터 6까지를 곧바로 되새겼다. 그래서 금방 깨달았다. 한 달 전에도 똑같은 일을 했었다는 것을. 5월 5일 오전 0시, 덴류지에서였다.

그때는 마치 옛날이야기 속으로 빨려 들어간 것 같은 기분이었으나, 지금은 금방 현실이라는 것을 받아들이고 있다. 한순간, 덴류지를 떠올림으로써 더욱 분명히 깨달았다.

지금 사와라가 말한 것. 첫 번째는 목적지, 두 번째는 통과해야 할 관문, 세 번째는 목패에 관해서. 이것들은 전부 덴류지에서 처음에 들은 설명과 비슷하다.

"3분 후에 시작합니다. 직전이 되면 말씀드릴 테니, 눈가리개를 빼도 됩니다."

사와라가 개시까지의 남은 시간을 고하는 와중에도 슈지로의 머릿속은 정신없이 돌아갔다. 지금은 조금이라도 상황을 파악하는 것이 유리해진다.

— 그때는 일곱 개였다.

엔주가 말했던 고독의 규칙은 일곱 가지. 지금 사와라가 말한 것은 여섯 가지. 흡사하지만 뭔가 한 가지가 빠져 있다.

— 아무에게도 이 사실을 발설해서는 안 된다.

뇌리에 엔주의 목소리가 생생하게 되살아났다.

틀림없다. 엔주는 네 번째로 그것을 말했었다. 그러나 사와라가 말한 설명에서는 빠져 있다. 아니, 빼놓았다. 역시 나나 마에지마가 생각한 대로, 고독의 목적은 이미 달성했거나, 혹은 이제는 무엇을 해도 막을 수 없거나, 둘 중 하나다.

"앞으로 2분 남았습니다. 말하는 것을 잊었습니다만, 시간이 되면 10초 이내에 마차에서 내려주십시오. 그것을 지키지 않아도 실격이 됩니다."

"질문은?"

"무엇을 물어보셔도 대답해 드릴 수 없습니다."

"확인하는 것은 괜찮겠지? 간에이지에 도착한 자들끼리 상금을 나눈다. 틀림없나?"

"그렇습니다."

사와라는 다시 한번 대답했다.

　　　　　　　　　　　　이쿠사가미 전쟁의 신

이것은 상당히 좋은 정보다. 꼭 한 명이어야 하는 것은 아니라는 것이다. 즉, 우리 전원이 살아남는 것도 가능한 것이다.

남은 것은 아홉 명이니까, 받을 수 있는 최소 액수는 1만 엔 남짓. 나나 후타바는 천 엔만 있어도 충분하고, 이로하나 시쿠라는 상금은 필요 없다고까지 말했다. 교진이 얼마가 필요한 건지는 듣지 못했으나, 웬만한 일이라면 1만 엔이면 충분할 터. 만약 모자라면, 네 명의 몫에서 떼어 보태주면 된다.

제일 좋은 것은 일절의 싸움 없이 아홉 명이 남아 끝날 수 있게 되는 것. 분명 후타바도 지금 같은 생각을 하고 있을 터. 환도재는 교하 치류의 문제다. 고독 후에 우리들끼리 결판을 내면 되는 것이다.

"앞으로 1분… 이 되었습니다."

마침, 마차가 속도를 늦추기 시작하더니, 이윽고 완전히 멈췄다. 아까부터 사람 목소리가 들린다. 외진 숲 같은 곳은 아니다. 틀림없이 여기는 도쿄.

그렇기는 해도, 내가 어디에 있는 건지는 모른다. 만약에 신주쿠, 후카가와, 시바 등 비교적 멀리 있다고 해도, 우에노까지 한나절만 걸어가면 도착한다.

문제가 되는 것은 거리가 아니다. 오후 11시 50분부터 오전 0시까지밖에, 간에이지의 문이 열리지 않는다는 것. 너무 일찍 도착하면 그때까지 발이 묶이고, 뒤에 오는 자에게 습격당할지도 모른다. 반면에, 너무 늦으면 잠복하고 기다리던 적을 만나 시각까지 들어가지 못할 가능성도 있다.

결국 고독 무리는 단 한 명이 될 때까지 싸우게 만들고 싶은 것이다. 그러니 이러한 방식으로 만든 것이겠지.

－아니야, 잠깐만.

슈지로는 이마에 주먹을 갖다 댔다. 한 명으로 만들고 싶다면, 승자 진출전으로 싸우게 하면 된다. 이러한 번거로운 일을 하는 것은 어째서인가? 애초에 이 고독, 굳이 여행을 시킨 것도 포함해서, 전부 번거로운 짓을 자처한 듯하다. 뭔가 의도가－.

"눈가리개를 풀어주십시오."

듣자마자 슈지로는 천을 풀어버렸다. 거기에 있던 것은 사와라의 야비한 웃음. 회중시계를 이쪽으로 보이면서,

"시간입니다. 무운을 빕니다."

라고 한숨 섞어서 말했다. 그와 동시, 밖에서 문이 활짝 열렸다. 10을 셀 때까지 기다리지 않고, 슈지로는 힘차게 마차에서 뛰쳐나갔다.

2

"여기는…?"

슈지로는 주위를 둘러봤다.

드넓은 부지에 울타리가 둘러쳐져 있다. 그 안에서 먼저 눈에 들어온 것은, 검은 기와지붕의 건물. 서양식이 아니라, 예로부터 내려온 전통주택 형태. 그 외에 오두막, 창고, 칸막이 공동주택 같은 것이 있다.

마침 그 공동주택 같은 건물에서 사람이 나오는 참이었다. 그자는 고삐를 쥐고 있었고, 그 끝에는 소가 묶여 있다.

아까 확실히 마차 안에서 소 냄새가 났었다. 그렇기는 해도, 도쿄에서도 소를 끌고 걷는 모습은 그리 보기 드문 것은 아니고, 장소의 특정에 도움이 되지는 않는다고 생각해서 그냥 지나쳤다.

공동주택에서 또 다른 사람이 소를 끌고 나왔다. 이른바 방목이다. 이 장소를 방문한 적은 없지만, 슈지로도 이야기만은 들은 적이 있다.

메이지 3년(1870년)에 구 막신이 소 한 마리에게서 젖을 짜 판매를 시작했다. 우유는 약용으로 비싸게 거래된 적도 있었으며, 창업의 땅인 아카사카에서부터 이전한 후에 사업은 계속 확장되고 있다고−.

"사카가와 착유소…, 고지마치인가."

슈지로가 현재 위치를 파악했을 때는, 그를 태우고 왔던 마차는 달려가 버렸다.

우선은 후타바와 합류해야 한다. 먼저 예상한 대로 동쪽이라면, 남 북 어느 쪽에서부터 가도 황성을 우회하는 수밖에 없다. 당장 슈지로 는 걷기 시작했다.

과연 도쿄였다. 긴자 정도의 번화가가 아니어도 길을 오가는 사람 들 수는 상당했다. 검과 협차를 천으로 싸는 것을 소홀히 했었다면, 당장 폐도령 위반으로 검문당했을 것이다.

이 후반전을 생각해 낸 고독 주최 측은, 한 명당 받는 상금 액수를 늘리기 위해서 참가자들끼리 싸울 것이라고 생각했겠지. 그러나 이런 상황에서,

－빠지는 놈이 있을까?

그것이 매우 의문이다. 흑막인 경찰이 어떻게 움직일지는 접어두고 라도, 군대까지 당장 출동한다 해도 이상할 것 없다. 그렇게 되면 확 실히 요코하마 이상의 숫자가 된다. 그 환도재조차도 주저할 것이다.

그런 가운데, 정말로 싸움이 일어날 거라고는 생각할 수 없다. 가혹 했던 전반전에 비하면, 손쉬운 것이 될 것 같은 느낌이다.

"뭐야…?"

슈지로는 위화감을 느꼈다. 아까부터 나를 보고 있는 자가 있다. 고 독 감시자 같은 것이 아니다. 남녀노소, 지극히 평범한 자들이다. 게다 가, 한두 명이 아니라, 이 짧은 동안에도 열 명 가까이 된다. 스쳐 지나 친 뒤에 굳이 돌아보는 자나, 일행과 숙덕거리며 귓속말을 하는 자까 지 있다.

　　　　　　　　　　　　　　　　　이쿠사가미 전쟁의 신

폐도령이 반포된 지금, 천으로 쌌다고는 해도 칼을 든 자가 그렇게 드문 건가? 아니, 그래서가 아니다. 그들의 눈에 떠올라 있는 것은 두려움의 빛.

도대체 이것은 무엇인가? 전혀 이유를 알 수 없어 곤혹스러워하는 가운데, 새가 외치는 것 같은 높은 소리를 귀가 포착하여, 슈지로는 힘차게 몸을 돌렸다.

*

기누가사 이로하는 눈을 가늘게 뜨고 있었다. 마차에서 내린 곳에 서 있는 것은 기이한 건물. 2층짜리로, 아니, 3층인가? 그 이상일지도 모른다. 중앙에는 탑 같은 것이 솟아 있고, 그 양옆에도 두 개의 작은 망루 같은 것이 튀어나와 있다. 성과 비슷하기는 하지만 분명히 서양식 장식이 섞여 있다.

"…제1국립은행."

이 건물의 정체. 녹존으로 오가는 사람들의 대화를 들어서 알 수 있었다. 이 지역은 가부토초라고 하는 모양이다. 이로하가 소협차와 자도를 싼 천에 손을 댄 것은 그 직후의 일. 녹존이 주운 대화는 그뿐만이 아니었기 때문이다.

*

길버트 카펠 콜맨은 안도의 한숨을 내쉬었다. 내린 장소가 자기가 아는 곳이었기 때문이다.

"Ah, Nagasaki Shinjuku Letterpress Foundry Tokyo Branch, indeed."

번역하자면, 나가사키 신주쿠 출장 활판 제조소. 메이지 6년(1873년)에 간다에서 이전해 온, 일본에서 가장 큰 활판 제조소다. 즉, 이 지역은 쓰키지다.

"Most peculiar…."

기묘하다. 아까부터 내 상황을 살펴보는 자가 있다. 한 시대 전에는 외국인을 신기하다는 듯이 보는 자도 많았지만, 지금은 꽤 줄어들었는데. 게다가 쓰키지는 외국인 거류지이기도 하니 익숙한 자도 많을 터. 무엇보다 외국인까지도 그를 몰래 보고 있는 것이었다.

*

아다시노 시쿠라는 분노로 아랫입술을 꽉 깨물었다. 마차에서 내린 장소는 산넨초. 오쿠보 도시미치 저택의 코앞이었기 때문이다. 놈들은 내가 오쿠보를 지키지 못한 것을 조롱하고 있는 것이다.

―진정해.

시쿠라는 자기 자신에게 명했다. 분노에 휩싸여 움직이는 것은 놈들이 노리는 바다. 나에게는 오카베 환도재를 해치운다는 사명이 있는 것이다.

환도재조차도 쉽사리 움직일 수 없을 것이다. 제2막의 규칙을 듣고, 슈지로라면 그렇게 생각할 것 같다. 그러나 반드시 움직일 거라고 나는 확신했다. 확실히 반격해서 해치우기 위해, 두 명의 형제와 합류해야 한다. 시쿠라는 걷기 시작했으나, 금방 등 뒤에서 말을 거는 이가 있어서 발을 멈췄다.

＊

오카베 환도재. 훌쩍 땅에 내려선다. 놈들의 말을 따르는 것은 가소롭기 짝이 없고, 차라리 다 죽여버려도 좋았다. 그러나 이 기묘한 유희에 참가했기에, 지금까지 찾아 헤매던 교하치류의 잔당을 발견할 수 있었던 것도 사실. 그 점에서 감은의 마음은 있을지언정 원한은 없다. 이왕 참가했으니, 규율을 지켜야 한다. 계승전에서 도망친 자는 도륙당한다는 규율이 지켜져야 하는 것처럼.

아무튼 여기는 어디인가? 약상자 같은 집, 일장기, 사람들 무리. 간판을 보니,

—부립 제1권공장(勸工場. 메이지 후기 일본에서 시작된 대규모 종합 상업·여가 시설. 백화점의 전신).

이라고. 에이라쿠초인가? 모여 있는 수많은 사람들 사이에서 비명이 솟아오르는 것은 어째서인가? 혹시 이것도 고독의 규정에 의한 것인가?

*

쓰게 교진은 이 장소를 잘 알고 있었다. 크고 작은 네 개의 돌로 만든 문기둥, 위쪽만 둥글게 생긴 창문, 정성 들여 장식된 흰 벽의 건물은 서양식. 반면에 기와지붕만은 일본식. 요즘 유행하는 건물이다. 급속하게 서양 문화에 침식되어 가는 현재의 일본을 잘 표현했다.

처음 여기에 온 자들도 이 건물이 무엇인지는 금방 알 것이다. 문기둥에는 나무 현판이 붙어 있고,

― 대심원(大審院. 메이지 시대에 생긴 최고의 사법재판소. 1947년 폐지되고 그 기능은 최고재판소가 이어받게 된다).

이라는 세 글자가 적혀 있으니까. 대심원 청사. 야에스초다.

드디어 시작되어 버렸다. 지금까지 할 수 있는 일은 전부 해뒀다고 생각한다. 남은 건 끝까지 해내는 것뿐. 교진은 가느다란 숨을 내쉬고 각오를 다졌다.

*

　가무이코차는 익숙했다. 이렇게 호기심 어린 시선에 노출되는 일은. 내지로 이주한 아이누도 많이 있긴 하지만 이 의상을 입은 자는 매우 드물다. 심지어 화살통을 두 개나 등에 지고, 허리에는 석궁, 손에는 활을 쥐고 있는 것이다.

　"여기가 어딘지 아십니까?"

　정중하게 물었다고 생각했는데, 젊은 남자는 비명을 지르며 달려가 버렸다. 그것을 시작으로 다른 구경꾼들도 일제히 도망쳤다. 도쿄의 왜인은 이렇게나 우리가 무서운 것일까? 둘러보다가 그제야 벽보를 발견했다.

　―게이오기주쿠 대학 미타 연설관

　미타. 꽤 남쪽일 터. 가무이코차는 고향이 있는 방향인 북쪽 하늘을 올려다봤다.

*

　덴묘 도야는 고개를 갸웃거렸다. 마차에서 내리자마자 두 사람이 통렬한 욕설을 퍼부었기 때문이다. 그들은 도대체 누구이며, 어째서 나에게 화를 내는 것일까?

　"이치가야 육군사관학교라는 것을 알고 행패를 부리는 것인가! 허리의 칼을 빼라!"

"응."

도야는 순순히 검을 뽑았다.

"아, 아니야! 칼집째로 빼서 땅에 내려놓으라고−."

어째서인지 당황하는 그 사람을 옆눈으로 보면서, 다른 한 명이 에 잇−이라고 외치며 칼을 뽑아 들었다. 역시 잘못 생각한 것은 아닌 모양이다. 싸워도 되는 것이다.

피의 비말. 절규. 아, 약하네. 다른 한 명은 놀라 주저앉아 있다. 그래도 건물에서 사람들이 잔뜩 튀어나왔다. 도야는 환희가 치밀어올라 웃었다.

*

가쓰키 후타바는 눈을 크게 떴다. 마차에서 내리자마자, 유리로 된 진열장에 아름다운 과자들이 진열되어 있던 것이다.

"초콜… 릿?"

모르는 이름의 과자이긴 했지만, 과자가게가 틀림없다.

"후게쓰도."

가게 앞에 이름이 크게 적혀 있었다. 동네는 눈에 익었다. 분명히 긴 자 근처, 미나미나베초라는 곳 아니던가?

"가쓰키 후타바 양인가요?"

등 뒤에서 누가 말을 걸어와, 후타바는 퍼뜩 놀라 돌아보았다. 감시자는 아니라고 직감했다. 사람 좋아 보이는 초로의 인물이었다.

"맞는데요. 어떻게…?"

노인이 히죽 웃었다. 여행 중에 몇 번이나 봤던, 느낌이 좋지 않은 웃음. 후타바는 발바닥을 땅에 비비는 것처럼 뒷걸음질 쳤다.

*

메이지 11년(1878년) 6월 5일의 일이다. 어떤 소문이 도쿄를 휩쓸었다. 소문의 시작은 보아하니 또 그 신문인 모양이다.

막부 말기부터 메이지에 걸쳐 기와판에서 이름을 바꿔, 많은 신문이 발행되었다. 요미우리 신문, 도쿄 니치니치 신문, 요코하마 마이니치 신문, 세이카이 신문, 시치이치 잡보, 유빈 호치 신문 등 열거하자면 일일이 다 셀 수가 없다. 그러나 이 소문의 근원이 된 신문의 이름은 '호코쿠 신문'이라고 하며, 모두가 또 그 수상한 신문이 나왔나? 하고 달려갔다.

실로 4개월 만이다. 그사이에는 단 한 번도 발행되지 않았었다. 지난번 신문에는, 아무도 읽은 적도 없고 들어본 적도 없는데도 '제1867호'라고 적혀 있었다. 이번에는 '제1868호'로 이어진 번호. 즉, 틀림없이 다음 호라는 말이다.

지난번 발행까지는 아무도 몰랐었고, 지면에는 수상한 내용이 실려 있고, 게다가 다음 호는 4개월 만에. 역시 미심쩍기는 했으나, 사람들은 흥미 쪽이 앞선 모양으로, 모두 신문을 집으려고 했다. 그리고 거기에 적혀 있던 것은, 무엇보다도 충격적인 내용이었다.

― 극악무도한 무리. 올해 6월 6일 정오. 도쿄 부내로 들어왔다는 제보가 있다. 이자들이 있는 곳을 알고 경찰에 통보하는 자에게는 금 백 엔을 지급. 단, 이자들이 그 장소에 머물러 있을 경우에 한한다. 더욱이 직접 이자들을 포박하여 경찰에 넘기는 자에게는 금 1만 엔을 후일 수여한다.

순사의 첫 월급이 4엔이다. 연봉 48엔. 그 장소에 예의 인물이 아직 머물러 있을 경우라는 조건이 붙긴 했지만, 있는 장소를 고하기만 해도 2년분, 만약 붙잡는다면 2백 년분 이상을 한꺼번에 받을 수 있다.

그 금액의 크기에, 손쉬운 일이라는 점 때문에, 어떤 자는 이번에도 장난이라고 말했다. 또 어떤 자는, 이것 말고 다른 기사가 작년 세이난 전쟁에서 죽은 사이고를 비난하는 것이었기 때문에, 극악무도한 무리가 바로 그 잔당이 아닐까? 라며 그럴듯한 주장을 폈다.

지난번과 비교하면 딱 한 가지 큰 차이가 있었다. 지난번에는 바로 다음 날부터 부내에 경관이 출동하여 그 호코쿠 신문을 열심히 회수했다. 다행인지 불행인지, 그 사실이 더욱 신문의 신빙성을 높였다. 그러나 이번에는 경찰이 신문을 회수하는 일은 없었다. 회수하긴커녕,

                                      이쿠사가미 전쟁의 신

– 흉악범 9명 도쿄 부내 진입 가능성.

이라고 도쿄부 전 지역에 긴급경보를 발령했다. 신빙성 운운할 단계가 아니었다. 이미 신문의 내용은 사실이라고 경시국이 인정해 버린 것이다.

이것을 본 도쿄 사람들의 반응은 제각각이었다. 위험에서 피하고자 일절 외출을 자제하려는 자, 만일에 대비하여 일을 쉬기로 정한 자, 이래서는 제대로 장사가 되지 않을 거라며 가게를 닫는 자. 그중에는 공포에 떨며 도쿄에서 도망 나가려는 자까지 있었다.

한편, 악인이 뭐 어쨌다고? 라며 신경 쓰지 않고 장사를 계속하는 자, 솟구치는 호기심을 억누르지 못해 구경하러 나가려는 자, 호코쿠 신문을 믿고 일확천금을 노리는 자. 그중에는 실력에 자신이 있는 건지 1만 엔을 타겠다고 말하며 분투하는 자까지 있다.

6월 5일부터 도쿄는 일찍이 없던 불안과 긴장, 그리고 정체 모를 열기에 휩싸였다. 이와 비슷했던 때를 굳이 꼽아보자면, 신정부군이 바로 코앞까지 쳐들어왔던 그날의 에도 – . 무사의 종언 전야다.

올해 6월 6일 정오, 극악무도한 무리 9명, 도쿄부 안으로 침입할 가능성 있음. 이들은 흉포하며 교활, 정상이 아닌 놈들이다. 따라서 경시국은 엄중 경계 태세를 갖추고 사태 수습에 임할 것이다.

도쿄 부민이 만약 이들을 발견했을 때는, 절대 독단으로 접촉하지 말고 신속히 가장 가까운 경찰서에 통보할 것. 특히 밤늦게 돌아다니는 것을 자제하고 문단속을 엄중히 할 것.

경시국

메이지 11년 6월 5일

도대체 무슨 일이 벌어지는 것인가? 후타바는 전혀 이해할 수 없었다. 뒤에서 갑자기 누가 이름을 불러 돌아봤더니, 낯선 초로의 사람. 웃음 속에서 악의를 알아차리고 거리를 두자마자,

"저 여자애, 신문의!"

이라고 젊은 여자가 자기를 가리킨 것이었다.

신문이라니 무슨 말인가? 고로리로 고통받는 어머니에게 걱정을 끼치고 싶지 않았기 때문에, 얹혀살던 친척 집에서 가출이나 다름없이 나왔다. 그러나 행방을 감춘 사실이 전해져 어머니가 경찰에 상담하고, 실종자가 되어 일이 커졌다. 후타바의 머릿속에 그런 이야기가 지나갔다. 아니, 그런 정도밖에 생각이 미치지 않았다.

"경찰에 통보해!"

그러나 실종자를 발견한 것치고는, 양복 신사의 말투는 거친 것이

었다. 더욱이,

"아니야, 저 아이라면 붙잡을 수 있겠어."

라고 기술자풍의 남자 2인조가 손가락을 딱 울리며 입가에 웃음을 띠고 다가오는 것이 아닌가.

뭔지는 모르겠다. 그러나 기기괴괴한 여행을 경험함으로써 심상치 않은 일에 휘말렸다는 것만큼은 깨달았다. 분명 고독. 도쿄 제2막에 의한 장치일 것이라고 - .

- 도망친다.

그 단어가 머리에 또렷하게 떠올랐다. 초로가 천천히 뻗은 손을 뿌리치고는, 후타바는 다른 데는 눈길도 주지 않고 달려나갔다.

"도망친다!"

"통보한 장소와 위치가 변하면 백 엔은 받을 수 없다고!"

"바보 녀석. 그보다 1만 엔이다!"

남자, 여자, 남자. 등 뒤에서부터 목소리가 들려온다. 후타바는 달리면서 열심히 추리했다. 그들의 말로 어렴풋이나마 사태가 파악되었다. 나에게는 현상금이 걸려 있다. 통보, 포박, 전부. 내용으로 보아하니 전자는 백 엔, 후자는 1만 엔이라는 큰돈이 걸렸다.

그러나 납득이 가지 않는 점도 있다. 아무리 현상금에 필사적이라고 해도, 그토록 악랄한 언행을 할 수 있는 건지.

후타바는 인파를 빠져나가며 달린다. 도중에 서생으로 보이는 젊은 이와 정면으로 충돌해 버렸다.

“이크, 미안하다.”

온화해 보이는 청년이다. 눈썹을 여덟 팔자로 내리고 사과해 주었으나,

“붙잡아! 현상수배범 극악인이다!”

라고 등 뒤에서 다시금 목소리가 날아오자, 서생의 표정이 돌변했다.

“그 신문의…?”

위험해. 그렇게 뇌리를 스쳤을 때는, 후타바는 서생의 옆구리 밑을 빠져나가, 다시금 인파 속으로 뛰어들었다.

이것으로 분명해졌다. 어떤 조작을 했는지는 모르지만, 나는 범죄자로 수배된 것이다.

그리고 분명 그것은 나뿐만이 아니다. 도쿄까지 도착한 아홉 명, 전원이 같은 상황에 처한 것이라고.

“순사! 저기다!”

인력거 차부가 크게 손짓했다. 순사가 두 명, 이쪽을 향하여 달려오고 있다. 그중 한 명이 경찰 호루라기를 분다. 그것을 계기로, 사람들도 무슨 일이 일어난 것이라고 깨닫고, 군중이 물결치듯이 넘실댔다. 이어서 곤혹스러운 비명, 탐욕의 고함이 곳곳에서 솟아났다.

후타바는 작은 골목으로 뛰어들었다. 쌓여 있는 상자 더미 옆을 지나치자마자, 두 손으로 에잇, 하고 무너뜨려 뒤쪽을 막았다. 쫓아온 기술자풍 남자가 짜증스럽게 혀를 찼고, 더욱이 그 뒤의 순사에게 떠밀

　　　　　　　　　　　　　　　　　　이쿠사가미 전쟁의 신

려 물러났다.

후타바는 다시 앞을 보고 달려가며,

– 괜찮아.

라고 자기 자신에게 말했다. 확실히 놀라기는 했다. 분명히 두려움
도 있다. 그러나 지금의 나는 가메오카를 나왔을 때와는 다르다. 많은
사람들의 도움을 받으면서 그 가혹한 여행을 답파해 온 것이다. 그때,
슈지로가 헤어지면서 했던 말이 머릿속에서 되살아났다.

"이로하 씨!!"

후타바는 큰 소리로 외쳤다. 남에게 기대기만 하는 여행이었다. 그
러나 의지해야 할 때 의지하는 것의 소중함을 알게 된 여행이기도 했
다. 누군가를 의지했다면, 다음번에는 내가 힘이 되어주면 되는 것이
다. 반드시 다음에는–.

거기까지 생각했을 때, 큰길로 뛰어나갔다. 아직 이 길가의 사람들
은 내 존재를 알아차리지 못했고, 일상의 인파에 몸을 맡기고 있다.
그러나 남은 시간은 얼마 없다. 어딘가 몸을 숨길 만한 곳을 발견할
때까지 후타바는 발을 멈추지 않을 각오를 했다.

마주 보는 방향은 동. 아니, 북이다. 슈지로와 산책했던 때 봤던 기
억이 있는 건물이 있다. 아까 그렇게 이름을 부르기는 했으나, 이로하
는 어디에 있는 걸까? 하고 생각한다.

녹존은 그 전체 길이 2킬로미터는 되는 시마다 역참 전역을 범위
내에 넣었다. 즉, 그 범위라면 소리를 들을 수 있다는 것. 이로하가 그

보다 먼 곳에서 마차에서 내렸다면, 아무리 녹존이라도 포착하지 못할지도 모른다. 만약 들렸다고 해도, 나는 멀어져가고 있는 중인지도 모르는 것이다.

"저는 여기예요!"

내가 할 수 있는 일은, 때때로 이렇게 위치를 고하는 것뿐이다. 이것에는 주위를 오가는 사람들이 일제히 돌아본다는 난점이 있다. 처음에는 이상한 여자애가 있네, 라는 정도였지만, 누군가 한 사람이라도 수배자라는 것을 알아차린다면, 순식간에 주위에 퍼질 것이다. 지금 바로 그 상황이 벌어졌다.

"저것은 신문에 난 여자애 아닌가?!"

안경을 낀 기모노 차림 남자가 소리를 지르자, 이쪽에서 손가락질하는 자, 저쪽에서 얼굴을 확인하려고 쫓아오는 자, 모두의 주목이 단숨에 모이기 시작한다. 상점에서도 소동을 듣고 가게 밖으로 얼굴을 내미는 자가 있다.

이 길도 위험하다. 후타바는 이를 악물고 동쪽으로 꺾어졌다. 이 앞, 분명히 수로가 있다. 최악의 경우에는,

―수로에 뛰어들어서라도 도망칠 거야.

라고 생각했다. 아니, 어떻게 해서든 모두와 합류하겠다.

한편으로, 그것이 이루어지지 않는 경우의 일도 생각해야 한다. 그때는 북쪽으로 향하는 거다. 조금이라도 우에노 간에이지에 가까이 가서 숨는 것이다. 그리고 오후 11시 50분이 되면, 간에이지 경내로

이쿠사가미 전쟁의 신

뛰어드는 수밖에 없다.

"거기 서!"

뒤에서 목소리가 들렸다. 아까 그 순사였다. 끝까지 쫓아온다. 아까는 두 사람이었으나, 어느샌가 여섯 명으로 불어나 있다.

"험한 짓은 하지 않을 테니까."

다른 순사가 회유한다. 후타바는 스스로도 호구라고 생각한다. 하지만 이번만큼은 신용할 수 없다. 지금, 이 세상에서 내가 믿을 수 있는 것은 단 몇 사람뿐이다.

다행히도 순사와의 거리는 그리 좁혀지지 않았다. 후타바는 몸이 작아서 인파를 빠져나가기 쉽지만, 순사들은 인파를 헤엄치듯이 전진해야 하기 때문이다.

이윽고 수로가 보였다. 여기서부터는 북으로, 후타바는 속도를 죽이지 않도록 하며 왼쪽으로 꺾어졌다. 땅을 박차는 발에 힘을 주려던 그때,

"앗."

하고, 후타바는 놀란 소리를 냈다. 진행 방향에 순사가 세 명, 담소하면서 이쪽으로 걸어오고 있었기 때문이다. 게다가 그때 뒤에서 다시금 호루라기 소리가 들리고 순사들이 퍼뜩 놀랐다.

후타바는 몸을 돌렸다. 달려왔던 길 앞을 통과한다. 여섯 명의 순사는 이제 바로 코앞, 10미터 정도 거리까지 다가와 있었다.

"수배범이다!"

여섯 명이 세 명에게 고하여, 추적자는 아홉 명이 되었다. 게다가 수로 옆길은 사람들의 통행이 적어, 거리는 쑥쑥 좁혀진다. 이제 순사의 숨소리가 들릴 정도로. 후타바도 여기까지 달려왔기 때문에 한계가 가까웠다. 지금 당장 수로로 뛰어드는 수밖에 없다고 생각하고, 후타바는 비스듬히 도약했다.

그러나 허공에서 몸이 딱 멈췄다. 순사가 뻗은 손이 목덜미를 움켜잡은 것이다. 그대로 단숨에 끌려가, 후타바는 등을 바닥에 세게 부딪치며 떨어졌다.

"확보!!"

통렬한 외침이 들린 다음 순간, 순사들이 몰려들어 팔다리를 제압했다. 몸을 뒤틀며 버둥거렸으나, 꼼짝도 할 수 없었다. 간신히 움직이는 것은 목뿐이었지만, 그래도 고개를 옆으로 향했을 때 손바닥으로 짓눌렸다. 오른쪽 뺨은 압력에 짓눌리고, 왼쪽 뺨에는 모래가 박혔다.

떨어졌을 때 머리를 부딪친 탓인지, 몽롱하고 눈도 침침했지만, 구경꾼이 모이기 시작했다는 것은 알았다. 나 같은 어린 사람이 순사 아홉 명에게 진압당하고 있는 것이다. 어지간한 극악인이라고 생각하겠지. 아니, 모두 이미 알고 있나?

이제 어떻게 되는 걸까? 고독은 끝인가? 경찰에 붙잡히는 것뿐인가? 어머니를 구하긴커녕, 분명 슬퍼하게 만들 것이다.

"우…."

팔꿈치로 목을 짓눌린 탓에 숨을 제대로 쉴 수 없어서 의식이 서서히 멀어져간다. 정말로 나는 틀렸어. 계속 도움받기만 하고, 누군가의 힘이 되어주지도 못한 채로 −.

아니야. 다 함께 포기하지 않고 여기까지 도달한 것이다. 손이 움직이지 않아도, 발이 움직이지 않아도, 최후의 최후까지 포기하지 마. 후타바는 목구멍을 떠는 것을, 피가 날 정도로 입술을 움직이는 것을 포기하지 않았다.

"나… 나는 여기에!"

"입 다물어!"

더욱 압력이 강해졌으나, 후타바는 목소리가 되지 않는 신음을 계속 발했다.

"그 손 놔라, 퇴물 메아카시(에도 시대 요리키나 도신 아래의 하급 포리)."

소리조차도 흐릿해지는 가운데, 목소리가 들렸다. 줄곧 만나고 싶었던 사람의 목소리가.

더욱이 절규, 비명, 통곡이 소용돌이치더니, 목을 짓누르던 무게가 훅 사라져 버리고, 몸이 부드럽게 들어 올려졌다.

"이로하 씨…."

"울보 녀석."

이제 울지 않으려고 했는데, 눈물이 주르륵 흘러내렸다.

"…미안해요."

"잘 외쳤다. 제대로 들렸으니까."

이로하는 한 손으로 소협차를 순사들에게 향하면서, 허리띠에 손을 대고 일어서게 해줬다. 주위에서는 네 명의 순사가 몸부림치고 있었지만, 모두 팔다리를 베였을 뿐으로 생명에는 지장이 없다는 것은 명백했다.

"기누가사 이로하다. 발검하라."

계급이 높아 보이는 순사가 낮게 재촉하고, 나머지 다섯 명이 허리의 사벨(sabel. 군인이나 경관이 허리에 차던 서양식 칼. 네덜란드어)을 뽑았다. 구경꾼들 사이에서 무시무시한 비명이 솟구쳤다.

"후타바, 떨어지지 마."

"네."

순사들이 일제히 달려드는 것을, 이로하의 소협차가 날뛰며 반격했다. 햇빛을 받은 강 수면처럼 허공이 반짝인다. 부드럽고, 매끄럽고, 유연하고, 단아한. 문곡의 검선. 순사가 한 명, 또 한 명 침몰하고, 불과 10초도 채 되지 않아 전원이 땅바닥에서 나뒹굴었다.

구경꾼들이 거미 새끼 흩어지듯이 도망쳤다. 수배범이 여기 있다고 저마다 외치면서. 조금 떨어진 곳에서 또 경찰 호루라기 소리가 들리자,

"갈 수 있지?"

라고 이로하가 물어서, 후타바는 힘차게 고개를 끄덕여 보였다.

우선 이 장소를 벗어나자고 이로하가 재촉하여 종종걸음으로 움직이기 시작했다. 그러면서 이로하가 여기 올 때까지의 이야기를 들었다.

이로하가 내린 곳은 니혼바시구 가부토초, 제1국립은행 앞이었다고 한다. 사람들의 대화를 녹존으로 포착하여, 금방 자기가 수배된 사실을 인식했다.

장소를 옮기면서 계속 속삭임을 모아, 불과 5분도 걸리지 않아 고독 제2막의 전모를 파악했다고 한다. 이로하가 사태를 파악한 것은, 참가자 중에서도 압도적으로 빨랐을 것이다.

"그 신문이 또 배포된 모양이다."

어제 호코쿠 신문이 다시 배포되었다. 거기에는 통보하기만 해도 백 엔, 붙잡으면 1만 엔을 얻을 수 있다고 적혀 있고, 사진까지 실린 모양이었다.

"그때의 사진이다."

"그러려고 찍은 것일 줄이야."

이로하는 진절머리 난다는 듯이 혀를 찼다.

"와주셔서 고맙습니다."

걸음을 옮기면서, 후타바는 다시금 감사 인사를 했다.

“녹존은 말이지, 이 혼잡 속에서도 3킬로미터 떨어진 곳까지는 어떻게든 들려.”

“대단해….”

후타바는 감탄했다.

“산스케 오빠는 언제나 말했지만….”

산에 있던 무렵, 기온 산스케는 다른 형제들의 비술과 비교해,

ㅡ녹존은 아무래도 수수하니까.

라고 언제나 씁쓸하게 중얼거렸다고 한다.

“말도 안 돼.”

이로하는 하늘을 우러러보며 중얼거렸다.

교하치류 비술 중 하나인 녹존. 모든 비술 중에서도 가장 범용성이 높고, 여행 중에도 몇 번이나 모두를 구했다. 이 대도시 도쿄에서, 그 진가는 더욱 빛을 발하고 있다. 녹존이 없었다면, 이로하도 내 곁으로 달려와 줄 수 없었겠지.

“또 산스케 씨한테 도움받았네.”

“응, 그러네. 문곡과 동시에 쓸 수 있다는 것도 도움이 돼.”

“진로쿠 씨가 말한 대로라는 건가?”

여덟 개의 비술에는 상성이 존재하고, 분명 그것은 형제의 순번과 관계가 있다는 게아게 진로쿠의 추리. 그것은 슈지로로부터 이로하에게 전달되고, 이로하도 또한 우체국을 통해 시쿠라의 장소를 알아내어 접촉해서 전해줬다고 한다. 이로하도 우선 틀림없다고 생각하는

모양이다.

"잠깐."

이로하는 잠시 동안 눈을 가늘게 뜨더니,

"이쪽으로."

라고 십자로를 꺾어졌다. 아까부터 녹존으로 순사의 위치, 사람들의 많고 적음을 조사하고 있는 모양이다. 그 덕분에 이로하와 합류하고부터는, 아까의 일이 마치 악몽이었던 것처럼 소동은 일어나지 않았다.

"그 건으로 한 가지, 알아차린 것이 있어."

이로하는 좁은 골목으로 들어가서 이야기를 다시 되돌렸다.

"진로쿠의 이야기에 따르면, 가장 먼 숫자와 상성이 좋은 모양이다."

교하치류 형제의 이름에는 각각 숫자가 들어 있다. 그 숫자가 바로 이웃한 비술의 상성은 나쁘고, 가장 멀리 떨어진 것과 상성이 발군이라는 것.

"응. 슈지로 씨가 했던 말과도 앞뒤가 들어맞아."

슈지로는 무곡을 구사하고 있을 때는 북진의 시야가 크게 줄어든다고 했었다. 더욱이 이것은 미시마 역참 바로 앞에서 들었던 것인데,

─한 수 앞 읽기도 할 수 없게 된다.

라고 슈지로는 가르쳐줬었다. 북진의 진면목은 전방위 시야 획득이 아니라, 적의 움직임의 한순간 앞을 내다보는 것. 이쪽이 봉인되는 것

은 매우 뼈아프다고 말했었다. 북진은 1, 무곡은 2, 그야말로 바로 이웃한 것끼리의 폐해였다.

"그렇다면… 문곡과 녹존의 상성은 나쁘지 않지만, 제일 좋은 것은 아니라는 말이 된다."

이로하는 두 손을 합쳐 여덟 개의 손가락을 세웠다. 녹존의 수는 3. 즉, 제일 상성이 좋은 것은 7인 염정이 되는 것이다.

"…확실히."

"그래도 나는 동시에 쓸 수 있다."

"조금도 약해지지 않고?"

"하나에 집중하는 게 더 좋은 것은 확실해. 하지만 서로 간섭하는 것은 아니야."

이 두 개의 비술, 최선의 조합은 아니지만, 서로 일절의 폐해는 없다고 한다. 어디까지나 술자의 기량에 따라, 하나인 편이 다루기 쉽다는 것뿐인 모양이다.

"그 밖에도 이 조합은 있어."

이로하는 말을 이었다. 슈지로가 지닌 북진과 탐랑, 시쿠라가 지닌 파군과 염정, 이것들도 문곡과 녹존의 조합과 마찬가지로 최선에서 '한 칸 빗나간' 조합이다.

"아…."

후타바는 지금까지를 돌이켜보며 깨달았다.

"그래. 두 사람 다 지금까지 동시에 썼었다."

슈지로는 기차에서 간지야 부코쓰에게, 시쿠라는 센닌즈카에서 오카베 환도재에게, 이 조합을 이용해서 싸웠다. 본인들이 말하기를, 전혀 정밀도가 떨어지지 않았다고 한다. 이로하는 여기에서 한 가지 가설을 도출했다.

"한 칸 빗나간 조합이라도 서로 간섭하지 않고, 최선일 때는 오히려 서로의 좋은 점이 높아진다는 것."

"기차 위에서."

후타바는 얼굴을 빤히 보며 말했다.

"맞아. 그것은 명백하게 차원이 달랐다."

이로하는 차량 안의 싸움을 끝내고 나서, 후타바는 잠시도 눈을 떼지 않고, 슈지로와 부코쓰의 결착의 순간을 보고 있었다. 후타바가 대단하다고 생각하는 것은 당연하지만 그것은 달인인 이로하가 봐도 마찬가지였던 모양이다.

이로하는 그 일련의 움직임을 빠짐없이 분석했다고 한다. 그때, 슈지로는 '무곡', '북진', '북진 · 탐랑', '탐랑', '탐랑 · 무곡' 순으로 꺼냈었다. 물 흐르듯이 비술을 구사한 것에도 놀랐으나 특필할 만한 점은, 부러져 허공을 날던 검날을 발꿈치로 부코쓰의 가슴에 쑤셔 박은 움직임. 그것은 최후의 '탐랑 · 무곡'에 해당한다. 이로하가 아는 교하치 류의 한계를 가뿐히 뛰어넘었다고 한다.

"…어째서, 나한테 그 사실을?"

후타바는 눈을 치켜뜨면서 물었다. 지금은 녹존으로 순사들의 순회, 들킬 만한 장소를 피하고 있다고는 해도, 긴장을 늦출 만한 상황은 아니다. 이런 와중에 이로하가 굳이 그 이야기를 하는 데는 분명 이유가 있을 것이다.

"잘 들어. 만에 하나, 내가 쓰러지게 될지도 몰라."

"그건 –."

후타바는 말하려다가 입을 다물었다. 그건 안 돼. 아무리 말해본들 의미가 없다. 그것은 고독 안에서 아플 정도로 통감했다. 나에게는 각오가 부족했을 뿐이지, 모두가 그런 각오를 하고 임하는 것이다.

"물론 죽을 생각은 없어. 그래도 지금까지도 종이 한 장 차이로 아슬아슬하게 살아남은 것뿐이고, 앞으로 그 위험은 더욱 커진다."

이로하는 타이르는 것처럼 말을 이었다.

"만약 그때가 온다면… 어떤 오빠에게라도 상관없어. 후타바도 그것을 염두에 두고 움직여줬으면 해."

"비술을."

후타바는 침을 꼴깍 삼켰다.

"그래, 넘겨주고 싶다. 가능하다면 시쿠라 오빠가 좋지만… 그러면 그 녀석은 토라질지도."

좁은 골목 끝, 좁다란 파란 하늘에서 불어오는 바람에 싣는 것처럼, 이로하는 살랑 중얼거렸다.

"어?"

"아니, 아무것도 아니야."

이로하는 바람에 눈을 가늘게 뜨면서 대답했다.

"아직 뒷이야기가 더 있는 거지요?"

후타바는 과감하게 물었다. 이로하의 비술에 관한 추리, 만일의 때에 대비하려는 생각은 알았다. 단지, 지금, 이 순간에 이야기한 것에는 다른 이유가 있다고 느낀 것이다.

"제법 머리를 쓰게 되었잖아."

이로하는 살짝 웃으면서 말을 계속했다.

"환도재가 다가오고 있어."

"그럴 수가."

후타바는 너무 놀라 자기도 모르게 돌아봤지만, 환도재는 고사하고 사람 그림자 하나 없었다.

"괜찮아. 아직 거리는 있다."

지금 환도재가 있는 장소는 아비규환의 양상을 띠고 있다고 한다. 그 비명, 고함을 녹존으로 상시 계속 포착하고 있다고 한다.

"이로하 씨를 노리고 오는 거야?"

"우연일 가능성도 있어. 단, 가까이 오고 있는 것은 확실해. 만약 쫓아오는 거라면, 어떻게 하면서 오는 건지는 몰라."

"무슨 일이 있는 건지도…."

후타바는 손가락을 아랫입술에 대고 생각에 잠겼다.

고독이 시작된 이래로 환도재와 형제들이 접촉한 것은 네 번. 첫 번째는 덴류지에서 후타바를 데리고 있던 슈지로와. 두 번째는 센닌즈카에서 형제 네 명. 세 번째는 요코하마에서 게아게 진로쿠. 그리고 마지막은 요코하마 정차장 근처에서 슈지로와 이로하. 단, 첫 번째는 어째서인지, 환도재는 계승자 후보인 '사가 슈지로'라고 인식하지 못했었다.

─비술을 보고 판별하는 것이겠지.

슈지로는 그렇게 짐작했었지만, 과연 이유는 그것뿐일까? 두 번째, 세 번째는 환도재가 전단지를 보고 온 것이겠지만, 의아한 것은 네 번째의 습격. 슈지로 일행이 정차장으로 간다는 것을 환도재가 어떻게 알 수 있었을까? 그것은 우연이라고는 생각할 수 없다.

"나도 그렇게 생각해. 환도재에게는 뭔가 비밀이 더 있어."

마침 좁은 골목이 끝나고, 사람들의 발길이 많은 길을 왼쪽으로 꺾어졌다. 이 근방은 메이지 5년(1872년)의 화재로 많은 건물이 소실되고, 재건되면서 새롭게 동네가 조성되었다. 그 결과, 작은 길 대부분이 소멸했기 때문에, 아무래도 사람들의 눈길이 닿는 큰길로 나가야만 한다.

"북쪽… 이지?"

후타바는 물었다. 아까부터 궁금했다. 이로하는 간에이지가 있는 북쪽이 아니라 남쪽으로 가고 있다. 환도재가 북쪽에서 다가오고 있다는 뜻이겠지.

"응, 아무튼 지금 간에이지로 갈 필요는 없어. 환도재뿐만 아니라, 다른 참가자와도 마주칠 위험이 늘어날 뿐이다."

어차피 오후 11시 50분이 될 때까지 간에이지의 문은 열리지 않는다. 앞으로 약 11시간. 대중의 눈에 띄면서 헤쳐 나가야 하는 것이다.

"슈지로 씨네는 어디 있을까?"

"몰라. 단, 그 밖에도 두 개의 소동은 포착했다."

순사가 울리는 호루라기, 여자의 비명, 남자들의 고함소리 등이다. 둘 다 남동쪽. 그리 멀지 않다. 사람들이 입에 올리는 말까지는 파악하지 못해서, 소동의 중심에 누가 있는지는 모른다. 단, 양쪽 다 계속 이동하고 있고, 호전적인 인물은 아닌 것 같다는 것. 슈지로, 시쿠라, 교진일 가능성은 충분히 있다고 한다.

"확인하고 싶네."

"그럴 생각이긴 하지만 잘 될지…."

접근할 때까지 누군지 판별할 수 있다면 더할 나위 없지만, 그자가 적일 경우는 더욱 상황은 혼란스러워진다.

애초에 환도재한테서 도망치면서 그리 쉽사리 만날 수 있을지 알 수 없다.

"먼저 가까운 쪽으로 –."

후타바가 말하려던 것을,

"알아차렸다."

라고 이로하는 가로막았다. 눈에 띄지 않도록 얼굴을 약간 숙이고 길 가장자리로 걷고 있었다. 그러나 바로 지금 스쳐 지나친 2인조가,

– 이봐, 신문의 여자들 아닌가?

라고 속삭였다고 한다.

"간다."

이로하가 발걸음을 빨리하고, 후타바도 딱 붙어서 떨어지지 않고 따라간다. 2인조는 마침 순회 중인 순사를 발견하고, 저쪽에 수배자 여자인 것 같은 자들이 있다고 빠른 말로 신고하고 있다고 한다.

"어이! 거기!"

순사로 짐작되는 목소리가 불러세우려고 했다. 나를 부른 건가? 하고 착각한 사람도 있는 가운데, 이로하가 돌아보는 일은 없었다.

"여자 2인조. 멈추시오."

여기에서 뛰기 시작하면 인정하는 것이나 마찬가지. 모르는 척하면서 걸음을 옮긴다. 그렇기는 해도, 이쪽이 빠른 걸음으로 걸어도, 순사들이 달려오면 이윽고 거리는 좁혀진다.

"어이, 거기 여자 두 명. 멈춰!"

순사의 말투가 거칠어졌다. 후타바는 고개를 숙이고는 있지만, 오가는 사람들의 시선을 느끼기 시작했다.

"네 명… 떨어지지 마."

"네."

이로하가 말하고, 후타바가 대답했다. 그 직후, 이로하의 어깨에 손이 놓이고,

"너희들 말이야!"

라고 눈살을 찌푸리고 싶을 정도의 목소리로 외친다.

“뭔가요?”

이로하는 역시 돌아보지도 않고 물었다.

“얼굴을 보여봐.”

“자매끼리 도쿄를 구경하고 있을 뿐입니다만.”

이로하의 서툰 거짓말. 긴박한 상황이라는 것은 거듭 알고 있다. 알고 있는데도, 자기도 모르게 웃음이 나와버렸다.

“얼굴을 보이라고―.”

억지로 돌아보게 하려고 한 순간, 순사의 말은 도중에서 지워졌다. 이로하가 팽이처럼 돌아 순사의 목에 손날을 날린 것이다.

“틀림없다!”

“기누가사 이로하, 가쓰키 후타바다!”

“큭….”

순사가 호루라기를 불려고 하는 것을, 이로하는 단숨에 거리를 좁혀 손을 비틀었다.

“후타바!”

땅에 떨어진 호루라기를 잽싸게 줍더니, 후타바는 멀리 던져버렸다. 이로하는 그 사이에도 호루라기를 꺼내느라고 버벅거리는 다른 순사의 옆구리를 팔꿈치로 찔렀다. 남은 것은 한 명. 이로하가 돌려차기를 날렸으나, 호루라기를 부는 것이 더 빨랐다. 순사는 발차기로 쓰러뜨렸으나, 도쿄의 하늘에 요란한 소리가 울려 퍼졌다.

어쨌든 이 군중들 앞이다. 언젠가는 다른 경관이 달려올 것이다. 그러나 조금이라도 도착을 늦추기 위해서, 호루라기를 불기 전에 진압하고 싶었을 것이다.

"아뿔싸."

이로하는 혀를 찼다.

"이로하 씨…."

최후의 한 사람, 칼을 뽑으면 분명 막을 수 있는 것처럼 보였다. 그러나 이로하는 그렇게 하지 않았다.

"간다."

이로하가 턱짓을 했을 때, 땅바닥에 쓰러진 순사가 발목을 붙잡았다.

"기다려… 사이비…."

이 순사들은 고독에 관해서 아무 말도 듣지 못했을 테지. 부민을 위협하는 악인이라고 정말로 믿고 있는 올곧은 눈을 하고 있다.

다른 사람들도 그랬다. 눈 깜짝할 사이에 벌어진 일에 멍해지긴 했으나, 퍼뜩 제정신을 차리더니,

"이 악인 놈. 무슨 짓을!"

"순순히 포박당해!"

등등 저마다 욕설을 퍼부었다. 어린아이는 순사에게

"지지 마요!"

라며, 응원하는 지경.

"뒈져라!"

발밑에 굴러다니던 돌을 던지는 자까지 나타났다. 다른 자도 따라 하게 된 것은 순식간의 일이었다. 돌이 맞지 않으니 놓여 있던 들통이나 국자를 던지는 자도 있다. 더욱이 날아오는 물건들의 몇 배는 더 됨직한 욕설이 쏟아지고, 순식간에 주변은 기이한 열기에 휩싸였다.

"놔라."

이로하는 발을 흔들었지만, 순사는 놓기는 고사하고 다른 한 손도 뻗어서 붙잡는다.

"못 보낸다… 정의를….'

순사는 필사적인 얼굴로 쳐다보았다.

"아니에요. 손을 놔주세―."

후타바가 순사의 손을 떼어내려고 한 그때, 날아온 돌이 관자놀이에 명중했다. 후타바가 앗, 하고 소리 내며 손을 갖다 대보니, 손가락에 약간 피가 묻어 있었다. 그 순간, 이로하는 다른 발 뒤꿈치로 순사의 턱을 통렬하게 차서 날려버렸다.

"너희들 적당히 해."

대중을 노려봤을 때는 이미 소협차를 발도했다. 힉, 하고 누군가가 쇳소리를 발하는 것을 계기로, 쏜살같이 도망치는 자가 나타나더니, 그에 따라 한 덩어리가 되어 있던 사람들이 순식간에 무너졌다.

그래도 더욱 굴하지 않고 돌을 던지는 무리, 어디에서 조달해 왔는지 각재를 손에 드는 놈, 더욱이 인파를 역류하며 다가오는, 새로 등장한 순사의 모습도. 긴자는 마치 벌집을 쑤셔놓은 꼴이었다.

"후타바, 서둘러!"

이로하의 안색이 변했다. 이리저리 도망 다니는 자, 일어나서 다시 덤벼들려는 순사, 돈을 위해 다가오는 무뢰배. 혼잡, 혼란, 혼전으로 제대로 걸어갈 수가 없다. 게다가 새로 등장한 순사는 허리에 검을 차고 있다. 발도 경관대였다.

"이쪽으로."

이로하는 후타바의 손을 잡고 인파를 헤치고 나갔다. 요코하마 때와 마찬가지다. 그러나 이 군중 전부가 지금은 우리를 노리는 벽이며, 지난번보다 더 마음먹은 대로 나아갈 수가 없었다.

이로하는 옷자락을 잡으려는 장년의 손을 뿌리치고, 또 다른 젊은 남자의 턱에 팔꿈치를 날렸다. 조금씩이지만 그렇게 해서 나아가고 있는 와중에, 조금 떨어진 곳에서 갑자기 비명이 솟아 나왔다. 아니, 솟아오른 것은 그뿐만이 아니다. 빨간 핏줄기가 분수처럼 높이 떠올랐다.

"왔구나…."

이로하의 표정이 얼어붙은 것처럼 굳는다. 사람, 사람, 사람, 사람의 틈새. 기괴한 웃음을 띠는 노인. 오카베 환도재의 모습이 후타바에게도 분명히 보였다.

5

이로하는 아랫입술을 깨물었다. 환도재는 한치도 용서가 없다. 자기 진로에 끼어드는 자가 있으면 즉각 제거한다. 절규와 핏줄기를 피워올리며, 차근차근 이쪽으로 다가온다. 이것은 확실히 붙잡힌다.

"오카베 환도재!"

불러세운 것은 발도 경관대였다. 그 숫자는 다섯 명. 하나같이 사벨을 뽑아 들자 사람들이 비명과 함께 흩어져 그 주위에 작은 공백이 생겼다.

"요코하마에서 다수의 군인 및 경관을 살상. 그 외에도 십여 명의 평민 살해죄로 –."

발도 경관이 죄상을 읊던 도중, 목에서 선혈을 흩날리며 털썩 쓰러졌다. 검의 사정거리에 들어 있지 않았음에도 불구하고. 환도재의 팔이 꾸물럭 뻗어, 채찍처럼 꿈틀댄 것이다.

"괴, 괴물!"

지금까지와는 또 다른, 찢어지는 비명이 솟구쳤다. 환도재는 대중 앞이라도 아랑곳하지 않는다. 오늘로 모든 것을 끝낼 작정인 것이다.

"저기로 들어가!"

이로하가 가리킨 것은 기모노 가게와 골동품점 사이의 간격. 불과 30센티미터도 채 안 되는, 골목이라고도 부를 수 없는 틈새였다.

인파를 헤치고 도착하여, 먼저 후타바를 앞서게 한 후, 이로하도 틈새로 몸을 던졌다. 후타바여도 정면을 향하고 걷는 것은 어려웠고, 자연히 등을 벽에 대고 옆으로 걸어가야 했다.

길이 20미터 정도 되는 이 틈새도 앞으로 얼마 안 남았다. 끝이 가깝다고 고하려고 했던 것일까? 후타바가 돌아봤을 때,

"이로하 씨!"

전율에 얼굴이 굳었다.

"들린다!"

계속 발소리는 쫓아온다. 이로하도 눈으로 포착했다. 환도재가 틈새로 뛰어 들어오려고 했다. 게다가 정면을 향한 채. 틈새에 들어가기 직전, 환도재의 두 팔이 빙글 돌아 등 뒤로 사라졌다. 인간을 벗어난 움직임. 그야말로 괴물이다.

빠르다, 빠르다, 너무 빨라. 양쪽 벽에 일절의 방해를 받지 않는다. 마치 발이 달린 고목나무가 질주하는 것 같다.

"어느 쪽?!"

"맡기겠다!"

빠져나간 후, 좌우 어느 쪽으로 가는가? 이로하가 곧바로 맡기자, 후타바는 길가의 상황을 순식간에 확인하고 오른쪽으로 꺾어지기로 했다. 여기도 제법 사람들이 많은 길. 두 사람은 인간의 숲을 가로지르는 것처럼 빠져나간다.

등 뒤에서 또 녹슨 경첩이 열리는 것 같은 비명이 들렸다. 환도재가

쫓아오고 있다. 도대체 이 노인의 체력은 어떻게 생겨먹은 것일까? 교하치류가 그런 것처럼, 오보로류에도 아직 뭔가가 더 있다고밖에 생각할 수 없었다.

"사람 살려!"

"도망쳐어!"

통곡의 소용돌이. 환도재의 등장으로 이 길도 지옥도로 변모했다. 곳곳에서 호루라기 소리가 울려 퍼지고, 이제 이 혼란은 긴자 일대로 확산되었다.

"이대로는, 많은 사람들이 휘말려요!"

후타바가 비통하게 외쳤다. 환도재에게 있어서 사람들은 길가의 잡초나 다름없다. 방해가 되면 주저 없이 뽑아버린다. 이대로 계속 도망치기만 해도 피해는 막대한 것이 되어버린다.

"사람이 없는 곳을 찾고 있어. 거기에서… 내가 해치운다."

그렇다 해도, 도쿄 제일의 번화가에서 그런 장소를 그리 쉽게 찾을 수 있을 리도 없다. 후타바가 어디 없을까? 하고 좌우를 둘러보면서 달리는 가운데, 이로하는 다시금 녹존에 의지하여 소리라는 소리는 죄다 끌어모았다.

"찾았다."

이로하는 중얼거리며 동시에 후타바의 손을 잡아끌고 다음 네거리를 왼쪽으로 돌았다. 원래 있던 수로 옆길로 되돌아가는 셈이다. 아니, 다리가 놓여 있어 맞은편 기슭으로 건너갈 수 있다. 기노쿠니바시다.

“어디에…?”

다리를 건너는 도중, 후타바는 당혹스러운 눈길로 쳐다본다.

“신토미자(新富座). 내일 개장한다.”

신토미자는 화재로 소실되었지만, 그로부터 2년의 세월을 거쳐 가스등을 270개나 설치한 근대식 극장으로 재건되었다.

그것이 내일인 6월 7일, 태정대신 산조 사네토미와 각국의 공사들을 귀빈으로 초대하여, 서양식을 따른 대대적인 개장식이 치러지는 것이다.

산에서 내려온 이후, 이로하는 방랑 예술인으로서 살아왔다. 그 때문에 세상 돌아가는 일은 잘 몰라도, 신토미자에 관해서는 자주 들었었다. 어떤 무대가 펼쳐질지 상상하게 되는 것을 보니, 자기도 모르는 사이에 조금은 예술인다워진 것인지도 모른다. 아까, 이로하의 귀에,

– 내일 개장식은 중지될지도.

라고 비관하는 자의 목소리가 들어왔었다. 그래서 신토미자에 관해서 떠올린 것이었다.

“개장식 준비로 몇 명은 있을지도 모르지만, 그 정도라면 위협해서 전부 밖으로 내보낼 수 있어.”

이로하는 자기 계획을 고했다. 그러나 신토미자에 들어가 버리면 도망칠 길은 이제 없다. 환도재를 무찔렀다고 해도, 그 뒤에는 경찰도 들이닥칠 테지.

“거기에서…?”

"그래, 내가 환도재를 해치우려면 거기밖에 없어."

이로하의 목소리에 확고한 자신감이 넘쳤다. 슈지로와 시쿠라가 둘이 덤벼도 이기지 못했다. 나 혼자서는 환도재를 당해내지 못할 것은 명백. 단, 승기가 있다면 여기라고 확신했다.

"알았어. 가요."

"환도재는 나를 쫓고 있어. 후타바는 여기에서 벗어나."

"이로하 씨를 혼자 둘 수는 없어."

"거치적거릴 뿐이다."

"그런 말을 해도ㅡ."

후타바의 목소리가 작아졌다. 아니, 뒤로 끌려가는 것처럼 목소리가 멀어진 것이다.

"무슨…?"

이로하는 경악했다. 눈에 날아들어 온 것은, 멱살을 잡혀 허공에서 버둥거리는 후타바의 모습이었다. 그 너머로 환도재의 음산한 웃음이 떠올라 있다.

녹존으로 포착했던 것은 환도재가 싸우는 소리, 노괴를 본 사람들의 놀란 소리 등. 과연 수백 명 중에서 환도재의 발소리만 주울 수는 없었다. 그러나 불과 방금 전까지 20미터 정도 거리가 있었다. 그것이 어느 틈엔가 단숨에 좁혀졌다.

게다가 어째서인지, 이로하가 아니라 후타바를 노렸다. 관절이 없는 것처럼 팔을 뻗어서. 더욱이 아무리 후타바의 몸이라고는 해도, 팔

하나로 허공으로 들어 올릴 수 있다는 것도 상식을 벗어났다.

"환도재!"

이로하는 튕기듯이 몸을 돌렸다. 환도재가 마음만 먹으면, 1초 후에 후타바의 목숨은 없다. 막으려면 싸우는 수밖에 없다고 순식간에 판단했다.

"역시 왔나."

환도재는 후타바의 멱살을 쥐고 있던 오른손을 놓았다. 아니, 왼손의 시코미즈에(소드 스틱. 지팡이 속에 도검을 숨긴 것. 시코미가타나라고도 한다)도 놓았다. 다음 순간, 다시 왼손으로 낙하하는 시코미즈에 손잡이를 꽉 움켜쥐더니, 번갯불 같은 속도로 칼을 빼서 휘둘렀다.

"큭…."

소협차와 자도, 두 자루로 간신히 막았다. 그러나 엄청난 기세로 옆으로 밀려, 착지와 동시에 모래 먼지가 피어올랐다. 환도재는 온몸을 휘어지듯이 움직여 모래 먼지를 뚫고 덤벼든다.

두 개의 칼은 나비처럼 불규칙하게 팔랑이고, 뱀처럼 날카롭게 물어뜯는다. 문곡을 구사한 맹공도, 환도재는 시코미즈에를 크게 휘둘러 눌러버린다. 두 사람 사이의 공간이 찢어진 것 같은 착각을 일으킬 만한 소리가 울려 퍼졌다.

"도망쳐!"

환도재에게 내던져져 상체를 겨우 일으킨 후타바에게 소리쳤다. 후타바가 기어가듯이 도망치려고 하는 것을,

　　　　　　　　　　　　　　　이쿠사가미 전쟁의 신

"자, 자, 기다려봐."

라며, 환도재는 등을 짓밟아 막았다.

"노리는 건 나일 텐데!"

"이 몸이 하는 것은 사냥이다. 이것이 '미끼'라는 걸 알게 된 지금, 호락호락 놓아줄 거라고 생각하나?"

환도재는 후타바의 등을 한쪽 발로 누르면서도, 여유라는 듯이 후타바 쪽으로 검을 휘두른다.

"발을 치워."

"살짝 죽여볼까. 분노로 강해진다는 건 환상이야. 약해지기만 하지."

환도재가 노리는 것은 어디까지나 이로하고, 후타바는 거들떠보지도 않을 거라고 생각했었다. 그러나 그 예상은 빗나갔다.

아니, 후타바가 여기까지 도달한 일로, 슈지로와 이로하의 약점이 될 거라고 환도재의 시각이 변한 것이다. 여기에서 후타바를 도망치게 한다고 해도, 환도재가 그쪽을 먼저 쫓아가 인질로 삼는 것도 충분히 있을 수 있다. 같이 가야 한다.

"좀 더… 오너라!"

이로하가 외친 것은 환도재에게가 아니다. 자기 속에서 줄곧 함께 살아온 검기, 문곡 그 자체였다. 두 손의 다섯 손가락, 합쳐서 열 손가락이 율동한다. 아까까지 보다도 칼날의 그림자가 두 배가 되자, 환도재는 흠칫 놀라 네 번까지는 막았으나, 뒤로 펄쩍 뛰어 물러났다. 그러나 이로하는 놓치지 않는다.

"내 뒤로!"

후타바에게 이동하라고 재촉하면서, 이번에는 이쪽에서부터 거리를 좁혀 소나기처럼 칼날을 쏟아낸다. 14번째의 참격, 마침내 환도재의 팔에 맞았다.

"이건 놀랐네."

희롱하는 것이 아니다. 환도재는 진짜로 놀라고 있었다. 이로하의 칼이 처음으로 닿은 것이다. 그러나 동시에 새로운 의문이 막아섰다. 이로하는 이도를 계속 휘두르면서,

— 어째서, 벨 수 없지?

라며, 이를 악물었다. 소협차는 확실히 닿았었다. 산스케의 말에 의하면, 환도재는 뼈의 위치를 움직인다. 그렇게밖에는 생각할 수 없는 전투 방식을, 나도 지금까지 봐왔다.

그렇기는 해도, 아까는 뼈에 닿은 감촉은 없었다. 동강 내는 것까지는 가지 않아도, 반 정도까지는 잘려도 이상할 것 없었다. 그런데도 피는 흘러나오지만, 스친 정도의 상처밖에 나지 않은 것이다. 이래서는 마치 교하치류의 거문 같지 않은가.

"다져주마!"

"할 수 있을까?"

회오리바람이 몇 개나 되는 칼날을 휘감아 올린 것처럼, 두 사람 사이에 요란한 쇳소리가 울려 퍼진다. 이 폭풍 같은 응수를 보고, 사람들은 끼어들긴 고사하고 할 말을 잃고 넋을 놓고 있었다.

이로하의 온몸에 작은 상처가 생겼다. 한편, 이쪽의 공격도 열 번에 한번은 맞았다. 그러나 딱딱한 뼈에 닿아 멈추고, 살을 파헤쳐도 아주 작은 상처밖에 나지 않고, 전혀 치명상은 입힐 수 없었다.

"멈춰라!"

걸걸한 목소리, 경찰 호루라기 소리, 뒤쪽의 네거리에서 순사가 온 모양이다. 문곡에 집중하느라 녹존을 발동하지 않아서 깨닫지 못했었다. 환도재를 상대하는 것만으로도 벅차서 도저히 그쪽으로는 신경을 쓸 수가 없다. 후타바를 도망치게 해야 해, 아니야, 순사를 말려들게 해서 그 틈에 ─.

"이로하 씨! 이쪽으로!"

방법이 있는지 아닌지는 모른다. 그러나 누가 불렀는지가 중요하다. 이로하는 뒤로 펄쩍 뛰자마자 몸을 허공에서 돌려 달려나갔다. 후타바도 이미 달리고 있다. 그 앞, 이쪽을 향하여 오는 다섯 명의 순사들. 아니, 이들도 발도 경관대다.

"먼저는 너다. 멍청한 놈."

환도재의 미끈거리는 목소리. 딱 붙어서 쫓아온다. 환도재와 경관대들을 충돌시켜 그 틈에 따돌리려고 한다고 생각한 모양이다. 그러나 환도재의 말대로 우리도 수배자이니, 경관대가 봐줄 리는 없다. 먼저 이쪽으로 덤벼들 것이라고. 단, 경관대만이라면 ─.

"둘이서!"

이로하의 짤막한 제안을,

“I shall handle it.”

이라고 길버트는 받고 스쳐 지나갔다. 경관대는 우리에게로 달려온 것이 아니었다. 길버트를 쫓고 있었던 것이다.

이로하는 후타바를 추월하여 발도 경관대 무리로 뛰어들었다. 두 사람의 다리, 두 사람의 팔을 베었을 때, 길버트와 환도재가 격돌했다.

“Enough, old man.”

길버트는 손도끼를 던졌다. 환도재가 기괴하게 배를 뒤틀어 피했을 때, 사벨로 베었다.

“빨강 머리, 조잡하군.”

이국인에 대한 멸칭을 던지고, 환도재는 사벨을 받아넘기더니, 등에 둘러메는 것처럼 해서 길버트의 거구를 집어던졌다.

“길버트 씨!”

후타바가 외쳤을 때, 이로하는 최후의 한 사람의 허벅지에 자도를 쑤셔 박아 무력화시켰다. 그러나 아직 네거리에서부터 속속 순사, 발도 경관대가 튀어나온다. 길버트 정도의 남자라면 고작 다섯 명의 경관으로부터 도망칠 필요는 없었을 테니 당연하다.

환도재가 이쪽을 표적으로 되돌린다. 후타바 쪽이 가깝다. 이로하가 경관의 검을 튕겨내고 그리로 가려고 한 그 순간, 내던져졌지만 빙글 돌아 두 발로 땅을 밟은 길버트가,

“Not by a long chalk.”

이라며, 등 뒤에서부터 세로로 베어 내렸다.

"방해하지 마."

환도재는 밧줄처럼 몸을 꼬아 피한다. 그 기이한 몸놀림에 길버트는 놀란 얼굴이 되었지만,

"How's this for you?"

라며, 환도재의 몸통에 낫처럼 팔을 둘러, 그대로 몇 발짝인가 돌진하더니, 야수 같은 포효와 함께 내던져 버렸다. 환도재는 경악한 얼굴로 허공을 수평으로 미끄러져, 나무 벽을 박살 내고 건물 안으로 모습을 감췄다.

"가라!"

길버트는 땅에 박혔던 손도끼를 주워 달려 나갔다.

수배자가 네 명이나 한 곳에 모여 있으니 경찰이 계속 모여든다. 현재 건물에 뚫린 큰 구멍으로, 환도재에게로, 이미 몇 명의 경관이 달려가고 있다.

"고맙습니다!"

"미안하다!"

후타바, 이로하가 함께 감사 인사를 말하며 반대 방향으로 달려갔다. 요코하마와 마찬가지로 또 도움받은 모양새다. 원래 길버트와는 싸워도 이상할 것 없는 관계다. 적어도 서로에게 시의심을 품을 터. 그러나 길버트는 일절의 망설임도 없이 연대를 받아들였다. 이것이 바로 후타바가 여행에서 얻은 것. 후타바가 있었기 때문이다.

"이제야 간신히…."

후타바는 돌아봤다. 이제 막 길로 나온 경관은 우리를 알아보지 못했다. 그 대부분이 환도재에게로, 나머지는 길버트를 쫓아간다.

"아니, 환도재는 반드시 또 쫓아온다."

이로하는 칼 두 자루를 집어넣으면서 단정지었다. 환도재에게 느낀 기이함. 그것이 맞다면, 멀리 떨어져 있다가도 따라잡을 수 있다는 것도 거기에 포함되어 있을 터.

"나도 함께."

후타바는 숨을 헉헉거리며 말했다. 이로하는 이제 망설이지 않았다. 환도재는 후타바도 노린다. 그렇다면 같이 있는 편이 좋다. 아니, 함께 싸우는 것이다.

"그래, 가자."

이로하는 다시금 녹존의 망을 치면서, 앞에 보이기 시작한 장려한 구조의 건물, 신토미자를 향해 계속 달렸다.

– 남은 인원, 9명.

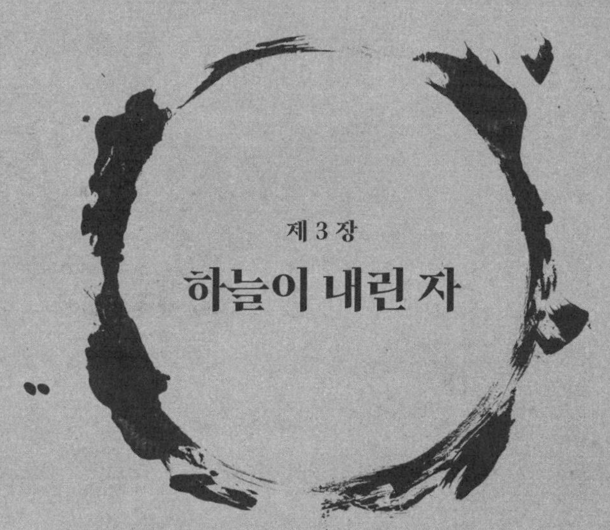
제 3 장
하늘이 내린 자

먼저 여자의 비명이었다. 그 후에 누군가가,

"신문에 나온 남자다! 분명히… 이름은 사가 슈지로!"

라고 내 이름을 입에 올림으로써, 사태의 일부분을 알아차리게 되었다. 신문이란 것은 분명 그 호코쿠 신문. 거기에 내 이름이 실렸다.

아니다. 이름만으로는 이렇게 되지는 않는다. 용모파기가 있다. 아니, 그 사진인가? 신문에 실려 유포된 것이다.

"경찰에 통보해!"

"아니야, 붙잡아버려! 그편이 돈이 된다!"

이 두 개의 외침으로 사태 파악은 더욱 확실해졌다. 나를 붙잡으면 그런대로 큰돈을, 통보하는 것만으로도 얼마간의 돈을 받을 수 있다.

신문은 수배지 같은 것. 분명 수배당한 것은 나뿐만이 아니라 나머지 여덟 명도 마찬가지겠지. 즉, 후타바까지도 수배되었다는 뜻이다.

"…웃기지 마."

과거 막부 말기의 교토에서 몇 번인가 본 얼굴. 가와지 도시요시의 얼굴을 떠올리면서, 슈지로는 두 자루의 칼을 싼 천을 풀었다. 검이 드러나자 사람들의 비명이 더욱 큰 것으로 변했다.

도대체 어느 정도 부수를 뿌렸는지는 모른다. 지난번에는 홋카이도에서부터 류큐까지 뿌린 무리다. 도쿄부 안에서만이라면 구석구석까지 다 돌았을 터. 즉, 검을 숨겨도 소용없다는 뜻. 오히려 앞으로의 전개를 생각하면, 이 틈에 풀어놓아야 한다. 땅바닥에 천 끝자락이 살랑 떨어졌을 때, 슈지로가 예상했던 대로의 사태가 벌어졌다.

멀리에 순사의 모습이 보였다. 호루라기를 불면서 다가온다. 가까이에 공사장이라도 있는 건지, 불량해 보이는 젊은 패거리가 우르르 군중들 속에서 걸어 나왔다.

돈에 눈이 먼 것은 분명하고, 하나같이 야비한 웃음이 입가에 달라붙어 있다.

"어이, 아저씨. 얘기 좀 할까."

"아저씨라….."

슈지로는 쓸쓸하게 중얼거렸다. 뭐, 틀린 말은 아니다. 이놈들은 보기에 스무 살도 채 안 되어 보인다. 안세이(安政)나 만엔(万延), 혹은 분큐(文久) 출생일 가능성도 있다(안세이(安政)는 1854~1859년, 만엔(万延)은 1860~1861년, 분큐(文久)는 1861~1864년을 의미한다). 철이 들 무렵에 메이지라는 시대를 맞이해, 무사 같은 것은 골동품으로 보이겠지. 그리고 지금 세상에서는 검은 절대로 뽑지 못할 거라고 얕보고 있다.

"벌써 순사가 와 있어. 뽑을 수 있으면 뽑아봐."

"너희들 상대로 뽑겠나?"

슈지로는 허리에 두 자루의 칼을 넣으면서 말했다.

"이놈이 —."

남자가 덤벼들며 휘두르려던 팔을 옆으로 쳐내고 발을 걸어 허공에 띄웠다. 더욱이 그 위를 뛰어넘어, 놀라는 나머지 놈들에게 향한다.

먼저 콧잔등에 주먹, 이어서 명치에 무릎, 더욱이 턱에 팔꿈치, 차례로 타격을 가해 침몰시키지만, 혈기왕성한 이 자들은,

"한꺼번에 덤벼!"

라며, 겁먹지 않고 맞선다. 나머지 십여 명. 아니, 또 동료가 달려와 늘어났나? 순사가 달려올 때까지 다 쓰러뜨리는 것은 무리다. 지금은 조금이라도 빨리 후타바와 합류하는 것이 우선이고, 여기에서 하염없이 시간을 허비하는 것은 아깝다.

무곡 ‒. 슈지로는 허공에서 선회하더니, 발꿈치로 또 한 명을 차서 날려버리고, 그 기세 그대로 사카가와 우유 목장 쪽으로 돌진했다.

"놓치지 마!"

울타리를 넘어 부지 안으로 도망칠 거라고 생각했겠지. 인부들은 우르르 쫓아왔다. 슈지로는 거기에서 대검을 쓱 뽑아 들었다. 도대체 얼마나 많은 피를 빨았던 것인가. 무라마사는 요사스러운 푸른 광채를 내뿜었다.

"진짜 뽑았어!"

솟아오르는 경악의 목소리 한가운데에서 슈지로는 칼을 휘둘렀다. 벤 것은 전율하는 인부들이 아니었다. 사카가와 우유 부지를 빙 둘러싼 나무 울타리다.

이래서는 소가 밖으로 도망칠 수도 있어서, 목동들이 황급히 달려온다. 이것으로 얼마간은 혼란도 더해지겠지. 슈지로는 울타리를 잇

달아 베어버리면서 달려나갔다.

― 후타바는 어디일까?

슈지로가 먼저 생각하는 것은 그것이었다. 분명 다른 이들도 나처럼 도쿄 어딘가에 수배자로 내던져져 있겠지. 후타바에게 달려가고 싶지만, 소재를 전혀 파악하지 못했다. 단서를 잡기 위해서 도쿄 전체를 뛰어다닐 각오였다. 결과적으로 지금은 남쪽을 향해 달리고 있다. 그쪽에서부터 황성을 한 바퀴 돌면서 후타바가 있는 곳을 찾기로 정했다.

― 붙잡히면 어떻게 되나?

슈지로는 최후의 울타리를 베고는 질풍처럼 칼을 칼집에 넣었다.

경찰에 붙잡힌다는 것은 사실상 고독에서 탈락. 그보다도 도대체 무슨 죄목으로 어떻게 심판받는 건가? 혹은 비밀리에 말살당하는 것일까? 그 이전에 다른 참가자가 습격해오지 않는다는 보장도 없다. 역시 빨리 합류해야 한다.

"이로하…."

이 대도시 어딘가에 있을 의동생의 이름을 중얼거렸다.

후타바에게는 먼저 이로하를 의지하라고 전해뒀었다. 녹존이라면 나보다 훨씬 빨리 찾을 수 있다. 두 사람이 내린 곳이 가깝기를 비는 수밖에 없다. 한편, 내 무곡에도 좋은 점이 없는 것은 아니었다.

"말도 안 되게 빨라!"

인부가 절망의 목소리를 냈다. 하나같이 상식을 벗어난 다리 힘을 지닌 형제들 중에서도, 내 다리의 속도는 독보적이다. 다리에 관련된 비술인 무곡이 그렇게 만드는 것이다. 인부들은 물론이고, 훈련을 받은 경관조차도 이를 따라잡을 수 있는 자는 전혀 없다. 동료에게 전달하려는 경관의 호루라기 소리만이 고지마치에 허망하게 울려 퍼질 뿐이었다.

큰 길가로 나갔을 때 오가는 사람들 수는 비약적으로 늘어났다. 슈지로는 그 인파를 가로지르는 것처럼 돌진했다. 눈앞을 달려 지나가는 모습에,

"우왓!"

하고, 모두가 하나같이 놀란 소리를 내며 혼비백산한다. 그렇기는 해도, 부딪치기는 고사하고, 어깨를 스치는 일조차 한 번도 없었다. 이것은 북진의 힘. 눈에 비치는 모든 사람의 다음 움직임을 예측하고, 충돌이 일어나지 않도록 하는 것이다. 이때 무곡은 쓰지 않는다. 북진의 예측을 할 수 없게 되기 때문이다. 즉, 무곡과 북진을 매번 번갈아 쓰면서 질주하고 있다.

이제 따돌렸나? 생각하자마자 말발굽 소리가 들려서 돌아봤다. 그 직후, 뒤쪽 옆길에서부터 말 울음소리와 함께 말이 뛰어나왔다.

"기마대…."

메이지 7년(1874년), 내무성과 경시청과의 전령 역할로서 발족. 즉, 현재의 경시국과는 다른 조직이지만, 가와지의 지배는 여기에까지 달한 모양이다.

성질상, 기마대는 경관을 훨씬 웃도는 정예 대원들이 모였다. 전부 3명. 고삐를 능숙하게 다뤄 말머리를 돌리고 이쪽을 향하여 돌진해 온다.

아무리 발이 빠르다고 해도 과연 말에게는 이길 수 없다. 게다가 이쪽은 사람들을 피하면서 가는데, 상대방은 사람들 쪽에서 황급히 길을 터주니 점점 거리는 좁혀졌다.

"네 이놈, 거기 서라!"

걸걸한 목소리가 등으로 쏟아져, 슈지로는 힐끗 돌아봤다. 이미 10미터도 채 안 되는 곳까지 와 있다. 말 위의 기마대원은 얼굴을 보고,

"역시 사가 슈지로로군."

이라고 확신을 얻었다며 안광을 날카롭게 빛냈다. 그래도 슈지로가 말없이 발을 움직이자, 기마대원은 모두 들으라는 듯이 낭랑하게 선언하기 시작했다.

"올해 5월 5일, 교토 덴류지 경내에 폭도 다수가 모임. 미에현 제4과 오와세 마고타로 살해에 이어, 사족, 평민을 불문하고 빼앗은 목숨은 열 명이 넘는다. 더욱이 하마마쓰 우체국에 방화, 요코하마에서 다수의 군인을 살상하였다."

과연, 그런 거로 되었나. 날조라고는 할 수 없다. 고독에서 강요당했기는 하나, 분명히 전부 기억에 있는 일이다. 여기에서 가와지의 강렬한 집착이 느껴졌다.

"법과 질서를 무시한 그 죄, 결코 용서받을 수 없다!"

기마대원의 표명 앞에 남녀노소를 불문하고 모두 함성을 질렀다. 어린아이는 천진하게 눈을 빛내며, 무찌르라고 기마대를 응원했다. 나는 변명의 여지 없는 악인이 되어 있었다.

"이제 금방 따라잡는다!"

"베어버려!"

사람은 정의감에 취하는 것은 손쉬운 일인 모양이다. 격려하는 목소리에 섞여, 무서운 말을 외치는 자도 있다. 그 목소리에 따라 기마대의 도취도 또한 강해진 모양으로, 주저하는 빛도 보이지 않고 사벨을 뽑아 들었다.

"서라는 말이 안 들리나!"

이미 따라잡혔다. 등을 향해 사벨을 내리친다. 그것은 북진으로 보고 있다. 그러나 볼 필요까지도 없었다.

탐랑 -. 이 비술은, 여섯째 동생의 유지는, 모든 악의를 잡아먹는다.

"뭐얏!"

칼집에서 칼을 뽑자마자 등 뒤로 돌려, 게다가 돌아보지도 않고 막아내자, 기마대원은 경악한 목소리를 냈다. 탐랑을 발현한 채로 무곡. 슈지로는 허공에서 몸을 돌려 사벨을 훑어내듯이 튕겨 날렸다.

먼저 올라간 것은 말 울음소리. 말의 몸을 발로 차고, 허공에 머물러 있는 상태로 바로 후방의 두 명을 향해 칼을 휘두른 것이다.

"커헉!"

"큭 -."

스쳐 지나가는 모양새. 한 명은 미간을 칼등으로 쳐서 낙마시켰으나, 한 명이 지금 막 사벨을 뽑아 들어서 아슬아슬하게 막아냈다.

경관 대부분이 사족이며, 관등으로 말하자면 3등에서 17등. 등외 4등. 합계 19계급으로 나뉜다.

기마대도 그에 준한다. 15등 권소경부급 이상이 많을 터. 즉, 상당한 집안 출신이며 어릴 때부터 검술을 익힌 자, 혹은 검 재주로 위로 올라온 자들뿐. 보통 순사들과는 역시 격이 다르다.

"호루라기!"

"넵."

최초에 일격을 가해온 쪽이 말머리를 돌리면서 명령하고, 다른 한 명이 허리의 호루라기를 꺼내 불었다. 만만치 않다는 걸 알게 되자 바로 응원을 부른다. 이런 판단력도 뛰어나다.

"너희들로는 나를 막을 수 없다."

슈지로는 칼을 겨누며 낮게 말했다. 나름대로 숙고하여 말했다고 생각했는데, 구경꾼들에게는 악당의 허세로 들린 모양으로, 욕설이 쏟아졌다. 기마대원도 모욕으로 받아들였는지 파란 힘줄이 튀어나올 정도로 얼굴을 구기더니,

"사사키, 동시에 간다!"

라며 남은 두 명이 함께 돌진해온다. 더욱이 낙마했던 한 명도 기합 소리를 발하며 일어서더니, 사벨을 여덟 팔자로 겨누고 덤벼들었다.

공격을 막아내느라 칼이 맞부딪쳤다. 처음부터 그것이 이 기마대가

노린 것이다.

"같이 해치워주십시오!"

기마대원은 올곧은 눈으로 외쳤다.

신지로와 같은 또래. 무가의 명문가 출생으로 공직에 발탁되었고, 악인은 절대 용서하지 않는다는 역할에 불타고 있다. 그런, 때 묻지 않은 눈이었다.

"자고 있어."

슈지로는 다리를 걸어 몸을 띄우더니, 기마대원의 머리를 왼손으로 잡아 땅에 내리쳤다. 그때에는 두 명이 그를 사이에 끼듯이 기습해오고 있다. 오른손만으로 두 개의 칼날을 튕겨내고 다시 스쳐 지나친다.

"한 번 더!"

상사인 듯한 기마대원이 외쳤으나, 나머지 한 명은 흔들 기울어지더니 말에서 떨어졌다. 튕겨낸 반동을 이용해 옆구리를 칼등으로 때린 것이다.

이 재빠른 기술에 주위에서는 비명, 남은 한 명은 할 말을 잃었지만, 슈지로는 아랫입술을 깨물었다. 순사 무리가 다가오는 것을 눈 가장자리로 포착했다.

지금도 칼등을 돌리면 두 사람 다 동시에 격침시킬 수 있었다. 구름 떼처럼 다가오는 경찰들을, 앞으로도 죽이지 않고 빠져나가는 데는 한계가 있다.

－너는 얼마나 무른 거냐?

    이쿠사가미 전쟁의 신

몸쪽으로 끌어당긴 무라마사에서, 부코쓰의 어이없어하는 목소리가 들린 것 같은 느낌이 들었다.

"알잖아."

슈지로는 속삭였다. 내가 그들을 죽이지 않아도 약하지 않다는 것을. 과거가 아닌 지금이 더 강하다는 것을. 칼자루를 고쳐 쥐자, 날밑이 희미하게 소리를 냈다. 틀린 말은 아니네, 라고 코웃음을 치는 것처럼.

그 순간, 요란한 말 울음소리에 돌아봤다. 주인을 잃은 말이 폭주하여 대중들에게 돌진한다. 찢어지는 것처럼 흩어져 도망 다니는 사람들 속에 뱀 앞의 개구리처럼 굳어버린 자. 아까 기마대에게 성원을 보냈던 아이였다.

"다친 데는 없나?"

무슨 일이 일어난 건지도 모르겠지. 내 팔 안에서 아이가 얼굴이 굳어 고개를 끄덕였다. 말에 치이기 직전, 슈지로는 뛰어들어 한 손으로 아이를 안고 점프한 것이다.

"저…."

뭔가 말하려는 이 아이와 한 달 전의 후타바가 겹쳐 보였다.

"여기서 벗어나라."

슈지로는 살며시 땅에 내려주고 서게 해줬다. 말은 마구 날뛰며 좁은 길로 사라졌고, 대신에 순사들이 도착했다.

전부 때려눕히고 퇴각할까? 아니면 돌파할까? 슈지로가 가느다란 숨을 내쉰 그때, 말이 도망친 좁은 길에서 다시금 말 울음소리가 들렸다. 아까보다도 더욱 이상했다. 마치 단말마 같은 소리였다.

"어떻게 해서든 저 흉적을 붙잡는다!"

그런 일은 아랑곳하지 않고, 남은 한 명의 기마대원은 순사들을 고무한다. 한편, 좁은 길에서 불쑥 남자가 모습을 드러냈다.

"뭐…?"

슈지로가 경악할 때까지 한 호흡, 사이가 떴다. 너무나도 흉흉하고, 상궤를 이탈했는데도, 풍경에 녹아들 정도의 자연스러움까지 겸비했기 때문이다.

"좋아, 두 조로 나뉘어 양 날개부터 —."

목소리가 끊겼다. 목소리뿐만이 아니다. 목도 또한 잘려 동백 꽃잎처럼 땅에 떨어진다. 동체는 아직 말 위에 있고 사벨을 치켜든 채였다.

아까까지의 소란이 거짓말처럼 한순간의 정적. 나뒹구는 머리가 발에 닿아 멈췄을 때,

"어…?"

하고, 순사가 고개를 갸웃거렸다. 그것이 신호가 되어 장면이 폭발했다. 말 위의 기마대원의 몸에서 솟아오른 핏줄기. 순사들은 기괴한 소리를 지르며 당황했고, 구경꾼들은 절규하며 도망쳤다. 말이 그에 놀라 달려나감으로써, 기마대원의 몸이 말에서 떨어져 허공에서 춤춘다. 그야말로 아비규환의 양상이었다.

그 가운데, 좁은 길에서 나온 남자만이 조용히 서 있었다. 아무렇게나 묶은 머리, 손에는 피가 뚝뚝 떨어지는 칼, 허리에는 협차. 고독 참가자가 틀림없겠지만, 그 옆얼굴은 기억에 없었다.

도쿄에 도착한 것은 아홉 명. 그것을 이뤄낸 강자들 중에 딱 한 명만 아직 만나보지 못한 자가 있었다. 아들 이름과 같은 발음이어서 특히 기억한다.

2

"덴묘… 도야."

슈지로의 중얼거림에 대답하는 것처럼, 남자는, 아니, 덴묘는 이쪽을 본다. 상당히 젊다. 아까 인부들과 그리 차이가 나지 않는다. 아니다. 다른 것은 그것이 아니다. 온몸에서 소름이 끼칠 정도의 살기를 내뿜고 있다.

"보이는 거야?"

덴묘는 요사스럽게 미소지었다. 도대체 뭐가 보인다는 건가? 전혀 알 수 없다. 그러나 이 남자가 심상치 않다는 것만은 알겠다.

"그쪽도 굉장하네."

탄식이 교차하는 와중에, 덴묘는 내 등 뒤를 가리켰다. 퍼뜩 놀라 돌아보지만, 아무것도 없다. 정면에 얼굴을 되돌린 순간, 슈지로는 절규와 비슷한 기합 소리를 냈다. 그 한순간에 덴묘가 단숨에 거리를 좁힌 것이었다.

서로의 얼굴 사이에서 불꽃이 튀었다. 아직 익숙하지 않다는 이유는 있다. 그러나 이것은 내 방심. 대치하면서 탐랑을 집어 넣어둔 것이었다. 그래도 간신히 끄집어내는 타이밍이 아슬아슬하게 늦지 않았다.

"…할 생각인가?"

"안 할 생각인 거야?"

교차하는 칼날 끝, 덴묘의 흐릿한 웃음. 등줄기에 강렬한 오한이 달려 빠져나갔다. 도대체 이 녀석은 뭔가? 간지야 부코쓰와는 또 다르다. 무구할 정도의 광기가 느껴진다.

덴묘가 뒤로 휙 뛰어 물러서자마자, 아니, 발이 아직 허공에 떠 있는 상태에서, 칼의 광망이 다가온다. 이것은 빨랐다. 소리조차도 뒤에 남겨둘 정도로 - .

"탐랑!"

슈지로는 동생처럼 비술을 불렀다. 여름의 바람 같은 베기, 장맛비 같은 찌르기, 탐랑이 깃든 칼은 잇달아 그것들을 물어 죽였다.

"굉장해."

덴묘는 기쁜 듯이 목소리를 높였다. 그 얼굴은 어린아이처럼 천진했으나, 사지의 움직임은 수라처럼 흉포했다. 게다가 시간이 지날수

　　　　　　　　　　　　　　　이쿠사가미 전쟁의 신

록 가속해간다.

"…있을 수 없는 일이야."

슈지로의 숨이 가빠진다. 월하의 싸락눈 같은, 두 사람의 칼날이 자아내는 섬광. 그 숫자가 너무 많아 탐랑이 뒤처지기 시작했다. 총알조차도 막아내는 진로쿠에 비해, 내가 아직 다루는 게 뒤떨어진다는 탓도 있지만, 그것을 감안하더라도 믿기 힘들다. 마치 탄막이 쏟아지는 듯한 맹공이다. 그리고 마침내 칼이 탐랑의 이빨을 피해 어깨를 스쳤다.

"아깝네."

덴묘는 유쾌한 듯이 미간을 활짝 폈다. 탐랑이 따라잡지 못한다면, 스치고 빠져나간 칼은 무곡으로 피하는 수밖에 없다. 조금이라도 몸이 닿으면 탐랑은 소실되어버린다. 단칼에 승부를 내야만 한다. 슈지로는 반격의 실마리를 계속 찾고 있지만,

－어디에 있지?

라고 말할 수밖에 없었다.

덴묘의 검은 공방 일체. 아니, 계속 공격하는 자와 수비를 굳히는 자, 여러 명의 검사를 동시에 상대하는 건가 싶을 정도로 빈틈이 없다.

사실, 덴묘의 물 흐르는 듯한 자잘한 발놀림. 누군가와 흡사했다. 검 수련으로 익힌 것과는 다른 종류다.

슈지로가 퍼뜩 깨달은 그때, 덴묘가 몸을 소용돌이처럼 돌렸다. 왼

손에 든 한쪽 칼의 공격에 탐랑이 달라붙지만, 순간의 차이로 그 아래를 손날이 밑으로 빠져나가 달려든다.

"컥 –."

반사적으로 팔꿈치를 옆구리에 대고 막았지만, 강렬한 압력에 몸이 날려가 버린다. 슈지로는 모래 먼지를 일으키며 미끄러졌지만, 한쪽 무릎을 꿇고 간신히 멈췄다.

이것은 보통 공격이 아니다. 팔꿈치로 막지 않았으면 장기가 파열해서 즉사했을지도 모른다. 커다란 철구로 맞은 것 같은, 몸 안쪽에 무수한 바늘이 박힌 것 같은 감각. 몸으로 막은 것은 처음이지만, 이것과 비슷한 움직임을 했던 자를 알고 있다.

"리쿠켄…."

슈지로가 중얼거렸을 때는,

"리쿠… 그 사람, 아는구나."

라며 덴묘가 다가왔다. 그 한마디로 모든 것을 깨달았다. 리쿠켄은 이 젊은이와 싸워서 패했다. 그리고 덴묘는 싸웠던 상대방의 기술을 흡수하여 이토록 강해진 것이라는 사실도.

"…탐랑, 부탁한다!"

슈지로가 비통한 외침을 내질렀다. 봄바람에 날리는 꽃잎처럼, 두 사람을 다시금 칼 그림자가 휘감고, 높은 소리가 귓가를 격렬하게 흔들었다.

엄청나게 강하다. 게다가 싸우기 시작했을 때보다도 검의 날카로움이 더해졌다. 도대체 이것은 무엇이란 말인가? 지금까지 싸웠던 그 누구와도 다르다. 수련이라거나 연마가 아니다. 이것은 순수한 재능인가? 백 년, 아니, 천년에 한 명꼴로 나올까 말까 한 인재. 검의 시대가 끝나가는 이 시기에, 하늘이 마지막으로 보내준 것처럼.

"북진도 오너라!"

칼날이 탐랑을 스치고 빠져나가 다가온다. 그것을 미리 예측하고 피하지 않으면, 단칼에 목숨이 날아간다. 지금 나는 가장 강할 터인데. 그래도 호각이었던 것은 처음뿐. 1초마다 서서히 차이가 벌어진다.

이미 재능조차도 아니다. 몇 명이나 되는 무인들을 번갈아 상대하는 것 같다. 마치 검의 역사가 파도가 되어 밀어닥치는 것 같다. 이런 남자가 있을 줄은 상상도 하지 못했다. 이래서는 환도재를 무찌르는 것은 고사하고, 후타바를 구하러 갈 수도 없고, 나는 여기서 끝난다―.

"흉적들이 싸우는 지금이 호기! 가자!"

그때, 기마대원이 통렬하게 포효하는 것이 들렸다. 이미 구경꾼 대부분이 사라졌다. 남은 얼마 안 되는 자들도 처절한 검격에 할 말을 잃었다.

하지만 경찰은 그럴 수도 없는 모양이다. 간신히 제정신을 차린 순사들을 이끌고, 기마대원은 사벨을 들고 돌격해오고 있다.

"멈춰라!"

슈지로의 쥐어 짜낸 듯한 제지도 닿지 않는다. 그것도 당연하다. 경찰이 보기에는 그저 목숨을 구걸하려는 것으로 들릴 테니까. 덴묘에

게 변화가 있었다. 폭풍 같던 공격이 딱 멎고,

"오오."

라고 감탄을 남기고는 순사 무리를 향한 것이다.

몸을 돌리는 순간의 덴묘의 눈이 마음에 걸렸다. 북진으로 보지 않았다면 놓쳤을 정도로 희미한 것이긴 했으나, 덴묘의 시선이 순사들 키보다 높았던 것이다. 아까 나에게도 그랬었다. 이 남자는 무엇을 보고 있는 것인가?

"젠장…."

슈지로가 그제야 일어서서 자세를 바로잡았을 때, 몇 개나 되는 단말마의 비명이 연쇄적으로 들렸다. 마치 비눗방울을 손가락으로 터뜨리는 것처럼, 손쉽게 목숨이 꺼져간다.

"네 이놈, 관헌에게 대드는 것도 –."

덴묘가 점프하고, 기마대원의 사벨을 든 팔이 떨어지더니, 말 갈기에 입맞춤을 하는 것처럼 상체가 침몰했다. 등이 깊게 갈라져 있다. 즉, 팔을 동강 내고 스쳐 지나간 후, 칼을 돌려 베었다는 뜻. 환도재와 비교해도 손색이 없다.

– 도망쳐.

슈지로는 자신에게 명령했다. 어째서인지 덴묘는 나와의 싸움을 포기하고 경관들에게 향했다. 도망치려면 지금밖에 없다. 후타바에게 가는 것이 우선. 환도재와 싸우기 위한 여력을 남겨둬야만 한다.

지금 무참하게 베이는 것은 무고한 부민이 아니다. 경찰은 죽음도 각오하고 있을 터. 애초에 그들은 적인 것이다. 몇 가지나 되는 변명을 마음속으로 거듭 되뇌었지만, 슈지로의 다리는 난전을 향하여 달려나가고 있었다.

아까의, 신지로와 같은 나잇대 기마대원. 분명 이 자들은 자신들이 고독의 일부인 줄도 모른다. 진심으로 도쿄에 잠입한 흉적을 붙잡으려고, 진심으로 부민들을 지키려고 하는 것뿐이다.

어째서 나는 덴류지에서 후타바를 도왔는가? 후타바와 함께 여기까지 온 것인가? 돌아가야 할 곳에, 돌아가야 할 사람에게, 나는 이제 옛날로는 돌아가지 않겠다고 맹세했기 때문이다.

"덴묘!"

슈지로가 이름을 부르자, 덴묘는 상대방의 피가 묻은 얼굴을 돌렸다.

"기다리고 있어. 어차피 안 갈 거지?"

"네가 기다려라."

슈지로는 칼을 휘두른다. 1, 2, 3, 손을 늦추지 않는다. 아니, 무곡을 최대한으로 끌어내어, 공처럼 튀면서 사방팔방에서 공격한다. 아까와는 반대의 전개다.

"죽고 싶지 않으면 도망쳐!"

열심히 외치자, 순사들은 거의 기어가다시피 하며 도망쳤다. 그러나 덴묘의 칼에 빈사 상태가 된 자, 몸에 힘이 풀려 움직이지 못하는 자도 있었다.

-더 못 버틴다.

끊임없는 연속 공격의 한계를 맞이하고, 돌변하여 다시금 공방전의 모양새가 되었다. 무곡, 북진, 탐랑, 전부를 지나치게 구사했다. 이제 곧, 나는 한계를 맞는다.

"빨리… 빨리 도망가줘!"

슈지로는 영혼이 흔들리는 것처럼 외쳤다.

처음으로 달려나간 것은, 슈지로가 땅에 패대기쳤던 그 젊은 기마 대원이었다. 겁먹고 있는 다른 순사들에게도 외치고, 부상자를 둘러 매고 옮기려고 했다. 그러나 부상자가 너무 많아서 다 옮길 수 없다.

덴묘의 유성군 같은 공격. 번쩍거리는 빛이 용서 없이 쏟아져 내린다. 가장 먼저 비명을 지른 것은, 습득한 지 얼마 안 되는 탐랑이었다. 살의를 쫓을 때마다 삐걱거렸고, 앞으로 몇 초 후면 발동하고 있을 수 없게 된다.

아슬아슬한 순간, 슈지로는 눈 가장자리에 그림자를 포착했다. 알 아차린 것은 그 혼자만이 아니었다. 덴묘도 또한 시선을 옆으로 움직 여, 한 손으로 허리의 협차를 휘둘렀다.

"나에게 그것은 악수다."

그림자의 주인은 내뱉었다. 바람이 일그러지는 것 같은 날카로운 소리. 덴묘의 협차가 뿌리 쪽부터 두 조각으로 부러진다. 그 일격은 쇠를 동강내고도 멈추지 않고, 반사적으로 몸을 뺀 덴묘의 어깨를 스치고 핏방울을 날렸다.

부코쓰와의 싸움에서 일어났던 일의 재래. 슈지로도 힘을 쥐어 짜내어 다리를 돌려, 허공을 회전하는 협차의 날끝을 발꿈치로 찼다. 덴묘는 처음으로 굳은 얼굴을 힘차게 흔든다. 칼끝은 몇 가닥의 앞머리, 뺨을 살짝 훑고, 이쪽도 피의 빨간 줄을 떠올리게 한다. 그 직후, 덴묘는 궁지에서 벗어난 토끼처럼 뒤로 펄쩍 뛰어 물러섰다.

"덕분에 살았다…."

슈지로는 어깨를 들썩이며 숨을 몰아쉬면서 감사의 말을 했다.

"뭐야? 이 녀석은."

불어오는 바람이 모래 먼지를 피워올리는 가운데, 자신 있는 가스미(霞) 자세(칼을 비스듬히 들고 몸을 트는 방어적 자세로 현대 검도에서는 잘 쓰지 않는다)를 취하면서 낮게 물었다. 교하치류 계승자 후보, 의동생, 아다시노 시쿠라였다.

"아홉 명 중 한 명… 덴묘 도야."

"모르겠는데."

"나도다."

시쿠라와도 마주친 적 없는 모양이다. 그도 그럴 만하다. 시쿠라는 오쿠보를 구하기 위해 하마마쓰에서부터 도쿄로 급행했었다. 그 전에 마주치지 않았다면 만났을 리가 없고, 만약 검을 섞어봤다면, 경계할 자로서 우리에게 알렸을 것이다.

형제가 연달아 대화를 나누는 가운데, 덴묘는 부러진 협차를 빤히

보면서,

"이건… 못 따라 할 것 같네."

라고 중얼중얼 혼잣말하고 있다. 그렇기는 해도, 빈틈은 전혀 없다. 이쪽이 베려고 덤벼들면 곧바로 대응하겠지. 지금은 체력 회복에 전념해야 한다.

"잘 와줬다."

"외침 소리가 들렸다."

시쿠라는 눈을 가늘게 뜨면서 관찰한다. 파군으로 기습했는데도 놓친 단계에서, 덴묘가 보통이 아니라는 것을 알아차렸다.

"가까운 곳에 있었나? 나는 고지마치의 사카가와 우유였다."

"산넨초… 오쿠보 경 저택 앞이다."

시쿠라가 어금니를 악문다.

오쿠보를 지키지 못한 것을 애통해하는 것이라고 슈지로는 너무나 잘 알 수 있었다. 고독 무리는, 가와지는, 그것을 조롱하는 것처럼, 일부러 시쿠라를 그곳에 떨군 것이겠지.

"시쿠라, 오쿠보 씨 일은-."

"위로는 필요 없어. 내 힘이 부족했다."

"나도 진로쿠를 구하지 못했다."

"어차피 마지막까지 겉멋을 부렸겠지. 탐랑을 이어받은 모양이군…. 이제 할 수 있나?"

"그래, 할 수 있다."

슈지로는 마지막으로 깊이 숨을 들이켜 호흡을 가다듬었다.

"저 녀석, 뭘 보고 있는 거야?"

덴묘는 태평하게 협차를 쳐다보고 있었다. 그러나 지금 대화 도중에, 문득 돌아본 것이다. 마치 뭔가 이상한 소리라도 들린 것처럼. 엄청난 기세로 고개를 흔들었다. 이후로 그쪽도 뭔가를 관찰하는 것처럼, 기분 나쁜 눈길을 시쿠라에게 계속 보내고 있다.

"가능한 일인가…?"

칼날 끝을 살짝 옆으로 움직이며, 시쿠라는 조용히 중얼거렸다.

"무슨 뜻이야?"

"살기를 본다는 게."

시쿠라는 반신반의하는 기색이었으나, 슈지로는 그제야 묘하게 납득했다. 덴묘는 내 뒤를 보고 있었다. 나보다도 살기를 띤 기마대원 쪽으로 갔었던 것도 이해가 간다. 덴묘는 살기에, 아니, 사람이 내뿜는 기척에 극단적으로 민감한 건지도 모른다.

"시쿠라… 이 남자, 너무 강하다."

"그런 것 같군."

"게다가 시시각각 더 강해지고 있어…."

아까의 귀신 같은 검 놀림을 떠올리고, 슈지로는 목구멍을 울리며 꿀꺽 침을 삼켰다.

"뭐, 됐어."

덴묘는 협차를 쨍그랑 소리 내 떨어뜨리더니 칼집도 빼서 휙 내던졌다. 그리고 고개를 기울이면서 대검을 앞으로 쓱 들어 올렸다.

“아까부터 한시라도 빨리 여기를 벗어나고 싶었는데….”

슈지로는 약간 허리를 낮추고 팔상세에 가까운 정안세로 겨눈다.

“보내줄 생각은 없는 모양이야.”

여기에 있는 기마대는 체포할 마음은 이미 사라지고, 조금씩이긴 하지만 대피도 진행되고 있다. 부민도 거의 없다. 골목에 몸을 숨기고, 혹은 가게 선반 뒤에서, 2층에서 얼굴만 내밀고, 공포에 떨며 상황을 살펴보는 자가 약간 있을 뿐이다.

“시시각각 강해진다면….”

시쿠라는 거기에서 말을 끊더니,

“그 전에 해치우면 된다.”

라고 선언했다. 여전히 시쿠라는 가스미 자세. 이미 파군을 다시 소환했고, 검 끝이 미동하고 있다.

3

옆에서 보면 계기는 아무것도 없었을 것이다. 우리만 아는 교묘한 호흡으로, 3자가 동시에 땅을 박찼다. 굶주린 늑대가 세 마리, 대도시 도쿄에서 맞붙었다.

 　　　　　　　　　　　　　　　　　이쿠사가미 전쟁의 신

“흩어져.”

최초는 시쿠라. 흔들리는 칼날, 파군의 참격이었다. 덴묘는 칼로 막지 않고 몸을 쭉 뻗어 피했다. 시쿠라의 검이 무기를 잡는다는 것을 알아차렸다.

“잡았다.”

일격이 빗나감으로써, 시쿠라에게는 확실히 빈틈이 생겼다. 덴묘는 그것을 놓치지 않고 질풍처럼 반격을 쏟아냈다. 그러나 이 빈틈, 일부러 만든 것이다. 시쿠라는 왼손을 칼자루에서 떼더니, 자기 목덜미 쪽으로 내밀었다.

통상이라면 손이 두 동강이 난다. 통상이라면 –.

“거문….”

“뭐야? 그거.”

검을 손으로 막았는데, 아주 약간 살갗이 찢어지고 만 정도에, 덴묘는 놀라 눈을 크게 떴다. 거기에 슈지로의 비스듬히 베기.

여기에서 무곡. 덴묘는 몸을 뒤로 젖혀 간신히 피했으나, 슈지로는 내리친 기세 그대로 허공에서 몸을 돌려 발차기를 날렸다. 여기에서 뒤로 물러나면 날려버릴 수 있었겠지만, 덴묘는 겁내지 않고 오히려 한 걸음 앞으로 내디뎠다. 이마로 누르는 모양새로, 오히려 슈지로 쪽이 자세가 무너졌다. 그러나 이것도 상정한 범위 내다.

“시쿠라.”

슈지로가 부르는 것보다도 빨리,

“좋았어.”

라고 시쿠라는 중얼거리면서 팔을 움직였다. 헛손질한 칼을 되돌릴 만큼의 여유는 없다고 보고, 날밑에 손을 대고 잡은 칼자루 끝을 덴묘의 옆구리에 처박은 것이다.

“꾸엑….”

덴묘의 입에서 침이 흩날린다. 이것도 그냥 타격이 아니었다. 칼자루에까지 확실하게 파군을 실었다.

“아직이다.”

이 남자는 조만간 큰 화근이 될 것 같은 느낌을 지울 수가 없다. 여기에서 해치우는 게 좋다고 감이 알려준다. 자세가 무너진 채로, 한쪽 발만 땅에 닿은 상태로, 슈지로는 찌르기 추가공격을 가했다.

덴묘는 내 검은 받아쳐도 상관없다는 것을 알았고, 이 상황에서도 손목만으로 칼을 돌려 튕겨낸다. 반면에 시쿠라의 물 흐르는 듯한 베어 올리기는 머리를 숙여 피했다.

“안 되겠네.”

그토록 호전적이었는데, 덴묘는 돌변해서 놀란 토끼처럼 도망쳤다.

“쫓아간다.”

시쿠라는 어설프지 않다. 상대방이 전의를 상실했든, 등을 보이며 도망가든, 베겠다고 결심했으면 벤다. 슈지로는 한 박자 늦게 그 뒤를 따랐다.

덴묘가 도망친 것은 약 여덟 걸음뿐. 거기에서 몸을 낮춰, 절명한 기마대원의 손에서 빼낸 사벨을 낚아채자마자, 땅에 곡선을 그리는 것처럼 하며 달려온다. 그 얼굴, 만개한 벚꽃을 바라보는 것처럼 황홀한 빛에 물들었다.

"싸우자, 싸우자, 싸우자!"

"흉악한 놈."

시쿠라의 연속 공격을, 상체를 용수철처럼 튕겨 피한다. 슈지로도 쫓아가 칼을 휘둘렀다. 이쪽은 오른손의 검으로 막고 흘려낸다. 더욱이 거기에 멈추지 않고, 왼손의 사벨로 반격해 오는 지경.

슈지로의 뺨을, 시쿠라의 팔을, 칼날이 스치고 살이 찢어진다. 진로쿠가 말하기를, 파군과 거문은 상성이 나쁘다고 한다. 시쿠라는 이미 거문을 쓸 수 없을 정도로 공격에 특화했다.

한편, 이쪽의 공격도 덴묘에게 두세 군데 작은 상처를 냈다. 그러나 2대 1로 이 꼴. 완전히 호각이라고 해도 좋다. 게다가 덴묘는 다칠 때마다,

– 명백하게 강해지고 있다.

그랬던 것이다. 도대체 어떻게 된 원리인가? 간지야 부코쓰가 말한 것처럼, 세상에는 도리가 통하지 않는 일이 잔뜩 있는 것이라고밖에는 생각할 수가 없었다.

"염정을!"

슈지로는 외쳤다. 일곱째 동생, 가라스마 시치야한테서 시쿠라가 이어받은 비술이다. 독자적인 호흡법에 의해 일시적으로 신체 능력을

비약적으로 높인다는 것이다.

"무리다 -."

시쿠라는 덴묘의 무릎 차기를 팔로 막았다. 염정을 일으키려면 몇 초의 시간이 필요. 덴묘의 맹위는 그 시간도 주지 않는다. 아니, 애초에 염정은 그리 오래 쓸 수 없다. 시치야도 3분 정도, 시쿠라라면 그보다 짧을지도 모른다. 그동안에는 덴묘에게 반격할 수가 없다. 시쿠라는 그렇게 판단하고 있는 것이다.

"시쿠라, 산을 떠올려라!"

초조해지기 시작한 의동생에게 슈지로는 호소했다. 스승에게 2대 1로 덤비는 수련에서 처음으로 일격을 먹였을 때의 일. 항상 서로 대각을 이루고 계속 공격한 것이다.

시쿠라는 옆으로 휙 뛰어 대각으로 이동하여, 쉴 새 없이 검을 계속 휘둘렀다. 슈지로도 마찬가지, 이미 납처럼 무거워진 팔을 질타하며 마구 휘둘렀다.

"대단해, 대단해, 대단해."

덴묘는 몸을 버드나무처럼 휘면서, 쌍검을 회오리바람처럼 돌린다. 네 자루의 칼날의 잔상이 실을 끌면서 남아, 마치 무수한 실에, 실뭉치 안에 파묻힌 것 같은 착각이 든다.

세상에 이토록 유쾌한 듯이 검을 휘두르는 자가 있나? 세상에 이토록 빨리 성장하는 자가 있는 건가? 수백, 수천 명의 무인의 재능이 집약된 것 같다. 이 남자, 마치 심연. 바닥이 전혀 보이지 않는다.

"있다!"

십자로에서 나타난 것은 경관이 아니었다. 진한 감색의 스탠드 컬러 제복. 군인이었다. 잇달아 군화가 모래 먼지를 일으키며 길가로 거침없이 나온다.

그 숫자, 아까의 기마대와는 비교가 되지 않는다. 군인까지 출동했다는 사실에 놀랐지만, 그들의 상태를 보니 덴묘를 쫓아왔다는 것을 알겠다.

"이제부터 사격을 감행한다. 부민은 신속하게 대피하라!"

사관으로 보이는 자가 호통치듯이 명령했다. 이제 휘말릴 일은 없을 거라고 생각한 것이겠지. 우리는 검을 들고 있으니 똑같이 흉적이라고 인정한 모양이다. 사관은 약 10초도 채 기다리지 않고, 공방전을 벌이는 한 덩어리를 향하여,

"쏴라!"

라고 사격 명령을 내렸다. 사람들의 드문드문한 비명. 벼락같은 총성이 울려 퍼지는 가운데, 불꽃이 폭발하는 것처럼 세 개의 그림자가 흩어졌다.

덴묘는 근처의 상점으로 뛰어들었고, 시쿠라는 가게 밖에 세워져 있던 목판을 방패 삼았고, 슈지로는 사격 선을 자르는 것처럼 질주한다.

"해치웠나…?"

바닥을 맞고 튀어 오른 유탄에 의해 모래 먼지가 일어나, 군인들은

시야에서 그들을 놓쳤다. 그 사이에 시쿠라는 나무판을 내던지고 이쪽으로 뛰어왔다.

"보병 제1연대의 정예부대다. 벗어난다."

"그래."

슈지로가 근처의 옆길로 들어가려고 했을 때, 절규가 들려 돌아봤다. 아직 모래 먼지가 떠도는 가운데, 군인들의 대열 앞을, 한 줄기 바람처럼 가로지르는 그림자. 덴묘였다. 전위 몇 명을 베어버리고 그대로 옆길로 뛰어들었다.

"우리를 쫓아올 셈이다."

"그렇겠지."

이번에는 시쿠라가 동의할 차례였다. 어째서? 덴묘는 우리에게 원한은 없을 터. 한 사람당 붙은 현상금의 액수를 올리기 위해서도 아니다.

그래도 반드시 쫓아온다. 오로지 한결같이 싸움을 원하여. 덴묘 도야란 그런 남자라는 것을, 검을 섞어보고 확신했다.

"다친 데는?"

"별것 아니야. 연대는 다행히 저 녀석을 우선시한다. 지금이라면 도망칠 수 있어."

슈지로, 시쿠라 순으로 좁은 길을 빠져나가, 큰 길가로 나가자마자 다시 작은 골목으로. 남, 서, 남, 서의 순으로 꺾어지며 거리를 유지한다. 북으로 돌아갈 생각이었으나, 그쪽에 육군사관학교가 있어서 어쩔 수가 없었다. 게다가 황성에 접근하는 쪽이 더욱 경관도 많아질 테니까, 약간 서쪽으로. 이대로 가면 상당히 많이 돌아가게 되는 셈이겠지.

아직 때때로 총성이 들리기는 하지만 꽤 멀어졌다. 슈지로는 그제야 약간 발을 늦추면서 물었다.

"군인들은 북서에서 왔다. 도쿄 진대의 병영은 남남서, 아오야마일 텐데."

"아까의 군인들 중에 사관 후보가 섞여 있었다. 덴묘는 분명 이치가야가 시작 지점이다."

이치가야의 육군사관학교. 덴묘는 거기에서 마차에서 내린 것이겠지. 칼에 천을 감을 만한 놈이 아니다. 그러니 당장 위병이 문책하러 왔을 것이다. 덴묘가 어떻게 움직였을지 쉽게 상상할 수 있게 되어버렸다.

사관학교에는 교련을 위해 보병 제1연대 일부가 들어가 있는 경우가 있다. 그자들이 쫓아온 것이 아닐까? 시쿠라는 그렇게 추리했다.

"그렇군…. 역시 동쪽일 가능성이 커."

개시부터 지금까지의 시간을 돌이켜보면, 덴묘는 적어도 이 부근에 내렸다는 것은 분명하다. 만약 시쿠라의 추측대로라면, 고지마치, 산넨초, 이치가야로, 황성 서쪽에 세 사람이 배치된 셈이 된다.

남은 고독 참가자는 여섯 명. 빠짐없이 다 내렸다면, 서쪽에는 그밖에는 아무도 없고, 남, 북, 동에 나머지가 있을 가능성이 매우 크다. 최

종 지점이 북쪽인 우에노라는 점도 고려하면, 남과 동이 특히 가능성
이 있겠지.

꺾어진 골목 끝까지 가니, 돌담이 있고 모퉁이가 언덕길로 되어 있
다. 그 그늘에 해당하는 작은 공간에 몸을 숨기고, 앞으로의 일에 관
하여 의논하기로 했다.

“남과 동으로 가면, 그 남자도 피할 수 있게 된다.”
시쿠라는 이야기를 되돌리면서, 역시 덴묘에 관해서도 언급했다.
“그것이 무난하겠지. 그렇다 해도….”
“그래, 그 강함은 상당한 거야.”
쓸데없는 허세는 아무런 도움도 되지 못한다. 상대의 실력은 냉정
하게 가늠해야 한다. 구라마산에서 그렇게 배운 만큼, 시쿠라는 담담
하게 말했다.
“환도재와.”
“우리 둘이서 그 꼴이었어. 환도재와 동등하거나 그 이상이겠지. 게
다가 싸우면서 단시간에 강해진다니, 어떻게 된 건지.”
시쿠라는 꺼림칙하다는 듯이 혀를 찼다.
“나도 같은 걸 느꼈다. 게다가 그뿐만이 아닌 것 같은 느낌이 들어….”
검은 휘두를수록 실력이 늘게 되어 있다. 그러나 그 속도는 정상 범
위를 벗어났다. 그 짧은 싸움 안에서만도, 보통 사람의 1년분 이상의
성장은 있었을 것이다.

"모방 훈련에 천부적인 재능이 있는, 그런 류겠지."

시쿠라는 그렇게 분석했다. 모방 훈련이란, 말 그대로 누군가의 검 놀림을 보고 따라 하며 배우는 것. 헛손질하듯이 혼자 수련을 하든, 맞대결이든 상관없다. 아무튼, 본다. 보고, 배우고, 흡수한다. 여기에 익숙해지면, 머릿속에서 가상의 싸움까지도 가능하게 되고, 밥을 먹으면서도 수련을 할 수 있는 것이다.

"그래. 리쿠켄이라는 남자의 움직임을 도입했다."

시마다 역참에서 함께 싸웠던 청국인이며, 그 실력은 우리와 차이가 없다는 것. 고독의 전 참가자 중에서도 확실히 열 손가락 안에 들어갈 것이라는 것도 이야기했다.

"역시 그런가. 허나 비술은 훔치지 못하는 모양이야."

시쿠라에게 기습을 당한 후, 덴묘는 파군의 모방을 시도했던 것 같다. 그러나 금방 포기했다. 본인도 훔칠 수 없는 것이 있다는 것을 이해한 것이다.

"원숭이가 흉내 내는 꼴을 봐줄 수는 없지."

슈지로는 씁쓸하게 내뱉었다. 매일매일 한결같이 피나는 수련. 밥을 먹을 때와 잠잘 때 말고는 계속. 아니, 잠들었을 때 습격당하는 일도 있었다. 그 가혹한 수련 끝에 비술을 습득한 것이다.

"게다가…."

슈지로는 고개를 약간 숙이고 중얼거렸다. 모두가 이미 모든 비술을 쓸 수 있게 되었고, 그것을 암시로 봉인하고 있는 것뿐. 각자가 스승에게서 배운 말은 그 봉인을 해제하기 위한 열쇠이며, 입에 올린 순간에 그들은 잊어가던 암시가 작동한다. 그것이 교하치류 비술의 원리라고 우리는 짐작하고 있다.

시각을 바꿔 본다면, 비술은 형제가 함께 보낸 시간 그 자체이며, 그것을 모두가 나눠서 쓰는 것이 아닐까? 그 때문에 결코 타인이 흉내 낼 수 있는 것이 아니라고 믿었다.

"그래."

슈지로는 아무 말도 하지 않았고, 시쿠라도 맞장구를 쳤을 뿐. 그러나 함께 지낸 형제이기 때문에 같은 생각을 하고 있다는 것을 알았다.

"나는 먼저 후타바를 찾고 싶다."

슈지로는 앞으로의 이야기를 꺼냈다. 이 상황, 우리는 둘째치고 후타바는 오래 버티지 못한다. 일각이라도 빨리 찾아내고 싶었다. 시쿠라는 환도재 일을 언급할 줄 알았는데,

"그게 좋겠어."

라고 순순히 동조해주었다.

"…그 후에 환도재를 친다. 그때까지 이로하와 교진과도 합류하고 싶다."

환도재를 치기 위해서는 형제들이 모일 필요가 있다. 아니, 그것만으로도 불안하니까, 교진에게도 함께 싸우자고 부탁하여 승낙을 받은 것이다. 욕심을 부려보자면, 가무이코차나 길버트의 힘도 빌리고 싶을 정도다.

　　　　　　　　　　　　　　　이쿠사가미 전쟁의 신

"결국은 우에노가 될 것 같군."

시쿠라는 돌담으로 나뉜 북쪽 하늘을 올려다봤다. 정오에 시작한 이 고독 제2막. 현재 오후 1시가 지난 무렵이겠지. 11시간 후인 오전 0시에는 우에노 간에이지에 들어가야만 한다. 즉, 마지막에는 모두 그 주변에 모인다는 뜻. 환도재도 시각이 다가오면 우에노로 이동하여 기다리려고 할 터. 우리로서도 각개격파당하지 않도록 계속 도망 다니다가, 동료가 모였을 때 우에노로 가는 것이 최선이다.

"좋아, 가자."

상황은 정리되었다. 슈지로가 돌담 그늘에서 나가려고 하자,

"아니, 나눠서 가는 게 좋아."

라고 시쿠라가 말렸다.

"위험이 늘어나게 된다."

환도재에 더해, 덴묘라는 흉포한 남자가 있다는 것을 알았다. 혼자서 마주치면 그건 제 무덤을 파는 꼴이 된다.

"그것은 이로하도 마찬가지. 후타바라면 더욱. 일각이라도 빨리 발견해야겠지."

도쿄부 안의 11대구는 의외로 넓다. 두 사람이 있는 곳을 모르는 이상, 나눠서 찾는 편이 발견하기 쉬운 것은 분명하다. 시쿠라는 계속 말을 이었다.

"놈들도 수배당한 것이 다행이야. 혼자라면 이길 수는 없어도 도망칠 수는 있어."

아까처럼 경찰, 군인들이 당장 달려온다. 그 상황이라면, 빈틈을 봐서 도망치는 것은 결코 어렵지 않다. 시쿠라가 말한 것처럼, 나눠서 찾는 잇점이 더 큰지도 모른다.

"그렇게 하지. 후타바를 만나면, 잠복한 후에 때를 봐서 우에노로 가기로 하자."

"어차피 결국은 우에노에 모이게 되어 있으니까. 우체국원이었으니까 도쿄부 지리에는 통달했겠지? 어디부터 가는 게 좋아?"

아직 내가 우체국원이었다는 사실이 믿기지 않는다는 건지. 시쿠라는 살짝 한숨을 내쉬면서 물었다.

"스이도바시 방면부터 가는 게 바람직하겠지."

슈지로는 잠시 생각한 후에 대답했다.

우에노로 가려면 오카치마치 등이 좋다. 그러나 다른 참가자도 지나가기 쉽다는 난점이 있다. 또한, 황성 서쪽부터 간에이지로 간다면, 구단시타를 통해 유시마 방면으로 가는 것이 보통일 것이다. 굳이 스이도바시를 지나갈 가능성은 낮다.

스이도바시에서 북상해서 혼고, 시노바즈이케 서쪽에서부터, 먼저 후타바를 간에이지로 들여보낸다. 그 후에 형제들이 근처에 있을 환도재를 해치운다.

"후타바는 긴자로 갈지도 모르겠군."

도쿄에서 보낸 며칠 동안 제일 많이 돌아다닌 곳이 긴자 부근이다. 후타바도 그것을 떠올릴 것 같은 느낌이 들었다.

 이쿠사가미 전쟁의 신

"알았어. 그렇기는 해도, 시작의 땅이 좀 더 남쪽이었을 가능성도 있어. 나는 우선 남쪽, 시바 방면으로 간다. 거기에서 바다를 따라 북상한다. 그쪽은 동쪽…, 긴자 부근을 부탁해. 이로하에게는 녹존이 있어. 때때로 이름을 부르면서 가자."

시쿠라는 군인 출신답게 곧바로 전략을 세웠다. 슈지로 또한 웃음이 나와버리는 것은, 아직 그가 군인이었다는 것이 믿기지 않아서겠지. 그날 구라마산에서 헤어져 서로가 모르는 시간을 보냈으나, 또 이렇게 함께 어깨를 나란히 하게 되었다. 그 점만큼은 고독에 감사하고 있다.

"먼저 간다."

시쿠라는 상황을 살피면서 돌계단에 발을 걸쳤다.

"만약 후타바를 찾으면…."

"걱정할 것 없어. 이번에는 반드시 지켜낸다."

이쪽을 돌아보지도 않고 단언하더니, 시쿠라는 하늘을 향하여 달려갔다. 슈지로는 혼자서 고개를 끄덕이더니, 30을 세고 나서 다시금 혼란의 도쿄부 안으로 발을 내디뎠다.

별일은 아니다. 왜인 전체로부터 쫓기는 것 따위는 상정한 범위에서 벗어난 것이 아니다. 그것은 서로가 관여한 역사가 말해준다. 우리는 항상 빼앗기는 쪽이다. 그래도 싸움을 좋아하지 않는 우리는, 웬만한 일에는 견뎌왔다고 생각한다. 우리가 싸움을 시작한 것은 항상 왜인의 횡포가 도가 지나칠 때였다.

아이누와 왜인은 오랜 옛날부터 교역해왔다. 예를 들어, 아이누 쪽이 말린 연어 80마리를 들고 가서 왜인의 쌀 한 말과 교환하는 것이다. 이것도 약간 균형이 잡히지 않는다고 생각했지만, 옛날에 우리가 거래에 응했으니까 그것은 어쩔 수 없다. 그러나 문제는 한 말의 내용이다. 처음에는 8홉이었는데, 어떤 때는 7홉, 5홉으로 줄어든 것이었다. 왜인들은,

"이것도 한 말임은 틀림없다."

라고 거만하게 주장했다. 급기야 3홉까지 줄어들어, 물고기잡이가 잘 안 된 해였기 때문에 마침내 굶어 죽는 자가 생겼다. 그 단계에 이르러서야 처음으로 철회를 요구하며 그제야 일어섰다. 그것이 바로,

─우리 아이누.

라고 가무이코차는 알고 있다. 이러한 일은 몇 번이나 되풀이되었다. 우리도 몇 번인가 화를 내며 애초의 조건을 쟁취해낸 적도 있다.

이러한 역사가 전해 내려왔기에, 가무이코차는 왜인에게서는 무슨 짓을 당해도 이상할 것 없다고, 애초부터 각오를 단단히 하고 고향을 나온 것이다.

"저기 있다!"

순사가 손가락을 하늘로 향한다. 가무이코차는 지붕 위로 가고 있다. 몸을 낮추고 있으면 눈에 띄지 않는다. 이렇게 들킨다고 해도, 올라오기 전에 얼마든지 도망칠 수 있다. 설령 다가왔다고 해도 활에 화살을 끼우고 겨누면,

"쏘려고 한다! 몸을 숨겨라!"

라며, 순사들은 그늘에 숨거나 땅바닥에 엎드리거나 하느라고 발이 멈춘다. 그 틈을 타서 다음 지붕으로 건너뛰어 따돌리는 것이다. 제한이 있는 화살을 낭비하지는 않는다. 쏘는 자세를 보이는 것만으로도 충분하다.

－언젠가는.

가무이코차는 왼손에 쥔 활을 힐끗 쳐다봤다.

왜인은 오랜 기간에 걸쳐 많은 것을 빼앗았다. 그러나 이번에는 지금까지와는 다르다. 석궁 덫을 이용한 사냥법의 금지, 화살촉에 독을 바르는 것도 허용되지 않았다. 더욱이 근래 들어서는 연어의 수가 줄어들어서, 어업까지 막으려고 한다고 들었다. 연어가 이토록 급감한 것은 새로 들어온 왜인의 남획 때문인데도. 이대로 가면 이윽고 활조차도 금지하겠다고 할지도 모른다. 왜인은 우리의 생활의 근원, 아득

히 옛날부터 선조들에게서 이어져 내려온 풍습 전부를 빼앗으려고 하는 것이다.

내가 고향을 되찾는 것만으로는 어떻게도 되지 않을지도 모른다. 결국 아이누는 전부 멸망할지도 모른다. 그래도 최후까지 저항하겠다. 1년이든, 한 달이든, 설령 단 하루라고 해도, 그 시기를 늦춘다. 그것이 내가 해야 할 일이라고 결심했다.

"돌을 던져라!"

상관으로 보이는 자가 쓰라고 명령한 무기는, 아이누의 그것보다도 훨씬 원시적이라는 것이 아이러니다. 그들은 총기 휴대를 허가받지 못한 것이다.

ㅡ 저쪽에서는 기척이 없다.

가무이코차는 순사가 없는 장소를 알아차리고, 허망하게 하늘에서 춤추는 돌을 등지고 지붕 건너편으로 뛰어내렸다.

가무이코차는 땅에 착지하자 바로 질주했다. 추월당한 자는 앗, 하고 돌아보고, 스쳐 지나가는 자들중에는,

"신문에 난!"

이라며 알아차리는 자가 있었지만, 알아차렸을 때는 이미 바람처럼 달려간 후였다. 지붕 위로 가면 확실히 들키기 힘들지만, 역시 땅으로 가는 편이 빠른 것은 분명했다. 갈 수 있는 곳까지 간다. 잘만 되면 목적지까지 돌파할 생각이다.

나는 우에노라는 장소도, 간에이지라는 절도 모른다. 도착할 때까

지는 헤매는 일도 있을 수 있기 때문에, 가능한 한 빨리 도달할 예정
이었다.

먼저 도착함으로써 위험이 늘어날 가능성도 있다. 그러나 내가 가
장 잘하는 것은 잠복. 북의 대지가 가르쳐준 사냥의 기술이다. 1착으
로 간에이지로 가서, 시각이 될 때까지 몸을 숨긴다.

나를 알아차리지 못하는 자, 알아차렸어도 관여하려고 들지 않는
자에게는, 나도 일절 손을 대지 않는다. 그러나 만약 나를 제거하려는
자가 있다면, 그 모두를 쏴서 하늘로 돌려 보내줄 생각이다.

"저것은…?"

모퉁이를 돌자마자, 가무이코차는 알아차렸다. 조금 앞, 50미터 정
도 앞에, 길가 한복판에서 대치하는 두 사람이 보였다. 주위에 사람은
있지만, 두 사람을 피하는 것처럼 멀찌감치 떨어져 있다. 이 구도로
두 사람 다 고독 참가자라는 것을 깨닫고, 가무이코차는 상점들 사이
에 있는 구석 골목으로 재빨리 뛰어들었다.

―아니야, 이상하다.

골목으로 들어가서 바로 가무이코차는 생각이 바뀌었다.

아이누는 넓은 대지에서 살기 때문인지, 왜인보다도 훨씬 눈이 좋
은 자가 많다. 나도 아마 거기에서 빠지지는 않고, 아이누 중에서도
특히 뛰어날 정도였다. 옆길로 들어가기 직전, 이 두 눈은 두 사람의
체격뿐만이 아니라, 이목구비까지 선명하게 포착했다.

두 사람 중 한 명, 마주 보고 왼쪽의 남자. 경관 제복을 입었다. 경관이 혼자서 참가자와 대치하고 있는 건가? 아니, 지원군을 부르려는 기색은 전혀 없었고, 허리의 칼에 손을 대지조차 않았다. 게다가 마음에 걸리는 일이 하나 더. 저 경관, 어딘가에서 본 적이 있는 것 같은 느낌이 든 것이다.

"어디서 봤지…?"

자기 기억에게 물었다. 먼 과거는 아니다. 그렇다고 해서 바로 직전도 아니다. 교토에 간 이후의 일. 즉, 고독에 참가하고 나서. 가무이코차는 뇌리에 번뜩이는 것이 있어,

"덴류지인가?"

라고 입에서 흘러나왔다. 고독이 시작된 곳. 엔주가 불당 위에 서서 말하기 시작했을 때, 교토부 제4과의 안도 진베라는 자가 덤벼들었다. 그때, 단칼에 안도의 목을 친 남자. 얼굴을 천으로 가리고 있었으나, 눈가만큼은 엿볼 수 있었다.

두껍고 끝이 처진 눈썹, 외꺼풀인데도 큰 눈, 흑요석처럼 까만 눈동자. 지독하게 차가운 눈인데도, 눈꼬리에 웃을 때 생기는 깊은 잔주름이 있어서 어울리지 않는다고 느꼈던 것을 기억한다.

체격도 같다. 그 남자가 틀림없다. 그렇다면 상당한 강자다. 안도도 결코 약하지는 않았다. 시마다 역참까지 남았던 자들과 비교해도 손색이 없었다. 그러나 그를 쉽사리 잠재운 것이다. 경관 중에 저 남자가 있다면 상당히 골치 아프다.

 이쿠사가미 전쟁의 신

─다른 한 명은 누구지?

동시에 또 하나의 의문이 떠올랐다. 덴류지에서부터 도쿄에 들어오는 동안에 한 번도 만난 적 없는 남자였다. 전혀 칼을 맞대지 않고 무엇을 하고 있는 건가? 지금부터 싸움이 시작되려는 순간에 맞닥뜨린 것일까? 아니, 두 사람에게서 살기는 느껴지지 않았다. 혹시 참가자가 아닌 것인가? 주위의 상태를 봐도 그것은 생각하기 힘들다. 도대체 이것은 어찌 된 영문인가─?

"니, 봤지?"

가무이코차는 앞으로 점프하여 허공에서 돌았다. 거기에 서 있던 것은, 바로 방금 전에 생각했던 경찰 남자였다.

어느 틈에 다가와 있던 것인가? 발소리는 들리지 않았었다. 목소리보다 먼저 살기를, 희미한 호흡을 느끼고 움직였기 때문에 피할 수 있었다. 바로 방금 전까지 내가 있던 장소에 칼이 내리쳐지고, 풍압에 의해 약간 모래 먼지가 피어올랐다. 경탄할 만한 강검이다.

옛날에 우엔카무이(흉포한 곰)와 대치했을 때도 그랬었다. 온몸에 격렬하게 피가 끓고, 시간이 삐걱대는 것처럼 천천히 흘러간다.

"죽어라."

남자의 손목에 비틀림이 생긴다. 쉴 새 없는 연속 공격이 날아온다. 반면에, 내 발끝은 아직 땅에 닿지 않았다. 허공에서는 피할 수도 없고 베이는 것뿐─.

그러나 가무이코차는 뛰어서 피하기만 한 것이 아니었다. 몸을 뒤집은 것뿐이 아니다. 화살통에서 화살을 뽑아 고속으로 끼웠다.

"에우에(날아라)."

칼의 공격보다도 빨리, 화살은 남자의 오른팔로 향해간다. 남자는 반사적으로 추가 공격을 멈추고 오른손을 뒤로 뺐다. 그뿐만이 아니라 오른발도.

화살, 가무이코차의 발, 땅에 내려선 것은 동시. 가무이코차는 착지하자마자 더욱 뒤로 뛰어 거리를 벌렸다. 이것들은 전부 순식간의 일이었다.

"니는 제법 하는 구마."

남자는 감탄을 흘리며 고개를 흔들었다. 그 목을, 머리를, 노리지 않았던 것은, 이 남자라면 한 손의 베어 올리기로 나를 해치우고, 왼손으로 화살로부터 몸을 지킬 수 있다고 봤기 때문. 검을 휘두르는 오른손, 내디딘 오른발, 그것이 겹친 한 점에 쏟아냄으로써, 물러서는 것 이외의 선택지를 지워버린 것이었다.

"네놈, 정체가 뭐냐?"

낮게 물었을 때는, 가무이코차는 이미 새 화살을 끼우고 있었다. 서로의 거리는 약 5미터. 폭 약 2미터의 좁은 골목에서 대치한다.

이미 베려는 마음은 사라진 건지, 남자는 장도를 허리춤에 도로 넣으면서 거만하게 한쪽 입꼬리만 올려 웃었다.

"나카무라 한지로다."

"모르겠는데."

가무이코차가 즉답하자, 남자는 자기 이마에 손을 대고 씁쓸하게 말했다.

"위협할 셈이었는디, 이거야 내가 부끄럽구마."

"왜, 나를 노리나?"

규정을 위반하고 탈락한 자는 그렇다 치고, 고독의 주최 측은 지금까지 참가자에게 일절 손을 대지 않았던 것이다.

"니, 고독 측 대부분이 경관이라는 것을 알아차리지 못했나?"

"역시 그런가."

지금까지 결정적인 확증이 없었을 뿐, 그럴 것이라고 예상은 했었다. 과연, 우리가 '죄인'이 되도록 꾸미고, 지금은 경관으로서 포박, 저항하면 살해하려고 한다는 것. 즉, 사기극. 고독이란 이 상황을 만들기 위해 쓰인 각본이라는 뜻이다.

"자, 순순히 칼을 맞으레이."

지금까지 느긋하게 이야기했었는데, 돌변해서 남자는 갑자기 땅을 박차고 거리를 좁히려고 했다. 칼은 뽑지 않았다. 그것은 틀림없다.

가무이코차는 가슴 중앙을 향해 화살을 쐈지만, 허공에서 폭발하듯이 터진다. 아까의 공격보다도 더욱 빠르다. 순식간의 발도였다.

가무이코차는 그때는 이미 오른손과 두 개의 다리를 사용해, 양쪽 벽을 박차면서 지붕으로 올라가고 있었다. 발도하게끔 유도했던 것이지만, 한지로라고 이름을 댄 남자는 포기하지 않았다. 높이 뛰어오르면서 벨 셈이다. 칼날 끝이 닿을지 말지 아슬아슬한 지점. 그러나 그

엄청난 베기라면, 그래도 다리가 반 정도는 베일 것이다.

"다가오지 마."

가무이코차는 3점으로 몸을 지탱하면서, 왼손을 한지로에게로 향했다.

허리에서 꺼낸 또 하나의 무기. 자작인 휴대용 아맙포, 왜인들이 말하는 석궁을 쥐고 있다.

"칫 -."

아래로 쏘아진 화살을 피하느라 한지로는 뒤로 뛰어 물러섰다. 가무이코차는 그 한순간을 놓치지 않고, 이미 칼날이 닿지 않는 곳까지 올라갔다. 지붕에 도달해서 아래를 내려다보자, 한지로는 아직 골목에 남아 이쪽을 올려다보고 있었다.

"니와는 상성이 나쁘데이."

"그렇겠지."

가무이코차는 마지막으로 한 마디 내려보내고는, 몸을 돌려 지붕 위를 달리기 시작했다. 아직 더 물어보고 싶은 것은 있지만, 한지로는 어차피 대답하지 않겠지. 지금은 쓸데없는 싸움은 피해 벗어나야 한다. 가무이코차는 남은 의문을 떨쳐버리고, 한 줄기 바람처럼 옆집 지붕으로 건너뛰었다.

제 4 장

진홍의 춤

1

　재작년에 큰불이 나서 건물 여러 채가 불에 타, 이 주변은 에도 무렵의 흔적은 거의 남아 있지 않았다. 그런 한복판에 있는 기와지붕, 그 위로 솟아오른 당당한 박공(맞배지붕 끝머리에 삼각형으로 붙어 있는 널빤지), 찬연히 빛나는 금색 정문, 나마코카베(해삼 벽. 외벽에 네모진 평평한 기와를 붙이고, 그 이은 틈을 석회로 불룩하게 만든 벽) 건물은 매우 눈에 띈다.

　2층에는 형형색색의 그림 간판이 걸려 있고, 호쾌한 난투의 한 장면, 애절한 이별의 순간 등을 그려놓았다. 이제 갓 재건된 신토미자(新富座)였다.

　개장은 내일인 6월 7일. 따라서 극장의 왼쪽 나무틀에 장식된 간판에는 지금은 아직 누구의 명판도 걸려 있지 않았다.

　그래도 준비를 하느라 안에 사람이 있을 것은 각오했고 그때는, 미안하지만 칼로 위협해서 쫓아낼 생각이었다. 그러나 녹존으로 살펴봐도 사람의 기척은 없었다. 분명 이미 개관을 향한 준비는 전부 끝났을 터이니, 오늘은 전야제를 겸하여 술잔을 기울이고 있는 것이 아닐까?

　수위 한 명조차 없다는 것은 약간 조심성 없게 느껴지기도 하지만 모두가 줄곧 부활을 고대하던 신토미자다. 못된 짓을 하려는 자가 있을 리가 없다고 생각하는 것이다. 사실 그런 놈은 나타나지 않을 것이다.

　　　　　　　　　　　　　　　　　　이쿠사가미 전쟁의 신

좋은 의미로도 나쁜 의미로도 대범한 것이다. 그런 기질도 메이지에 들어선 이후에는 급속하게 사라져가고 있으며, 이윽고 숨 막히는 세상으로 변해버릴지도 모른다.

"이쪽으로."

과연 정면으로 들어가는 것은 눈에 띈다. 후타바에게는 고개를 숙이라고 하면서, 이로하는 신토미자 건물 뒤로 돌아갔다. 공연자나 소품계가 드나드는 것이겠지. 뒷문 같은 것이 있고, 작은 자물쇠가 걸려 있었다. 시쿠라라면 자물쇠를 따는 것은 간단하지만 나는 할 수 없는 기술이다. 자물쇠가 걸려 있는 나무 부분을 통째로 베어버리고 조용히 안으로 발을 떼었다.

안은 어둑어둑했다. 창문이 없는 것은 아니지만, 덧문이 닫혀 있기 때문에, 아주 작은 틈새로 빛이 한줄기 선처럼 흘러들어오는 것이 전부였다.

"있다."

무대 뒤를 찾아다니다가 발견했다. 쇠로 된 조작대다. 신토미자 사람들조차 익숙하지 않기 때문이겠지. 조작 방법을 적은 종이가 옆에 붙어 있다.

"이것은…?"

후타바가 의아한 듯이 물었다.

"가스등이다."

이 신토미자, 일본에서 처음으로 가스등을 갖춘 극장이 되었다. 가스등은 통상이라면 한 개씩 사람이 일일이 불을 넣어야 한다. 그러나 신토미자의 가스등에는 부싯돌을 사용한 기구가 들어가 있어서, 조작대를 당기면 원격으로 불을 켤 수가 있다고 한다. 이것은 편리성을 추구한 것이라기보다는, 연출로서 관객들을 기쁘게 하기 위해서라고 한다. 도쿄에서 알게 된 예술인이 이야기했던 것을 기억한다.

"순서를 기억해."

이로하가 이유를 말하지 않아도, 후타바는 즉시 종이를 응시했다.

첫 번째로 가스를 잠근 덮개를 열고 조작대를 당긴다. 나머지 조작대에서는 두 개의 철삭이 뻗어나와 있어, 각각 도르래를 거쳐 무대를 향해 마주 보도록 가스등으로 연결된다. 조작대를 내림으로써 부싯돌이 돌아가 불꽃을 날리며 점화된다는 구조인 모양이다.

"…네. 외웠습니다."

"후타바, 지금부터 하는 말을 잘 들어."

이로하는 먼저 그렇게 운을 띄우고 나서 이야기하기 시작했다.

환도재는 반드시 여기까지 쫓아오리라는 것. 슈지로나 시쿠라와 합류하는 것이 최선이라는 것은 알지만, 그때까지 계속 도망치는 것은 이제 힘들다는 것.

더욱이 환도재에게는 아직 뭔가 비밀이 숨겨져 있고, 그것을 밝혀내지 못하면 반격하는 것도 힘들다는 것. 이 신토미자를 선택한 이유는, 사람들의 시선과 경찰의 개입을 피하기 위해서만은 아니고, 그 비밀을 밝히기 위해 적당한 장소라고 생각한다는 것. 그것들을 막힘없

 이쿠사가미 전쟁의 신

이 설명한 후,

"힘을 빌려줘."

라고 이로하는 마음을 맡기는 것처럼 부탁했다.

"당연히."

후타바는 입술을 꼭 다물고 고개를 끄덕였다.

처음 있는 일이다. 오빠들 이외의 사람을 의지한 것은. 처음에는 그저 거치적거리는 존재로밖에는 생각하지 않았었다. 그러나 후타바로 인해 많은 사람들이 도움받았고, 도움받았던 자들이 또 우리를 도와줬다. 그러지 않았다면, 그 구성원만으로 도쿄에는 절대 도착하지 못했을 것이다. 그리고 나 역시 도움받았다고 지금은 인정한다. 후타바는 힘은 없을지언정, 절대 약하지는 않다는 것을 안다.

"고맙다."

어슴푸레한 무대 뒤, 몇 줄기 가느다란 빛이 스며드는 가운데, 이로하는 허세 없는 말을 건넸다.

빛의 영향을 받지 않게 하려고, 소리가 빠져나가지 않도록 하기 위해, 창문은 덧문으로 덮여 있다. 칠흑의 어둠이 주변을 메웠다.

이로하는 무대 중앙 앞면, 관객석에 가장 가까운 장소에 섰다. 나도 예술인 나부랭이. 메이지라는 시대, 검밖에 할 줄 아는 게 없던 나를 살게 해준 길이다. 그러기에 제일 먼저 여기에 서야 할 사람을 제쳐두고 먼저 무대에 올라간다는 사실에 미안함도 느낀다. 내일 여기에서 내려다보는 객석에는 수많은 웃는 얼굴이 가득하겠지.

"아직은 옆에 있어."

이로하는 속삭이는 것처럼 말했다. 후타바는 팔이 닿을 정도의 거리에 있다. 환도재가 정면과 뒤쪽 중 어느 쪽으로 들어올지는 모른다. 어느 쪽에서 들어와도 문제없도록 이 장소에서 기다리는 것이다.

"정면이다."

줄곧 소리를 포착하고 있었다. 이로하가 이제 틀림없다고 확신했을 때 말했다. 뒤에서부터 들어오는 것이 더 성가셨다. 정면 쪽이 계책은 단순명쾌하다.

"이로하 씨…."

"응, 하자."

이로하는 살며시 어깨를 밀고, 후타바는 가만히 떨어졌다. 그 직전, 고개를 끄덕이는 것까지도 희미한 바람 소리로 알 정도로 녹존은 날카롭게 벼려져 있었다.

밖에서 절규가 들렸다. 이것은 녹존을 쓰지 않아도 후타바라도 들었을 것이다. 경찰은 따돌리고 온 모양이지만, 정면으로 당당히 들어오려 하자 통행인이 말린 모양이다. 신토미자는 내일부터 개장. 지금은 출입할 수 없다는 목소리가 들렸다.

비명은 그 직후. 환도재는 말리려는 손을 날려버린 것이겠지. 손이 잘렸다, 지혈해, 저 영감이다, 등등의 외침이 잇달아 전해진다. 쇠를 긁는 것 같은 비명이 소용돌이치고, 그것은 멀리까지 확산되었다. 머지않아 또 경찰도 출동하겠지만, 그때까지 모든 것을 끝낼 생각이다.

극장 입구에는 햇빛을 가리기 위한 두꺼운 발이 걸려 있다. 그것이 쓱 열리더니 빛이 덩어리가 되어 들어온다. 거기에 떠오른 것은 암흑의 그림자였다.

"오카베 환도재."

이로하는 악연 그 자체인 이름을 불렀다.

"교하치류 계승자 그 여덟 번째, 기누가사 이로하…. 여기를 무덤으로 삼을 건가?"

안타까울 정도로 쉰 목소리. 바닥을 스치는 둔한 소리에 이어, 목구멍 깊숙한 곳에서 쥐어짜 내는 듯한 헐떡거리는 소리가 들렸다. 환도재는 혼자가 아니었다. 조금 전에 밖에서 벤 남자를 한 손으로 질질 끌고 온 것이다.

"사람 목숨 하나 쥐고 있으면, 관헌이라고 해도 섣불리 들어오지 않겠지."

무고한 사람을 인질로 잡음으로써 경찰이 돌입을 주저하게 만드는 것이 목적. 아니, 인질을 잡았다고 생각하게 만들 뿐. 환도재는 이미 볼일 다 봤다는 듯이, 몸부림치던 남자의 목숨을 태연히 꺾어버렸다. 발을 잡고 있던 손으로 칼을 휘둘렀기 때문에, 발이 파라락 떨어지며 빛이 차단되고, 극장 안에 다시금 어둠이 밀려왔다.

"여기라면 이길 수 있다고?"

환도재의 희롱하는 것 같은 질문. 그것은 아까까지와는 다른 장소에서 발해진다.

"그렇다."

이로하도 또한 목소리를 남기고 객석으로 내려갔다. 이후, 극장 안에는 일절의 말이 소실되었다. 희미한 발소리, 옷깃이 스치는 소리가 들릴 뿐. 그것은 환도재도 마찬가지겠지.

그러나 녹존과 함께라면 그 앞으로 더 나아갈 수 있다. 더욱 선명하게, 더욱 정확하게, 소리가 생겨나는 지점을 포착한다. 시마다 역참에서 싸웠던, 소리를 잃은 늙은 무사 도도로키 주자에몬이 가르쳐줬다. 나는 귀가 좋아진 것이 최근이기 때문에,

ㅡ눈에 의지하는 습관이 남아 있어.

라고. 모처럼 우수한 청력을 물려받았는데. 귀만으로 싸울 수 있는 상황을 만들면 나라도 환도재를 해치울 수 있지 않을까? 즉, 이 어둠 말이다.

그렇기는 해도 소리를 점으로 추적하는 것만으로는, 상대가 계속 움직이고 있으면 포착할 수 없다. 소리가 발생한 다음 순간에는 이미 그 장소에 없기 때문이다.

전후좌우, 때로는 상하. 다음 행동을 예측하면서 공격해야 한다. 그것은 즉 도박. 내기나 다름없다.

환도재도 그것을 알고 있기에 절대 한 곳에 머물러 있는 일은 없다. 특등석을 뛰어넘어, 특등석에 발을 걸치고, 오른쪽으로, 왼쪽으로, 앞으로, 마치 파도처럼 불규칙한 움직임으로 다가온다. 이렇게 나오면

녹존으로도 대처할 수 없다는 것을 이미 알고 있는 것처럼. 그 정도로 환도재에게는 일절의 망설임이 보이지 않았다.

이윽고, 그때가 왔다.

검격. 살을 파헤치는 소리는 모기 날갯소리와 같은 정도의 크기. 서로 전혀 목소리를 내지 않았기 때문에, 만약 이 어둠을 엿보는 자가 있다고 해도, 누가 베었고 누가 베였는지 전혀 알 수 없겠지.

"어떻게?"

환도재의 쉰 목소리가 일어섰다. 벤 것은 이쪽. 환도재는 곧바로 거리를 벌렸다. 지금 목소리의 위치가 먼 것을 봐도, 상당히 놀랐다는 것을 알 수 있다.

일부러 목소리를 내서 유도한다. 그러나 그런 위장은 소용없다. 환도재가 움직인 그 앞을 노려 살그머니 다가가, 이로하는 소협차와 자도를 동시에 휘둘렀다. 소협차 쪽은 옷을 스치는 소리뿐이었지만, 자도는 연꽃이 벌어질 정도의 가죽을 찢는 소리를 만들어냈다.

또 환도재는 거리를 둔다. 아까보다 더욱 멀다. 경계를 강화한 것은 분명했다.

"호흡이 아니… 로군."

환도재는 말한다. 환도재는 숨을 멈추고 있었다. 아까는 숨소리도 쫓아가고 있었지만, 그것에만 집중한 것은 아니다. 숨소리여도 어차피 연속하는 점에 불과하기 때문이다.

─녹존이라면 할 수 있다.

이로하는 마음속으로 산스케를 불렀다. 교하치류의 여덟 개의 비술 중에서 녹존만은 두 개의 특성이 있다고 말할 수 있다. 한 가지는 청력을 이상할 정도까지 높여, 더 먼 곳의 소리를, 더 작은 소리를 듣는다는 것. 또 한 가지는 자기 발소리를 지운다는 것이다. 이 눈으로 싸움을 보고 있던 것은 아니지만, 산스케는 분명 후자의 특성을 이용해 환도재를 치려고 하다가 패했을 것이다. 그러나 이로하가 극한까지 끌어내는 것은 전자. 그리고 이 장소이기 때문에 가능한 전술이다.

"…흐음."

목덜미를 노린 공격은 피했으나, 나뭇잎 하나가 굴러가는 정도의, 허벅지를 스치는 소리를 귀가 포착했다. 환도재는 놀랄 만한 도약력으로 뒤로 두 번 점프하여, 지금까지 중에서 가장 멀리 떨어진 장소로 도망쳤다. 물론 이 어둠 속이니 보인 것은 아니지만, 들리는 소리로 뇌리에 선명하게 그려졌다.

"그렇군. 반사인가?"

환도재는 젖은 논을 방불케 하는 질척한 탄식을 흘렸다.

"이제야 알았나?"

이로하는 처음으로 여기에서 목소리를 냈다.

발소리, 옷깃 스치는 소리, 숨소리, 환도재가 발하는 온갖 소리를 포착했다. 그러나 그게 끝이 아니다. 그 소리가 벽에 닿은 후에 반사하는 것까지 전부 쫓고 있던 것이다. 통상이라면, 녹존이라고 해도 과연 이것까지는 할 수 없다.

이것이 가능했던 이유는 두 가지. 하나는 시력을 지우고 청력에만 집중하고 있었으니까. 이로하는 그동안 계속 눈을 감고 있었다.

또 한 가지는 이 장소다. 신토미자는 객석에 소리가 잘 전달되도록 천장과 벽의 구조를 연구해서 설계했다. 더욱이 서양의 기술인 음향 반사판이라는 것도 설치했다고 한다. 지금 이 나라에서 이만큼 반향이 잘 생기는 곳은 없는 것이다.

"이것은…."

환도재는 느긋하게 중얼거리고 있지만, 실은 엄청난 속도로 이동하고 있다. 현혹시킬 셈이겠지만, 소용없다. 이로하는 이미 돌아서 앞질러 가고 있다.

"죽어라."

원한을 토해낸 것은 손의 약동 후. 소협차의 찌르기는 옆구리 주변을 스쳤으나, 목을 노린 자도는 어둠을 베었다.

토끼, 아니, 그렇게 가련한 도약은 아니다. 어느 쪽인가 하면, 개구리 같은 점액질의 도약이다. 환도재는 극장 구석에 닿을 정도로 멀리 도망쳤다.

"이 세대 놈들은… 하나같이 한가미 주제에 제법이야."

환도재가 나에게 처음으로 혀를 내두르는 것을 알았다.

"…한가미."

분명히 스승도 말했었다. 한 사람 몫을 못한다는 의미로 받아들였었는데, 산에서 내려온 후에 그 단어를 들어본 적은 없다. 뭔가 다른 의미가 있는 건가?

"우리끼리는 그렇게 불렀다."

환도재는 칠흑 안에서 속삭였다.

역시 한가미라는 말의 의미도, 우리라는 게 누구를 가리키는 건지도 모르겠다. 오보로류는 환도재 한 명이 아니라는 건가? 아니, 슈지로가 들었던 이야기를 생각해보면, 환도재에게 후계자는 없다. 이 환도재를 해치우면, 오보로류는 종언을 맞이할 것이다. 그러나 그보다 더 절박하게 밝혀내야만 할 의문이 있다.

- 어째서 환도재는 피할 수 있지?

녹존을 한계까지 끌어낸 데다가, 극장의 반향을 이용해 움직임을 포착한다. 이것으로 환도재를 해치울 수 있어야 했다. 사실 상처를 입힐 수는 있었다.

그런데도 아직 해치우지 못한 것은, 환도재가 공격하기 아슬아슬한 직전에 회피하니까. 눈도, 귀도 아닌, 뭔가를 의지하여 이쪽의 움직임에 반응하는 것은 분명했다.

"코인가?"

이로하는 자기 추리를 입에 올렸다.

"흠…, 역시 잘 자란 놈들이야."

환도재는 태연하게 인정했다. 역시 그랬다. 이 괴노인에게는 늑대 같은 기이한 후각이 있다. 이 상황에서는 녹존만큼은 아닐지라도, 냄새로 보통 사람보다는 훨씬 빨리 내 위치를 파악한다. 따라서 치명상은 피할 수 있는 것이다.

"그래서 쫓아올 수 있었던 건가…?"

이제야 납득이 갔다. 센닌즈카, 요코하마, 그리고 방금 전. 환도재는 우리가 멀리 떨어져 있어도 추적해 왔었다. 이 경이적인 후각을 구사한 것이었다.

그렇기는 해도, 그 해석에는 모순이 남는다. 고독 제일 초반의 덴류지에서 슈지로는 환도재와 만났었다고 말했다. 환도재는 슈지로의 냄새를 몰랐던 것인가?

아니, 그럴 리는 없다. 게아게 진로쿠는 군인으로 명부에 있었으니까 찾아갔다고 해도, 많은 사람들 속에서 정확하게 그를 특정할 수 있을 리가 없다. 구라마산에 있던 무렵에 몰래 우리를 엿봤을 터. 그때 냄새도 기억했다고 봐야 한다. 그런데도 어째서 환도재는 슈지로라는 것을 몰랐던 것일까?

환도재는 비밀이 밝혀진 지금, 더는 숨길 마음도 없겠지. 이로하의 궁금증을 알아차린 것인지, 마치 조롱하는 것처럼 혀를 움직였다.

"여자 냄새 쪽이 강하거든. 젊으면 젊을수록 말이야. 가까이에 달고 있으면 냄새가 섞여서 골치 아프기 짝이 없어."

전부 이해되었다. 환도재는 다른 형제들이 있었다고 해도 나를 먼저 쫓아왔을 것으로 생각된다.

더욱이 덴류지에서 슈지로와 만났을 때의 일. 그 바로 옆에는,

─후타바가 있었다.

그랬던 것이다. 슈지로가 난전 중에서 지켜냈고, 나중에는 후타바에게도 도움받은 것이 아니었다. 슈지로 또한 처음부터 후타바에게 도움을 받아왔다는 뜻이 된다. 그것은 그렇다 치고, 여자 냄새를 먼저 맡는다는 것, 게다가 젊은 여자일수록 현저하다는 것은,

"징그러운 영감탱이."

라고 이로하는 혐오를 내뱉었다.

환도재가 움직였다. 이번에는 교란작전이 아니다. 특등석을 뛰어넘어, 발소리도 개의치 않고, 똑바로 한일자로 이쪽으로 달려온다. 수비 태세는 불리하다는 것을 깨닫고 공격으로 전환한 것이다.

"큭-."

시코미즈에가 웅웅거리는 소리를 듣고 막았으나, 주저 없이 쏟아진 주먹이 옆구리에 박혔다. 접근하면 움직임을 알아차려도 피할 수 없다.

"이제 놓치지 않는다."

환도재의 맹공. 칼날은 이도로 간신히 막아냈으나, 그 사이로 쏟아지는 구타, 발차기를 다 막아낼 수가 없다. 녹존과 문곡은 서로 간섭하지 않는다. 그러나 이 정도까지 녹존을 끌어내면, 문곡에까지 정신을 쏟을 수가 없다.

ㅡ엄청난 위력이다.

입안에서 피가 분출한다. 갈비뼈가 격렬하게 삐걱거렸다. 고목나무 같은 노구에서 쏟아지는 것이라고는 도저히 생각할 수 없다. 슈지로

　이쿠사가미 전쟁의 신

보다, 시쿠라보다, 진로쿠보다도 힘이 위였다. 도대체 환도재란 무엇인가? 줄곧 그것이 의문이었다. 그러나 이제야 이로하 속에서 가설이 전부 연결되었다.

"부탁한다!!"

이로하가 외친 다음 순간, 묵직한 기계음이 울렸다. 소리는 하나가 아니라 연속된다. 펑, 펑, 펑, 가스등에 불이 깃들어간다.

"무슨….?"

"문곡, 가자."

희미한 빛이 찾아옴과 동시, 어릴 때부터 함께한 파트너를 불렀다.

질풍 같은 찌르기, 유수 같은 베기, 이도가 각성한 것처럼 약동한다. 환도재도 문곡의 한계에는 따라올 수 없었다. 그것을 제로 거리에서 – .

"계집이!"

환도재는 시코미즈에를 자잘하게 움직이고, 몸을 문어처럼 꿈틀거리고, 쇄골을 쑥 내려 지키려고 했지만, 문곡의 춤은 그것을 훨씬 능가했다. 환도재는 피바람을 흩날리면서 뒤로 자빠진다.

여기가 막바지. 이로하가 추가 공격으로 발을 옮기려고 했던 때였다. 환도재는 한손을 땅에 짚더니, 몸을 완곡하게 구부리며 돌려서 피했다. 한순간, 인간 이외의 생물인 누에(전설상의 괴물. 머리는 원숭이, 수족은 호랑이, 몸은 너구리, 꼬리는 뱀, 소리는 호랑지빠귀와 비슷하다)처럼 보일 정도로 기괴한 움직임. 환도재는 두 발이 착지하자마자, 시코미즈에를 끌어당겨 빈틈을 무산시켰다. 이로하는 버티고 서서 이도를 고쳐잡았다.

또 고착 상태다. 그러나 환도재는 처음으로 어깨를 들썩이며 숨을 몰아쉬고 있다. 아까의 고함도 당황했기 때문. 소모도 동요도 한다. 결코 괴물이 아니었던 것이다.

"죽여주마."

눈꼬리, 눈썹, 입가, 모든 것이 치켜 올라간, 기이할 정도의 분노의 형상. 환도재는 거뭇거뭇한 이빨을 악문다.

"상처가…."

또 새로운 발견을 했다. 방금 낸 상처에서는 확실하게 피가 흘러나왔다. 그러나 어둠 속에서 낸 상처는 이미 피가 멎어 있다. 벌써 딱지가 덮이기 시작한 것까지 있는 것이다.

"그것도인가?"

이로하는 아랫입술을 깨물었다.

"무엇을…?"

"너, 우리와 마찬가지지?"

이로하가 내뱉자, 환도재의 표정이 돌변하더니, 놀라움과 초조함이 합쳐져 배어 나오는 것을 알 수 있었다.

오보로류란 교하치류 계승자 후보의 감시자. 오카베 환도재는 인간을 초월한 강함. 처음부터 그렇게 각인되었기 때문에, 그 성립에 관해서도, 강함의 근원에 관해서도 생각한 적은 없었다.

그후, 기온 산스케가 목숨을 걸고 단서를 줌으로써, 환도재의 힘은 뼈조차도 움직일 수 있는 유연함이라고 지금까지 줄곧 생각하고 있었다.

그러나 말도 안 되는 후각, 형제를 능가하는 완력, 그리고 이상하다고도 할 수 있는 빠른 상처 회복. 환도재는 그밖에도 많은 힘을 보유하고 있다.

오보로류란 그런 유파인 것인가? 환도재가 원래 갖고 있던 힘인가? 아니, 도저히 그렇게 생각할 수가 없다. 모든 기술에서 다른 의지 같은 것이 느껴지는 것이다.

그때, 한 가지 가설이 머리를 스쳤다. 환도재도 또한 우리와 마찬가지로 여러 개의 비술을 몸에 담고 있는 것이 아닐까? 라는 것이다.

환도재는 그 물음에는 대답하지 않고, 주름이 쭈글쭈글한 얼굴을 천장으로 향하더니, 생각지도 못한 말을 중얼거렸다.

"4백 년을 기다렸다."

"그럴 수가…."

도대체 이 노인의 나이는 몇 살인가? 백 년도 넘는 시간을 살았을 것 같기까지 하다. 확실히 그렇게 느낀 적은 있지만, 설마 정말로 4백 년이나 되는 세월 동안 살아왔다는 것인가? 그것이 사실이라면, 역시 그것은 요괴 종류다.

"반드시 원한은 풀겠다. 기다리고 있어 줘."

환도재는 시선을 이쪽으로 되돌리더니, 누군가에게 들으라는 것처럼 말했다. 그 두 눈에서는 요사스러움은 느껴지지 않았다. 지금 이로 하는 처음 본 것 같은 느낌이 들었다. 이것은 틀림없는 인간의 눈빛이다.

*

오닌(應仁) 원년(1467년) 초여름의 일이다. 상쾌한 바람이 불어와 초목이 물결친다. 나무들이 수런거리는 소리 사이로, 나무를 때리는 듯한 건조한 소리가 울린다. 삼나무 줄기에 내려선 두견새, 나무뿌리에 앙증맞게 앉아 있던 다람쥐. 둘 다 고개를 살짝 틀었다. 한동안 그 소리가 이어진 후, 규타로는 목검을 내던지고,

"안 되네에."

라며, 벌렁 드러누웠다.

"이것으로 78승이네."

남자가 목검을 어깨에 걸치며 한쪽 눈을 찡긋거리며 웃었다. 이름은 겐주라고 한다.

나 말고도 거친 숨을 몰아쉬는 자가 몇 명. 그중 한 명, 사루키치가 불퉁한 얼굴로 중얼거렸다.

"겐주는 너무 강해."

"트인 장소는 사루키치에게는 불리하니까. 동굴 같은 데라면 승부는 또 몰라."

겐주는 아주 진지한 표정으로 위로했다.

"나는 어땠어?"

이마의 땀을 닦으면서 물은 것은, 제일 나이가 많은 시로에몬이었다.

"시로 형은 성실한 검이야. 그러니까 더 예측하기 쉬워서… 이렇게."

겐주는 주먹을 앞으로 내질러 보였다. 아까 시로에몬은 겐주의 철권을 배에 맞아 3간도 더 날아갔던 것이다.

"젠장… 또 졌나."

들풀을 뜯어내면서, 가이지가 아쉽다는 듯이 중얼거렸다. 가이지는 지금까지 두 번째로 승리 횟수가 많다. 그 때문에 겐주와 경쟁하려는 마음이 강하다.

"너는 공격할 때 천기(天機)에 지나치게 의존해. 그러니까 수비가 늦어지는 거야."

"시끄러워. 네 조언은 안 듣겠다."

"그럼, 또 내가 이기겠네."

"뭐라고…? 나도 이긴 적 있어."

"24승이지."

겐주는 장난스럽게 말하고, 가이지는 관자놀이에 파란 힘줄이 튀어나온다.

"참 내, 두 사람 다 약 올리지 마. 나는 1승도 못 했으니까."

이중에서 유일한 여자인 사요가 사이에 끼어들자, 두 사람 다 멋쩍

게 웃었다. 규타로가 웃음을 터뜨린 것을 시작으로, 다른 이들에게서도 웃음소리가 터져 나왔다.

여기에 있는 자는 모두 버려진 아이들이다. 겐주는 가난한 무가, 가이지는 아시가루(足輕. 최하급 무사로 평소에는 무가에서 잡역일을 하고 전시에는 병졸이 된다), 시로에몬은 마부의 자식이라고 하는데, 사루키치와 사요는 출신조차 전혀 모른다. 사루키치는 사루사와 연못가에, 사요는 긴부센지(金峯山寺) 절문 앞에 버려져 있던 것을 데려와, 그때 이름도 지어줬다고 들었다.

나는 이이모리산 산기슭의 농부의 자식이었다고 한다. 어머니가 입 하나 줄여보겠다고 강에 던지려고 하는 것을, 스승이 지나가다가 보고 거뒀다고 한다. 그리고 모두가 이 산속에서 자랐고, 어떤 유파의 검을 배워온 것이다.

이 유파, 기이치 호겐이 시조라고 한다. 거기에는 몇 개인가 강력한 비술이 존재하고, 각각 한 명씩 계승해왔다. 우리를 다음 대 계승자로 삼으려고 주워온 것이다. 즉, 우리 스승은 한 명이 아니었다. 각자에게 스승이 존재하는 것이다.

이 땅에서 스승으로부터 비술을 배우고, 이윽고 우리가 스승이 되어 다음 세대에게 가르친다. 이렇게 해서 이 유파는 끊임없이 역사를 짜내려온 것이다.

"스승님들은 아직인가?"

사루키치가 목 뒤에서 손을 깍지끼면서 말했다. 이 유파에는 한 가

   이쿠사가미 전쟁의 신

지 규정이 있다. 당시의 권력자의 비호를 받는 대신에,

　－그의 검이 된다.

　라는 것. 그것은 호위 임무도 있고, 암살 임무도 있다. 이렇게 해서 유파는 지켜져 왔다. 조금 전에 그 비호자로부터 의뢰가 들어와, 우리 스승들은 모두 산을 내려갔다. 의뢰의 내용은, 정적을 묻어버리는 일이라고 들었다.

　"스승님들도 나이를 먹었어. 의외로 애를 먹고 있는 건지도 모르겠네…."

　시로에몬은 걱정스럽게 중얼거렸다.

　"말도 안 돼. 여전히 괴물처럼 강한데."

　가이지는 쳇, 하고 혀를 찼다. 이중에서 제일 강한 겐주조차도 호각. 다른 이들은 상당한 차이가 난다. 스승들은 그 정도로 강했다.

　"곧 돌아오겠지."

　사요의 말이 사실이 된 것은, 그날 밤 늦은 시간의 일이었다. 단, 돌아온 것은 단 한 명, 겐주의 스승뿐이었다. 비를 맞은 것처럼 옷은 피로 흠뻑 젖었다. 살아 있는 것이 신기할 정도로 깊은 상처를 입은 것이다.

　"무슨 일이 있었던 겁니까? 다른 분들은?!"

　모두가 스승을 바닥에 눕히자마자, 겐주는 보기 드물게 당황하며 물었다.

"남은 것은 이 몸뿐… 다른 모두는 살해당했다. 적 쪽에 있었다….”

스승은 다 쉰 목소리로 말했다. 그것만으로 모두가 전모를 깨달았다. 이 세상에는 우리 검에 필적할 만한 유파가 있다. 그 유파의 창시자도 또한, 우리 유파와 마찬가지로 기이치 호겐. 오히려 그쪽이 조금 먼저 생겨났다고 한다.

권력자의 검이 되는 것도 같다. 그렇기는 해도, 같은 권력자의 비호를 받는 경우가 많아 서로가 충돌하는 것은 극히 드문 일. 2백 년 정도 전에 딱 한 번 검을 맞부딪쳤을 뿐이다. 그때는 일찌감치 싸움이 끝났기도 하여, 양쪽 유파에서 사망자는 나오지 않았다고 한다.

우리의 여섯 명의 스승들 중에 다섯 명이 쓰러졌다. 그런 일이 가능한 것은, 그 유파 사람들밖에는 생각할 수 없는 것이다.

“놈들은 서군에 붙었다는 겁니까?”

가장 세상 물정에 통달한 시로에몬이 말하자, 스승은 숨을 헐떡이면서 힘없이 고개를 끄덕였다.

우리는 막부의 비호를 받고 있었다. 그것은 그쪽 유파도 마찬가지. 그러나 8대 쇼군 아시카가 요시마사의 자식과 동생 사이에 후계자 다툼이 발발. 두 유파는 모두 동생인 동군의 편을 들기로 이야기가 되어 있었다. 그러나 막판에 와서 그쪽은 자식인 서군에 붙었다고 한다.

“시로에몬… 놈들… 이 아니다. 저쪽은… 한 명이다….”

스승의 말에 모두 경악했다. 서로의 유파는 쌍둥이나 마찬가지. 저쪽 유파에도 몇 개인가 비술이 존재하고, 그것을 한 명씩 계승해간다.

　　　　　　　이쿠사가미 전쟁의 신

즉, 상대방도 여러 명의 계승자가 있다. 그럼에도 그쪽은 단 한 명만 나타났다는 것인가? 게다가 그 한 명에게, 스승들이 한꺼번에 덤벼서 패할 정도라니, 도저히 믿기 힘들었다.

스승의 호흡이 격하게 흐트러지는 가운데, 가이지는 앞으로 몸을 숙이며 물었다.

"그 한 명의 비술은 뭡니까? 파군, 문곡, 탐랑… 아니면 무곡?"

그쪽 유파의 이름은,

—교하치류.

라고 한다. 구라마산을 근거지로 하고, 여덟 개의 흉악한 비술을, 여덟 명의 계승자가 이어받는 것이다.

"…전부다."

"어…."

사요가 물방울이 떨어지는 것 같은 소리를 냈다.

"그 남자는 되려는 것이다…."

어째서 기이치 호겐이 유파를 둘로 나눴는지는 모른다. 그러나 두 유파에 공통되게 전해지는 것이 있다. 스승은 고통스러운 얼굴로 전설의 이름을 쥐어짜 냈다.

"이쿠사가미(戰神)가."

유파를 통달한 끝에 오는 경지라고 한다. 그러나 거기에 이르기까지의 과정은 일절 불명. 280여 년의 역사 속에서 단 한 명도 도달하지 못했다.

언젠가는 그 경지에 이른다. 그것을 숙원으로 삼고, 두 유파는 엄격한 수련을 거듭하며 몇 대에 걸쳐 전승해온 것이다.

"설마… 그럴 수가…."

규타로의 목소리가 떨렸다. 오랫동안 수많은 자들이 그 경지를 목표로 삼았었다. 그러나 아직 전부 해명되지 않았다. 대를 이어 정진시키기 위해서 기이치 호겐이 꾸며낸 허튼소리가 아닐까? 라고 말하는 자도 있을 정도다. 그런 가운데, 교하치류의 어떤 한 사람이, 아직 그 누구도 도달한 적 없는 수라의 길로 발을 내디딘 것이다.

"그렇다…, 모든 비술을 빼앗았다."

원래 그 남자는 염정이라는 비술 사용자였다. 그러나 나머지 일곱 개의 비술을 전부 구사했다고 한다. 스승들이 경악하는 가운데,

―전부 손에 넣었다.

라고 남자는 소리높여 웃으며 검을 휘둘렀다고 한다.

그 강함은 그야말로 용과 같았다. 사투는 하루 밤낮에 걸쳤으나, 스승들은 최후에 힘이 다했다. 그리고 지금에 이르렀다는 것이다.

"저희가 하면 되는 거지요?"

겐주는 침착함을 되찾고, 스승에게 결연하게 말했다.

"이쿠사가미가 상대라니… 무리야."

규타로는 눈물이 그렁그렁한 눈으로 호소했다. 아무도 본 적이 없다. 되는 방법도 전해지지 않는다. 그런데도 무쌍의 존재라는 것만큼은 귀에 못이 박이도록 들었던 것이다.

"아니, 그것은… 아니야."

스승은 실제로 칼을 섞어보고 깨달았다고 한다. 확실히 무서울 정도로 강하다. 그러나 그것은 이쿠사가미가 아니라고. 만약 전설대로라면 그 정도가 아니다. 눈 깜짝할 사이에 결판이 나야 했다. 모두 함께 덤비면 승기는 충분히 있다고―.

"모두… 부탁한다."

스승의 갈라진 입술이 희미하게 움직였다. 그것이 최후의 말이 되었다.

*

다음날, 스승을 벚나무 뿌리 밑에 묻었다. 이 산에는 옛날부터 수험자가 벚나무를 심기 시작해, 오늘날에는 그 수가 1만 그루를 족히 넘는다. 지금은 신록이 우거졌으나, 내년 봄에는 또 꽃이 흐드러지게 펴 지붕을 분홍빛으로 물들이겠지.

교하치류가 구라마산에서 전승하는 것에 비해, 우리 유파는 이 봉우리, 요시노 산에서 이어져왔다. 그 이름은,

― 오보로류(朧流).

라고 한다. 오보로(朧. 몽롱한 모양, 어슴푸레한 모양)처럼 붙잡을 수 없는 검. 그것이 유파 명명의 유래라고 전해진다.

교하치류가 보유한 여덟 개의 비술은 북두칠성과 북극성의 이름이

붙었다. 오보로류는 그 점도 흡사하다. 각각의 비술에 남두육성의 이름을 붙인 것이다.

"우리라면 할 수 있어."

가이지는 자기 자신에게 이르는 것처럼 모두를 격려했다. 가이지가 갖고 있는 기술은 '천기(天機)'라고 한다. 뼈에 의한 비술이다. 온몸의 모든 뼈를 자유자재로 움직여, 사각에서부터 채찍 같은 공격을 쏟아 낸다. 더욱이 적의 베기나 찌르기도 뼈의 방패로 치명상을 피할 수 있다. 오보로류 중에서도 가장 공방의 균형이 잡힌 기술이다.

"스승들의 냄새가 남아 있을 터. 반드시 찾아낼 테니까."

사루키치의 기술은 '천상(天相)'이다. 코에 의한 비술. 개를 능가하는 후각으로, 1리 떨어진 곳의 매화꽃 향기까지도 감지한다. 이 힘으로 적의 냄새를 맡아 기습을 감행한다는 것이 우리 계획이다.

"공격은 가이지와 겐주. 나는 마무리를 맡겠다."

시로에몬은 전혀 쇠함을 보이지 않는다. 그것이 바로 '천동(天同)'의 힘. 이것은 심장에 의한 비술. 맥박이 항상 빨리 뜀으로써, 아무리 나이를 먹어도 젊을 때의 신체 능력을 유지한다. 설령 나이가 80이 되더라도 변하지 않는 것이다.

"나는 여차하면 모두의 방패가 될게."

사요도 각오를 다졌다. 그 비술은 '천량(天梁)'이라고 하여, 이것은 피를 기반으로 한다. 한마디로 말하자면, 상처 치료 속도를 이상할 정도로 높이는 것. 보통 사람의 치유력의 열 배는 족히 될 것이다. 만약

 이쿠사가미 전쟁의 신

깊은 상처를 입었다고 해도, 4각 반 정도면 딱지가 덮이고 피가 멎을 정도다.

"그럴 필요는 없어. 내가 일격에 잠재우겠다."

우리 세대에서 최강의 남자, 겐주는 낮은 목소리로 자신감을 끌어올렸다. 구사하는 비술은 '칠살(七殺)'이라고 한다. 이것은 근육에 의한 것이다. 몸의 어딘가의 근력을 다른 부위로 이전한다. 예를 들어 다리 힘을 팔에 더하기도 하고, 반대로 두 팔의 힘을 다리에 실을 수도 있는 것이다. 온몸의 근력을 오른손에 담은 일격이라면, 견고한 큰 바위라도 박살 낼 정도. 사람이라면 장기 대부분이 터져버리겠지.

"…모두의 발목을 잡지 않도록 할 테니까."

규타로가 입을 연 것은 마지막 차례가 되었다. 나는 마무리에서도 더 마지막 단계. 제일 뒤에서 적의 퇴로를 막는다는 것. 내 '천부(天府)'는 다른 비술에 비하면, 싸움에서는 거의 쓸모가 없다. 적어도 지금은. 앞으로 백 년, 2백 년 지났을 때 진가를 발휘하는 것이다.

"가자."

겐주의 기백 어린 목소리에 모두의 끄덕임이 정확히 겹쳤다. 오보로류 역대 중에서 가장 서로 마음이 잘 통한 이 세대, 이 사람들이라면 반드시 해낼 수 있다. 규타로는 확신을 굳히며 다시금 고개를 끄덕여 보였다.

요란한 외침이 울려 퍼진다. 토담이 안쓰러울 정도로 무너지고, 어딘가가 불타는 건지, 골목에는 불똥들이 춤을 춘다. 녹슨 쇠 같은 피 냄새, 나무가 타는 냄새. 거기에 머리카락이 탈 때의 독특한 냄새까지 섞여, 지독한 악취가 발생했다.

길가는 이미 길이라고 부를 수도 없었다. 핏줄기가 빨간 무늬를 그린 벽 사이, 접힌 것처럼 쓰러진 수많은 시체. 그것을 밟고 넘어가는 것은, 눈꼬리를 추켜올린 서군의 병사였다.

동군의 본거지인 호소카와 다이묘의 저택에 서군이 기습을 감행한 것이다. 동군도 경계를 게을리했던 것은 아니다. 네거리마다 병사를 배치하고 대비했다.

그러나 그것이 단 한 명에 의해 무너졌다. 그자는 마치 산책이라도 하는 것처럼 훌쩍 나타나, 눈 깜짝할 사이에 보초를 척살했다. 그것을 한 번, 두 번, 세 번. 네거리라는 네거리 전부에 나타나 동군의 경비를 베어버린 것이다. 그 직후, 서군은 단숨에 라쿠추를 공격해왔다.

오보로류 여섯 명은 이 혼돈을 기다리고 있었다. 예의 남자는 이미 역할을 끝냈다는 듯이, 동군 아시가루의 목을 날려버리고는 전장을 떠나려고 했다. 지붕 위에서, 시체 밑에서, 흙담을 뛰어넘어, 언월도 밑을 지나, 일제히 그를 공격한 것이다.

4각 반─. 검은 연기로 밤처럼 어두운 하늘 밑. 병사들의 고함에서 벗어나려는 것처럼, 피로 빨갛게 물든 발을 필사적으로 움직여, 규타로는 정신없이 도주하고 있었다.

"우우…."

　　　　　　　　　　　　

입술 사이에서 흘러나온 것은, 목소리가 되지 않는 신음뿐. 다른 다섯 명은 이미 없다.

처음에 당한 것은, 놀랍게도 겐주였다. 혼신의 일격이 명중함으로써, 모두가 됐다며 목소리를 높였다. 그러나 남자는 약간 땅을 미끄러졌을 뿐.

"거문⋯."

중얼거린 다음 순간, 겐주는 단칼에 어깨부터 배 부근까지 찢어졌다. 분명히 그것은 파군이라는 흉악한 기술이다.

가이지가 비통한 소리를 지르면서 팔을 비틀며 맹공을 가했다. 그러나 전부 튕겨낸다. 전혀 닿지 않는다. 이것은 탐랑이라는 기술.

가이지의 팔이 날아가고, 시로에몬이 포효와 함께 달려들었다. 이것은 무곡이라는 기술로 발을 걸어 허공에 띄웠다. 동시에 사루키치도 등 뒤에서 몰래 다가갔으나, 남자는 돌아보지조차 않고 알아차렸다. 이것은 북진이다.

남자는 사루키치의 동체를 쉽사리 옆으로 베어버리자마자, 허공에서 선회하여 시로에몬의 얼굴을 발꿈치로 짓밟았다. 사루키치에게 추가 공격을 할 때는, 사요가 사이에 뛰어들어가 칼로 막아내려 했다. 그러나 칼의 궤도가 도중에 꺾여 사요의 다리를 날려버렸다. 바로 말로만 듣던 문곡이다.

가이지가 분노의 얼굴로 공격한다. 목숨은 다 불태우기 직전, 가장 강한 광망을 쏟아내는 건가? 이때의 가이지는 겐주 이상이었고, 천기라는 비술이 가장 남자에게 먹혔는지도 모른다. 격투의 한복판, 규타로는 빈사 상태의 겐주에게 달려갔다.

"규타로… 모아라….'

원통함을 토로하는 것도 아니고, 죽음에 대한 공포도 아닌, 겐주의 말은 그것이었다. 교하치류와 마찬가지로, 오보로류도 주문과도 비슷한 말로 기술을 넘겨줄 수가 있다. 겐주는 모두의 기술을 모으라고 말하는 것이다.

"아직….'

"모두의 숨이 붙어 있는 동안에. 가이지가 버티고 있는 동안에. 이쪽도 여섯 개를 한 명에게… 이쿠사가미가 되어라."

겐주는 격렬하게 경련하면서 말을 쥐어짜 냈다. 그러나 여섯 개의 비술을 모았다고 해도, 내가 저 남자를 이길 수 있을 거라고는 생각되지 않는다. 마음이 강한 정도가 하늘과 땅만큼 차이가 난다. 겐주는 나의 불안을 알아차린 모양으로, 아랫입술을 깨물며 숨소리와 함께 말을 계속했다.

"비록 이기지 못하더라도… 천부로… 자아내라."

내 비술인 천부는 머리, 뇌에 의한 것이라고 한다. 본 것, 들은 것, 만진 것, 맛본 것, 살아온 동안의 모든 것을 절대 잊지 않는다. 그리고 그것을 다음 세대로 전한다. 검술의 수련, 싸움의 경험도 마찬가지. 전대, 전전대, 지금까지의 모든 검법이 계승되어간다. 지금은 다른 다섯 명에 비하면 수수하기는 하지만 백 년, 2백 년, 5백 년, 천부를 지닌 모든 술자의 연마가 쌓이고 또 쌓였을 때, 그 세월을 쏟아부은 검으로 성장을 이룬다. 그리고 자아내는 것은 싸움의 기억뿐만이 아니다. 모두와의 추억까지도. 그야말로 천년을 살아온 것이나 다름없게 된다. 그것이 바로 천부다.

겐주의 '칠살'을 실은 속삭임을 받아들이자, 규타로는 다음으로 시로에몬 곁으로. 사루키치, 사요에게서도 넘겨받는다. 그 무렵에는 가이지도 겐주의 의도를 알아차리고, 포효로 '천기'를 전했다. 그 직후, 조금 전부터 빠른 호흡을 하고 있던 남자가, 인간을 벗어난 속도로 가이지의 몸과 다리를 절단했다. 이것은 염정이라는 수라의 기술이다.

규타로는 정신없이 도망쳤다. 모두의 기술을, 모두의 마음을 짊어지고, 다른 곳은 쳐다보지도 않고 오로지 도망쳤다. 규타로가 간신히 울 수 있었던 것은, 요시노 산으로 돌아온 이후였다.

비가, 내리기 시작했다. 빗방울은 벚꽃 이파리를 때리고 땅에서 진흙을 튀어 오르게 한다. 험준한 산에 울려 퍼지는 통곡은 단 하나뿐이 되었다.

*

그로부터 20년의 세월이 흘렀다. 연호는 오닌(応仁)에서 분메이(文明)로, 그리고 다시 조쿄(長享)로 변했다. 그때의 쟁란의 당사자, 동서의 대장이었던 호소카와도 야마나도 이미 세상을 떠나 종결했다. 그러나 또 새로운 전란의 불씨가 피어나고 있었다. 무사라는 생물은 어지간히 싸움을 좋아하는 모양이다.

이 20년 동안 규타로는 각지를 오가며 계속 무술을 연마했다. 산에 틀어박혔던 적도 있다. 강자와 칼을 맞댄 적도 있다. 이어받은 비술을 몸에 익숙해지게 하려고, 자유자재로 구사할 수 있게 하고자, 그저 오로지 수행에 힘썼다.

세상을 여행하는 가운데 때로는 이름을 대야 할 때도 있었다. 그때는,

─오카베 규타로.

라고 말했다. 규타로는 농민 출신. 게다가 버려진 것을 거둬진 터라 성은 없다. 무가 출신이었던 겐주의 성을 멋대로 물려받은 것이다. 분명 겐주라면 허락해줄 것이라며.

"지금이다."

규타로가 중얼거린 것은, 사쓰마의 사쿠라지마였다. 교하치류의 남자. 그때도 나이 40은 넘었을 터였다. 20년이 지난 지금이라면, 상당히 노화가 진행되었을 것이다.

규타로도 37세. 본래라면 약간의 쇠함은 나타나겠지만, '천동'이 있는 덕분에 최고의 육체를 유지하고 있다. 좀 더 때를 기다리자는 생각도 했으나, 그러면 상대방은 병이나 노쇠로 죽고 없을지도 모른다.

어떻게 해서든 내 손으로 해치운다. 지금이 그 절호의 기회이며, 최후의 기회라고 확신했다. 공격의 수단은, 그 남자가 제일 성가서 했던

‘천기’와, 틈을 봐서 결정타를 찌를 수 있는 ‘칠살’이다. 그 두 가지를 구사한 20년의 수련을 ‘천부’는 남김없이 죄다 기억했다.

서로 공멸해도 상관없다. 이쪽에는 ‘천량’이 있다. 똑같은 상처를 내면, 상대방이 확실히 먼저 절명한다. 그리고 지금, ‘천상’을 구사해서 남자 아래쪽으로 향했다. 이것으로 반드시 이긴다. 모두의 원한을 풀어준다.

그랬어야 했다. 그러나 한나절에 이른 사투 끝에, 규타로는 피 웅덩이 속에서 허우적대고 있었다.

“늙으면 이길 수 있다고 생각했나?”

남자는 내려다보면서 비웃듯이 말했다. 예전엔 까맣던 머리카락도 흰 눈 같은 색이 되고, 얼굴에는 깊은 주름이 새겨졌다. 확실히 늙기는 한 것이다. 나도 피를 토할 정도로 수행을 했다. 그래도 힘이 미치지 못했다.

“어째서… 이쪽도 이쿠사가미가 되었을 터인데….”

규타로는 헐떡이는 것처럼 말했다.

“모든 비술을 가졌다고 해서 이쿠사가미라고는 할 수 없다.”

남자는 놀라운 사실을 입에 올렸다. 20년 전, 스승도 마지막 순간에 그런 말을 중얼거렸었다. 그러면 도대체 이쿠사가미란 것은 어떠한 것인가? 아니면 그저 전설에 지나지 않는 것일까? 규타로는 말문이 막혔으나, 그것을 말한 남자가 꺼림칙하다는 듯한 태도였던 것은 기묘했다.

"신은 아니지만, 제일 빠른 사람이라고도 할 수 없다…. 고작해야 **한 가미**(半神, 반신)다."

쓴웃음 속에 자조가 다분히 포함된 것도 어째서인가? 이 남자, 이쿠사가미가 아닌 건가?

"애초에 오보로류로는 무리거늘."

남자는 더욱 울분을 해소하려는 것처럼 내뱉었다.

두 유파 다 시조는 기이치 호겐. 그러나 먼저 생긴 것이 교하치류인 것은 분명. 이때 여덟 개의 비술을 남겼다.

그로부터 얼마 안 있어, 기이치 호겐은 오보로류를 요시노 산에서 전했다고 한다. 즉, 교하치류에 뛰어난 비술부터 순서대로 남기고,

"오보로류는 그 남은 찌꺼기라는 뜻."

이라며 남자는 코웃음을 치며 비웃었다. 믿지 말라고 자신에게 말하려고 했으나, 남자의 말은 맥락이 통한다. 정말로 뛰어난 비술이라면, 최초에 편성한 유파에 남기는 것이 자연스러우니까.

─시간을 벌어.

실망 속으로 가라앉아가는 가운데, 사요의 목소리가 들린 것 같은 느낌이 들었다. 사요 덕분에, 천량 덕분에, 조금만 더 있으면 움직일 수 있게 된다. 또 도망치면 된다. 아무리 볼품없어도, 살아남으면 언젠가는 복수할 기회가 찾아온다. 그러나 남자는 그것조차도 눈치챈 모양으로,

　　　　　이쿠사가미 전쟁의 신

“슬슬 죽을 텐가?”

라며 규타로의 목에 차가운 칼날을 댔다. 모두가 나를 믿고 맡겨주었다. 그런데도 이 꼴이다. 규타로는 눈을 감고 마음속으로 사죄했다.

죽음을 각오했다. 그러나 전혀 아픔이 찾아오지 않는다. 혹시나 내가 깨닫기도 전에 죽은 건가? 규타로가 눈을 게슴츠레 떠보니, 칼날을 들이대고 노려보는 남자가 보였다.

“희롱할 셈인가…?”

“살고 싶은가?”

규타로의 원한에 대하여, 남자의 대답은 예상외의 것이었다. 살 수 있다고 안도했을 때 절망으로 떨어뜨리겠다. 그런 의도인가? 규타로가 침묵하는 가운데, 남자는 더욱 말을 계속한다.

“교하치류의 도움이 되겠다면 살려주지.”

남자에게는 이미 여덟 명의 제자가 있고, 각각에게 비술을 나눠줬다. 제자들끼리 비술을 서로 빼앗고, 서로를 죽이게 하는 것을 생각하고 있다.

그러나 그것을 선언하면, 제자들이 일제히 반기를 들 가능성도 있다. 그런 꺼림칙한 사태가 일어날 때,

“이 몸과 함께 제자들을 사냥하라.”

라고 조건을 제시했다. 나는 이렇듯 그에게 패했지만, 그의 제자들보다는 충분히 강하다. 제자들의 반란에 대한 대비책으로서는 손색이 없다는 것이다.

“어째서…?”

이 정도로 강하다. 제자들이 한꺼번에 덤벼도 반격할 수 있는 것 아닌가? 게다가 어째서, 굳이 서로 죽이게 하려는 것인가? 전혀 이해할 수 없는 일뿐이다. 남자는 그 질문에는 혀를 차기만 할 뿐,

“도망치면 곤란하니까.”

라고 다른 이유를 고했다. 반기를 드는 일은 없어도, 산을 내려가 도망치려고 하는 자는 생길지도 모른다. 그러나 교하치류에 추적에 능한 비술은 없다. 오보로류의 천상으로 쫓아가서 처치해주면 매우 도움이 될 것이다.

— 모두들….

겐주, 가이지, 시로에몬, 사루키치, 사요. 마음속으로 모두에게 물었다.

남자의 제안을 받아들인다는 것은, 오보로류가 교하치류의 산하로 들어가는 것이나 마찬가지. 차라리 멸망하는 것이 좋은 것 아닐까? 아니다. 모두는 그것을 바라지 않아. 추한 모습을 보이더라도, 치욕을 맛보더라도, 언젠가 복수해야 한다. 내 천부는 증오까지도 계승된다. 설령 수백 년이 걸린다고 해도, 언젠가는 기회가 찾아올 터 —.

“알겠다… 부탁한다.”

규타로는 떨리는 목소리로 승낙했다.

“좋다. 임자는 오늘부터 환도재라고 해라.”

“환도재….”

"이 몸이 야사카 도사이(도재)이기 때문이다. 내 환상이 되는 거다."

남자는, 아니, 야사카 도사이는 낄낄 웃으면서 칼을 허리춤에 넣었다.

피에 젖은 흙을 힘껏 움켜쥐었다. 붉은 연못에 비친 내 얼굴은 굴욕으로 일그러져 있었다. 그것은 너무나도 추악했고, 내 의지에 반해 환도재라는 이름이 잘 어울렸다.

신토미자의 등불이 자잘하게 흔들리는 탓에, 두 개의 그림자도 비를 맞는 것처럼 흔들리고 있었다.

"19대… 설욕의 때를 계속 기다렸다."

환도재는 칼끝으로 실을 뽑는 것처럼 시코미즈에를 당겼다.

역시 4백 년을 살아온 것은 아니었다. 이 환도재가 19대라는 뜻이겠지. 교하치류 계승전의 감시자를 맡은 것이 오보로류. 우리는 그렇게 들었는데, 두 유파에는 오랜 세월에 걸친 숨겨진 인연이 있는 모양이다. 본래 계승전 같은 것은 없었다는 진로쿠의 가설과도 부합한다.

그러나 기묘한 점도 있다. 환도재는 오보로류의 오랜 원한이 아니라, 마치 자기가 체험한 원한을 말하는 것 같은 말투라는 것이다.

“오보로류의 비술인가?”

이로하는 툭 내뱉듯이 중얼거렸다. 직감이라고 해도 좋다. 교하치류의 비술이 손가락, 다리, 귀, 입 등 몸의 부위에 의존하는 것처럼, 오보로류도 그렇다 해도 신기할 것 없다. 뭔가 그 언저리에 비밀이 있을 것 같다고 느낀 것이다.

“천부는 온갖 기억을 자아낸다…, 선대까지 18명의 모든 것을 말이지.”

환도재는 지금까지 자신에 관해서는 아무 말도 하지 않았었다. 그러나 처음으로 보인 감정의 흔들림 탓인지, 말이 튀어나오고 말았다. 인정한 것이나 마찬가지다. 환도재는 교하치류처럼 여러 명의 비술을 보유하고 있다. 이것으로 우리가 이길 수 없었던 이유를 간신히 알았다.

“계승전에서 도망친 것 때문이 아니라, 오보로류의 복수를 위해 쫓아왔다는 건가…?”

이미 스승은 없다. 환도재는 그래도 순종적으로 규정을 지키고 있는 것이라고 생각했었다. 그러나 아무래도 그것도 아닌 것 같다. 우리를 쫓아온 것은 교하치류에 대한 복수를 하기 위해. 그렇다면, 어째서 19대만에 처음으로 반기를 든 것인가? 그제야 전모가 보인 것 같은 느낌이 들었다.

“삼자견제(주로 기업에서 부정을 방지하고 발견하기 위해, 하나의 업무에 세 개 이상의 부문을 두어 서로 감시하게 하는 체제)라는 건가?”

   이쿠사가미 전쟁의 신

슈지로가 계승전을 포기한 것이 발단이 되어, 본래는 알 수 없었을 일을 알게 되었다. 모든 비술을 혼자서 지니는 것보다, 여덟 명이 힘을 합치는 쪽이 강하다는 것도. 슈지로와 시쿠라가 말했었고, 이로하도 지금에 와서 실감하고 있는 일이다.

과거 혼자서 비술을 독점했던 자는, 제자들이 결탁하여 맞설 것을 두려워했다. 그래서 오보로류를 밑에 거느려 제자들의 반란에 대비한 것이 아닐까?

한편, 오보로류는 복수를 기획하려고 해도 교하치류 계승자, 계승자 후보 여덟 명을 상대로 싸우는 것은 무모한 일. 이렇게 해서 균형을 유지해온 것이겠지. 분명 스승조차도 본인의 스승에게서 전해 들은 것뿐이고, 이 비틀린 구조를 몰랐던 것 같은 느낌이 든다.

진실을 아는 것은 오보로류의 계승자뿐. 수십 년, 수백 년을 증오를 억누르고 반역의 기회를 엿보고 있었다. 슈지로의 도망으로 계승전이 중지되고, 스승은 병으로 실의에 빠져 죽었다. 남은 것은 계승자 후보 여덟 명뿐. 오보로류에 있어서는 천재일우의 기회이며, 최후가 될 호기가 찾아왔다는 뜻이다.

"역시 사람이로군."

이로하가 웃은 것은 모욕을 주기 위해서가 아니다. 오히려 안도에 가까웠다. 복수를 맹세한다는 것은, 즉, 마음이 존재한다는 것. 그것은 결국 사람이라는 증거다.

환도재에게는 염원이 있다. 그러나 그것은 나도 마찬가지. 교하치류와 오보로류의 업을 끊어버린다. 지금은 단지 그것뿐이다.

"다시 한번… 부탁한다."

이로하가 말하자 객석을 비추던 등불이 줄어들었다. 사라질 때는 동시. 이번에는 후타바에게 가스등을 끄라고 한 것이다.

환도재에게 접근하기만 하면, 지금의 내 문곡이라면 통한다. 그러나 환도재의 칼을 뚫고 접근한다는 것이 매우 어렵다.

ㅡ어둠으로 거리를 좁히고, 빛으로 사냥한다.

그것이 바로 환도재에게 이기기 위해 이로하가 세운 계획이다. 이것은 이 장소가 아니면, 후타바의 힘을 빌리지 않으면 할 수 없는 일이다.

"끝내자."

이로하는 다시 찾아온 어둠 속에서 중얼거렸다. 바깥이 소란스럽다. 인질을 잡고 농성하는 사건이라고 통보를 받고, 경관들이 집결하고 있다.

발소리를 지우면서 움직인다. 환도재는 냄새를 추적하지만 녹존 쪽이 좀 더 우위에 있다. 상대방의 공격이 오는 것보다 먼저 사정거리 안으로 들어갈 수 있다.

접근했을 때, 문곡을 최대한 끌어내기 위해 등불을 켠다. 시쿠라의 파군이라면 일격으로 승부는 나겠지만, 나라면 2격, 3격으로 거듭 같은 장소를 노려야만 하기 때문이다. 노리는 것은 팔다리나 동체가 아니다. 오로지 목뿐. 칼날이 들어갈 때까지 몇 번이나 연속 공격을 날

  이쿠사가미 전쟁의 신

릴 뿐이다.

– 힘을 빌려줘.

녹존이 하늘에까지 닿은 것인가? 잇칸, 산스케, 후고로, 진로쿠, 시치야. 스러져간 오라버니들의 목소리가 들린 것 같은 느낌이 들었다. 짐승을 모는 몰이꾼처럼, 곡선을 그리는 것처럼, 이로하는 칠흑 속에서 사정거리를 좁혀갔다. 쫓는 것은 괴음. 어디에서부터 공격이 날아와도 막아내겠다며, 환도재의 몸 안에서 뼈가 꿈틀거리는 것을 알았다.

"천상."

먼저 공격한 것은 환도재. 뭔가를 중얼거리며 엄청난 속도로 발도해서 휘두른다. 이로하는 확실히 거기에 있었다. 단, 그것은 불과 1초 전의 이야기. 지금은 뒤를 차지했다.

"후타바!"

가스등을 재점화하라고 외쳤다. 그때 이미 소협차를 쑤셔 박고 있었다. 첫 번째 공격은 빛이 찾아오기 전에 맞아야 했다. 그러나 감촉이 없다. 확실히 목은 거기에 있고, 헛손질은 있을 수 없는 일일 텐데.

"뭐–?"

등불의 빛이 뻗어오는 가운데, 이로하는 놀라움에 몸이 굳었다. 등 뒤를 차지했었는데, 환도재와 눈이 마주쳤다. 게다가 위와 아래가 거꾸로. 머리만 쓰러진 것처럼 뒤를 향한 것이다.

"천기⋯."

머리는 무화과처럼 늘어졌고, 예상했던 곳에 목은 없다. 도대체 어디를 노리면 된다는 것인가?

이로하는 자도를 목덜미에 찌르려고 했으나, 한순간 망설이는 사이에 환도재가 목을 축으로 해서 몸을 돌렸다. 동시에 예상치 못한 각도에서 칼날을 끌고 와ー.

오른쪽 어깨가 깊이 베였다. 그래도 이로하는 더욱 앞으로, 환도재의 숨결이 닿을 정도까지 육박해서는 외쳤다.

“문곡!!”

다섯 손가락에 약동이 되돌아와 장맛비처럼 맹공을 감행한다. 환도재는 시코미즈에를 자잘하게 움직여 급소를 방어한다. 가스등이 비추는 칼날의 움직임은 마치 빨갛게 빛나는 철벽 같았다.

이로하는 한 걸음도 물러서지 않았다. 계책은 무너졌지만, 사정거리 안으로는 들어왔다. 다시는 절대로 들어오지 못할 거리에. 환도재의 벽이 무너지는 것이 먼저인가? 아니면 내가 스러지는 것이 먼저일까? 이렇게 된 지금, 그 둘 중 하나일 것이라고 결심했다.

“야사카… 도사이?”

“누구냐? 그것은!!”

이로하는 더욱 손가락을 가속한다. 문곡이 무산되어도 좋다. 이제 두 번 다시 칼을 휘두르지 못하게 되어도 좋다. 이로하는 자기 속의 전부를 쥐어짜내어, 칼날의 번쩍이는 연무를 계속해서 자아냈다.

문곡은 바람을 휘감고 칼날의 벽을 빠져나간다. 환도재의 온몸에 무수한 상처가 생겨났지만, 그래도 무시무시한 속도로 피가 멎는다. 그래도, 그래도, 이로하는 역시 나아갔다.

격렬하게 칼날이 울리는 소리에 휩싸여 응수가 이어진다. 5분 지났을까? 아니, 1분 정도일까? 그것조차도 모르겠다.

메마른 소리가 극장 안에 울려 퍼졌다. 녹존을 봉인했기 때문에 알아차리지 못했다. 객석의 문이 일제히 열리고, 산사태처럼 경찰관들이 쏟아져 들어온 것이다. 이로하에게 생긴 빈틈은 손가락을 울릴 정도의 시간. 아니, 천분의 13초. 그야말로 찰나였다.

"…칠살."

환도재의 표정은 고통. 그러나 깊은 주름이 새겨진 입가가 희미하게 웃고 있다. 다음 순간, 벼락을 맞은 것 같은 충격이 몸에 일었다. 눈에 비친 것은 나무로 짠 천장. 허공을 비상하고 있었다. 낙하해서 특등석 테두리에 맞았으나, 그것조차도 박살 내고 바닥을 미끄러졌다.

곧바로 일어나야 하지만 몸이 마음먹은 대로 움직이지 않는다. 이로하는 간신히 시선만을 아래로 내리고 피 냄새가 섞인 숨을 내쉬었다.

주먹으로 맞은 것이 아니었다. 반사적으로 시코미즈에를 왼손으로 바꿔 든 것이었다. 배가 깊이 뚫렸다. 아니, 화약이 폭발한 것처럼 파헤쳐졌다.

"미안…."

이로하는 물방울이 떨어질 정도의 목소리로 사과했다. 하늘에서 지켜보는 오라버니들에게, 땅에서 버티는 오라버니들에게, 함께 여행한 동료들에게. 온 힘을 쏟았지만, 나로서는 역시 이길 수 없었다.

"후타바… 가라."

닿을 리가 없다는 것을 알면서도 중얼거렸다. 내가 환도재한테 패하면 그때는,

―다른 데는 눈길도 주지 말고 도망쳐.

라고 강하게 일렀다. 바로 근처의 뒷문으로 탈출해서 인파 속에 섞인다. 뭣하면 경관에게 보호를 요청해도 좋다고. 어떻게 될지는 모르지만, 죽는 것보다는 낫다. 다행히 지금이라면, 도망치기에는 충분한 시간이 있다. 경관이 떼구름처럼 몰려와서, 환도재는 그쪽을 베고 있으니까.

일어설 수 있을까? 앞으로 몇 초만이라도 좋아. 문곡, 녹존, 부탁한다. 이로하는 자기 자신에게 말했다. 경관의 숫자가 많다. 거기 섞여 잠깐이라도 더 싸울 수 있다면, 앞으로 한발이라도 더 날려줄 수 있다면―.

이로하는 일어나려고 했으나, 납덩어리처럼 몸이 무겁다. 그러나 갑자기 가벼워졌다. 영혼만 빠져나간 건가? 라고 착각할 정도로.

"같이 가."

겨드랑이에 팔을 넣으면서, 똑바로 이쪽을 쳐다본다. 후타바다.

"정말로…."

"멋대로 굴기만 해서 미안해요."

“바보.”

“응. 그래도 괜찮아.”

후타바는 이를 악물고 일어서게 해주려고 했다. 이 상처가 보이지 않을 리가 없다. 그래도 한 줄기 희망을 포기하지 않는다. 그것이 가쓰키 후타바인 것이다.

“후타바… 부탁이 있어.”

“싫어.”

“…들어.”

“나중에 얼마든지 들어줄 테니까.”

“부탁이다. 후타바.”

후타바는 울고 있었다. 부탁이 있다고 말했을 때부터. 커다란 눈물 방울을 뚝뚝 흘리고 있었다. 줄곧 씩씩하게 행동해 왔는데. 지금은 어린아이처럼 울고 있다.

“싫다니까….”

“울지 말고.”

이로하는 이마를 톡 마주 댔다. 만약 나에게 여동생이 있었다면. 그런 뜬금없는 망상을 하면서.

“잘 기억해…. 이 방법으로도 될 거야. 전해줘.”

입에 올린 순간부터 서서히 빠져나간다. 들었을 때는 각성한다. 그것이 비술 전달의 말이다. 사람을 매개로 해도 그것은 변함없을 것이다.

끊임없이 줄줄 눈물을 흘리면서, 후타바는 고개를 끄덕였다. 이로하는 그 작은 귀에 입을 갖다 대고, 살며시 두 가지 마음을 맡겼다.

"어느 쪽에…?"

"아아, 그런가."

이로하는 쓸쓸하게 웃었다. 결국 두 사람의 오빠 중 누구한테 줄지를 정하지 못했다. 누구라도 좋다. 두 사람 다 의지할 만한 오라버니인 것이다.

산에서의 어느 날이 문득 되살아났다. 이 두 사람의 오빠들과 나만 있었을 때. 사냥꾼이 깜빡 잊고 놓고 간 대나무 껍질 꾸러미를 발견했다. 주먹밥인가? 하고 풀어보니, 갈색의 부드러운 것이 두 개. 시쿠라는 이것이 말로만 듣던 만주가 아닐까? 라고 했다.

두 사람 다 망설이지 않고 하나를 나에게 주었다. 세상에 이토록 달콤한 것이 있었나? 하고 놀랐다. 나머지 하나를 누가 먹을지 싸움이 시작되었다. 자기가 더 형이라고. 그렇다면 동생한테 양보해야 하지 않겠냐고. 두 사람이 다투기를 바라지 않았고, 그러나 한 개는 자기가 먹어버렸고, 이로하는 안절부절못했다. 그러나 퍼뜩 묘안이 떠올랐다. 만주를 손으로 갈라─.

"반씩."

이로하는 추억과 함께 미소지었다. 이루어질 수 있다면, 문곡은 이 오빠에게, 녹존은 또 한 명의 오빠에게, 라고 바람을 덧붙였다.

"응… 반드시."

후타바가 있었기 때문에 여기까지 올 수 있었다. 함께 여행할 수 있어서 좋았다. 말로 하지 않아도 전해졌을 터. 이로하는 머리를 살며시 손으로 만져주며, 그 마음을 단 한 마디에 실었다.

"분명 괜찮을 거야."

팔을 놓게 하고 부드럽게 등을 떠밀었다. 후타바도 변했다. 예전이었다면 아직 고집을 부렸겠지만, 금방 일어나서 뛰어갔다. 뒤를 돌아보는 일도 없었다. 뒷문을 향해 무대 끝으로 사라져갔다.

울어도 상관없어. 나도 계속 울보 소리를 들었다. 그런 부분도 같다. 그 옆얼굴을 눈에 아로새기고는, 이로하는 바람에 흔들리는 버드나무처럼 일어섰다.

경관은 십여 명이 죽어 겁을 먹고 있었지만, 상관의 질타에 비통한 표정으로 맞서려고 했다.

환도재가 지금까지와는 달리 비술 같은 것의 이름을 입에 올린 것도 그렇다. 나와의 싸움으로 뭔가가 흔들리기 시작한 건가? 자아를 잃은 것처럼 폭주하고 있다.

"도망가."

이로하는 조용히 재촉했다. 이미 공포는 한계를 맞이하고 있던 것이다. 그 말이 신호가 된 것처럼, 경관들은 앞다투어 들어왔던 문으로 몰려갔다.

"교하치류의 여덟 번째… 기누가사 이로하…."

환도재가 누에 같은 공허한 눈으로 쳐다보자,

"그래. 여덟째. 막냇동생."

이라며, 이로하는 환한 미소로 대답했다. 몸에 머무른 시간과 관계가 있는 걸까? 먼저 여행을 떠난 것은 녹존이었다. 문곡은 아쉬운 듯이 손가락에서 흘러나오고 있다.

한 방 먹여주지 못해도 좋아. 1분, 1초라도 길게. 그것만으로도 좋아. 만주의 추억이 스쳐 지나갔었기 때문인지, 함께 지낸 순간이 그것 말고도 또 떠올랐다가는 흘러가 버린다. 이로하는 추억에 얼굴을 묻으면서 문곡의 이름을 계속 불렀다.

– 남은 인원, 8명.

 이쿠사가미 전쟁의 신

제 5 장

반전

1

후타바는 달린다. 눈물을 닦으면서, 오로지 앞만 보고.

신토미자 뒷문으로 나온 그때, 경관대가 달려오는 것이 보였다. 포위 봉쇄하기 위한 인원이 그제야 갖춰진 것이리라. 그 전에 빠져나올 수 있어서 다행이었다.

한편, 정면은 소란스러웠다. 대략 4, 50명 정도. 그중에는 말을 탄 기마대원도 있었다. 안에서부터 부상자를 운반해 나오지만, 그 이전에 상황을 확인하는 것조차 버거운 모양이다. 간신히 질질 끌고 나온 몇 명은 하나같이 온몸이 피로 붉게 물들었고, 구경꾼들 사이에서 비명이 터져 나왔다. 위신을 걸어라, 응원군을 더 불러라, 계급이 높아 보이는 경관이 외치는 소리가 들렸다.

"이로하 씨."

이름을 입에 올린 것만으로도 또 눈물이 쏟아진다. 하지만 울고만 있을 수는 없다. 이로하는 나에게 맡겨준 것이다. 두 사람을 반드시 찾아내서 맡아둔 것을 전해줘야 한다. 그것이 내가 해야 할 일인 것이다.

"응?"

"어라… 기분 탓인가?"

때때로 인파 속에서 돌아보는 사람이 있었다. 당연하다. 신토미자

　　　　　　　　　　　　　　이쿠사가미 전쟁의 신

에서 큰 소동이 일어났기 때문에 금방 깨닫지 못했겠지만, 나도 도쿄 전체에 사진이 깔리고 수배당했으니까.

달려가는 방향은 북서. 왔던 길을 되돌아가는 셈이다. 즉, 행선지는 도쿄에서 제일가는 번화가인 긴자. 상당한 숫자의 사람들이 있는 만큼, 정체가 드러나기 쉽기도 하다.

위험은 각오했다. 그래도 긴자로 간다. 슈지로와 시쿠라를 한시라도 빨리 찾아내기 위해서. 사람이 많다는 것은, 다른 '수배범'을 발견한 사람도 있을 가능성이 높다. 사람들의 말 사이사이에서 위치를 파악할 수 있을지도 모른다. 게다가 도쿄에 들어온 후에 슈지로와는 특히 긴자를 돌아다닌 적이 많았다. 지금쯤 슈지로도 아무런 단서가 없는 이상,

－후타바는 긴자에 있지 않을까?

라고 생각할 것 같다.

"앗－."

진행 방향, 많은 수의 경찰관 한 무리. 이대로 가면 딱 마주쳐버린다. 과연 경찰관은 놓치지 않겠지. 왔던 길로 되돌아가려고 한 그때, 말을 탄 기마대원 몇 명이 옆길에서 뛰어나왔다. 앞으로 빨리 지나쳐야 할지, 뒤로 빠져나가야 할지, 후타바가 판단을 망설이고 있을 때,

"가쓰키 님."

이라고 부른 자가 있었다. 돌아보니 바로 코앞에 있었다. 짙은 남색 정장을 차려입고, 머리에는 중절모를 쓴 신사였다.

“앗―.”

후타바가 놀라 소리를 내려는 것을, 신사풍 남자는 입에 손가락을 대고, 쉿, 하고 날카로운 숨소리로 제지하더니,

“이쪽으로.”

라고 등에 팔을 두르며 재촉했다. 잘 보지 않으면 눈치채지 못했겠지만, 상점 앞에 한 명이 간신히 들어갈 정도의 골목이 있었다. 신사풍 남자는 후타바를 부드럽게 밀어 넣더니, 자기도 재빨리 골목 안으로 들어갔다.

“왜…?”

후타바는 속삭이는 것처럼 중얼거렸다. 이 남자, 도카이도에서 감시자 역할을 맡았던 쓰루바미였다. 쓰루바미는 시선을 이쪽으로 향하더니,

“목패를 확인하려고 했습니다.”

라고 또 작은 목소리로 대답했다.

“목패를 모으는 것은 이제 끝났잖아요.”

“네. 그것은 도카이도에서만입니다. 단, 풀어서는 안 된다는 것은 도쿄에서도 마찬가지라서.”

“안 풀었어.”

후타바는 목깃을 조금 벌려 목패를 보였다.

“확인했습니다.”

쓰루바미는 한층 더 눈을 가늘게 뜨고 고개를 끄덕였다.

처절한 사건의 연속이라 정신을 놓고 있었다. 지금의 일련의 흐름
으로 생각났다. 우리는 고독 속에 있는 것이었다. 후타바는 치밀어오
르는 감정을 그대로 토로했다.

"왜… 이런 일을… 당신들 탓에 이로하 씨가…."

쓰루바미는 입을 한일자로 굳게 다물고 아무 대답도 하지 않았다.
돈이 필요해서 참가한 것은 자기들이다. 이제 와서 할 소리가 아니라
는 것도 당연히 알고 있다. 그렇다고 해서 이런 짓이 허용되는 건가?
무엇을 위해 이런 일을 하게 만드는 것인가? 온갖 생각이 가슴속에서
소용돌이치고, 한번 움직이기 시작한 입술이 멈추지 않았다.

"사람 목숨을 뭐라고 생각하는 거야…? 돈에 눈이 먼 사람은 죽어
도 된다는 거야…? 용서 못 해… 나는 절대로 용서하지 않을 거야."

이토록 분노를 느낀 것은 태어나서 처음 있는 일. 후타바는 자기도
모르게 쓰루바미의 정장을 움켜쥐고 분노를 쏟아냈다. 쓰루바미는 놀
라움에 눈을 크게 떴으나, 곧바로 시선을 피했다. 한동안 흐르던 무언
의 시간을, 경관들이 서로를 부르는 목소리, 인파의 소음이 메웠다.

"그렇게는… 생각하지 않습니다."

"어…."

중얼거린 말이 의외여서, 후타바는 말문이 막혔다.

"돈은 있습니다. 그것은 거짓이 아닙니다. 반드시 살아남아 주십
시오."

쓰루바미는 잠시 아랫입술을 깨문 후, 분명한 말투로 단언했다. 후

타바는 아무 대답도 하지 않았다. 할 말을 찾을 수 없었던 것이다. 쓰루바미는 골목에서 얼굴을 내밀고 좌우를 확인하면서,

"고지마치입니다."

라고 고했다. 지명은 들어본 적이 있다. 그러나 그곳이 무엇이라는 건가? 쓰루바미는 여전히 상황을 살피면서 말을 이었다.

"황성의 남서, 제3대구 고지마치. 사카가와 우유라는 목장이 있습니다."

"슈지로 씨는 거기에…."

내려진 것인가? 쓰루바미는 그 물음에는 확실히 대답하지 않고, 마치 혼잣말을 중얼거리는 것처럼 말을 이었다.

"소동은 동쪽으로 옮겨가고 있는 모양입니다."

즉, 슈지로는 동쪽으로 가고 있다는 뜻. 쓰루바미가 거짓말을 한다고는 생각할 수 없었다. 만약 나를 붙잡을 마음이었다면, 지금 여기에서 손을 대면 될 뿐. 굳이 함정에 빠뜨릴 이유가 없는 것이다.

"알겠습니다."

"목패는 확인했습니다. 나가주십시오."

쓰루바미는 허공에 손짓을 했다. 이제 경관에게 포위당할 위험은 지나갔다. 지금 이틈에 길가로 나가주십시오. 입에 올린 말은 달랐지만, 은근히 전해주고 있는 것이라고 느꼈다,

"고마워요…."

고독에 관계된 모든 자에 대한 분노는 조금도 식지 않았다. 그러

 이쿠사가미 전쟁의 신

나 이유는 몰라도, 도와준 것은 분명. 후타바는 솔직하게 감사의 말을 했다.

"아뇨…. 별말씀을."

쓰루바미는 고개를 저었다. 후타바는 그곳을 빠져나가 다시금 큰길가로 발을 내디뎠다. 아까까지와는 달리, 거기에는 이미 경관들의 모습은 없었다.

슈지로가 동쪽, 긴자 방면으로 향하고 있다는 것도 사실이겠지. 그러나 제대로 걷기도 어려운 이 상황이다. 통상의 몇 배는 시간이 걸렸음에 틀림없다. 발각될 위험은 커지지만, 내 쪽에서도 가야 한다.

도쿄가 진감(震撼)하는 것을 느낀다. 신토미자는 어떻게 되었을까? 시바 지구 주변에도 흉적이 출몰했대. 순사가 많이 당했대. 이치가야의 육군도 출동했다고 들었어 등등, 모두가 한마디씩 하고 있다. 도대체 무슨 일이 일어난 건지, 당혹감이 엄청난 기세로 확산되고 있다.

그런 가운데, 후타바는 긴자로 착실하게 다가가고 있었다. 고개를 숙이고 있었던 덕분인지, 아까까지처럼 들키는 일도 없다. 거리로 치면 1킬로미터 정도일까? 시간으로 치면 10분 정도 걸었을 때, 경단 가게 앞에 서 있던 여자가,

"아가씨, 길을 잃었나?"

라고 갑자기 말을 걸어왔다. 계속 고개를 숙이고 있어서, 정처 없이 터벅터벅 걸어가는 미아로 오해받은 모양이다.

"아뇨…."

뛰어서 도망치자는 생각도 머리를 스쳤으나, 오히려 수상하게 여길 지도 모른다. 후타바가 판단을 망설이고 있자, 여자는 젊은 종업원에게 접객을 맡기고 다가왔다. 그들의 짤막한 대화로, 이 가게의 주인이라는 것을 알았다.

"이 근처에서는 못 보던 얼굴이네. 부모님이랑 같이 오지 않았어?"

여주인은 무릎을 굽히며 얼굴을 들여다본다.

"아버지랑 도쿄에 왔어요. 바로 요 앞에서 만나기로…."

"정말이니? 곤란한 일이 있으면 말하렴."

친절하게 오지랖을 부리는 여주인에게서는 에도 시절의 흔적이 많이 느껴졌다. 그 직후의 일.

"얼굴을 보여봐."

라고 다른 목소리가 말을 걸어왔다. 종업원이 상대하던 40대의 기모노 차림 손님이다. 어느 틈엔가 바로 뒤까지 와 있었다.

"뜬금없이 무슨 일이오?"

여주인이 미간에 주름을 잡았지만, 손님은 태도를 바꾸지 않고 근엄한 말투로 계속했다.

"이름을 대."

"이게 뭐 하는 짓이야? 부부싸움이라도 해서 심사가 뒤틀린 건지는 몰라도, 말을 그따위로 하는 게 아니야."

보아하니 단골손님인 모양으로, 여주인도 지지 않고 받아쳤다. 후타바는 그만 가려고 했으나, 여주인이 어깨에 팔을 두르고 지켜주려고 하고 있어서, 좀처럼 발을 내딛지 못하고 있었다.

"주인, 신문 못 봤어?"

손님의 핵심을 찌르는 한마디에, 후타바는 움찔 목을 움츠렸다.

"그런 거 안 봐. 경단 가게가 그렇게 급히 알아야만 할 일이 뭐가 있겠어? 무엇보다 말이야, 유신 이후로는 너나 할 것 없이 너무 아등바등한다고. 그러면서 막상 눈앞의 일을 소홀히 했다가는 언젠가 벌을 받을걸."

여주인은 손을 휙휙 흔들면서, 마치 홍수가 밀어닥치듯 말을 쏟아냈다.

"저기…."

후타바가 살짝 빠져나가려고 한 그때, 손님이 불쑥 어깨에 손을 올렸다.

"역시. 이 아이, 흉적 패거리 9인 중 한 명이야."

"그러지 마."

여주인은 손님의 손을 찰싹 때렸으나, 손님은 소리 높여 외쳤다.

"대역죄인들이 도쿄에 들어왔다고! 이 녀석도 그중 한 명이야!"

"무슨 대역죄인이라니. 이런 여자아이가…."

여주인이 어이없다는 듯이 중얼거린 그때,

"죄송합니다."

라며, 후타바는 손을 뿌리치고 달려 나갔다.

"현상금도 걸렸어! 붙잡자!"

“이봐요, 진정하라고.”

후타바가 돌아보니, 손님은 안색이 바뀌어 쫓아오려고 했다. 반면에 여주인은 두 팔을 벌리고 그 앞을 막아섰다. 그리고 다소 믿기 힘들지만, 고개를 돌려 이쪽을 보고 있었다. 그 눈이 너무나 애처로워 보여서, 후타바는 다시금 마음속으로 사과했다.

손님이 격렬하게 난동을 피운 탓에 다른 사람들도 깨닫는 자가 속출했다. 탐욕스러운 외침, 정의의 호통, 호기심의 비명을 이끌고 후타바는 긴자의 중심을 똑바로 달려 나갔다.

– 잘못했어.

후타바는 어금니를 악물었다. 이럴 줄 알았으면 여주인의 손을 뿌리치고 당장 달려 나오는 편이 좋았을 것이다.

그렇기는 해도 결과적으로 이렇게 된 것뿐이고, 여주인의 목소리 때문에 들켰을 수도 있지 않을까? 지나간 일은 생각해선 안 된다. 지금만을 생각해야 해 –.

후회를 떨쳐버리고, 원통함을 지워버리고, 후타바는 인파를 가로짓는 것처럼 달렸다. 그러나 전력으로 질주해서 언제까지 체력이 버틸 것인가? 앞으로 2, 3킬로미터 더 가면 한계에 달할 것이다.

숨어야 해. 도대체 어디에? 전혀 숨을 곳이 없다. 후타바는 도망치느라 필사적이어서 생각할 여유도 없었다.

2

"후타바!"

슈지로가 아니다. 하지만 귀에 익은 목소리다. 후타바는 고개를 좌우로 흔들었지만, 어디에서 소리가 날아온 것인지는 몰랐다.

"그대로 계속 달려."

목소리는 머리 위에서 내려온다. 그래서 있는 위치를 알았다. 진한 남색 기와지붕 위, 한 줄기 바람처럼 기모노 자락을 펄럭이면서 달리고 있다.

"가무이코차 씨!"

"금방 구해줄게."

지붕 사이를 뛰어넘는 와중에 화살통에서 화살을 뽑고 있다. 후타바는 멈추지 않았다. 군중을 노릴 만한 사람이 아니라는 것을 안다.

다시금 기와를 밟았을 때는 이미 활에 화살을 끼웠다. 가무이코차가 활시위를 당기자, 화살은 제비처럼 하늘로 날아올랐다.

여기는 긴자 거리. 85개의 가스등이 설치되어 있다. 노린 것은 그 문명의 등불. 유리가 높은 소리를 내며 파편이 쏟아져 내렸고, 쫓아오던 자들은 비명을 지르며 흩어졌다. 그 대신 길가의 소란은 더 커지고, 또 경찰관들이 알아차리고 달려온다.

"저기까지 가라."

가무이코차는 지시를 내리면서 더욱 화살을 쏜다. 또 가스등이 파편을 휘날리고, 사람들은 거미 떼가 도망가듯이 흩어졌다.

진행 방향에 차고의 차양이 보였다. 후타바는 열심히 발을 앞으로 내밀었다. 그사이에 가무이코차의 팔꿈치는 가속했다. 거의 동시에 두 개의 가스등이 깨졌나 싶더니, 3개 더 연속으로 박살 났다. 마치 은비늘이 쏟아져 내리는 것 같은 광경. 절규의 도가니 속, 가무이코차는 담장으로 내려서더니,

"잡아."

라며, 아래를 향해 손을 내밀었다. 후타바는 뛰어올라 손을 잡았다. 다음 순간, 몸이 붕 떠올라 담장 위까지 끌어올려졌다.

"더 뛸 수 있지?"

"네!"

후타바가 대답했을 때는, 이미 지붕 위를 달려 나가고 있었다. 가무이코차는 약간 뒤에서 딱 달라붙어 따라오고, 돌아볼 때마다 또 화살을 쐈다.

경관들은 가까이에 있는 가스등이 깨져 사방으로 튀어, 뛰어서 물러나기도 하고, 머리를 감싸 쥐고 엎드리는 등, 추적할 수 있는 상황이 아니다.

"무사했나?"

"고맙습니다. 정말로…."

"당연한 일이다."

가무이코차는 짧게 대답하면서 등 뒤로 활을 유유히 향한다. 이미 위협하는 것만으로도 경관들은 발을 멈추게 되었다.

마지막 한 방은 놀랍게도 하늘을 향하여 발사되었다. 어디로 떨어져도 이상할 것 없어, 길가에 있던 모든 자들이 공황 상태가 되어 대혼란에 빠진다. 그러나 이것도 역시 가스등에. 비스듬히 위에서부터 박혀 유리를 허공에 빛나게 했다.

가무이코차는 그 틈에 후타바를 제치고, 이어진 지붕 건너편으로 이끌었다. 긴자 거리에서부터는 그늘이 되어 있어, 이제 모습이 보이지 않게 되었을 터였다.

"들어갈 수 있을 것 같다."

화재를 면한 가옥은 에도라고 불리던 무렵의 모습 그대로. 긴자도 구석으로 가면 서양식과 일본식 가옥이 혼재되어 있었다. 옛날식 구조의 가옥 2층, 가무이코차는 격자문 안을 엿보면서 말했다.

가무이코차의 허리에는 가느다란 문양이 새겨진 칼집에 들어 있는 단검이 매달려 있다. 단검을 재빨리 뽑더니, 지렛대처럼 해서 격자를 비틀어 꺾어버렸다.

방이 아니다. 다락방 창고였다. 가무이코차는 기둥에 등을 기대고 앉아,

"여기 숨어 있자."

라고 실을 토해내는 것 같은 가느다란 숨결을 내쉬었다.

"알겠습니다."

“그 근처에서 내렸던 건가?”

“네…. 가무이코차 씨는?”

“미타라는 지역이었다.”

가무이코차가 마차에서 내린 곳은 제2대구의 미타. 게이오기주쿠 대학 미타 연설관 앞이었다고 한다. 왜인과는 옷차림이 다르기도 해서, 금방 민중과 경관에게 쫓기게 되었다. 그 이후로는 지붕을 타고 몸을 숨기면서 오로지 북쪽을 향하여 온 모양이다.

“아무와도 만나지 못했나?”

“아뇨….”

후타바는 그동안의 일을 간략하게 말했다. 도중에 또 오열이 치밀었지만, 그것을 애써 참으면서 이야기했다. 그리고 이로하가 남긴 것을 전달하기 위해서, 슈지로와 시쿠라가 있는 곳으로 가야 한다는 사실을 고했다.

“여기에 숨어서 때를 기다릴 생각이었지만.”

“구해주셔서 정말로 고마웠습니다.”

후타바는 다시 감사의 말을 전했다.

“그런가. 갈 건가?”

“네.”

후타바가 씩씩하게 단언하자, 가무이코차는 서늘한 눈을 가늘게 떴다.

“나도 간다.”

“무슨.”

후타바가 고개를 저었지만, 가무이코차는 조용히 물었다.

“처음 만났을 때 일을 기억하나?”

우리와 만난 것은 스즈카 고개에서. 여러 명의 남자에게 습격당했을 때의 일이다. 그때도 도와주었었다. 가무이코차는 싸움 후에,

– 우리 일족은 어린아이를 죽이는 것을 가장 악한 짓으로 여긴다.

라고 분명하게 단언했던 것을 기억한다.

“못 본 척 죽게 내버려두는 것도 악이다.”

가무이코차는 활시위를 손가락으로 훑으면서 말했다. 이 이상 민폐를 끼칠 수는 없다. 후타바는 말렸으나, 가무이코차는 머리띠를 다시 동여매면서 딱 잘라 말했다.

“아이누의 규율 때문이 아니다. 우리의 긍지를 위해서다.”

격자문을 통해 밖으로 나온 두 사람은 다시 지붕 위를 걸어가기 시작했다. 발 아래에는 많은 사람들이 오가고 있다.

의외로 아무도 눈치채는 일은 없었다. 인간은 머리 위를 쳐다보는 습성이 결여된 것이겠지. 아니, 메이지라는 시대가 되어, 하늘을 올려다보는 일이 줄어든 것인지도 모른다.

이윽고 건물이 끝났다. 도쿄에는 많은 수로가 존재하고, 어느 쪽으로 가도 금방 막다른 길에 부딪힌다. 그런 때는 뒷골목으로 일단 내려가, 사람들의 왕래가 적은 순간을 노려서 단숨에 다리를 건넌다. 그리

고 또다시 지붕 위로. 가무이코차는 이렇게 해서 이동해 왔다고 한다.

신바시를 건너 다시 지붕으로 올라갔을 때, 발밑에 석조의 위풍당당한 건물이 눈에 들어왔다. 신바시 정차장이다. 보름 전, 요코하마에서 오카조키(증기 기관차)를 타고 도착했던 장소다.

"여기서부터 서쪽으로 가자."

가무이코차는 그렇게 선언했다. 종착점인 간에이지는 북쪽에 있다. 그러나 바로 그곳으로 가려면 긴자 중심부로 되돌아가야 한다. 멀리 돌아가는 것은 각오하고, 서쪽에서부터 우회하는 쪽이 좋을 거라는 판단이다. 게다가 가무이코차는,

"그쪽에 있을 가능성이 높아."

라고 추측했다. 자신은 남쪽에서 내렸다는 것. 후타바, 이로하, 길버트, 환도재가 황성의 동쪽에 있었던 것. 북쪽이 종착점이라는 것. 그것들을 종합해 보면, 나머지 네 명은 서쪽일 가능성이 높다는 것이다.

"슈지로 씨는 고지마치에 내린 것 같아요."

"어째서 그것을 알고 있지?"

가무이코차는 묻고, 후타바는 솔직히 경위를 이야기했다. 속은 것이 아닐까? 함정이 틀림없다. 그런 말이 돌아올 거라고 예상했지만,

"그런가. 그렇다면 틀림없는 모양이다."

라고 가무이코차가 대답해서, 오히려 후타바가 당황했다.

"믿어주는 거야?"

"후타바라면 있을 수 있는 이야기겠지."

이쿠사가미 전쟁의 신

어째서인지 이 짧은 대화만으로 가무이코차는 납득해줬다. 더욱이 조금 걸어갔을 때, 가무이코차는 갑자기 멈추더니, 바람에 얼굴을 파묻는 것처럼 하고 눈을 가늘게 떴다.

“무엇을…?”

“흔들림을 느끼고 있다.”

슈지로가 눈, 이로하가 귀였던 것처럼, 특필할 만한 힘이 있는 것은 아니라는 것. 그 감각을 전부 갈고 닦는다. 더욱이 바람을 맞은 살갗의 감각까지 합쳐, 온몸으로 기척을 느끼려고 한다. 북방의 대지에서 살아가기 위한 사냥을 통해 몸에 익힌 습성이라고 말했다.

“저 부근이다.”

가무이코차는 쓱 가리켰다. 시바구치라고 적힌 간판. 남북으로 달리는 큰길. 후타바도 눈을 부릅떠봤지만, 아무것도 보이지 않는다. 그러나 잠시 후에 희미하게 고함 소리 같은 것이 들려왔다. 이어서 말울음소리. 그리고 여자의 높은 비명. 무슨 일인가 일어난 것은 틀림없었다.

“가요.”

“기다려. 여기에서 지켜본다.”

도쿄에 들어온 것은 아홉 명. 가무이코차는 그중 네 명과는 도카이도에서 마주치지 않았다고 한다. 후타바와 슈지로는 가무이코차와 만났었다. 그 네 명은 먼저 도쿄에 들어온 아다시노 시쿠라, 오카베 환도재, 길버트, 아직 조우하지 못한 나머지 한 명이라는 뜻이 된다. 방향을 생각하면 환도재는 없겠지만, 그 말고도 흉악한 자가 있다는 것도 알고 있다. 아직 조우하지 않은 그자가 아군이 될 거라는 보장은 없다. 누군지도 모르는 동안에 접근하는 것은 좋은 생각이 아니라는 것이다.

"다행히 이쪽으로 다가오고 있다."

가무이코차는 사냥감을 노리는 매처럼 대비했다. 후타바에게도 보였다. 모래 먼지를 날리면서 큰길을 달려오는 말이. 두 명의 기마대원이다. 그 등 뒤로 경찰봉을 든 십여 명의 경관. 기마대에 양쪽을 포위당하면서도, 절대 지지 않는 속도로 질주하는 자가 있었다.

"시쿠라 씨-."

반사적으로 큰소리를 낼 뻔하여, 후타바는 손으로 자기 입을 막았다.

"아다시노 시쿠라인가?"

말 위에서 사벨을 내지른다. 시쿠라가 그것을 튕겨내고, 사벨이 작은 나뭇가지처럼 간단히 부러졌다. 기마대가 경악하는 것까지 알 수 있을 정도의 거리다.

역시 무기가 망가진다. 동시에 말에서 뛰어내려 달라붙자. 기마대들의 그런 대화까지도 들을 수 있었다.

"나한테 맡겨."

그 사이, 가무이코차는 화살통에서 화살을 집어 활에 끼우고 있었다. 바람에 녹이는 것처럼 숨을 내쉬더니, 오른손을 힘차게 뒤로 당졌다.

　완만한 곡선을 그리며 날아간 화살은 기마대원 한 명의 어깨로 빨려 들어갔다. 마치 춤추는 것처럼 몸을 돌리며 낙마한다. 그 순간, 시쿠라가 이쪽을 봤다. 아니, 눈이 마주쳤다. 후타바가 팔을 좌우로 크게 흔들자, 시쿠라는 분명히 고개를 끄덕였다.

　다음 순간, 나머지 한 명의 기마대원을 향해 시쿠라는 검을 내질렀다. 노린 것은 사람이 아니었다. 안장이다. 메마른 소리가 났나 싶더니, 천년의 시간을 지나 바스러진 것처럼, 안장이 우수수 가루가 되었다. 기마대원은 당황하여 허우적대더니, 땅에 쿵 굴러떨어졌다.

　가무이코차가 손가락을 허공에서 돌리는 것처럼 해서 신호를 보냈다. 뒤로 돌아오라는 뜻이다. 시쿠라는 다시 고개를 끄덕이더니, 큰길에서부터 골목으로 뛰어들었다. 그때 가무이코차는 한 발을 더 쏘았다. 그것은 아까보다도 긴 거리를 날아가, 경관 한 명의 허벅지에 박혔다. 경관들은 흠칫 놀라 발을 멈추고 주위를 둘러보지만 이쪽을 발견하지 못했다. 화살을 쏘자마자,

　"엎드려."

　라고 가무이코차가 후타바의 머리를 눌렀기 때문이다. 지붕을 엉덩이로 미끄러지는 것처럼 해서 뒷골목으로 내려왔다. 가무이코차는 둥실 뜨는 것처럼 점프하고, 후타바는 재료를 발판 삼아 땅에 내려섰다. 시쿠라가 달려온 것은 그 직후였다.

"무사했나?"

시쿠라의 표정에 안도의 빛이 스며 나왔다. 처음 만난 것은 센닌즈카. 그때는 적으로서. 다음으로 지류 역참. 재회하는 것은 하마마쓰 우체국 이래로는 처음이다. 시쿠라는 시선을 옆으로 미끄러뜨리며 물었다.

"이 자는?"

"가무이코차 씨입니다. 지금까지 몇 번이나 도와주셨어요."

"그런가. 지류에서 이름은 들었다."

오카베 환도재를 쓰러뜨리기 위해서, 형제들 말고도 협력자를 모으면 어떻겠느냐는 이야기가 나왔을 때의 일이다. 확실히 후보로 가무이코차의 이름이 거론되었었다.

"슈지로 씨를…."

못 봤어? 후타바의 물음이 채 끝나기도 전에 더 빨리,

"조금 전까지 함께 있었다."

라고 시쿠라는 즉각 대답했다. 시쿠라가 내린 곳은 제2대구의 산넨초, 오쿠보 저택 앞이었다고 한다. 그후 경관에게 쫓기던 와중에 슈지로가 교전하는 장면을 맞닥뜨렸다. 그자는 경관이 아니라 참가자. 덴묘 도야라는 젊은 남자라고 한다.

"싸우려는 사람이 있다니…."

아홉 명이서 간에이지에 도착하면 상금은 다 같이 나눌 수 있는 것이다. 게다가 지금은 도쿄 전체를 적으로 돌린 상황. 일단 각오는 했

지만, 환도재를 제외하고, 실제로 참가자들끼리 싸우려는 자가 있다는 사실에 놀라움을 감출 수 없었다.

"그자, 분명 아는 자다."

가무이코차가 이야기에 끼어들었다. 시마다 역참에서 함께 했을 때,

– 바로 뒤에 수상한 남자가 다가오고 있다.

라고 가무이코차는 충고했었다. 풍채나 나이로 추측건대, 그 덴묘가 틀림없다고 한다. 검술도 상당하지만 소름 끼칠 정도의 살기를 내뿜고 있었다고 말했다.

"그건 피해야 한다."

시쿠라 또한 동조했다. 슈지로에게 가세하여 두 명이서 싸웠는데, 그동안에도 기이한 속도로 점점 강해졌다. 둘이서 덤벼도 호각, 게다가 더욱 성장할 기운까지 느껴졌다고 한다.

그 후에 경관뿐만이 아니라 군인까지 달려왔다. 그 덴묘가 그들을 공격했었던 것 같았다는 것. 얼마나 무차별적으로 날뛰었는지를 알 수 있다.

군의 개입이 있었을 때, 시쿠라와 슈지로는 그 자리에서 피했다. 그 후, 슈지로는 황성 근처에서부터, 시쿠라는 남쪽에서부터 크게 우회하여, 둘이 나뉘어 우리를 찾기로 했다는 것이다. 지금쯤 슈지로는 긴자에 도착했어도 이상할 것 없을 터. 어딘가에서 엇갈린 거라고 생각했으나,

"아니야, 그럴 가능성은 낮다."

라고 가무이코차는 부정했다. 슈지로가 후타바를 찾아 긴자에 와 있다면, 그 소동에 반드시 달려오려고 했을 터. 아직 도착하지 않은 것 같다고 한다.

"그 주변은 경찰도 상당한 숫자가 지키고 있겠지. 아무래도 이동하는데 시간을 잡아먹을 테니까."

시쿠라가 말하기를, 지금쯤은 황성 남쪽, 가스미가세키 부근에 있을 가능성이 크다고 한다. 셋이 뭉쳐 다니며 찾으러 가자. 시쿠라가 말을 꺼냈을 때, 후타바는 무겁게 입을 열었다. 아무래도 지금 이야기해야만 할 일이다. 아니, 그 때문에 시쿠라를 찾았던 것이다.

"이로하가…."

시쿠라는 말문이 막혀 눈이 허공을 떠돌았다. 언제나 냉정, 침착한 사람이다. 이런 모습은 처음 보는 것이었다. 그 후, 시쿠라는 이빨을 부서져라 악물었다. 그 약간 푸른 빛이 도는 눈동자 안에는 분노의 불꽃이 일렁였다.

"신토미자로 간다."

"기다려주세요."

"말리지 마. 이로하가 아직 살아 있을 거라고… 생각하는 건 아니야."

시쿠라는 입을 굳게 다물었다. 그 입술은 약간 떨리고 있었다. 후타바가 나왔을 때, 이로하는 아직 살아 있었다. 그러나 상처의 깊이를 봐도 그리 길게 버티지 못할 것은 분명. 심지어 환도재가 놓칠 리가

 이쿠사가미 전쟁의 신

없다. 시쿠라는 그것을 알고 있다. 알고 있으면서도, 동생 곁으로 가려 한다. 죄인으로서 경찰이 유해를 수습하려고 한다면, 그것을 빼앗으러 간다. 그리고 거기에 아직 환도재가 있다면,

"이번에야말로 죽인다."

시쿠라는 자기 가슴 부근을 움켜쥐면서 헐떡이듯이 말했다.

"말리는 게 아닙니다. 이로하 씨한테서 받아둔 것이 있습니다."

"설마…?"

"네."

후타바가 고개를 끄덕이자, 시쿠라는 눈을 감고 고개를 하늘을 향해 들어 올렸다.

후타바의 뇌리에 이로하의 얼굴이 떠오른다. 그 목소리가 되살아난다. 후타바는 맡아둔 열쇠를 살며시 전달했다. 시쿠라는 전부 받아들이더니, 먼 곳으로 마음을 보내려는 것처럼, 다시 한번 하늘을 우러러봤다. 처마 밑을 스친 바람이 옷자락을 팔락팔락 흔든다. 시쿠라는 산들바람에 숨결을 녹이고는, 마치 울고 있는 것 같은 가녀린 목소리로 말했다.

"만약 혼자라면… 나는 꼭 함께 있어줘야 한다고 생각한다. 후타바를 부탁해도 될까?"

"그래."

가무이코차는 부드럽게 대답했다.

"후타바…, 미안하다."

“가주세요.”

후타바도 부탁했다. 이로하가 따르던 오빠가 한시라도 빨리 달려가 주기를. 이유 불문하고, 간절하게 바란다.

슈지로와 정한 최종 합류 지점은 우에노. 어차피 거기에서 만나게 된다. 시쿠라는 그렇게 고한 후에,

“고맙다. 이로하는 기뻤을 거다.”

라고 슬픈 듯한 웃음을 지었다. 그리고 돌변해서, 시쿠라는 몸을 돌려 달려가 버렸다. 후타바는 그 뒷모습을 기도하는 심정으로 한동안 바라보고 있었다.

시쿠라가 떠나고 나서 잠시 후에 경관들의 고함 소리가 들렸다. 우리가 움직이기 쉽도록 시쿠라가 유인해 준 모양이다. 소동이 멀어져 간 후에 후타바와 가무이코차는 다시금 지붕 위로 올라갔다. 가스미가세키로 가려면, 다시 수로를 북쪽으로 건너가야만 한다.

슈지로는 과거 우체국원으로서 도쿄를 매일 돌아다녔기 때문에 지리를 잘 안다. 제2막이 시작되기 전, 지금 단계에서 할 수 있는 일로, 도쿄 지리를 자세히 가르쳐줬다. 바로 근처에 북쪽으로 건너갈 수 있

는 다리가 있다. 분명히 사이와이바시라는 이름의 다리였을 터. 그러나 가무이코차는 고개를 저었다.

"아직이다."

사이와이바시를 건너가 버리면, 여러 가지 청사가 모여 있는 지역. 경관이 더 많아진다. 아니, 아까의 이야기로 보건대, 군대까지 출동했을지도 모른다. 조금이라도 서쪽으로 가서 거리를 버는 편이 바람직하다는 것이다.

"다음이 아타라시바시…, 그 앞의 도라노몬바시는 경비가 엄중하다고."

후타바는 기억을 필사적으로 더듬으면서 말했다. 도라노몬바시(虎之門橋)는 그 이름처럼, 과거 도라노몬(虎之門)이라는 이름의 성문이 있었다. 메이지 6년(1873년)에 철거되었다고 하는데, 그때의 영향이 남아 비교적 경비가 엄중하다고 한다. 굳이 그곳으로 빠져나갈 필요는 없다.

"저 다리로군."

쌀알 크기. 눈을 부릅떠야 간신히 보일 정도였지만, 가무이코차는 어지간히 눈이 좋은 건지 금방 찾았다.

한 채, 또 한 채, 착실하게 건너뛰어 이동한다. 여기서부터 보는 한에서는, 수로 너머에서 소동이 일어난 기색은 없다. 이쪽의 떠들썩함과는 대조적으로, 오히려 기분 나쁠 정도로 조용했다.

이윽고 아타라시바시가 가까워졌다. 가무이코차가 내릴 만한 곳을

찾겠다고 말한 직후,

“후타바, 물러나.”

라고 낮게 명령했다. 길가 저편의 위용을 자랑하는 건물. 슈지로가 사나다 가문의 저택이라고 가르쳐줬었기 때문에 기억한다. 그 지붕에 사람이 엎드려 있던 것이다.

상대방이 먼저 이쪽을 깨닫고 몸을 낮춘 모양이다. 가무이코차는 그것을 눈 가장자리로 포착한 것이다.

“저것은….”

후타바는 스스로도 목소리에 물기가 어리는 것을 느꼈다. 적이 아니라는 것을 알았기 때문이겠지. 쓱 일어서더니, 이쪽을 향해 이름을 부른다.

“후타바 아닌겨?”

보름 만에 듣는 가미가타 사투리가 지독하게 반갑게 들렸다. 쓰게 교진이다.

“놀랐네.”

눈꼬리에 맺힌 눈물을 닦고, 후타바는 안도의 한숨을 내쉬었다.

“내야말로 깜짝 놀랐구먼. 설마 지붕 위로 올 줄이야.”

지붕 위를 지나가는 도쿄의 바람이, 교진의 윤곽을 크게 흔든다. 여행 도중에는 남색 바탕의 기모노에 모모히키(통이 좁은 바지로 속옷이나 작업복으로 입는다) 차림이었으나, 지금은 거기에 칠흑의 가쿠소데(소매가 네모난 일본식 외투로 경찰들이 주로 입었다) 외투, 같은 색 목도리가 더해져,

까마귀를 방불케 하는 차림이다.

“물러서.”

가무이코차는 다시 명령했다.

“만나지 못했던 또 한 명이라니까….”

고독 참가자 아홉 명 중 가무이코차는 네 명과 면식이 없다고 했었다. 그것은 아다시노 시쿠라, 길버트, 오카베 환도재. 나머지 한 명은 후타바도 본 적 없는 사람인 덴묘 도야라고만 생각했었다. 그러나 아까 시쿠라도 함께 있을 때 했던 대화 내용 중에,

－그자, 분명 아는 자다.

라고 시마다 역참 앞에서 해후했던 것을 말했었다.

생각해 보면, 스즈카 고개, 시마다 역참. 가무이코차와 함께 있을 때 우리와는 따로 행동했었다. 그럼, 나머지 한 명이라는 것은－.

“교진 씨….”

후타바가 중얼거렸을 때, 가무이코차는 마침내 화살을 끼우고 활을 치켜들었다.

“적이다.”

“아니야! 줄곧 함께 여행을－.”

“이 남자와 고독 측 인간이 이야기하는 것을 봤다.”

가무이코차는 조준하면서 낮게 말했다.

나와 합류하기 전의 일. 덴류지에서 교토부 4과의 안도 진베를 해친 남자와 교진이 뭔가 이야기하는 것을 목격했다. 그것만이라면 대

치하고 있었을 뿐일 가능성도 있다. 그러나 남자는 가무이코차가 보는 것을 깨닫자마자,

 – 죽어라.

라며 덤벼들었다고 한다. 남자는 자기 이름이 나카무라 한지로라고 말했다. 가무이코차는 한지로와 교전 끝에 빈틈을 노려 그 자리를 벗어났다고 한다.

"주위에 사람이 있었기 때문이지?"

후타바는 물었다. 교진의 성격은 알고 있다. 쓸데없는 싸움은 하지 않고, 사람들을 말려들게 하는 일도 하지 않는다. 한지로에게 발각되어 버려서, 말발로 현혹시키려고 했던 것 아닐까? 칼을 섞지 않아도, 교진은 싸우고 있던 것이다.

"그렇다면 어째서 나카무라 한지로는 내가 있는 곳으로 왔지?"

가무이코차는 골목에 숨어서 상황을 살피고 있었다. 한지로는 거기로 덤벼들었다. 한지로가 가무이코차에게 올 때, 교진 입장에서 보면 공격할 수 있는 절호의 기회였을 터. 그것이 납득이 가지 않는다고 한다.

"그것은… 교진 씨도 도망치려고 했기 때문이야."

교진은 골목에 가무이코차가 있다는 것을 몰랐을 것이다. 한지로가 갑자기 그쪽으로 갔다면, 교진이 그 틈에 도망치려고 해도 이상할 것은 없다.

"아니야, 그럴 리는 없다."

가무이코차는 단언했다.

한지로가 달려나갔다면 반드시 눈치챘을 것이다. 일절의 기척도 없이 다가온 것은 느긋한 발걸음으로, 숨소리조차 죽였기 때문. 그야말로 마치 사냥꾼처럼. 한지로가 '적'을 앞에 둔 채 그런 움직임을 할 리가 없다고.

"분명… 먼저 교진 씨가 도망갔고… 그래, 맞아. 그 후에 가무이코차 씨한테 간 거야."

후타바는 그때의 상황을 조바심 내며 추리했다. 그러나 가무이코차는 자세를 푸는 일은 없이,

"저 남자가 도망치는 기척도 없었다. 있을 수 없는 일이다."

라고 오싹해질 정도로 냉정하게 말했다.

"아니라니까! 교진 씨도 왜 잠자코 있는 거야?"

후타바는 자기도 모르게 소리치고 말았다. 발밑의 길가는 떠들썩했다. 이 소동으로 우리가 있는 것을 알아차린 자도 있었다. 됐어. 그래도 상관없었다. 후타바는 더욱 열심히 호소했다.

"교진 씨! 무슨 말 좀 해봐!"

이토록 필사적인 것은, 이토록 흐트러진 모습을 보이는 것은, 교진이 아무 대답도 하지 않고 이쪽을 응시하고 있으니까. 그 눈이 무척 서글퍼 보였으니까. 교진은 딱 한 번 고개를 끄덕이고, 갑자기 말을 던졌다.

"그려, 참말이구먼."

“어….”

뭐가 정말이라는 건가? 내가 한 말? 아니면, 가무이코차의 - . 이해가 따라가지를 못해, 후타바는 흐릿한 목소리를 흘릴 뿐이었다.

“다른 누구였어도 털어놓을 생각은 없었지만… 니한테만은 거짓말은 할 수 없구먼.”

교진은 쓸쓸하게 중얼거렸다. 무슨 말을 하는 건가? 귀는 말을 듣고 있지만, 머리를 쓱 통과해 버린다. 또 눈물이 솟구친다. 안 된다. 이제 울면 안 돼. 아니, 울 일이 아닐 것이다.

“내한테는 구하고 싶은 여자가 있다. 고독에 참가한 것도 그 때문이구먼.”

교진은 외투를 펄럭이면서 말을 계속했다. 그것은 욧카이치 역참에서 들었어. 구해낸 후에 같이 살고 싶다고 말했었다. 그것을 말해줬기 때문에, 손을 잡는 것을 승낙한 것이다.

- 좋았어. 동맹 성립이구먼.

그렇게 말하면서 기뻐했었다. 그때의 목소리가, 그때의 얼굴이, 후타바의 뇌리에 선명하게 되살아났다.

“히나… 그 여자는 요시와라에 있구먼. 고독 무리가 그것을 알아냈다.”

교진은 북쪽으로 시선을 옮기면서 아랫입술을 깨물었다. 고독 측은 히나의 존재를 알자마자, 요시와라에 쳐들어가 인질로 잡았다. 지금도 요시와라에 억류되어 있다고 한다.

“당장… 구하러….”

“내가 구하러 갈 것을 대비해서 요시와라 전체를… 유녀 총동원을 해서 수비를 굳히고 있구먼.”

어마어마한 큰돈으로 합법적으로 요시와라를 점거. 고독의 감시자, 목편이라 불리는 자를 상당수 포함해서 엄중한 경비를 하고 있다. 목편 중에는 과거의 교진과 마찬가지로 시노비(닌자)라 불리던 자가 많이 섞여 있다고 한다. 안 그래도 수적인 열세는 어쩔 수 없는데, 백전노장인 닌자들이 지키고 있어, 히나를 무사히 구출해 내는 것은 쉽지 않다. 교진은 감정을 억누르려는 듯이 말을 이었다.

“구출하기 위해서 조건을 내걸었다.”

“그것을 받아들여도… 약속을 지킬지는 모르잖아.”

이용하기 위해서 속이는 것뿐인지도 모른다. 후타바는 열기를 담아 설득했다.

“그려, 맞구먼.”

교진은 그것도 인정하면서도,

“허지만, 받아들이지 않으면 확실하게 구할 수 없게 되니께.”

라며 두 눈에 각오를 내비쳤다.

“조건은…?”

후타바는 목소리를 쥐어짜 내는 것처럼 물었다.

한 줄기 바람이 불었다. 건조한 기와지붕 위에 자잘한 모래 먼지가 흘러간다. 외투가 다시 펄럭이고, 목도리가 늘어져 허공을 헤엄치는 가운데, 교진은 침착한 목소리로 단언했다.

"사가 슈지로를 죽인다."

"안 돼…. 그러지 마! 지금까지도 다 함께 극복해 왔잖아!"

후타바의 비통한 외침에, 처마 밑의 소란이 커졌다. 그러나 교진은 역시 움직이지 않았다. 그저 서글픈 듯이 웃었다.

"후타바, 미안하구먼."

교진은 말을 남기고 몸을 돌리더니, 지붕을 달려가 허공으로 몸을 날렸다.

"쏠까?!"

가무이코차는 화살촉의 방향을 바꾸면서 날카롭게 물었다.

"안 돼!"

후타바는 주저 없이 곧바로 말리고, 교진의 이름을 몇 번이나 불렀다. 그러나 교진은 이제 돌아보는 일은 없었다. 전율하는 군중들 속을 질주하여, 새가 땅바닥에 닿을 듯 낮게 나는 것처럼 아타라시바시를 건너갔다.

"다리를 건너는 것은 이제 무리다. 당장 여기를 벗어난다."

가무이코차가 활시위를 늦추고 재촉했다. 두 사람은 왔던 길을, 넘어왔던 지붕 위를 되돌아가는 모양새가 되었다. 후타바는 기와지붕 틈새를 뛰어넘으면서 말했다.

"가고 싶은 곳이 있어요."

슈지로가 가르쳐준 도쿄의 동네 이름, 지명, 다리 이름, 건물. 그중에서도 특히 신경 써서 외운 것이 있다. 그것만은 전부 머릿속에 확실하게 집어넣었었다. 고지마치, 아카사카, 아자부. 아니, 아니다. 여기에서 가장 가까운 것은 이이구라다.

어떻게 해서든 교진을 말린다. 그 각오 전부를 쏟아내는 것처럼, 가무이코차를 응시했다. 후타바가 그 장소를 말하자, 가무이코차는 이유도 묻지 않고 받아들여 주었다.

교진이 관청 거리 쪽으로 갔기 때문에, 경찰관은 그쪽을 우선적으로 쫓고 있는 모양이다. 우리를 쫓아오는 자는 적었다. 더욱이 아타고산 산자락을 가로질러 가야 하므로, 울창한 숲속으로 도망치기도 좋았다. 남쪽으로, 이이구라로, 10분 정도 달렸을 때, 목적지인 건물이 보였다. 후타바는 그 안으로 뛰어 들어가더니,

"경단 꼬치가 부탁한다."

라고 이이구라 우체국 안 전체에 울려 퍼지도록 큰 소리로 외쳤다.

*

마에지마 히소카가 거점으로 선택한 것은, 구 막부 개성소에서 가까운 집. 과거 개성소에서 수학 교수로 근무했을 때, 근처 상점의 부탁을 받고 장부의 오류를 고쳐준 적이 있었다. 그것을 계기로 호감을 사서, 매일 저녁밥을 가게에서 먹게 해줬다. 학문에 전념하던 처지로서는 매우 도움이 되었다.

그 상점이었다. 이미 환갑을 맞은 주인에게 마에지마가 아무 말도 하지 않고 집을 빌려달라고 부탁하자, 군말 없이 승낙해 줬다.

아무리 가와지라고 해도 이 인연은 알아낼 수 없을 것이다. 마에지마는 은밀하게 전선을 끌어오고, 기재 세트를 옮겨오고, 자신도 부하와 함께 틀어박혀 다가올 날을 준비한 것이다.

오후 3시 57분, 입전 있음 –. 마에지마는 바로 전신기 앞으로 가서,

"어디야?!"

라고 전신 기사에게 발신처를 물었다. 사가 고쿠슈, 아니, 사가 슈지로에게는 전해뒀었다. 뭔가 큰 움직임이 있을 때나 도움이 필요한 때는 가까운 우체국으로 뛰어 들어가,

– 경단 꼬치가 부탁한다.

라는 암호를 말하면, 나에게 연락이 오게끔 전 국원에게 말해뒀다고. 지금, 전신이 왔다는 것은, 연락해야 할 만한 사안이 생겼다는 뜻이다.

"하 12번!"

전신 기사가 대답했다. 모든 우체국에는 번호가 할당되어 있다. 마에지마는 그 전부를 외우고 있기 때문에,

"이이구라로군."

이라고 그것만으로 금방 알았다. 즉, 지금 사가 슈지로는 이이구라 우체국에 있다는 것이다.

"이것은… 사가 슈지로가 아닙니다. 가쓰키 후타바입니다."

“그쪽인가?”

슈지로라고 생각했었기 때문에, 놀란 목소리가 흘러나왔다.

그러나 후타바도 분명히 이 연락 수단을 알고 있다. 전신 기사가 귀를 쫑긋 세우고 펜을 움직였다. 마에지마는 그 어떤 우체국원보다도 전신에 정통했다. 전신 기사가 글자로 옮기는 것보다도 일찍 그 내용이 머릿속에서 짜맞춰졌다.

“쓰게 교진의 소중한 사람… 인질로 잡힘….”

마에지마는 전부 다 읽기도 전에,

“출동 준비!”

라고 주위를 향해 큰 목소리로 선언했다.

쓰게 교진의 소중한 사람. 이름은 ‘히나’라고 한다. 요시와라에 있다는 것을 고독 측에 들켜 인질로 잡힘. 현재 요시와라는 점거당했다고 한다. 고독 측은 인질이 무사하길 바란다면,

　－사가 슈지로를 죽여라

라고 요구했다. 교진은 거기에 항거하지 못하고, 슈지로와의 결전을 위해 모습을 감췄다.

전신 기사는 최소한의 글자 수로 간략하게 전달할 것이 요구된다. 이이구라 우체국으로부터 후타바의 바람은 힘 있는 말로 변환되어,

　－요시와라를 해방시켜라

라고 전해졌다.

“요시와라는 다행히도 가깝다.”

보통 인간이 도보로 약 1시간. 그러나 여기에 있는 것은 이 나라를 통틀어 누구보다도 도쿄의 지리에 정통하고, 비가 오나 눈이 오나 최고속으로 달려가는 자들. 많은 사람들에게 마음을 전달해 주는 이들. 우체국원이다.

게다가 통상의 우체국원이 아니다. 작년 세이난 전쟁 때, 기밀 문서, 요인 등을 비밀리에 보내기 위해 소수 정예로 결성된 부대. 내무성 역체국 직할 기밀 우편 특별 체송계. 통칭 ‘특송’들이다.

그중에서 숙련자 18명을, 이런 사태에 대비하여 함께 여기 있게 했었다. 여기에 남아 경비를 맡을 다섯 명을 제외하고 특송들이 황급히 준비하는 가운데, 마에지마는,

“45분 안에 도착해주게.”

라고 한 남자에게 부탁했다.

“30분이면 갈 수 있습니다.”

역체국장 비서실장 및 특송의 대장. 후와 나루이치라고 한다. 나이 62세로 머리는 완전히 백발이 되었다. 그러나 키 6척의 체격은 철심이라도 박아놓은 것처럼 꼿꼿하게 쭉 뻗었다.

“자네도 가주겠지?”

“그럴 생각입니다. 정말이지… 그 애송이의 뒷감당을 또 이 손으로 하게 될 줄이야.”

후와는 흰 장갑에 손을 넣으면서 중얼거렸다. 후와와 슈지로는 면

식이 있다. 아니, 면식 정도가 아니다. 과거 함께 싸웠던 적이 있다.

후와는 전 오오가키번사. 고토다 일도류 검술과 창술, 더욱이 다쓰케류 포술(砲術)을 배웠고, 오오가키의 '뇌신(雷神)'이라는 별명을 지닌 달인이었다.

보신 전쟁 때, 신센구미를 비롯한 막부군의 뛰어난 자객들에게 시달린 신정부군 측은 모든 번에게,

－무술에 능한 자들을 보내라.

라고 명했다. 그렇게 모든 번의 달인들을 결집하여 만든 12개의 부대에는 각각 12지(띠)의 이름이 주어졌다. 그 간지야 부코쓰는 '신(申. 원숭이)', 사가 슈지로는 '술(戌. 개)' 소속이었다. 그때, '술' 부대의 대장을 맡았던 것이 바로 이 후와 나루이치였다.

"뭐, 이쪽도 개인적인 원한도 있으니…."

후와의 표면적인 얼굴은 비서실장. 하마마쓰 공방전에서 죽은 우루마 류조, 기오이자카에서 스러진 후나미 이치노스케의 상사이며, 무술에 있어서는 스승이었고, 연고가 없는 두 사람을 길러준 부모 대신이기도 했다.

"그 녀석들의 원통함을 전달해 주겠습니다."

후와는 낮은 목소리로 말하더니, 허리에 찬 권총을 만졌다. 후와는 메이지가 되어 완전히 검을 내려놓았고 지금은 오로지 권총만 사용한다. 준비도 드디어 끝나가려는 때,

"저도 가겠습니다."

라고 말한 자가 있었다. 아니, 아까부터 마치 당연하다는 듯이 준비를 하고 있었다. 고독 참가자 292명 중 탈락한 유일한 생존자. 사야마 신지로였다.

"고독은 아직 계속되고 있다. 자네는 여기 있는 게 좋아."

"슈지로 씨가 위험하지요? 교진 씨가 괴로워하고 있지요? 게다가… 후타바가 부탁한 거지요?"

신지로는 강한 시선을 피하지 않고 말을 이었다.

"몇 번이나 모두에게 도움받았습니다. 이번에는 제가 도울 차례입니다."

"하지만….''

마에지마가 곤혹스러워하고 있노라니, 후와가 쓴웃음 지으면서 옆에서 끼어들었다.

"국장님. 이 애송이는 말을 듣지 않을 겁니다. 그 무렵의 그 녀석과 똑 닮았어."

현재 역체국은 열세. 도대체 요시와라에 얼마나 많은 적이 있는지도 알 수 없다. 이쪽은 고양이 손이라도 빌리고 싶을 정도로 인원 부족이다. 게다가 후와가 말한 것처럼, 신지로는 몰래 혼자 빠져나가서라도 갈 것이다.

"…알겠다."

"애송이, 권총은 쓸 수 있는 거지?"

"네."

후와의 물음에 신지로는 권총을 보였다. 고독 도중부터 잠시도 떼어놓지 않고 지니고 있었다고 한다.

"S&W(스미스&웨슨) 모델 3. 그 리볼버의 흠집… 우루마의 권총인가?"

"제가 빌려 쓰고 있습니다."

"그대로 써. 단, 지금부터 너를 시보 우체국원으로 임명한다."

"엇, 제가 말입니까?"

"지금 이 나라에서 권총 휴대가 허가된 것은 우편 배달원뿐. 그 책임을 짊어지고, 긍지를 지녀라. 국장님, 괜찮겠지요?"

후와가 한쪽 입꼬리만 올려 웃으며 묻자, 마에지마는 씁쓸하게 대답했다.

"제멋대로로군…. 사야마 신지로를 시보 우체국원으로 채용하고, 기밀 우편 특별 체송계에 임명한다. 이것으로 됐나?"

후와는 정장 옷매무새를 가다듬더니, 모두를 향해 멀리서 울리는 천둥처럼 낮은 목소리로 명했다.

"목적지는 요시와라. 특송, 간다."

일제히 움직이기 시작한 가운데, 신지로만이 생각에 잠긴 것처럼 돌아본다.

"부탁드리고 싶은 일이."

"역시 그만두려고?"

"아뇨…. 답장을 부탁합니다."

“뭐라고 답장할 건데?”

신지로는 일절의 망설임도 보이지 않고 즉답했다.

“반드시 구해낼 테니까 믿고 기다려달라고.”

“알겠다.”

마에지마가 대답하자, 신지로도 특송의 뒤를 이어 방을 나갔다. 지금부터 30분 후, 요시와라는 전쟁 상태가 되겠지. 그렇기는 해도, 사실 지금은 도쿄 전체가 전시의 양상을 보인다. 관공청도 큰 혼란에 빠졌고, 아직 사태조차 정확하게 파악되지 않았다. 오쿠보가 살아 있었다면 몰라도, 지금의 정부로는 수습하는데 상당한 시간을 필요로 할 것이다.

－가와지는 뭘 하려는 것인가?

마에지마는 그것을 계속 생각하고 있었다. 메이지라는 시대를 맞이했는데도 사족들이 불평불만만 늘어놓는 것을, 암살이라는 비열한 수단을 쓰는 것을, 봉기하여 태평을 어지럽히는 것을, 용서할 수 없는 것 아닐까? 아니다. 그랬다면, 덴류지에 모인 시점에서 전부 죽여버렸으면 되었을 것이다.

292명이나 모아 그들에게 도카이도에서 서로 죽이게 만듦으로써, 도쿄까지 아홉 명을 남김으로써, 그리고 이렇게 신문을 이용해서 정부에 알림으로써, 공황 상태에 빠지게 하는 일에 의미가 있을 리가 없는 것이다.

“설마…?”

아까 후와와 신지로의 대화. 그것이 머리 한구석에 남았기 때문인지, 마에지마는 뇌리에 번뜩 떠오르는 것이 있었다. 만약 그렇다면, 그런 일을 위해 이만한 사태를 초래한 것인가? 아니야, 가와지는 줄곧 거기에 집착했었다. 이상할 정도로 집착을 보였었다.

"가와지가 노리는 것을 알았다."

마에지마가 중얼거린 것과 동시에, 신지로의 전언 타전을 마친 전신 기사가 외쳤다.

"이 21번, 고지마치 우체국으로부터 입전!"

"사가인가?!"

"아니요. 내무성에서 대기하던 국원으로부터입니다. 지금 막…."

"왔나…."

마에지마는 주먹을 불끈 쥐고 중얼거렸다.

"가와지 대경시, 백 명 넘는 부하와 함께 내무성 관아에 등청!"

마에지마는 다음 수를 즉각 결정했다. 부하는 말렸다. 도쿄부 전체에 국원을 배치했기 때문에, 이쪽은 여기에 있는 다섯 명밖에 남지 않았다고.

그러나 마에지마는 고개를 끄덕이지 않았다. 지금 내가 가지 않으면 누가 가나? 스탠드 칼라의 서양식 관복을 춤추는 듯한 동작으로 걸치더니,

"우리도 간다."

라고 다시 내무성 청사로 향할 것을 선언했다.

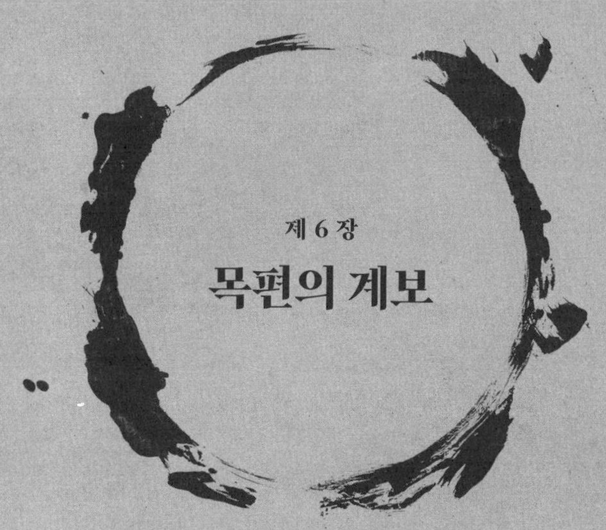

목편의 계보

*

청사 안을 활보하는 검은 파도. 이것은 이미 등청이 아니라, 진군이라고 하는 것이 어울린다. 뒤로 이어지는 것은 말없이 따르는 부하들. 누구 하나 호흡조차 흐트러짐이 없다. 무수한 검은 구두의 발소리가 울려 퍼지고 있다.

처음에는 막으려는 자도 있었다. 그러나 한번 노려보자 압도당해 길을 터준다. 그 이후는 모두가 눈을 내리깔고 숨을 죽일 뿐이었다.

계단을 올라갔을 때, 숨을 몰아쉬면서 관리가 달려왔다. 부재중이라는 핑계는 통하지 않는다. 여기에 있다는 것은 사전에 조사해서 알고 있다. 집무 중이라는 핑계에도 귀를 기울일 생각은 없다.

"밀어붙인다."

가와지가 낮은 목소리로 말하자,

"들여보내라고 하셨습니다. 단, 혼자서."

라고 관리가 숨을 고르면서 대답했다.

"알겠다."

가와지가 눈짓을 하자, 부하들은 흩어졌다. 이야기가 끝날 때까지 내무성 청사 안에서 대기하라는 뜻이었다.

관리의 안내로 안쪽 내무경 집무실로 향했다. 과거 오쿠보 도시미치가 있던 방이다. 가와지는 그곳을 몇 번이나 방문했었고, 몇 번이나 청원을 올렸다.

그러나 답은 항상 부정이었다. 아직 이르다. 지금은 아니다. 오쿠보 도 또한 몇 번이나 내쳤던 것이다.

작년에 도쿄 경시청이 폐지되고 내무성 직할이 되었다. 잇단 사족 반란에 신속하게 대처하기 위함이라고 사전 통고가 있었지만, 나를 위험으로 판단했다는 것도 무관계는 아닐 것이다.

지금, 오쿠보는 이 방에서 사라졌다. 아니, 내가 물러나게 한 것이 다. 오쿠보가 죽은 5월 14일의 다음 날, 어떤 참의(參議. 일본 조정 조직의 최고기관인 태정관의 관직 중 하나)가 내무경 자리에 앉았다. 그러나 이것은 어디까지나 임시 처치이며, 앞으로 반년 후에는 분명 야마가타 아리 토모가 그 자리에 앉을 것으로 여겨지고 있다.

나는 야마가타 아리토모라는 남자가 싫었다. 불편하기도 하다. 야 마가타의 조슈 출신자 편애. 첫째로 조슈, 둘째도 조슈, 세 번째도, 네 번째도, 다섯 번째도, 무슨 일이건 조슈 우선이라는 남자. 내가 사쓰마 출신이기 때문에 귀를 기울이지 않는 경향조차 있다. 즉, 지금, 이 임 시 내무경 취임 기간이야말로, 우리의 바람을 이룰 수 있는 천재일우 의 호기인 것이다.

"가와지 도시요시입니다."

가와지는 문 앞까지 가더니, 오랫동안 쌓인 감정을 담아 낮게 말 했다.

"들어오세요."

부드러운 대답이다. 좋게 말하면 거만하지 않고, 나쁘게 말하면 위엄이라고는 조금도 느낄 수 없다. 머리 회전은 상당히 빠르다는 평판이지만, 한편으로는 잔꾀를 부린다고 야유받기도 한다. 가와지가 이 조슈인에게 품은 인상도 비슷한 것이었다.

"보고드릴 일이 있어서 왔습니다."

방 안에 들어가자마자 가와지는 용건을 고했다.

"대단히 흉흉한 둥청이시로군요."

임시 내무경은 책상에서 뭔가를 쓰고 있었으나, 천천히 고개를 들었다.

얼굴은 네모지고, 이마는 넓고, 먹물로 그린 듯한 두꺼운 눈썹 밑에는 활처럼 특징적인 두 눈. 원래 쾌활한 이 남자의 기질과는 대조적으로, 눈만은 조용한 정밀함을 띠고 있다. 턱에는 최근 들어 기르기 시작한 수염. 아직 늘어질 정도까지는 아니어서, 왠지 밤송이를 연상시켰다. 이 조슈인, 이름은 이토 히로부미라고 한다.

"당연합니다. 지금 도쿄가 어떤 사태에 처했는지 아시지요?"

"네, 물론."

이 남자, 항상 잘 지껄인다. 그것은 웅변가라기보다, 정말로 수다스러운 것이다. 그러나 오늘 대답은 지극히 짧았다.

정부도 현재 상황을 모를 리는 없다. 아니, 대신과 참의들의 자택, 각 성청 청사에 가와지가 부하를 파견하여 사태를 알린 것이다. 오후 2시 18분의 일이다.

군부는 이 시점에서 이미 일정 상황을 파악했다. 참가자 중 한 명이

사관학교에 쳐들어가는 폭거를 일으킨 것이다. 가와지는 이것에는 놀라기는 했으나, 더욱 중대한 사건이라고 인지시킬 수 있어서 오히려 좋았다.

오후 2시 반 경, 궁내성이 어소 경비를 요청. 그러나 그보다 빨리 내무성으로부터 통달이 와서, 보병 제1연대가 어소에 도달하여 수비를 굳히고 있다. 이것은 오후 2시 48분이었다.

"태정관 회의는?"

"그건 안 되지요."

이토는 고개를 가로저었다. 대신과 참의들이 모여 태정관 회의를 열어, 지금 당장이라도 엄중 경계 태세를 선포해야 한다는 의견도 나왔었다. 그러나 모이려고 이동하는 도중에 날뛰는 흉적에게 습격당할 위험이 있다. 대부분의 대신과 참의는 안절부절못하여 움직이지 못한다. 오쿠보처럼 암살당할 것을 걱정하는 것이다.

"그럼, 저희에게 ─."

흉적 체포를 일임해 주십시오. 그렇게 압박하려고 했으나, 이토는 말을 끊는 것처럼 선언했다.

"그 때문에, 내가 지휘를 하기로 결정되었습니다."

그 말은 의외였다. 이토에게도 이루고 싶은 큰 야망이 있다고 들었다. 그러기 위해서는 조금이라도 경력에 흠집이 나는 일은 피하고 싶을 터. 임시 내무경이라는 입장으로, 거기까지 책임을 짊어질 거라고는 생각하지 않았다. 사실은, 우선 일임하겠다는 한마디가 필요했다.

그러나 유감스러운 기색을 내보일 수도 없어, 평정을 가장하면서 대답했다.

"그렇습니까? 지시를 내려주십시오."

"이후로도 계속해서 범인으로 여겨지는 자의 체포를 위해 움직이도록."

"범인으로 여겨지는… 이라고요?"

"네. 아직 범인이라고 확정된 것은 아니잖습니까?"

이토가 불쑥 말한 것에 대해, 가와지는 앞으로 쓱 발을 내디디며 험악하게 말했다.

"이미 경찰에 피해가 발생한 상황입니다."

"먼저 움직인 것은 경찰이라고 들었다. 그 경찰은 뭘 믿고 움직인 건가? …호코쿠 신문이라는, 발행인도 알 수 없는 신문이다."

단숨에 무겁게, 이토의 말투가 변했다.

"그자들이 도카이도에서 큰 죄를 범하고 도쿄에 들어온 것은 사실. 그것은 이미 조사가 끝났습니다."

"그렇군. 가와지 씨, 용건은 뭔가요?"

이토는 말을 바꿔서 물었다.

이미 알고 있다는 듯한 태도였지만, 상관없다. 몇 번이나 오쿠보에게 신청했다가 거절당했던 비원, 무사를 대신하여 이 나라의 치안을 지키겠다는 염원, 그것을 위해 강력한 힘을 얻겠다는 숙원. 가와지는 자기의 모든 바람을 한마디에 실어 토해냈다.

"경찰에게 권총 배포를."

이제 무사는 필요 없다. 표면적으로 입에 올릴 수는 없지만, 메이지 정부는 발족 당시부터 이 방침을 관철해 왔다. 그 결과, 무사 출신 사족의 불만이 치솟았고, 수많은 반란을 일으키게 되었다.

나 역시 무사는 필요 없다고 생각한다. 아니, 엄밀히 말하면, 99퍼센트의 무사는 필요 없다. 그들은 오랫동안 태평하게 양반다리를 하고 거들먹거릴 뿐인 존재였다.

나머지 1퍼센트, 우수한 재능을 지닌 자, 태만해지지 않고 연마를 계속한 자는, 전부 정부의 역직에 앉았다. 관리가 되지 않았어도, 상업으로 부를 축적하기도 하고, 학문으로 칭송받기도 했다. 어디에 가서도 활약하는 것이다. 더욱 말하자면, 무사가 아니어도 성공하는 자는 있다. 즉, 세상은 1퍼센트의 유능한 자와, 99퍼센트의 무능한 자로 이루어졌을 뿐. 원래 무사였더라도, 상인이었더라도, 농민이었더라도, 후자는 그저 묵묵히 살아가는 수밖에 없다. 불만이 있다면, 스스로를 연마하여 전자가 되면 되는 것이다.

국민의 많은 수는 그것을 이해하고 있지만, 그중에서 무사만큼은 달랐다. 긍지 운운하며, 칼조차 좀처럼 손에서 놓으려고 하지 않았고, 급기야 반란을 일으키고 난동을 부린다. 떼를 쓰는 어린아이 같은 것이다.

경찰은 그런 무법자들을 몰아내야만 하는 것이다. 그러나 결과는 어떤가? 경찰 조직이 탄생한 이후로 무법자들의 반격을 당해, 도대체 얼마나 많은 경찰관이 죽어갔는가?

놈들은 칼을 들고 덤벼든다. 때로는 가차 없이 총을 뽑아 든다. 그런데도 우리는 일부의 계급에 있는 자만이 간신히 사벨을 찰 수 있고, 다른 이들은 경찰봉만으로 싸워야 하는 것이다. 경찰봉, 말하자면 그냥 막대기다.

- 웃기지 마.

가와지는 얼마나 마음속으로 포효했는지 모른다. 어째서, 어리석은 백성들이 총을 쓰는데, 우리가 막대기로 대응해야 한단 말인가?

몇 번이나, 몇 번이나, 몇 번이나, 상부에 보고했다. 경찰관의 몸을 지키기 위해, 국민의 안전을 지키기 위해, 국가의 치안을 지키기 위해, 반드시 권총이 필요하다고.

그러나 그 숫자만큼 거절당한 것이다. 그런데도, 우체부 따위가 권총 휴대를 허가받는 지경. 수송하는 현금을 지키기 위해. 기밀 문서를 지키기 위해. 우리가 지켜야만 하는 것과 비교하면, 어느 쪽이 더 중요한가? 라며 울분을 토했던 것이다.

"우려는 없습니까?"

이토는 미간에 주름을 잡으며 애매하게 물었다.

어째서 경찰이 권총 소지를 허가받지 못했을까? 이 한마디에 집약된다. 경찰관 중에는 사족이 많다. 다른 사족과 마찬가지로, 총을 이용해서 반란을 일으키지 않을까? 정부는 그것을 우려하여 줄곧 받아들이지 않았던 것이다.

- 우습게 보지 마.

이 논리를 들을 때마다 가와지는 속으로 내뱉었다. 99퍼센트의 무능한 사족이 문제인 것이다. 경찰 조직에 있는 것은 1퍼센트의 유능한 사족이다. 어째서 그것을 하나로 싸잡아 보려고 하는 것인가?

"바깥의 참상을 보시고도 하는 말씀입니까?"

"확실히 긴급 사태이기는 하군요."

가와지가 창문을 가리키자, 이토는 입술을 앙다물고 생각에 잠겼다.

그렇다, 긴급 사태. 나는 그것을 만들어내고 싶었던 것이다. 만약 진실을 알게 된다면,

- 그것을 위해 이렇게까지 일을 크게 벌이는 건가?

라며 많은 사람들이 경악하겠지. 권총 소지의 필요성을 주장하려면, 반란을 날조하는 등 더 간단한 방법은 얼마든지 있는 것 아니냐고.

그래서는 안 되는 것이다. 허언은 내가 가장 증오하는 것 중 하나. 모두 사실일 필요가 있다. 탐욕스러운 무사들이 살인이라는 큰 죄를 범하고 도쿄에 난입했다는 사실이어야 한다. 내가 이렇게까지 한 것은, 그 숨길 수 없는 사실을 완성하기 위해서. 나는 무대를 마련한 것뿐이고, 그것을 만들어낸 것은 그들인 것이다.

"이것, 가와지 씨가 꾸민 일인가요?"

생각지도 못했던 이토의 한마디에, 가와지는 숨이 턱 막혔다.

“이것이라면?”

“이 소동 말입니다.”

“무슨 말씀을….”

오쿠보조차도 알아차리지 못했었다. 임시로 내무경이 된 이 남자가 짐작할 리가 없다. 가와지는 그렇게 자기 자신에게 일렀다.

“아니요. 조금 전에 전신이 들어왔습니다.”

전신. 그 단어에 그 우체부의 얼굴이 뇌리에 언뜻 스쳤다. 가와지가 입을 한일자로 다무는 가운데, 이토는 종이를 허공에 들어 올리면서 말을 이었다.

“가와지 권총 배포 획책… 이라고.”

“역체국입니까?”

“네, 그렇습니다.”

이토는 양쪽 팔꿈치를 책상에 짚고 손을 깍지 꼈다.

“그 남자는 간신배입니다. 우리가 조사해 본 바로는, 흉적들을 도운 흔적이 발견되었습니다.”

거짓말이 아니다. 마에지마는 사가 슈지로와 내통하고, 다른 세 명을 열차에 태우기도 하고, 또 한 명을 우편선에 태워 탈출시키기도 했다. 내가 차려놓은 무대 위에서 흉적들을 도운 것은 사실이다.

“그건, 본인에게 말하면 되겠죠.”

“본인…?”

가와지가 앵무새처럼 되풀이 말한 그때였다. 계단 밑이 약간 소란스러워졌다. 남겨두고 온 부하들의 고함 소리가 들렸다. 내무성 관리가 사이에 끼어들어 말리려고 하는 것인가? 시간이 지날수록 소란스러움은 더해갔다. 그런 가운데, 눈썹 하나 까딱하지 않고, 짜증 날 정도로 태연한 얼굴로, 마침내 남자가 방으로 들어왔다.

"마에지마….."

가와지가 이를 악무는 가운데, 마에지마는 개의치 않고 이토 앞까지 걸어갔다.

"이번 소동, 뒤에서 조종한 자가 있는 것 같습니다. 냉정하게 사태 수습에 임해야 합니다."

첫마디가 그것이었다. 마에지마는 처음부터 본론으로 들어왔다.

"뒤에서 조종한 자라고?"

"경찰은 그조차 파악하지 못했다는 겁니까?"

대답할 길이 막막한 질문에, 가와지는 눈꼬리를 추켜올리고 노려본다. 잠깐 동안 흐른 무언의 시간을 박살 낸 것은 이토였다.

"마에지마 씨. 어째서 전신을?"

"1초라도 빨리 먼저 진언할 필요가 있었기 때문입니다."

내가 권총 배포를 신청한 후에 마에지마가 반대해 봤자 허튼소리로밖에는 들리지 않을 것이다. 내가 노리는 것을 미리 말함으로써, 이토에게 일고의 여지를 만들었다는 것. 그와 동시에,

－가와지가 곧 올 것이다.

라고 이쪽의 움직임을 예견함으로써, 뒤에 복잡한 사정이 숨어 있

다는 뉘앙스를 풍겼다. 마에지마의 말에는 그러한 의도가 전부 포함되어 있다.

"내가 모르는 뭔가가 있는 것 같군."

이토는 천천히 두 사람을 번갈아 쳐다봤다. 가와지는 가늘게 숨을 내쉬더니, 둑이 터진 것처럼 단숨에 퍼부었다.

"솔직하게 말씀 올리겠습니다. 저와 마에지마는 관계가 좋지 않습니다. 그러나 그렇다고 해도, 이 사태를 수습해야 한다는 사실은 변함없습니다. 경찰관 중에 다수의 사상자가 나온 것입니다. 아무쪼록 권총을 들게 해주십시오."

이토는 아무 대답도 하지 않는다. 마에지마가 뭐라고 말할지 간파하려는 것처럼. 어떤 반론이 올까? 가와지가 대비하는 가운데, 마에지마가 내뱉은 한마디는 너무나도 의외의 것이었다.

"어째서, 그만을 집요하게 노리나?"

이 남자, 요시와라 건조차도 파악했다는 것을 직감했다. 다른 참가자는 무대에서 춤추게 할 뿐. 그런데도 어째서, 사가 슈지로만을 몰아붙이려는 것인가? 마에지마는 그렇게 묻고 있는 것이다.

"아아…, 흉적 아홉 명 중 한 명 말인가? 그자는 뒤에서 조종하는 자가 있을 거라고 파악했다. 어떻게 하든 빨리 체포해야 해."

체포하는 것이 아니라 죽이겠다. 뒤에서 조종하는 자는 바로 너. 가와지도 또한 은근히 협박했다.

사가 슈지로가 다른 참가자와 다른 점이 있다. 그것은 전 우체국원,

전 관리라는 점. 그리고 눈앞의 이토도 포함하여, '자객 고쿠슈'를 안다는 점. 사가 슈지로의 말만은 믿는 자도 있다. 살려두면 나중에 골치 아파질 것이다. 그렇기는 해도, 이 손으로 만들어낸 무대를 망가뜨리는 것은 내 결벽증이 허용치 않는다. 어디까지나 고독의 규정 안에서 그 남자를 매장하기 위해 수를 쓴 것이었다.

"꽤나 유한 인상이 되었기에 다른 사람인 줄 알았지만… 역시 아홉 명 중 한 명은 사가 고쿠슈인 모양이군."

이토는 지금의 대화만으로 누구를 말하는 건지 예민하게 알아차렸다. 책상에서 꺼낸 것은 호코쿠 신문. 거기에 슈지로의 사진이 크게 실려 있었다. 이토는 조용히 말을 이었다.

"뭔가가 벌어지고 있는 것은 분명. 그러나 지금은 결론이 나지 않는 논쟁이 될 뿐이겠지?"

"그렇습니다."

마에지마는 즉답했고, 가와지도 신음하는 것처럼.

"그렇군요."

라고 대답하는 수밖에 없었다. 여기에서 모든 것을 결정할 계획이었다. 그러기 위해 엄청나게 원대한 공작을 꾸몄다. 그것을 고착 상태로까지 되돌린 것은 통한이다. 그러나 아직 전부 다 끝난 것은 아니다. 도쿄가 시작된 이래의 쟁란은 아직도 이어지고 있는 것이다. 사태가 악화하면 할수록, 내 오랜 숙원에 접근한다. 이토는 다시 번갈아 얼굴을 쳐다보고는,

“현 상황에서는 두 사람 다 완전히 신용할 수 없다. 사태 수습까지는 청사에서 나가는 것을 금한다.”

라고 일찍이 들어본 적 없는 위엄에 찬 목소리로 명했다. 마에지마는 이것도 바로 받아들였고, 가와지도 고개를 끄덕일 수밖에 없었다. 그러나 이제 그래도 괜찮다. 나는 모든 수를 다 준비해 뒀다. 이미 그 누구도 막을 수 없는 것이다. 마에지마가 꿰뚫어 보는 것처럼 노려보는 것을 보고, 가와지는 치밀어오른 웃음을 그대로 던져주었다.

슈지로는 석조건물 틈새에 몸을 숨기고 길가의 기척이 옅어지기를 기다렸다. 과연, 성청 청사가 늘어선 가스미가세키다. 다른 곳보다도 확연히 경찰관이 많다. 더욱이 이 주변에는 근위 교도단 공관도 있기 때문에, 정강(精强)하기로 이름난 근위병들까지도 사태를 눈치채고 순찰을 돌고 있다. 그들에게 들키지 않고 가야 하고, 더욱이 후타바를 찾으면서 가야 하는 것이라, 좀처럼 앞으로 나아가지 못하고 있었다.

호루라기가 울린다. 소리는 한두 개가 아니다. 무수하다. 한순간, 내가 들킨 것인가? 생각했지만, 아니었다. 남서쪽에서 들린다. 아타라시바시 방향이다. 슈지로가 다음으로 생각한 것은,

─ 후타바인가?

라는 것이었다. 만약 그렇다면, 들킬 것을 두려워하고 있을 때가 아니라, 당장이라도 달려가야 한다. 그러나 그도 아니라는 것을 알았다. 총성이 들린 것이다. 후타바도 마찬가지로 수배당했다고는 해도, 군인이 열두 살짜리 여자아이한테 총격을 가하는 일은 없을 것이다. 다른 참가자, 게다가 격렬하게 저항하는 자겠지.

어지간히 날뛰고 있는 건지, 근위병들도 일제히 그쪽으로 가고 있다. 그 결과, 주변에 순식간에 경비가 허술해져서, 슈지로는 이 기회를 놓치지 않고 움직였다.

러시아 공사관 뒷골목을 빠져나가, 산조 사네토미(三条実美. 메이지 정부 초기의 최고 관직인 태정대신을 지냈으며, 이후 내대신 겸 총리대신 대리를 맡았다)의 저택 앞을 통과한다. 그 앞에 교도단 병동, 박물관이 있다. 그 뒤로 돌아가면, 야마시타 고몬 다리가 있다. 위병이 있겠지만, 거기는 힘으로라도 빠져나갈 수 있다. 그러면, 긴자에 들어갈 수 있는 것이다.

역시 경찰도 근위병도 거의 없다. 스쳐 지나치는 사람들은 약간 있지만, 하나같이 아타라시바시 방면의 소동에 정신이 팔려, 평범하게 걸어가면 눈치채지 못한다.

교도단 병동 앞도 무사히 빠져나가, 드디어 박물관이 보였다. 지금으로부터 5년 전인 메이지 6년(1873년)에 건설되었을 때는 화제가 되었다. 나마코카베에 혼가와라부키(本瓦葺. 두 종류의 기와를 번갈아 짜맞춰 올린 전통적인 공법의 지붕) 지붕이 달린 근사한 정문 앞에는 많은 사람들이 줄을 섰던 것이다.

그 박물관 바로 앞에서 왼쪽으로 꺾어지려고 했을 때였다. 슈지로는 어떤 사실을 깨닫고 발걸음을 늦췄다. 정문의 청회색 지붕 위, 아지랑이처럼 일어서는 자가 있는 것이다.

"왔나?"

쓰게 교진이었다. 단 한마디, 낙엽이 춤추며 떨어지는 것처럼 중얼거렸다. 지금까지의 나날이 되살아난다. 어떤 한 가지만이 아니다. 함께 걸어온 여행의 전부가. 지금 교진의 눈빛이 추억 속의 그 어느 것과도 달랐기 때문에, 슈지로는 알게 되었다.

"싸우는 거로군."

"그려."

교진은 서글픈 듯한 웃음을 하늘로 녹여냈다. 단지 그뿐인 짧은 대화. 그것으로 충분했다. 서로의 시선이 허공에서 얽히고, 그 사이를 바람이 빠져나갔다.

먼저 움직인 것은 교진. 두 손에 센켄(銑鋧. 수리검의 일종)을 출현시키더니, 이쪽을 향해 동시에 던진다. 슈지로는 옆으로 뛰어 하나를 피하고, 나머지 하나를 발도와 동시에 휘두른 검으로 튕겨 날려버린다. 그때는 교진은 칠흑의 외투를 펄럭이며 비상하고 있었다.

교진의 허리 뒤에서 섬광이 퍼진다. 직도. 이른바 닌자 칼이다. 여행 도중에는 갖고 있지 않았던 그 검을 거꾸로 잡고, 낙뢰 같은 일격이 머리 위로 쏟아져 내렸다. 슈지로는 검을 끌어당겨 막아냈다.

준열한 쇳소리. 불꽃 냄새. 한순간, 서로의 숨결이 닿을 정도로 얼굴이 접근했다. 교진의 눈동자에 망설임은 없었다. 적을 해치우고자, 영혼을 뽑아내려는 닌자의 얼굴이다.

숨을 내쉴 틈도 없다. 교진은 몸을 틀면서 땅에 발을 붙이자마자 곧바로 덤벼든다. 질풍 같은 엄청난 연속 공격이다.

"탐랑… 단단하군."

교진이 중얼거렸을 때, 왼손에는 어느샌가 구나이(닌자 무기 중 하나로 화살촉 모양)를 쥐고 있었다. 직도와 구나이, 숫자가 두 배가 되자, 탐랑도 한층 으르렁거리며 덤벼든다.

칼날의 폭풍에 휘말린 것처럼, 통 속에서 불규칙하게 튀는 총알처럼, 두 사람은 박물관 앞을 난무했다.

"이건 어떠냐?"

목소리만 남기고, 교진은 구나이를 입에 물고 뒤로 도약. 외투 안쪽에 왼손을 집어넣었다가 뺀다. 센켄이 다섯 개. 야수의 발톱처럼 덤벼든다. 탐랑이 바람의 흔들림을 포착하고, 생각하는 것보다도 빨리 칼을 찔러넣는다.

"큭…."

슈지로가 짓눌린 목소리를 낸 것은, 센켄과 함께 교진이 다시 돌진해 왔기 때문. 교진이 찌르기를 쏟아낸 것은, 다섯 개의 센켄을 튕겨낸 순간. 탐랑도 황급히 쫓아갔지만, 한발 늦었다. 슈지로는 얻어맞는 것처럼 스스로 고개를 홱 돌려 피했다. 그야말로 종이 한 장 차이로

아슬아슬하게, 뺨을 칼날이 스치고 지나갔다.

"안 되나?"

교진은 구나이를 왼손에 떨어뜨리고 혀를 찼다. 슈지로의 반격을 피해서 또 펄쩍 뛰어 물러난다. 먼저 센켄에 탐랑을 반응시켜 두고 일격. 탐랑의 특성을 숙지하고 있기 때문. 아니, 머리로 이해한다고 할 수 있는 것이 아니다. 쓰게 교진은 천부적인 무술의 재능을 타고났다.

"어이, 저기!"

경관이 알아차렸다. 이 정도로 요란하게 싸우고 있으니 당연했다. 여기에 난입해 온다고 해도, 경관을 신경 쓸 여유는 없다.

"오지 마!"

슈지로가 외친 것과 동시,

"오면 죽인다!"

라고 교진도 포효를 내질렀다. 경관의 창백한 얼굴이 굳는다. 어디로 끼어들어야 할지 보통 사람은 알 수 없을 터. 그 정도로 격렬한 공방전이었다.

교진의 움직임 쪽이 약간 더 기민. 우선은 움직임을 멈추게 할 필요가 있다. 발을 걸어 넘어지게 한다. 아니, 발차기로 종아리를 부러뜨린다.

"…무곡."

소용돌이처럼 선회하여, 슈지로는 창처럼 날카로운 발차기를 내질렀다. 교진의 입가에 희미한 웃음이 번지는 것이 보였다. 다음 순간,

슈지로의 시야에서 완전히 소실된 것이다. 있을 수 없는 일이다. 북진으로 전방위를 포착하고 있었다. 아니, 그게 아니다. 무곡을 꺼내고 있을 때는ㅡ.

슈지로가 힘차게 몸을 돌리자, 거기에 교진의 얼굴이 있었다. 무곡을 발동하고 있을 때, 상성이 나쁜 북진은 90도 뒤의 시야를 잃는다. 거기에 들어가고자, 교진은 몸을 돌려 내 머리 위를 뛰어넘어간 것이다.

"그려."

슈지로의 사고에 대답하는 것처럼, 교진의 속삭임이 귓가를 흔들었다.

그렇다면 탐랑. 무곡과 상성도 발군으로, 서로 간섭도 하지 않고 꺼낼 수 있다. 탐랑에 의해 마치 자력을 띤 것처럼 급속하게 오른손이 당겨진다. 그러나 그 막바지에 딱 멈췄다.

"뭐ㅡ?"

교진의 왼손이 내 허리에 닿았다. 탐랑은 몸에 닿은 자도 내 몸의 일부로 인식하여 지키려고 한다. 뒤집어 말하면, 접촉했을 때는 발동하지 않는다. 교진은 교하치류 비술의 약점에 정통했다. 그 점이 지금까지의 적들과 근본적으로 다르다.

교진의 직도가 목덜미로 다가온다. 턱을 올려도, 고개를 흔들어도, 이미 늦었다. 슈지로는 온몸의 힘을 빼고 밑으로 가라앉았다. 코끝, 칼의 문양조차도 보일 정도의 순간에 밑으로 빠져, 양쪽 팔꿈치를 땅에 짚고, 다시 무곡으로 발차기를 옆구리에 날렸다. 그러나 교진은 그것도 왼손으로 막아내면서, 동시에 구나이로 허벅지를 파헤친다. 슈지로는 다른 한쪽 다리를 흔들어, 팽이처럼 땅에서 몸을 돌린다.

교진이 점프하여 발 걸기를 피한 순간, 슈지로는 뒤로 튕기듯이 물러나고, 그와 동시에 일어서서 거리를 벌리려고 했다.

그러나 교진은 놓치지 않으려고 했다. 허공에서 또 외투에서 센켄을 뽑았다. 하늘에서 1, 땅에 착지하여 2, 달려 나가는 것과 동시에 3. 교진은 세 번에 걸쳐 자잘하게 손을 휘두른다. 센켄 두 개, 센켄 두 개, 마지막은 구나이까지 던졌다. 이쪽이 자세를 바로잡기도 전에 또 탐랑을 끌어오고 맹공을 펼친다.

"오우!"

슈지로는 포효했다. 쇳덩어리 뭉치가 허공에서 비명을 지른다. 센켄은 가랑비처럼 바람에 떠돌고, 구나이는 돌면서 땅에 떨어진다. 교진은 돌격해 온다. 심지어 입에서 바늘을 분사하며, 더욱 탐랑에 바늘을 쏘아 박으면서―.

"컥―."

고통의 목소리는 교진의 것. 탐랑으로 바늘까지도 이겨내면서, 무곡으로 떨어지는 구나이를 발로 차서 옆구리에 처박은 것이다. 교진은 몸을 젖히고 한 바퀴 돌아 거리를 벌렸다.

"…역시, 니는 강하구먼."

교진은 옆구리에 손을 댄다. 구나이가 박힌 부분의 옷이 찢어지고,

안에서 어두운 은색이 엿보였다. 미늘 갑옷이다. 만전의 준비를 하고 왔다는 것보다, 미늘 갑옷을 입고도 이렇게 빨리 움직였다는 사실에 놀라움을 감출 수 없었다.

"너야말로, 그 정도일 줄은."

슈지로는 검을 다시 겨눈다. 결코 만만히 보던 것은 아니지만, 상상 이상의 강함에 놀란 것은 분명했다.

"인질로 잡혀버렸구먼."

교진은 갑자기 이유를 고했다.

"그런가."

나나 후타바와 마찬가지. 소중한 사람을 구해내기 위해 고독에 뛰어든 남자다. 그런 사정일 것이라고 예상했었다.

"내가 죽은 척을 해도?"

슈지로는 연꽃잎이 벌어지는 것 같은 작은 목소리로 말했다.

"안 돼. 보고 있구먼. 그니께 경찰도 멈춘 거시여."

교진은 순서대로 몇 군데로 눈길을 향했다. 그 말을 듣고 깨달았다. 이미 순사가 집결하고 있는데도, 그들이 끼어들지 못하도록 말리는 자들이 있다. 그자들도 마찬가지로 제복을 입었고.

"저들도 경찰인가?"

라고 슈지로는 본 것을 중얼거렸다.

"이가, 고우카, 네고로, 니주고키조의 잔당들로 이루어진 전 경보국… 목편의 정체여."

“그렇군. 감시가 딸려 있나?”

“그렇게 된 것이구먼. 하는 수밖에 없어. 허지만… 마음 어딘가에서 생각했다.”

새들이 떼 지어 날아가는 파란 하늘 밑, 교진은 눈을 가늘게 뜨고 말을 이었다.

“사가 슈지로와 싸워보고 싶다고.”

“나는….”

싸우고 싶지는 않아. 그 누구와 싸우는 것도 바라지 않는다. 그러나 말해봤자 무슨 소용인가. 한 닌자가, 한 남자가, 자기 인생을 걸고 도전해 온다. 나는 맞서 싸운다. 단지 그것뿐이다.

“미리 작별 인사를 해두겠구먼.”

교진은 그렇게 고하더니, 어째서인지 칼을 허리의 칼집에 도로 넣었다.

“패배를 인정하는 건가?”

“아니여. 오히려 니한테 이기려면 이것밖에 없구먼.”

“내가 죽는다는 건가?”

나를 확실하게 쓰러뜨린다. 교진에게서 그런 자신감이 엿보인다. 비장의 수가 더 있는 것이다.

“아니, 니가 만약 끝까지 도망친다고 해도 말이여.”

교진은 예전처럼 경묘하게 손을 흔들었다. 이야기가 미묘하게 들어맞지를 않는다. 도대체 무슨 말인가? 내가 만약 도망친다고 해도, 교진은 다시 쫓아올 것 아닌가? 교진은 더욱 알 수 없는 말을 고했다.

"내는 이제 돌아올 수 없구먼."

"뭘…."

슈지로는 전혀 의미를 알 수 없었다. 도대체 뭘 하려는 건가? 그러나 보통 일이 아닐 것이다. 교진이 지독하게 서글픈 듯이 미소 짓는 것을 보고, 함께 보낸 시간이 그렇게 고했다.

*

통칭 니혼즈쓰미. 요시와라로 이어지는 제방길이다. 8정의 거리에 걸쳐 있기 때문에 제방 8정이라고도 불리며, 요시와라로 오가는 손님들을 겨냥한, 오두막 노점들이 줄지어 있다. 에도가 도쿄라고 이름을 바꿔도, 이 주변은 그리 변한 모습은 없다.

거기에 십여 명의 양복을 입은 남자들이 달려오자, 노점 주인들은 눈을 크게 뜨고 놀란 모습이었다. 여기서부터 언덕길을 내려가면 요시와라. 현란한 꽃의 거리는 바로 아래에 보인다.

후와는 60세가 넘었다고는 생각할 수 없는 튼튼한 다리. 신지로는 여기까지 열심히 쫓아왔다.

"모델 3는 탄피 배출기가 망가지기 쉽다. 조심해."

마침내 요시와라가 가까워졌기 때문인지, 후와는 주의를 촉구했다. S&W 모델 3는, 한 번에 모든 탄피를 배출하는 특별한 구조이기 때문

에 고장이 잦다. 여기까지 달리면서 점검한 내용을 고하자,

"좋아."

라며, 후와는 만족스럽게 콧소리를 냈다. 한편, 후와의 허리띠에는, 권총의 칼집이라고도 할 수 있는 홀스터가 장착되어 있고, 거기에 검게 빛나는 권총이 꽂혀 있었다.

"콜트 싱글 액션 아미로군요."

콜트사가 1873년에 생산을 시작해 다음 해에는 미국 육군에 정식 배포된 리볼버. 작동 방식은 싱글 액션. 실린더 회전으로 튀어 나가는 것이 아니라, 뒷부분의 덮개를 열고 총알을 한발씩 넣어야만 한다. 단순한 구조인 만큼, 고장이 잘 나지 않아 실전에 적합한 권총이라는 평판이다.

"그래, 단, 이것은 프론티어가 아니라…."

"캐벌리."

"잘 아는군."

후와는 히죽 입가를 올렸다. 이 총은 구경과 총신 길이에 따라 애칭이 달라진다. 44구경까지의 민간용이 프론티어, 45구경 민간용은 피스메이커, 총신 5.5인치 포병용은 아티랠리. 그리고 7.5인치 기병용이 캐벌리다.

"이제 금방이다."

후와가 말했다. 니혼즈쓰미에서부터 내리막길에 접어든다. 에몬자카라 불리는 언덕이다. 거기에 버드나무가 한그루 서 있다. 이것은 돌

     이쿠사가미 전쟁의 신

아보는 버드나무. 돌아가는 손님이 아쉬워하며 이 주변에서 뒤돌아보기 때문에 그렇게 불리게 되었다고. 후와는 태평하게 잡학 지식을 자랑한 후,

"우리는 돌아보지 않지만."

이라고 껄껄 웃으며 말을 맺었다.

요시와라는 전체 넓이 2만 767평. 방범용 쇠꼬챙이가 꽂힌 검은 나무 울타리가 주변을 빙 둘러싸고, '요고레 도부(검은 치아 도랑)'라 불리는 폭 2간의 해자(성곽 주변의 둘레를 감싼 도랑으로 적의 접근을 막는 방어시설)까지 둘러싸고 있다.

내리막길 끝, 정면에 보이는 것은 요시와라 대문. 요시와라 내부의 호화찬란한 건물과 비교하면, 너무나 간소하고 투박한 조형이다. 여기가 요시와라 내부로 이어지는 유일한 입구다. 이렇게 보고 있노라면, 요시와라는 마치 작은 성곽 같아서, 일단 점거해버리면 매우 방어하기 쉬운 구조라고 할 수 있다. 적은 그 점도 염두에 둔 것이리라.

과연 지리 풍속에 정통한 우체국원. 이러한 정보는 달려오는 동안에 들었다. 그러나 정작 중요한 전술은 아직 아무것도 듣지 못했다. 막판까지 숨겨두는 것이라고 생각하고 묻지 않았으나, 대문은 이제 코앞이다. 신지로는 그제야 물었다.

"작전은?"

"정면으로 간다."

"…제정신입니까?"

놀라지 않은 것은 아니다. 그러나 후와는 그것에 대하여 명료하게 대답했다.

"저것은 꽃의 감옥. 그리 간단히 넘을 수 있는 담장이나 해자가 아니야. 정면이 제일 약하다. 게다가 쓸데없이 시간을 낭비할 수는 없다."

"그렇군요…."

"대문을 통과한 뒤에는 세 조로 나뉘어 탐색. 너는 나를 따라와. 겁나나?"

후와는 하얀 턱수염을 찌그러뜨리며 한쪽 입꼬리를 올렸다.

"아니요. 할 수 있습니다."

신지로는 늠름하게 대답했다. 아까 말했던 대로다. 나는 모두에게 도움을 받아서 여기까지 왔다. 후타바가 구해줘서 살아남았다. 지금 그것을 갚지 않으면 언제 갚는단 말인가?

"우편물을 수거하러 간다."

후와가 말한 그 순간, 특송 사람들의 표정이 변했다. 아니, 지금까지도 각이 잡힌 모습이었지만, 거기에 무게가 더욱 실린 것 같은 느낌이 들었다. 슈지로, 시쿠라, 이로하, 그리고 교진. 신지로가 함께 여행한 동료들도 싸움 전에는 반드시 이 표정으로 바뀌었었다.

"여러분, 죄송합니다만, 오늘은 모든 가게에 출입할 수 없습니다."

대문 앞, 두 명의 남자 중 한 명이 황급히 말했다. 막부가 존재하던

이쿠사가미 전쟁의 신

무렵에는, 대문으로 들어가면 바로 왼쪽에 멘반쇼(面番所)라는 건물이 있었고, 거기에 온미쓰 마와리도신(廻同心. 에도시대 마을의 치안유지나 범죄 수사를 담당하던 하급 무사), 오캇피키(岡引. 에도시대 요리키나 도신 아래 계급으로 범죄 수사나 범인 체포를 거들던 비공식 협력자(앞잡이)의 속칭. 메아카시라고도 불렸다) 등이 대기하고 있었다. 메이지에 들어선 후부터는, 요시와라 마을 전체가 고용한 부교닌(奉行人. 헤이안 시대에서 에도 시대에 걸쳐 존재한 직명 중 하나로 주로 무가에서 일을 했다)이 대기하며, 수상한 자가 들어오지 않도록 감시하고 있다.

후와가 말하기를, 고독 무리뿐만이 아니라, 그런 요시와라 사람들도 섞여 있다고 한다. 아니, 오히려 그쪽의 비율이 압도적으로 많다. 그런 자들을 다치게 하지 않기 위해 최대한의 배려를 하라고 명했었다.

"누굽니까?"

특송 중 한 사람이 묻는다. 요시와라 사람인가? 아니면, 위장한 고독 관계자인가? 라고 묻는 것이다.

"모른다."

"그럼 어떻게."

"이렇게 하면 안다."

후와가 권총을 뽑아 드는 것은 말하는 것보다도 빨랐다. 남자의 이마에 들이대면서 말을 쏟아냈다.

"내무성 역체국 직할. 기밀 우편 특별 체송계다. 수거해야 할 우편물이 있어서 왔다. 길을 비켜라."

"힉 ─."

두 명이 동시에 공포에 질린 목소리를 냈다.

다음 순간, 후와는 권총을 들이대지 않았던 쪽 사람을 집어 던지고는, 그 이마에 통렬한 발차기를 날렸다. 발차기를 맞은 자는 눈을 허옇게 까뒤집고 실신했다.

"이 녀석은 경찰. 저쪽은 요시와라 인간이다. 어이, 이 녀석, 요시와라 사람이 아니지?"

후와가 묻자, 또 한 명의 남자는 정신없이 고개를 끄덕이면서,

"네, 네… 가게들을 전세 낸 손님이, 걱정되니까 자기 쪽 사람들도 배치해 두고 싶다고…."

"그거 봐."

"어떻게 아셨습니까?"

신지로는 자기도 모르게 물었다.

"무서워하는 방식이 수상해."

"그것뿐…?"

"그것으로 충분하다. 오히려 그 정도밖에는 판단 재료가 없다. 잘 보고 움직여."

후와가 근엄한 말투로 말하자, 특송 사람들이 일제히 고개를 끄덕였다. 그것을 지켜본 후, 후와는 낮은 목소리로 명했다.

"발포를 허가한다. 흩어져라."

특송이 재빨리 세 조로 나뉜다. 요시와라에는 대문에서부터 수직으로 뻗은 길이 세 개 있었다. 대문에서 봤을 때 정 가운데에 있는 중앙 길, 오른쪽은 서쪽 강기슭 길, 왼쪽은 라쇼몽가시(羅生門河岸. 에도시대 요시와라 유곽 안에 있던, 격이 낮은 유녀 집이 모여 있는 구역의 속칭) 길이다. 각각의 길을 한 조씩 맡는 작전이다. 후와와 신지로 조는 중앙 길이다. 후와는 요시와라 중심부로 걸음을 옮기면서 말했다.

"메이지에 들어선 지 11년. 권총은 칼보다 더 두려움의 대상이 되었다. 세상 사람들이 인지했다는 뜻이다."

"네…."

"아까, 권총을 뽑았을 때, 요시와라 사람은 몸이 움츠러들어 전혀 움직이지 못했다. 그것이 보통 반응이다. 혹은 힘이 풀려 주저앉는다. 반면에 경찰은 발을 한 발자국만 뒤로 뺐다. 무서워하는 척을 하면서 말이지. 그게 수상했다는 뜻이다."

후와는 과거 슈지로 부대의 대장을 맡았었다고 들었다. 젊은 애송이인 나에게 이렇게 가르쳐주는 것을 보니, 그 편린이 느껴졌다.

"권총에 겁먹는 놈은 배치되지 않는다. 수상하다고 생각되면 쏴버려."

"알겠습니다."

신지로는 아랫입술을 깨물며 고개를 끄덕였다.

"하지만 찾는 수고를 덜 수 있을 것 같다."

"어…, 벌써 위치를 알아냈습니까?"

신지로는 놀란 목소리를 냈다.

메이지 5년(1872년), 서구 여러 나라로부터 인신매매라고 맹렬한 비판을 받아, 정부는 창기 해방령을 반포했다. 그렇기는 해도, 그것은 그저 표면적인 것이었고, 기루는 '가시자시키(貸座敷. 빌린 자리라는 뜻으로 유곽을 뜻한다)'라고 이름을 바꿔, 어디까지나 자리를 빌려서 자유롭게 여자와 만난다는 명목으로 영업을 이어가고 있다. 일단, 단속이 엄격해지긴 했다. 관할 성청은 내무성이며,

"게다가 경찰이다."

후와는 걸음을 옮기면서 말했다. 평소부터 요시와라는 경찰이 장악하고 있었다. 따라서 그들은 요시와라의 구조도 잘 알고 있어, 유녀를 총동원하여 모든 가게를 전세 낸다는 대담한 수법을 실행하기에 이른 것이다.

"최전성기 때는 1만 명. 지금도 요시와라에 거주하는 자는 6천 명이 넘는다."

호객 찻집으로 눈길을 주면서 말을 이었다. 평소에는 낮에도 창기가 거기에 있지만, 총동원 때문인지 지금은 보이지 않는다.

이 사람들을 전부 쫓아낼 수 있을 거라고는 생각하지 않았지만, 경찰 입장을 이용해서 대폭 이동시켰을 가능성도 있다. 그러나 총동원이라는 정공법에 더해, 경찰이라는 사실을 숨기고 대문에 보초를 섞어놓은 것. 이러한 점들을 보아, 요시와라의 일상을 무너뜨리지는 않았다는 것을 알 수 있다. 즉, 예의 '히나'도 평소처럼 기루에 있을 가능

성이 매우 크다.

"격이 가장 높은 구역인 교마치 1초메. 가시자시키는 사메가이. 십중팔구, 거기다."

후와가 핵심의 장소를 고했다.

"어떻게 그것을…?"

히나가 어느 가시자시키에 있는가? 후타바의 전언에는 그런 내용은 없었고, 함께 여행했던 나도 모르는 일이다.

"미안하지만 조사했다. 너에 관해서도 말이지."

하마마쓰에 마에지마가 방문한 후, 역체국의 총력을 기울여 슈지로와 함께 있는 모든 인물을 다 조사했다. 배신자가 있을 가능성이 있다고 생각했기 때문이다. 교진은 도쿄 니치니치 신문사에 근무하는 기자이며, 마음에 둔 사람을 구하기 위해 돈을 모으고 있다는 것도 사주로부터 들었다고 한다. 그 이름이 히나라고 했다.

"교진 씨가 신문기자?"

신지로는 의외의 사실에 되묻고 말았다.

"몰랐나?"

"네…, 저는 아무것도 몰랐네요."

"글쎄."

신지로가 놀란 목소리를 내자, 후와는 눈을 바늘처럼 가늘게 뜨면서 물었다.

"쓰게 교진은 악인인가?"

“아뇨, 그렇지 않습니다.”

“그것 봐, 알고 있잖아.”

후와가 입가에 주름을 잡으며 웃었다. 교진이 메이지를 어떤 직업으로 살아왔는가? 그 이전 일도 아무것도 모른다. 그러나 고독이라는 가혹한 길, 함께 그 여행을 경험한 자만이 알 수 있는 일도 있다. 후와에게 있어서는 보신 전쟁. 슈지로도 그러한 건지도 모른다.

“감사합니다.”

그때, 오른쪽 귀에 권총의 포효가 들렸다. 특송의 누군가가 적과 조우. 싸움의 개막을 알린 것이다. 신지로가 서두르려고 했을 때,

“기다려.”

라고 후와가 손으로 막았다.

“하지만 벌써….”

“이 때문에 안 그래도 적은 전력을 일부러 흩어지게 했다.”

확실히 위화감이 있었다. 사메가이라는 누각을 점찍었다면, 특송을 세 조로 분산시킬 필요 없이 한꺼번에 쳐들어가면 되는 것이다.

“경찰은 요시와라의 몇 군데에 거점을 나눠놓았다. 사메가이로 원군이 몰려와 퇴로가 막히는 것이 가장 골치 아프다.”

특송 전원이 사메가이를 습격해서 목표를 탈환한다고 해도, 요시와라 전체에서부터 경찰이 달려올지도 모른다. 그래서 퇴로가 차단되면, 퇴각하는 것도 만만치 않아진다. 최악의 경우에는, 사메가이가 포위당하고, 목표가 목숨을 잃을 가능성도 있다. 다른 두 조는 탐색을

위해서라기보다, 원군의 격파, 양동을 위해 나눈 것이라고 한다.

"대단해…."

"맡은 우편물은 흠집 내지 않고 반드시 무사히 전달한다. 그것이 역체국의 일이다."

후와가 대답했을 때, 또 총성이 들렸다. 이번에는 왼쪽. 라쇼몽가시 쪽이다. 후와는 뒤쪽의 여섯 명에게 눈짓하고,

"지금이다."

라고 말하자마자 달려 나갔다. 다시금 총성. 한두 발이 아니라, 좌우에서부터 몇 번이나 울렸다. 이미 이 소동은 요시와라 전체가 알게 되었을 터. 이곳저곳의 가시자시키 2층 창문으로 창기들이 긴장한 얼굴을 내보인다. 보하치(忘八)라 불리는 주인이 다급한 얼굴로 가게 앞으로 뛰쳐나왔다.

신지로 일행이 사메가이에 도착한 것은, 바로 그 절묘한 순간이었다. 남자가 힘차게 2층 창문을 열었다. 험상궂은 얼굴의 남자였다. 먼저 먼 곳을 둘러봤으나, 곧바로 아래에 있는 우리를 보고,

"우웩."

이라고 두꺼비 같은 목소리를 내더니 얼굴을 도로 집어넣었다.

"신센구미가 된 기분이군. 용의자 심문이다."

후와는 이 판국에도 농담을 하면서, 제일 먼저 발을 뜯어버리듯이 제치고 안으로 뛰어들었다. 신지로와 나머지 특송 여섯 명도 뒤따랐다. 봉당이었다. 평소에는 기루의 주인이 앉아 있을 자리 맞은편에

간이식 아궁이와 우물 등도 보였다. 특송 중 한 명이 우물 안을 확인하고,

"적의 흔적 없음."

이라고 속삭이는 목소리로 말했다. 그 직후, 후와는 이미 신발을 신은 채로 마루에 올라가 하리미세(張見世. 유곽에서 창기들이 격자 창문으로 모습을 보이며 손님을 기다리는 방)로 들어간다. 역시 여기에도 적의 모습은 없다.

―2층이로군.

후와는 계단 위를 향해 손가락을 두 번 흔들었다. 분명히 위에서 인기척, 희미하게 옷깃 스치는 소리가 들렸다. 후와가 첫 계단에 발을 디딘 그때였다.

계단 위쪽, 좌우 동시에, 두 명의 남자가 모습을 보였다. 목소리를 낼 수도 없다. 한 명은 팔을 휘둘렀고, 한 명은 계단 밑을 향해 뛰었다.

"특송이다."

후와가 낮은 목소리로 선언했다. 그 단어가 귀에 닿는 것보다도 빨리, 준열할 정도의 굉음이 울려 퍼졌다.

게다가 두 번. 후와의 콜트는 한번 쏘면 다시 격철을 손가락으로 젖혀야 하는 싱글 액션. 그래서 더욱, 손가락으로 탁자를 두 번 두드리는 속도 정도로 엄청나게 빠른 연사였다.

계단 위의 적의 가슴에 첫 발, 허공을 뛰어오르는 적의 이마에 두 발째가 명중. 시체가 된 남자들을 치워버리고, 밟고 넘어 2층으로 올

라간다. 복도에도 역시 적. 여기저기 방에서부터 튀어나온다.

"어떻게 여기에!"

"우체부 놈−."

후와는 용서 없이 총알로 목젖을 박살 내고는,

"우체부 **님**이다."

라며, 왼손으로 격철을 팅기면서 적들에게로 뛰어든다. 당수, 발차기, 움켜잡기, 팔꺾기, 턱을 향하여 밑에서부터 발포−. 후와의 강함은 상상 그 이상이었다.

다른 특송도 잇달아 총을 쐈다. 적 중에도 권총을 든 자가 있어서 반격해 온다. 누각에서 색기는 흩어져 사라지고, 눈 깜짝할 사이에 피비린내 나는 전장으로 변했다.

신지로도 쏜다. 쏘지 않으면 당한다. 모두 싸우면서 목표물을 찾았다. 그러나 방이 너무나 넓다.

−기다려주십시오.

신지로는 마음속으로 외치면서, 칼을 들어 올리는 적의 팔을 쐈다. 그 순간, 신지로의 뇌리에 번뜩 떠오른 것이 있어,

"교진 씨를 도우러 왔습니다! 히나 씨, 어디 계십니까?!"

라고 있는 힘껏 외쳤다. 교진의 이름을 입에 올린다. 여행 중에 몇 번이나 불렀기에, 내가 제일 먼저 그 발상을 할 수 있었던 거라고 생각한다. 지극히 간단한 방법이었으나, 이것의 효과는 역력했다.

"−입니다. 여기예요!"

입이 막힌 건가? 그것을 뿌리치고 외친 듯한 목소리. 그러나 확실히 들렸다. T자형 복도, 한쪽 제일 구석방에서 났다.

"후와 씨!"

"잘했다."

후와는 몸을 돌려 이쪽으로 온다. 다른 특송이 엄호해 주고, 두 사람은 구석 방 앞까지 도달했다. 장지문 틈새로 가느다란 빛이 흘러나온다.

2층 창문을 통해 지붕으로 도망칠지도 모른다. 콜트 장전에는 시간이 걸리기 때문에, 느긋하게 다시 장전할 시간은 없다. 그래도 복도를 달리는 도중에 후와는 총알을 딱 한 발 넣은 모양이다. 후와, 신지로, 둘 다 남은 총알은 세 개씩. 서로 손가락으로 숫자를 표시한 뒤, 후와는 자기가 먼저 가겠다는 듯이 자기 자신을 가리켰다.

복도에서는 아직 공방전이 벌어지고 있는 가운데, 불과 3초 정도의 시간이었다. 종이를 붙인 듯이 하얀 앞머리를, 후와가 뱉어낸 가느다란 입김이 흔들었다―.

다음 순간, 후와는 장지문 틀을 날카롭게 발로 차서 날려버렸다. 날개를 펼치는 나비처럼 좌우로 갈라져 쓰러지는 장지문. 그 너머에 사람 머리가 보였다.

―여섯.

신지로가 숫자를 센 그 순간. 스스로도 놀랄 정도로 빨랐다. 마침 두 사람의 남은 총알과 같은 숫자. 단 한 발도 빗나가게 할 수는 없다.

“네놈들-.”

“쏴라.”

방 안의 한 명이 외치려고 했을 때는, 후와가 동시에 명령했을 때는, 두 자루의 권총은 섬광을 내뿜고 있었다.

후와의 연사는 특히 엄청났다. 왼손으로 방아쇠를 당긴 채로 오른손으로 격철을 고속으로 튕겨 세 발을 쏟아냈는데, 총성은 하나로 들렸다. 그러면서도 정확하기 이를 데 없다. 검을 들고 돌진해 온 자는 물론이고, 총을 든 자조차도 늦어, 미간에 총알을 맞고 그의 총알은 천장을 파헤쳤을 뿐이었다.

신지로도 또한 두 명을 쐈다. 사전에 서로 의논한 것은 아니지만, 서로의 표적이 겹치는 일은 없었고, 다섯 명에게 총알이 박혔다. 다른 점이 있다면, 후와는 1탄 1살인 것에 비해, 신지로는 해치우지 못한 자가 있다는 것. 어깨를 맞으면서도 다른 쪽 손을 휘두르려고 했다. 그러나 그것도 후와가 다다미 위를 미끄러지듯이 이동하여, 총으로 턱을 때려 박살 냈다.

“움직이지 마!”

나머지 한 명이 외쳤다. 이때만큼은 신지로는 쏘는 것을 주저했다. 그 남자는 한 손으로 여자를 결박하고, 목덜미에 총구를 들이대고 있었기 때문이다.

표면적으로는 요시와라 전체를 전세 낸 총동원. 여느 때와 아무것도 다를 것 없는 하루가 될 것이라고 생각했던 것이겠지. 여자는 현란한 기모노를 입었다. 자기가 어째서 이런 꼴을 당하는 건지조차 모르는 걸까? 공포로 얼굴이 굳었다. 이 사람이 히나가 틀림없다.

쏘는 것을 주저한 것은 그것이 이유였다. 틀림없다. 그러나 다른 또 하나의 이유도 전혀 없지는 않았는지도 모른다.

"야마나시….."

이 남자, 고독에서 신지로의 담당이었던 야마나시인 것이다.

"…사야마 님."

습관이 된 것인가? 아니면, 비꼬는 것일까? 야마나시는 아직도 경칭으로 불렀다.

"그 사람을 놔줘."

이미 총구를 향하고 있다. 신지로는 신음하는 것처럼 말했다.

"당신들은…?"

"쉿."

히나가 목소리를 떨며 말하려고 했지만, 야마나시는 기복 없는 숨소리로 막았다.

"교진 씨의 지인입니다. 아무 말도 하지 말아주십시오. 반드시 구해 드리겠습니다."

"흠. 나보다 빨리 쏠 수 있다고?"

야마나시는 얕잡아보는 것처럼 물었다.

"그렇다."

신지로가 즉답한 것에는 이유가 있었다. 이쪽의 시선 끝을 눈치챈 모양이다. 야마나시는 씁쓸함이 담긴 목소리로 대답했다.

"총에 대해 잘 아셨었지요."

야마나시의 손에 쥐고 있는 것은, 후와와 같은 콜트 싱글 액션 아미. 45구경 민간인용. 아이러니하게도 그 통칭은, 평화를 만들어낸다는 의미의 피스메이커다.

콜트가 장전에 시간을 요하는 이유는, 격철을 하프 콕이라 불리는, 반만 젖힌 위치에 두고, 그 후에 한 개씩 장전해야만 하기 때문. 우리가 들이닥쳤을 때 총알을 넣던 도중이었는지, 야마나시의 콜트는 그 상태가 되어 있다. 거기서부터 총알을 쏘기 위해서는, 격철을 손가락으로 끝까지 젖혀야만 한다. 이쪽은 그 틈에 쏠 수 있는 여유가 있다. 야마나시는 숨을 훅 내쉬더니 조롱하듯이 말을 이었다.

"하지만… 사야마 님이 맞힐 수 있을까요?"

"맞힌다."

"글쎄요. 사야마 님은 지나치게 착하십니다. 아까 두 명 중 한 명은 빗나간 것은, 아는 얼굴인 구치나시였기 때문에 동요했던 것이지요?"

방금 전, 내가 치명상을 입히지 못해 후와가 때려눕힌 남자. 시마다 역참에서 지켄 하야토와 싸웠을 때 앞을 막아섰던 세 명 중 한 명이었다. 그때의 기억이 순간적으로 뇌리를 스쳐 지나간 것은 분명했다. 야마나시는 이쪽에 빈틈이 생기는 것을 엿보려는 듯이, 더욱이 매끄럽게 혀를 놀렸다.

"그쪽은 특송의 후와 나루이치. 만약 총알이 남아 있다면, 진작에 쐈을 테지요. 그러지 않은 것은 총알이 떨어졌기 때문."

"오호. 시험해 볼까?"

후와도 권총을 겨누면서 코웃음을 쳤다. 신지로도 내색하지 않으려고 했으나,

"그러세요. 쏴봐 주십시오."

라고 야마나시가 미간을 펴며 부추겼다.

"어쩔 셈이야?"

신지로는 낮게 물었다. 히나를 데리고 창문으로 도망치는 것은 힘들다. 이 누각은 특송이 진압해가고 있다.

"어떻게 할까요."

야마나시의 대답은 의외로 애매한 것이었다.

"이대로 고독이 끝날 때까지 기다릴 셈인가?"

"묘안이네요. 그것도 좋을지도 모르겠네요."

"원군을 기다릴 속셈이라면 - ."

"기대하지 않습니다. 요시와라에 들어온 특송은 이분들 말고도 있겠지요?"

야마나시는 고개를 가로저었다. 요시와라 외의 장소에도 동료가 있겠지만, 그들도 특송이 제압하러 갔다는 것을 간파했다. 야마나시는 한숨을 내쉬고 유유히 말하기 시작했다.

"우리들 목편은 총 167명. 도카이도에서 목숨을 잃은 자는 15. 현

재 도쿄에 들어온 참가자에게 붙어 있는 자가 9. 역체국의 감시가 8, 내무성의 동향 파악이 5…."

도대체 무슨 말을 하고 싶은 건가? 신지로와 후와가 의아한 듯 시선을 교환하는 가운데, 야마나시는 말을 계속했다.

"도쿄 전체에 흩어져 있는 것이 63, 엔주 님께 붙어 있는 것이 36… 요시와라에는 저를 포함해서 31명밖에 없습니다."

당장 원군이 온다는 이야기로 이어지나 했더니, 이곳 요시와라에서의 사실상의 패배 선언이었다. 오전 0시까지 시간을 버는 것을 묘안이라고 대답했던 것은, 이쪽을 조롱하기 위해서가 아니라, 정말로 그것 이외에는 이제 길이 남아 있지 않은 모양이다.

"야마나시…, 이제 됐어. 풀어줘."

신지로가 조용히 호소했다. 자포자기가 되었다기보다, 야마나시는 이제 달관한 것처럼 느껴진 것이다.

"그럴 수는 없습니다. 어떠한 명령이라도 묵묵히 따른다. 그것을 그만두면, 네고로조는 정말로 끝나버립니다."

이가조, 고우카조, 니주고키조와 맞먹는, 도쿠가와 막부의 백인조 중 하나가 네고로조. 야마나시는 그곳 출신이라는 것을 이제야 알았다. 아니, 이 남자도 또한 막말의 격동 속에서 휘둘리며 걸어온 나그네였다는 것을 알았다.

"사야마 님, 오전 0시까지 기다려주시겠습니까?"

야마나시는 눈을 가늘게 뜨며 부드럽게 물었다.

"좋다."

신지로는 의연히 대답했다. 잠시 동안의 침묵. 이미 누각에서의 항쟁도 수습되고 있는 건지, 그 사이에 총성은 울리지 않았다. 갑자기 찾아온 정적 속에서 야마나시는 희미하게 웃었다.

"그럼."

그 한마디. 직후에 야마나시는 오른쪽 엄지를 격철에 댔다. 후와가 다다미 바닥을 박찼다. 그러나 그보다도 이쪽이 빠르다. 총신 끝의 조준. 가늠쇠는 야마나시를 포착했다.

탕―. 하고, 굉음과 함께 초연이 피어올랐다. 걷혀가는 연기 속에서 야마나시는 가슴을 누르면서 창틀에 기댔다. 그 손에서 권총이 미끄러져 나와 떨어지는 둔탁한 소리가 울렸다. 히나가 무릎을 꿇는 것처럼 앞으로 쓰러지는 것을, 후와는 냉큼 두 팔로 받아 안고,

"확보!"

라고 기루 전체에 들릴 정도의 목소리로 외쳤다.

"야마나시…."

신지로는 중얼거렸다. 아니, 자기도 모르게 목소리가 흘러나왔다. 그가 발포하는 순간, 야마나시는 히나를 밀쳐냈다. 방패로 삼으려던 것이 아니다. 오히려 두 사람의 사격선 밖으로 밀어낸 것 같았다. 그러기에 이마라는 작은 표적이 아니라, 확실한 가슴에 총알을 박은 것이다.

"마침내 여기까지… 고독에서 살아서 이탈한 유일한 사람이 될 줄

이야…."

엄청난 출혈이다. 폐도 망가졌겠지. 야마나시는 바람 같은 목소리를 쥐어짜 냈다.

"나도 상상하지 못했었다."

"…그만큼 이 여행에서 변했다는 뜻이겠지요."

"이름을."

스스로도 신기했으나, 신지로는 어째서인가 물어보고 말았다.

"아뇨…. 그저 이름도 없는 네고로조의 한 사람으로."

"알겠다."

"사야마 님… 앞으로도 이어지는 메이지. 좋은 여행이 되기를…."

야마나시는 떨리는 눈꺼풀을 감았고, 이제 두 번 다시 뜨는 일은 없었다.

히나는 너무나 엄청난 사태에 넋을 놓고 있었으나, 다친 데는 없다. 다른 특송들이 방으로 달려오는 가운데, 신지로는 제정신을 차리자마자,

"이이구라 우체국에 전신을!"

이라고 제일 먼저 그것을 호소했다. 분명 기도하는 심정으로 기다리고 있을 테니까.

이이구라 우체국에서, 여기서 기다리라고 구석 방 하나에 안내받았다. 자세한 일은 알려주지 않았으나, 모든 우체국원은,

– 경단 꼬치가 부탁한다.

라며 호소하는 자에게는 최대한의 편의를 봐주라는 엄명을 받았다고 한다. 설령 그것이 누구든. 마에지마는 그렇게 못을 박았다고 한다.

가무이코차도 몸을 숨기고 있는 것이 제일 좋다며, 후타바 곁에서 떨어지지 않고 함께 있어 줬다.

"신지로 씨….”

후타바가 사태를 전한 후, 승낙의 답신이 있었다. 즉각 구출하러 가겠다는 것. 그리고 믿고 기다려달라는 신지로의 말이 덧붙여 있었다. 신지로를 말려들게 할 생각은 없었던 만큼, 후타바는 말문이 막혀버렸다.

걱정이기는 했다. 그러나 신지로의 그 말이 없었다면, 후타바는 안절부절못하다가 다시 뛰쳐나갔을지도 모른다. 후타바가 초조하게 기다리는 가운데, 복도가 갑자기 소란스러워졌다.

"왔습니다!”

국원이 문을 힘차게 연 것과, 후타바가 자기도 모르게 벌떡 일어선 것은 동시였다. 국원의 손에는 종이 한 장이 들려 있었다. 로 5번, 고

켄초 우체국에서 전신이 왔다는 것.

"뭐라고?!"

"무사히 구출함. 목숨 걸고 지킬 것. 그러니 걱정 마라."

국원이 읽은 순간, 후타바는 입술을 깨물고 고개를 끄덕였다.

"고맙습니다…."

눈앞의 국원뿐만이 아니라, 역체국의 모든 사람에게, 신지로에게, 진심 어린 감사 인사가 입에서 흘러나왔다. 그렇다면, 앞으로 내가 해야 할 일은 한 가지. 교진에게 이제 싸우지 않아도 된다고, 걱정하지 않아도 된다고 전하는 것이다.

"가겠습니다."

후타바는 이이구라 우체국을 나가, 왔던 길을 되돌아가는 것처럼 북쪽으로 걸었다. 혼자 가겠다고 했으나, 가무이코차는 승낙하지 않았다. 어디까지나 아이누로서의 긍지를 위해서라고. 후타바도 예전처럼 쓸데없이 사양하는 일도 없었다. 교토에서부터의 여행을 통해 알았다. 도쿄에 와서 새삼 더욱 깨달았다. 사람을 의지하는 일은 결코 나쁜 것이 아니라는 것을. 그만큼, 나도 또 누군가의 의지가 되어줄 수 있게 되어야 한다고—.

가급적 넓은 길을 피해서 간다. 그래도 경찰의 그림자가 보이면 숨어야 했고, 평소처럼 걸어갈 수 있는 것은 아니었다. 게다가, 우선 교진이 어디에 있는지 모른다는 문제가 있다.

"일단 아까 그 장소까지 돌아가는 수밖에 없겠지."

사람들 눈에 띄기 힘든 장소, 아타고산 기슭의 숲까지 돌아갔을 때, 가무이코차는 그렇게 제안했다. 교진은 가스미가세키 쪽을 향해 아타라시바시를 건너갔다. 그렇기는 해도, 아직 그 주변에 머물러 있을 거라는 보장은 없다. 사람들의 이야기에 귀를 쫑긋 세우면서, 소동이 일어난 쪽으로 걸어가면서, 교진을 찾는 수밖에는 없었다.

"조금만 더 있으면….."

후타바는 머리 위를 덮은 녹색 천장을 올려다봤다. 나뭇잎 사이로 흘러들어오는 빛은 약했다. 우체국을 나오기 직전, 기둥 시계 바늘은 오후 5시 반을 가리켰었다. 이미 해는 서쪽으로 크게 기울어졌다. 1년 중에서 가장 낮이 긴 6월이라고는 해도, 앞으로 1시간 반 정도면 주변은 어두워지겠지. 단단히 문단속하고 집 안에 틀어박히는 자도 많아지기 때문에, 지금보다는 훨씬 들킬 우려가 줄어들지도 모른다.

후타바가 갑자기 고개를 숙인 것과, 가무이코차가 손으로 앞을 막는 움직임이 겹쳤다. 나무들 틈새로 사람 그림자가 보였다. 아니, 그뿐이 아니다. 이쪽을 향하여 달려온다. 가무이코차는 재빨리 활에 화살을 끼우고 대비했다.

"위해를 가할 마음은 없습니다!"

상대방 쪽에서 말을 걸어왔다.

어둠이 깔리기 시작한 상태라 얼굴은 보이지 않지만, 음색으로 봐서 여자다. 말투로 추측하건대, 적어도 우리가 수배된 것은 알고 있는 모양이다.

"멈춰라."

가무이코차가 낮게 명하자, 여자는 재빨리 걸음을 늦추더니 멈춰 섰다. 그때 처음으로 용모를 알게 되었다. 이 여자, 어딘가에서 본 적 이 있다. 그러나 그것이 언제 일이었는지 순간적으로 생각나지 않 았다.

"너는 누구냐?"

가무이코차는 단적으로 물었다. 그 와중에도 활시위는 조금도 늦추 지 않았다. 여기까지 한참을 달려온 것일까? 여자는 어깨를 들썩이며 숨을 몰아쉬면서,

"저는 사카구치 시즈노라고 합니다."

라고 자기 이름을 댔다.

"어이, 어이…."

그 직후, 등 뒤에서 어이없다는 듯한 목소리가 들려, 후타바는 놀라 몸을 돌렸다.

"쓰가(梅). 내 감시자다."

여전히 가무이코차는 시즈노를 겨누면서 대답했다. 듣고서야 당연 한 사실을 깨달았다. 후타바에게 쓰루바미가 붙어 있는 것처럼, 가무 이코차에게도 감시자가 있는 것이다. 쓰가는 나이 30쯤 되었을까? 키 는 5척 7촌 정도로, 옷을 입은 모습을 봐도 근육이 울끈불끈하다는 것 을 알 수 있었다.

"네놈, 엔주 님한테 붙어 있어야 할 텐데. 뭐 하는 짓거리냐?"

지금까지 만난 감시자 중에서 쓰가는 가장 우악스럽고 말투가 거칠다. 그 쓰가와 안면이 있다는 것은 설마-. 거기까지 생각이 미쳤을 때, 쓰가는 더욱 노기가 담긴 목소리로 말을 계속했다.

"게다가 본명을 고한다는 것은… 그런 뜻이겠지? 하지카미여."

후타바가 생각했던 대로. 역시 이 시즈노라는 여성은 목편 중 한 사람이라는 것. 그리고 하지카미라는 이름을 들었을 때, 전에 만났던 때의 기억이 환기되었다.

"요코하마… 진로쿠 씨의."

요코하마에서 게아게 진로쿠를 찾고 있던 때, 군중 속에서 말을 걸어와서,

- 게아게 님은 저쪽에.

라고 위치를 알려주었다. 진로쿠에게 붙어 있던 목편이다.

"네."

하지카미, 아니, 시즈노는 의연하게 대답했다.

"내가 있는데도 잘도 당당히 기어 나오고 자빠졌네. 아니야…, 내가 있는 것은 오산이었겠지. 목적은 그쪽 계집애. 쓰루바미라면 대충 혀를 놀려서 구워삶을 수 있다고 생각했나? 쓰루바미여, 우습게 보였잖아?"

쓰가는 뒤로 몸을 젖히는 것처럼 뒤쪽을 향해 불렀다. 나무들 틈새에서 새어 나오는 것처럼 모습을 보인 것은 쓰루바미였다.

"그렇습니까?"

쓰루바미는 시즈노에게 조용한 눈길을 향했다. 가무이코차는 그때 처음으로 활을 내렸다. 시즈노를 무해하다고 판단했다기보다, 경계해야 할 자가 늘어났기 때문이겠지. 그 증거로, 가무이코차는 쉬지 않고 세 명에게 주의를 기울이고 있다. 그들을 아랑곳하지 않고, 쓰가는 더욱 가시 돋친 목소리를 냈다.

"하지카미. 뭐하러 온 건지는 모르겠지만, 묘한 소리를 지껄여대면 목을 졸라 죽여버린다."

"그냥 죽지는 않겠어."

시즈노는 찌릿 노려보았다. 쓰가는 경멸하는 웃음을 띠면서 손을 옆으로 흔든다.

"너는 백인조 출신도 아니잖아. 나는 이가에서도 손꼽히는 실력이다. 나한테 상처 하나 낼 수 없어."

"손꼽힌다고? 쓰게 교진에게는 한 번도 이기지 못했다고 들었는데?"

"너 이놈… 죽인다."

쓰가는 야수처럼 이빨을 드러내고 짖었다.

"상관없어. 단, 그 전에 사가 슈지로가 있는 곳을 말하겠다."

"어…?"

이 응수 중에 후타바는 처음으로 목소리를 냈다. 잘못 들은 것이 아니다. 시즈노는 슈지로가 있는 곳을 알고 있고, 그것을 우리에게 전해주러 온 것이다.

그러나 어째서 시즈노는 고독을 배신하면서까지 이런 행동을 하는 것일까? 그 이유를 전혀 알 수 없었다. 후타바의 당혹감을 알아차린 것처럼, 시즈노는 그 까닭을 말했다.

"그 사람이 여행 중에 계속 말했었으니까… 형제들을 지키고 싶다고."

"어이, 어이. 게아게 진로쿠 말인가? 그 사내에게 반하기라도 했나?"

"그럼 안 돼?"

"진심인가? 웃기고 있군…. 뭐, 죽어라."

쓰가가 두 손을 품속으로 집어넣은 그때,

"가무이코차 씨!"

라고 후타바가 불렀다. 가무이코차는 고개를 끄덕이고는 쓰가에게로 화살촉을 향했다.

"야속하네. 가무이코차여. 줄곧 함께 여행한 사이인데."

쓰가는 두꺼운 눈썹을 모으며 어이없다는 듯이 중얼거렸다.

"쓰가…, 그동안 말하지 않았었지만, 네놈의 그 야비함에는 진저리가 난다."

"어려운 단어도 쓸 수 있잖아. 야만인 주제에 말이야."

쓰가는 한냐(般若. 질투나 원망이 가득 찬 여자 귀신의 얼굴로, 노의 가면 중 하나)의 형상이 되어 모욕했다. 실력에 자신이 있다고는 해도, 가무이코차도 포함해서 두 명을 상대하는 것은 불리하다고 느낀 것이겠지. 쓰

가는 뒤를 향해,

“쓰루바미, 해치우자.”

라고 불렀다. 쓰루바미도 또한 품속에 손을 넣으며 걸음을 옮기더니, 쓰가 옆까지 갔을 때 조용히 대답했다.

“그러죠.”

“캬악 –.”

쓰가가 일그러진 목소리를 내며, 분노로 불타던 두 눈을 감았다. 쓰루바미가 작은 병을 꺼내자마자, 내용물인 노르스름한 분말을 그의 안면에 뿌린 것이었다. 날아오르는 가루를 피하려는 것처럼, 쓰루바미는 몸을 굽혀 쓰가 옆을 빠져나왔다.

“네, 네놈까지, 배신한 건가!”

쓰가는 고함을 지르면서 얼굴에 부착된 가루를 털어버리려고 했다. 그러나 서서히 고통의 신음을 흘리게 되었다.

“어느 틈에 이런 것을… 뭐야…? 이 독은!”

“시마다 역참에서 접수했습니다. 미후티가 갖고 있던 것입니다.”

“그렇다면….”

“네. 곧 의식을 잃습니다. 그 뒤에 생사의 확률은 반반이었을 걸요.”

“이놈들… 이래서 백인조 이외의 놈들은 끌어들이지 말라고… 그랬는데 엔주 놈이….”

쓰가는 초겨울 바람에 날리는 버드나무처럼 몸부림쳤으나, 이윽고 무릎을 바닥에 털썩 꿇더니, 그대로 엎어지는 것처럼 쓰러졌다.

"쓰루바미 씨?"

후타바는 어안이 벙벙한 듯 중얼거렸고, 시즈노도 또한 놀라 눈을 크게 떴다.

"어째서…?"

"목편이 참가자에게 손을 대는 것은 금지되어 있습니다. 게다가 나도 쓰가… 우시바 슈조는 싫습니다….”

쓰루바미는 거기에서 말을 한번 끊고, 우거진 이파리 틈새를 올려다보는 것처럼 위를 쳐다보면서,

"어째서일까요?"

라며 눈부신 듯이 눈을 가늘게 떴다.

"우시바가 이대로 죽어도 배반을 의심받게 된다.”

"네, 마침 지겨워지기 시작한지라. 아무쪼록, 알려드리세요.”

쓰루바미가 재촉했을 때, 가무이코차도 그제야 활을 내렸다. 시즈노는 힘주어 고개를 끄덕이더니, 심각한 표정으로 이야기하기 시작했다.

"사가 슈지로를 돕기 위해 왔다.”

하지카미, 즉 사카구치 시즈노는, 진로쿠의 단 하나의 소원을 이뤄주고 싶었다. 진로쿠의 형제들을 지키고 싶다는. 그중에서도 사가 슈지로. 가와지는 자기 자신을 지키기 위해서도, 역체국과 관계가 깊은 슈지로만은 어떻게 해서든 처치하고 싶어 한다. 인질을 잡아 교진을 그에게 보낸 것도, 가와지의 의향을 헤아린 엔주의 비열한 술책이다.

시즈노는 이 간계도 파악하고 있었으나, 다른 목편들이 감시의 눈을 빛내고 있어서 움직일 수가 없었다. 게다가 각오를 했다고는 해도, 혼자서 할 수 있는 일에는 한계가 있다. 그래서 줄곧 기회를 노렸다고 한다.

도쿄에서의 고독 제2막, 시즈노는 엔주에게 붙은 36명 중 한 명으로 배치되었다. 이것은 목편의 총지휘를 하는 본부이며, 예기치 못한 사태에 대비한 유격대이기도 했다.

"네가 이이구라 우체국에 들어간 사실이 전해졌어."

목편은 역체국에 얽힌 움직임이 있으면 즉각 보고하게끔 엄명을 받았다. 쓰가, 즉, 우시바 슈조가 전령을 보내, 후타바가 이이구라 우체국에 들어간 사실을 본부에 전했다. 시즈노는 그래서 후타바가 무엇을 생각하는지, 역체국이 어떻게 움직일지 예상할 수 있었다. 이어서 요시와라를 역체국의 숙련자들이 습격해, 인질을 탈환했다는 보고가 들어왔다.

"내가 인질이 무사하다고 고해봤자, 쓰게 교진은 믿지 않을 거야."

시즈노는 목편 중 한 명. 진로쿠와 교진도 직접 면식은 없다. 그래서야 믿으라는 쪽이 무리. 교진이 믿는 누군가의 입으로 전해줘야만 한다. 그때, 시즈노의 뇌리를 스친 것이,

"가쓰키 후타바… 너야."

후타바는 분명 교진에게 달려갈 것이라고 확신하고, 시즈노는 자신이 도움이 될 수 있는 것은 이때라고 판단하고 행동으로 옮겼다. 목

편의 눈을 피해 자기 위치에서 벗어나, 후타바가 지나갈 것 같은 길을 노려, 이이구라 우체국을 향해 달려왔다는 것이다.

"사가 슈지로와 쓰게 교진은 곧 충돌한다."

목편은 인질의 목숨을 방패 삼아, 쓰게 교진에게 빨리 싸우라고 몇 번이나 다그쳤다. 교진은 도쿄부민들의 소문을 통해 대강의 위치, 이동 방향을 알아내, 우치야마시타초의 박물관에서 사가 슈지로를 기다리고 있다. 시즈노가 달려나온 것은, 그리 머지 않아 두 사람이 싸울 것이 예상될 즈음. 지금쯤은 이미 싸움이 시작되었을지도 모른다고 한다.

"두 사람을 말리겠습니다."

후타바는 씩씩하게 대답하고, 가무이코차도 또한 고개를 끄덕여주었다. 쓰루바미는 둘째치고, 시즈노의 반항은 확실하게 드러났다. 시즈노는 이제부터 아다시노 시쿠라에게로 달려간다고 한다. 쓰루바미는 시즈노와 잠시 이야기를 나누고 나서 쫓아가겠다고 말했다.

이렇게 되어 두 사람은 다시 달리기 시작했다. 숲에는 금색과 검정의 얼룩무늬가 가라앉기 시작하고, 나무들이 바람이 불 때마다 흔들렸다. 빛과 그림자가 격렬하게 싸우고 있는 것처럼. 후타바는 마음속으로 두 개의 이름을 계속 번갈아 불렀다.

아타고 신사 경내를 돌파하여, 니시쿠보사쿠라가와초를 지나 동쪽으로 가면, 남북으로 뻗은 길에 도착한다. 이 주변 일대는 여러 번의

   이쿠사가미 전쟁의 신

번 관저들이 있던 지역이다. 정부에 접수된 저택도 많았고, 지금은 성청 휘하 지국의 본부로 사용되기도 한다. 그러나 통칭명은 아타고의 시타다이묘 골목으로, 당시의 기억을 간직하고 있다.

이 길을 똑바로 북쪽으로 올라가면, 사이와이바시 문에 맞닥뜨린다. 그 앞의 다리를 건너면 박물관은 코앞이다.

"없어….."

아타고의 시타다이묘 골목으로 나가서 바로, 후타바는 중얼거렸다. 여기까지 오는 동안에도 마주치지 않았지만, 이 길에도 경찰관의 모습은 없다. 제일 먼저 생각난 것은, 슈지로와 교진의 싸움이 시작되어 모두 그곳으로 집결했다는 것이다.

"아니야, 뭔가 이상해."

경찰만 없는 것이 아니다. 마치 동네가 죽은 것처럼, 사람의 그림자 그 자체가 없는 것이다. 꽤 어두워지긴 했으나, 도쿄에서 이런 일은 있을 수 없다. 게다가 이 길, 골목이라는 이름이 붙긴 했지만, 이 주변에서는 결코 좁은 길이 아니었다.

"온다."

몇 채인가 저택 앞을 지났을 때, 가무이코차가 경계를 재촉했다. 이쪽을 향해 달려오는 여러 명의 그림자가 보였다.

마침, 지금은 제일 앞을 보기 힘들다는 황혼 무렵. 용모는 고사하고, 입은 옷조차 알 수 없다. 그림자의 크기로 남자라고 추측하는 것밖에는 할 수 없었다.

“순사다. 돌파한다.”

가무이코차는 화살통에서 화살을 뽑았지만, 활에 끼우지는 않았다. 남은 화살 수가 꽤 줄었다. 조금이라도 낭비하고 싶지는 않다고 말했었다. 화살을 쏘지 않아도 넘어갈 수 있다고 판단한 것이겠지.

“어…?”

후타바는 목소리를 흘렸다. 순사들은 하나같이 얼굴이 굳어 있었고, 괴상한 목소리를 발하면서, 그들에게는 눈길도 주지 않고 지나가 버린 것이었다.

“좋지 않군.”

가무이코차가 중얼거렸다. 순사들은 무엇에 겁을 먹은 것일까? 그 답이 앞쪽 십자로에 있었다. 길을 덮어버린 것처럼 시체가 겹겹이 쌓여 있다. 이쪽에 등을 돌린 모습으로, 그 중앙에 우두커니 서 있는 남자. 가무이코차는 주위를 둘러봤으나, 갑자기 들어갈 만한 옆길은 없다.

그 남자가 천천히 돌아본다. 후타바는 처음 보는 젊은 남자. 그 뺨은 질척하게 피에 젖어 있고, 그것이 히죽 일그러졌다.

“후타바, 도망쳐!”

가무이코차가 날카롭게 외쳤을 때, 남자는 시체의 산을 주저 없이 밟아 넘어 이쪽을 향하여 달려오고 있었다. 젊은이의 얼굴은 지독하게 단정한데도, 후타바는 강렬한 섬뜩함을 느끼고 몸을 움츠렸다.

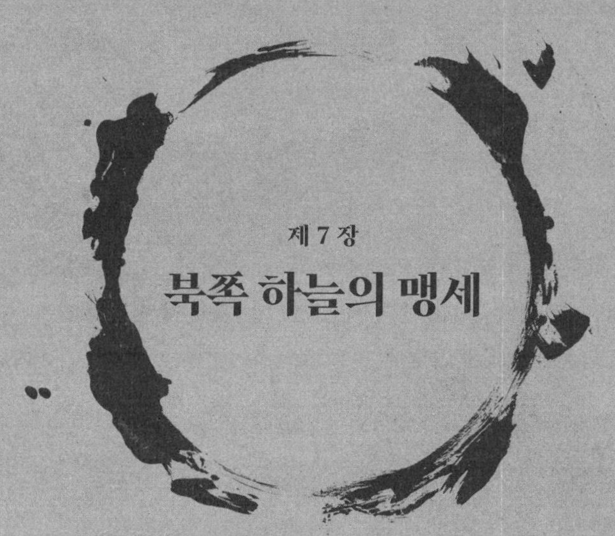

북쪽 하늘의 맹세

*

"잘 들어라, 이손노아시야. 무슨 일이 있어도 어린이는 지켜야 한다."

곧 촌장이 될 나에게 스치히는, 할머니는 그렇게 일렀다. 그것은 아이누의 공통된 사상이며, 우리 부족에 있어서는 가장 중요한 규정 중 하나로 전해진다.

짐승도, 새도, 물고기도, 신이 모습을 바꿔 지상으로 놀러 온 것이며, 목숨이 다한다는 것은 하늘로 돌아간다는 뜻이라고.

사람도 그렇다. 언젠가는 반드시 하늘로 올라간다. 단, 반드시 어떤 사명이 주어졌다. 그것이 뭔지는 모른다. 그러기에 살면서 찾는 것이다.

어린이는 대지에 막 내려온 존재. 아직 사명을 찾지 못했다. 아니, 찾기 시작하지도 않았다. 아이를 죽인다는 것은, 죽게 내버려둔다는 것은, 사명을 부여해 준 신들에 대한 모독이다. 따라서 어린이는 지켜야만 한다. 이손노아시야, 너도 예전에는 어린이였고, 어른들이 지켜줘서 지금에 이른 것이니까.

스스로도 성실한 성격이라고 생각한다. 그래도 할머니의 훈계가 귀찮을 때도 있었다. 할머니는 허구한 날 모닥불 앞에서 질리지도 않고 말했으니까.

할머니는 본인의 사명을 다했냐고 물어본 적이 있다. 그때, 할머니

  이쿠사가미 전쟁의 신

는 그 때문에 매일 밤 이야기하는 것이란다, 라고 대답했다.

"이손노아시, 너는 언젠가 진짜 가무이코차가 될 것이다."

백 년에 한 명 나타날까 말까 한 아이누의 영걸. 나는 역대 중에서도 가장 뛰어난 가무이코차가 될 거라고. 마을 사람들은 할머니의 예언이라고 했지만, 그저 단언한 것뿐이라는 것을, 그렇게 되기를 바라는 것이라는 걸, 손자인 나는 알고 있었다.

할머니의 설교가 끝난 것은, 내가 촌장이 된 날이 아니었다. 계절이 세 번 돌아오기 전에 할머니는 하늘로 돌아갔다.

지금, 생각한다. 할머니는 사명을 다 이룬 것일까? 하고. 그것은 나로 인해 분명해지겠지. 그날, 그 목소리, 흔들리는 모닥불이 머릿속에서 되살아나는 가운데, 가무이코차는 활시위에 화살을 끼웠다.

"후타바, 도망쳐!"

아다시노 시쿠라가 말했다. 이름은 덴묘 도야. 처음 본 것은 시마다 역참 직전, 한번 보기만 했는데도 온몸의 솜털이 곤두섰다. 저것은 오야시(괴물). 그야말로 하늘이 대지에 내려보낸, 사람의 형태를 한 다른 뭔가다.

오오이가와의 한 척의 배 위. 거기에서의 투쟁을 보고 확신했다. 나보다도 한 단계는 더 강하다고. 그때는 목패 끈을 쏴서 잠시 발을 묶어놨었지만, 이번에는 도망칠 수는 없다. 심지어 후타바를 데리고는 더욱 그렇다.

저 흉흉함이다. 몸이 위축되는 것도 무리는 아니다. 후타바는 간신히 몸을 돌려 도망가려고 했다. 그러나 만에 하나, 덴묘가 나를 내버려두고 후타바를 쫓아가면, 10초 정도 만에 따라잡히고 참살당한다. 게다가 여기에서 물러나면, 박물관에 가기 위해 동네를 크게 우회할 필요가 있다. 후타바를 지키기 위한 최선, 바람을 이루게 해주기 위한 최선의 길은 한 가지. 가무이코차는 순식간에 생각을 고쳐먹고는,

"기다려."

라고 달려 나가려는 후타바를 말렸다.

"어…."

"나를 믿을 수 있나?"

"네!"

후타바는 곧바로 대답했다.

"길 오른쪽을 돌파해라. 무슨 일이 있어도 발을 멈추지 마. 무슨 일이 있어도 돌아보지 마."

"가무이코차 씨는-?"

뒤로 물러설 수는 없다. 그렇다고 해서 옆으로 빠져나가서 떨궈버릴 수 있는 상대는 아니다. 남은 길은 단 하나.

"내가 상대한다."

가무이코차는 다가오는 흉기를 향해 활시위를 울렸다. 검을 들지 않은 왼쪽 반신을 향해 화살은 곡선을 그리며 비상한다. 그러나 덴묘는 몸을 활짝 펴면서 칼로 격추시킨다. 짧은 한순간, 발의 속도를 늦췄지만, 그래봤자 언 발에 오줌 누기. 덴묘는 저녁의 어둠을 찢어발기는 것처럼 돌진해 온다.

"지금이다, 가!"

목소리에 떠밀리는 것처럼, 후타바는 몸을 돌려 팅겨 나가듯이 앞으로 뛰어나갔다.

가무이코차가 화살통에서 꺼낸 화살은 세 개. 그중 하나를 겨누어 쏜다. 발사된 화살은 후타바의 키를 넘어가, 다시 덴묘의 좌측으로 덤벼든다. 이것도 덴묘는 쉽사리 칼로 쳐냈다.

눈처럼 하얀 화살 끝 깃털을 핥아, 가무이코차는 두 개를 쏘았다. 아까보다도 더욱 큰 곡선을 그리며, 비스듬히 위에서부터 쏟아져 내리는 것 같은 형태로 달려든다.

위에서부터 날아든 화살은 극도로 쳐내기 힘들다. 덴묘도 본능으로 그것을 알아차렸는지, 살짝 감탄을 내비치며, 이번에는 비스듬히 우측으로 뛰었다.

"후타바, 멈추지 마."

가무이코차는 저녁의 고요함을 향해 중얼거렸다. 두 발째의 화살이 비상한 와중에, 이미 세 번째 화살이 날아간다. 이러면 되냐고 할머니에게 묻는 것처럼. 하늘을 향하여 –.

달리는 속도를 참작하여, 화살 두 개를 오른쪽으로 피할 것도 이미 계산에 넣었다. 세 개의 화살은 마치 대답처럼 덴묘의 정수리로 쏟아진다.

"우옷 –."

덴묘가 깨달았을 때, 화살촉은 머리 위 가마까지 1척의 거리. 얼빠진 목소리를 내며 몸을 뒤튼다. 간신히 그것조차도 피했으나, 두 다리가 완전히 뒤로 빠졌기 때문에, 덴묘는 앞으로 고꾸라지는 것처럼 비스듬히 휘청거렸다.

후타바가 지나간 것은 바로 그때였다. 왼쪽으로, 왼쪽으로, 가무이코차는 그에 맞춰서 세 개의 화살로 몰아붙인 것이다. 덴묘는 앗, 하고 후타바 쪽을 돌아봤지만, 그 옆얼굴을 향해 다시금 화살이 날아들었다. 덴묘는 마치 땅을 엿보는 것처럼 고개를 숙였고, 화살은 정수리 뒤를 넘어 날아가 버렸다.

"나한테 덤벼라."

가무이코차의 유도에, 덴묘는 발을 멈추고 크게 고개를 틀었다. 역시 후타바가 마음에 걸리는 모양으로, 힐끔힐끔 그 뒷모습을 보고 있다.

"당신 정도 되는 사람이… 왜 저걸 구해주는 거야?"

덴묘는 후타바를 물건처럼 불렀다.

가무이코차는 아무 대답도 하지 않고 자세를 잡았다. 화살통 안에서 화살이 움직여 메마른 소리를 냈다. 덴묘는 먼 곳을 보는 것처럼 눈 위에 손을 대고 말을 이었다.

"등 뒤에서 아무것도 안 나오는데."

"등이라고…?"

"응. 강한 사람은 모두 등에서 아지랑이 같은 것이 나오잖아?"

거짓말을 하는 것으로 보이지는 않는다. 왜인들이 무녀라고 부르는 존재, 투스쿠르 중에는, 사람에게 보이지 않는 것을 보는 자가 있다고 하는데, 덴묘는 그에 가까운 능력을 갖고 있다는 건가? 덴묘가 말하는 아지랑이는 투기(鬪氣) 종류겠지. 만약 그렇다고 해도, 어차피 그리 대단한 능력은 아니다.

"그 강함을 모르는 걸 보니."

가무이코차는 비웃듯이 말했다. 강함이란 결코 한 가지가 아니다. 그중에서도 가장 존귀한 강함. 후타바는 그것을 분명히 갖고 있기 때문이다.

"흐음…."

덴묘의 반응은 애매했다. 이 남자, 분명 줄곧 혼자서, 오로지 검에 씌운 채 살아온 것 아닐까?

"몰라도 상관없다."

가무이코차는 발꿈치를 비트는 것처럼 해서 뒤로 물러섰다. 후타바를 도망치게 한 지금, 이 남자와 싸울 필요는 없다. 기회를 봐서 몸을 돌려, 그대로 도주할 생각이다. 쫓아온다고 해도, 화살로 발을 묶으면서 따돌릴 자신은 있었다.

“알았어.”

“뭐…?”

가무이코차는 경악했다. 말하자마자 먼저 몸을 돌린 것은 덴묘였기 때문이다. 도대체 뭘 어떻게 이해한 것인지, 덴묘는 후타바를 추격하기 시작한 것이다. 후타바는 이미 콩알만 한 크기로 보인다. 그러나 덴묘의 다리라면 1분도 채 걸리지 않아 따라잡을 수 있다.

결단은 한순간. 가무이코차는 땅을 박찼다. 흙먼지를 휘날리며 앞으로. 덴묘의 뒷모습을 쫓아가서. 다리 힘은 거의 같다. 가무이코차는 달리면서 화살을 한 발, 두 발, 세 발까지 쏘았다.

활시위 소리에 반응한 것인지, 덴묘는 날카로운 각도로 꺾어져 피한다. 피할 것쯤은 예상한 바다. 잠시라도 발이 둔해지면 된다. 그때 따라잡는다.

“역시 왔다.”

가무이코차가 옆으로 나란히 섰을 때, 덴묘는 입가를 올리며 히죽 웃었다. 무엇을 생각하는 것인가? 이 남자만큼은 사고회로를 도무지 짐작할 수 없다.

“지켜주고 싶은 뭔가가 있다는 뜻이지? 그럼, 저걸 해치면, 강한 놈들이 마구마구 몰려든다는 뜻이잖아.”

덴묘는 웃었다. 부코쓰 같은 인간 냄새는 전혀 없다. 이 남자의 악은 구역질이 치밀 정도로 투명했다.

“가게 두지 않는다.”

결코 만날 일 없었던 두 사람이 메이지의 대 도쿄, 아타고의 시타다이묘 골목을 나란히 질주한다. 가무이코차는 달리면서 화살을 쐈다.

“큭.”

덴묘는 뿌리치는 것을 포기하고 펄쩍 뛰어 물러났다. 서로의 거리는 5미터 정도. 웬만한 자가 칼을 휘두르는 속도를 1로 잡으면, 아무리 달인이라도 2를 넘는 것은 힘들다. 그에 비해 보통 궁수가 쏘는 화살의 속도는 4. 가무이코차의 경우에는 7에 달한다. 제아무리 덴묘라 할지라도, 이 거리에서 격추시키는 것은 무리다.

가무이코차는 아끼지 않고 다음 화살을 쐈다. 덴묘는 급히 발을 멈추고 피했으나, 분명히 안달이 난 상태였고,

“쫓아갈 수가 없잖아!”

라고 떼를 쓰는 것처럼 외쳤다.

“그러라고 하는 거다.”

“역시 너부터다! 그러고 나서 쫓아간다!”

검 재주는 천부적. 그러나 그 마음은 너무나 유치하다. 방침을 두 번, 세 번 바꿔서, 이번에는 단숨에 거리를 좁혀왔다.

“해봐라.”

가무이코차는 검의 사정거리에 들어가지 않도록 거리를 두면서, 그 목덜미를 향해 화살을 날렸다.

“아아, 짜증 나!”

전혀 거리가 좁혀지지 않자, 덴묘는 울화가 솟구친다. 반면에 가무이코차는 무표정으로 간격을 유지한다. 하늘을 날아가던 새가 보기에는, 두 점이 똑바로 이어져 길 가장자리로 치우쳐가는 것처럼 보일 것이다.

"이제 길은 없어. 도망갈 수 없는데?"

구 다이묘 저택이던 관사의 벽. 덴묘는 막다른 곳으로 몰았다는 사실에 비웃음을 보였다.

"너한테 보이지 않는 것뿐이다."

가무이코차는 담장, 처마, 지붕으로 산토끼가 점프하는 것처럼 뛰어올라갔다. 담장 위에서 화살을 한 발 쏘자 덴묘가 몸을 뒤로 젖힌다. 견제하면서 도발. 덴묘는 그대로 걸려들어, 역시 쫓아온다. 그러는 도중, 처마에 걸친 오른손에 화살을 쏘자, 덴묘는 반사적으로 왼손으로 붙잡았다. 그래서 울분이 극에 달한 모양으로, 지붕으로 올라갔을 때는,

"아아, 진짜 죽인다… 죽여야지."

라고 중얼중얼 저주처럼 되풀이해서 읊조렸다.

"우엔카무이(악신) 놈."

자기도 모르게 입에서 흘러나왔다. 곰이 인육 맛을 알게 되어 타락하는 것처럼, 이 남자도 피에 매료된 것 같다고밖에는 생각할 수 없었다. 그 악의가 다시금 쫓아온다. 두 사람, 이번에는 지붕 위를 달려, 기와가 덜그럭덜그럭 메마른 소리가 울렸다.

멀리 아래쪽에 후타바의 모습이 보였다. 덴묘가 시체들로 채워놓은

   이쿠사가미 전쟁의 신

십자로. 후타바는 고개를 돌려 그것들을 외면하면서 빠져나가, 더욱 그 앞, 사이와이바시 문으로 똑바로 가고 있다.

"가라."

가무이코차는 중얼거림을 북풍에 실었다. 이것으로 된 거라고 생각한다. 메이지라는 격동의 시대. 아이누는 대지를 빼앗기고, 역사를 부정당하고, 멸망의 길을 계속 걸어왔다. 그러나 그저 거주할 수 있는 땅이 있다고 해서, 우리가 살아남았다고 할 수 있을까? 좀 더 소중히 여겨온 것, 결코 잃어서는 안 되는 것이, 우리의 삶에는 있었을 테니까 -.

"너는 여기 있어."

가무이코차는 뒤를 돌아보면서 화살을 쐈다.

"…소용없어."

덴묘는 칼로 쳐내고 허공으로 날아오른다. 가까운 거리에서 나란히 쏘면 몰라도, 앞뒤의 위치가 된 지금은 여유 있게 튕겨낸다.

- 앞으로 세 발.

이제 화살통에는 그것밖에 남지 않았다. 그중 하나, 날개를 혀로 핥아 또 쏜다. 위에서부터 아래로 떨어지는 화살의 길을 그리며, 덴묘의 발등을 향해간다.

"소용없다고 했잖아!"

덴묘는 도약으로 화살을 뛰어넘으며 포효했다. 아슬아슬한 순간까지 유인하지 않으면 맞지 않는다. 가무이코차는 기와지붕 위를 미끄러지듯이 몸을 굴려, 흉포하게 날뛰는 악신을 기다렸다. 가무이코차가 화살통에 손을 뻗은 그때였다.

"방심했어…?"

덴묘가 급속하게 거리를 좁힌다. 내가 아무리 빨라도, 화살을 활에 끼우고, 시위를 당기고, 쏠 때까지, 왜인의 시간으로 말하면 2초 정도 걸린다. 덴묘는 싸움 한가운데에서 간파한 것이다. 유일하게 그 시간 동안만큼은 반격할 수 없다는 것을. 그리고 그것을 노려 단숨에 가속한 것이다.

"그건 너지."

이 남자와의 싸움에서는, 이런 순간이 올 것 같은 느낌이 들었었다. 굳이 '2초'나 계속 시간을 들인 보람이 있었다. 한계는 그보다 훨씬 짧다. 1초조차 걸리지 않고 바람처럼 겨눈 것이다. 미간까지의 거리, 불과 1척 5분. 휘익, 화살을 쐈다.

덴묘의 머리가 뒤로 튕겨 나간다. 몇 가닥, 머리카락이 바람에 날린다. 맞았다. 가무이코차조차도 그렇게 착각할 정도.

그러나 맞지 않았다. 자기 의지로 하늘을 우러러보며, 그야말로 종이 한 장 차이로 피한 것이다.

"아직이다."

끝나지 않았다. 시위를 울린 직후, 몸을 굽히면서 오른손은 허리춤으로 재빨리 움직였다. 메이지 정부가 법으로 말소한 우리의 전통 석궁, 아맙포로ー,

 　　　　　　　　　　　이쿠사가미 전쟁의 신

붉은색이 번지는 하늘 아래, 둔탁한 소리가 몇 개나 겹친다. 서둘러 귀가하던 까마귀가 우는 가운데, 처음으로 들린 사람 목소리는,

"아아, 짜증 났었어."

라는 덴묘의 안도한 목소리였다.

하늘이 도는 것처럼 떨어져 내려, 가무이코차는 쿵, 침몰했다. 숨기고 있던 고속 화살 끼우기, 아맙포 연사. 두 단계의 전략도 이 흉악의 화신에게는 통하지 않았다. 덴묘는 아맙포를 피하려 하지 않고, 한걸음, 아니, 반걸음 앞으로 내디뎌 칼로 쳐낸 것이었다.

아맙포를 쥔 채로 오른손이 지붕 밑으로 미끄러져 떨어졌다. 발사되는 순간이었다. 아맙포가 약간 기울어진 탓에, 화살은 뺨을 스쳤을 뿐이었다.

몸에서 따뜻한 것이 흘러나와 기와 사이를 타고 흘러 떨어진다. 오른손뿐만이 아니라, 그것을 넘어, 어깨부터 배에 걸쳐 깊이 베였다.

"아, 아직 쫓아갈 수 있을 것 같아."

조금 전까지의 꺼림칙하다는 듯한 중얼거림에서 돌변하여, 덴묘는 다시금 쾌활한 목소리를 냈다. 가무이코차는 신음도 발하지 않고 고개를 치켜들었다. 흐릿해지는 풍경 속, 식물의 씨앗 정도 크기의 후타바가 보인다. 문까지는 무사히 간다고 해도, 다리를 건널 무렵에는 따라잡혀 버린다.

"그럼, 간다."

이제 화살을 쏠 수 없는 나에게는, 죽어가는 나에게는, 흥미가 없다

는 듯이, 덴묘는 싱거울 정도로 집착 없이 지붕에서 내려갔다.

과거 내가 보내준 수많은 짐승들도 이랬을까? 하늘로 끌려가는 감각. 몸에서 뭔가가 떨어져 나가려고 한다. 이제 곧, 나는 하늘로 돌아간다.

"조금만….."

기다려줘. 아주 잠시면 돼. 내가 사명을 다하기 위해서. 앞으로 1분. 아니, 10초만 있으면 돼.

"…못 보낸다."

가무이코차는 일어서서, 잡고, 입에 물고, 달리고, 허공을 날았다. 남은 한 발. 오른손은 먼저 가버렸지만, 입으로 활을 당긴다. 머리를 뒤로 크게 젖혔기 때문에 덴묘의 모습은 눈으로 볼 수 없었다. 그저 마음속으로 포착하고 -.

이빨 사이에서부터, 이번 생 최후의 화살이 여행을 떠났다. 거기에는 놀라 얼어붙은 얼굴이 있었다. 덴묘는 반사적으로 뒤로 뛰어 물러났고, 동체에는 맞지 않았으나, 약간 늦게 움직인 허벅지로 빨려 들어갔다. 비명을 질렀나? 얼굴을 찡그렸나? 이미 그것은 알 수 없다. 가무이코차는 대지로 추락하면서, 언젠가 봤던 조용한 백은의 하늘을 바라보고 있었다.

- 남은 인원, 7명.

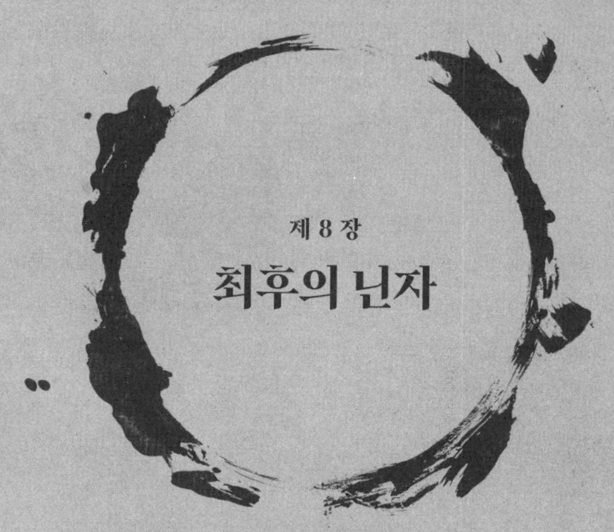

제 8 장
최후의 닌자

*

오토와 가문에 전해져오는 비술. 그 이름은,

－아메노도코타치노가미(天之常立神).

라고 한다.

태초에 천지가 열릴 때 다섯 명의 신이 나타났다고 한다. 아메노미나카누시노가미(天之御中主神), 다카미무스히노가미(高御産巣日神), 가미무스히노가미(神産巣日神), 우마시아시카비히코지노가미(宇摩志阿斯詞備比古遲神), 그리고 마지막으로 나타난 것이 아메노도코타치노가미(天之常立神)다.

그러나 아메노도코타치노가미는 출현한 후 곧 몸을 숨겼고, 이후로는 단 한 번도 모습을 보이지 않았다고 한다.

영겁으로 몸을 숨긴다 －. 닌자로서 살아가는 자에게 있어서는, 그야말로 신앙에 가까운 존재였을 것이다. 오토와가의 선조도 그랬던 모양으로, 그래서 비술에 감히 그 이름을 붙인 것이 아닐까?

이 비술, 이가조는 물론이고, 다른 백인조까지 다들 알고 있다. 알아도 모방할 수 없고, 알아봤자 막을 수 없는 기술이다. 아메노도코타치노가미의 정체는,

－잠자는 힘의 해방.

이다. 사람은 모든 힘을 다 쓰고 있는 것은 아니다. 잠든 것처럼 봉인된 영역이 있다. 그 잠을 일시에 두드려 깨운다.

 이쿠사가미 전쟁의 신

기술을 쓰는 중에는 사지의 힘이 대폭으로 증강될 뿐만 아니라, 오감이 예민해져, 시간의 흐름조차도 둔하게 느껴진다. 다른 닌자 기술과는 차원이 다르다. 말하자면, 궁극의 자기 암시다.

게이오 원년(1865년) 초봄의 일이었다. 교진이 벌렁 드러누운 채 의식을 되찾았을 때, 벚꽃 봉오리가 부풀기 시작했기 때문에 확실하게 기억한다.

"나는…?"

목소리를 발하자, 목구멍이 타는 것처럼 쓰렸다.

"정신이 들었나?"

스승인 오토와 겐파치의 목소리가 들렸다. 그러나 마치 욕실에 있는 것처럼 일그러졌다. 마치 사흘 밤낮을 계속 달린 것처럼 온몸이 아프고, 고개를 옆으로 돌리는 것조차도 힘들었다. 아메노도코타치노가미 수행 도중에 교진은 중간부터 의식을 잃었었다.

"…어디까지?"

"요모쓰히라사카(黃泉平坂)에 접어들려고 했었다."

신화에서 살아 있는 자가 사는 곳은 현세이고 죽은 자가 가는 곳은 타계. 현세와 타계의 경계선에 있다고 하는 언덕의 이름이다.

"어디까지 의식이 있었나?"

"스승님의 상단 발차기를 맞았을 때까지입니다…."

교진이 간신히 고개를 꺾자, 겐파치는 하늘을 올려다보고 있었다.

"다카마가하라(高天原)까지인가?"

이것도 신화에 등장하는, 신들이 산다는 땅의 이름. 겐파치는 아까부터 비유적으로 말하고 있는 것이 아니다. 아메노도코타치노가미는 몇 개의 단계로 나뉘어 있고, 각각에 신화에서 따온 이름이 붙어 있는 것이다. 다카마가하라는 2단계, 요모쓰히라사카는 3단계의 이름이었다.

"재능이 없는 걸까요…?"

교진은 몸을 일으키려고 했으나, 겐파치는 그것을 손으로 제지하면서 말했다.

"너는 열네 살 때 처음으로 입구에 도달했다. 나조차도 열일곱 때였다. 역대, 너만큼 일찍 습득한 자는 없다."

"그럼 -."

"빨라. 그러나 그 탓에 멈추지 못해."

겐파치 왈, 나는 아메노도코타치노가미에 맞지 않는 것이 아니다. 지나치게 잘 맞는 것이라고. 그 결과, 역대의 누구보다도 빨리 습득했으나, 너무 들어가 버려서 통제할 수 없게 된 것이라고 한다.

통상 아메노도코타치노가미는 1단계부터 서서히 위로 올라가, 3단계에서 멈춰야만 한다. 4단계째에 들어가 버리면, 이제 두 번 다시 자아를 되찾을 수 없게 되어버리는 것이다.

"내가 말리지 않으면, 간야라이(神逐)에 들어가 버린다."

스사노오노미코토(須佐乃袁尊. 스사노오. 일본 건국 신화에 나오는 신들 중 하나로 아마테라스 여신의 동생)를 다카마가하라에서 추방한 사건의 이름에 유래한다. 여기에 도달해서 살아남은 자는 한 명도 없다고 전해진다. 목숨이 다할 때까지 싸운다. 그것이 아메노도코타치노가미의 4단계 인 간야라이다.

교진은 자기 의지에 반해 단계가 진행되어 버린다. 멈추려면 외부에서 강렬한 충격을 줘야만 한다. 지금도 겐파치가 때려눕혀서 억지로 되돌려놓은 것이다.

"내가 없을 때는 절대로 사용해서는 안 된다."

겐파치는 엄격한 말투로 명했다. 작년에 수행을 시작한 이후로 귀에 못이 박히도록 들은 말이다. 겐파치가 없으면, 지금의 나는 틀림없이 간야라이까지 가버린다. 어떻게든 통제할 수 있게끔 해야만 했다.

"한 번만 더…"

곧 벚꽃이 핀다. 반드시 봄이 온다. 교진은 꽃봉오리를 바라보면서 이를 악물고 일어섰다.

"오늘은 이만 됐다."

겐파치는 고개를 가로저었으나, 교진은 주먹을 움켜쥐면서 물러서려 하지 않았다.

"부탁입니다. 언젠가 누군가를 지켜야만 할 때… 이길 수 없는 적이라도 맞서야 할 때… 써야만 합니다."

겐파치는 눈을 감고 말없이 생각에 잠겼으나, 이윽고 눈을 천천히 뜨더니 고개를 끄덕였다.

“알겠다.”

“감사합니다.”

“숨을 고르고 대비해라. 스스로에게 묻는 것이다.”

마음을 갈고 닦는 것만이 아니다. 몸도 구사해서 가라앉혀야만 한다. 정해진 손의 움직임. 닌자의 인에 가깝다. 가슴 앞에서 왼손을 접시처럼, 오른손을 뚜껑처럼 겹친다. 이것이 시작의 품새. 아메노도코 타치노가미의 1단계－. 하늘과 땅을 향해, 맞닿은 손바닥을 펴면서, 교진은 조용히 그 이름을 자아냈다.

“…천지개벽(天地開闢).”

교진이 서글픈 듯한 웃음을 띤 채로, 가슴 앞에서 마주 댄 두 손을 위아래로 펼쳤다. 직후, 대기가 갑자기 팽팽해진 것 같은 착각이 들고, 슈지로는 등줄기에 격렬한 오한이 일었다.

겉모습에 변화가 생긴 것은 아니다. 그러나 교진의 뭔가가 확실히 변했다. 슈지로가 칼자루를 고쳐 쥔 직후,

“간다.”

교진은 그 한마디를 발하며 돌진해 왔다. 아니, 목소리가 들렸을 때

　　　　　　　　이쿠사가미 전쟁의 신

는, 교진은 이미 바로 코앞으로 다가와 있던 것이다.

"큭⋯."

교진의 직도가 사각에서부터 온다. 칼날을 끌어당기자, 불꽃이 튄다. 탐랑조차도 아슬아슬. 즉, 총알과 맞먹는 공격이라는 뜻이다.

"탐랑!"

슈지로는 동생에게 말하는 것처럼 질타했다. 교진의 검은 약동을 멈추지 않는다. 조금 전까지도 날카로웠지만, 지금은 차원이 다르다. 빠르다. 너무 빠르다. 마치 총으로 일제사격을 퍼붓는 것 같은 맹공이다.

—안 된다.

이대로는 탐랑의 벽이 부서진다. 슈지로는 일단 거리를 두려고 달려 나갔다. 그러나 이쪽은 무곡을 구사해서 질주하는데도 불구하고, 교진을 조금도 떼어놓을 수가 없었다. 교진의 다리는 아지랑이처럼 윤곽이 흐릿해지고, 땅에 총알이 박힌 것처럼 모래 먼지가 피어올랐다.

"이것은—."

자기도 모르게 지른 목소리조차 끝까지 나오지 않는다. 위타천(韋陀天. 불교에서 천부에 속하는 신으로 본래는 힌두교의 신이다. 남방 증장천의 여덟 신장 중 하나이며, 달리기를 잘한다고 한다)처럼 빠른 발. 마리지천(摩利支天. 불교 삼전신의 하나. 인도의 일반 백성들이 신앙하던 천신으로, 형체를 숨기고 액을 벗어나게 해 준다고 한다) 같은 노도의 공격. 교진은 지금까지 실력을 숨기고 있던 것인가? 아니야, 그렇다고는 생각할 수 없다.

"아메노도코타치노가미… 내 비장의 한 수구면."

숨결조차 닿을 정도의 거리에 얼굴이 있다. 그러나 어째서인지 목소리가 멀게 느껴졌다. 단순히 작은 목소리라는 뜻이 아니다. 탁한 것 같은, 잠긴 것 같은 목소리였다.

"뭔가 있다는 거로군."

슈지로는 어금니를 악물고 신음했다. 교진의 신체 능력이 비약적으로 향상되었다. 교하치류의 비술이 그런 것처럼, 교진의 그것도 인간의 영역을 침범하는 뭔가였다.

맞물렸던 칼은 전부 방어로 돌리고, 단 한 발도 되받아쳐 주지 못한 채. 슈지로는 골목으로 뛰어 들어갔다. 교진의 검이 아무리 빨라도, 이 좁은 길이라면 범위가 제한되기 때문에 방어할 수 있을 터ㅡ.

"무슨…?"

슈지로는 몸을 돌리고 경악했다. 교진의 모습은 땅에 없었다. 그렇다고 해서 쫓아오지 않았다는 뜻도 아니다. 교진은 벽을 박차며 질주하고 있던 것이다. 맞은편 벽을 차고 높이 뛰어오르더니, 머리 위에서부터 벼락같은 일격이 내려온다.

칼을 사이에 집어넣어 막았지만, 왼쪽 옆구리에 뜨거운 것이 퍼졌다. 교진은 외투 안에서 꺼낸 구나이를 거꾸로 들고 내 배를 향해 휘두른 것이었다. 순식간에 몸을 틀었지만, 살이 파헤쳐졌다.

"우오오!"

슈지로는 포효했다. 교진의 너무나 강한 완력에 눌려서 무릎이 꺾어질 것 같다. 그는 두 손이고, 교진은 왼손 하나인데도 불구하고.

교진의 뜨끈한 숨결이 얼굴에 닿는다. 교하치류의 염정처럼 독자적인 호흡법을 쓰는 거라고 생각했지만, 아니었다. 호흡은 일정. 격렬한 움직임을 하면서도 오히려 잠든 것처럼 평온했다.

"칫－."

이미 혀 차는 소리밖에는 따라잡을 수가 없다. 교진은 칼이 맞닿는 동안에도 용서가 없었다. 내 얼굴을 도려내려는 듯이, 오른손의 구나이를 몇 번이나 찌른다. 슈지로는 머리를 용수철처럼 흔들어 피했지만, 북진으로도 쫓는 것이 고작인 빠른 속도다. 교진은 장맛비처럼 찌르기를 쏟아내는 가운데,

"다카마가하라…."

라고 목소리를 흘렸다. 아까보다도 훨씬 멀다. 나비 날갯짓 정도 크기의 소리다.

"교진!"

슈지로는 불렀다. 교진의 공허한 눈을 보고 알아차렸다. 이 기술, 무아의 경지라고나 할까. 자기 자신에 대한 현혹 같은 것이라고. 이런 류의 기술은 하나같이 외부의 강한 충격으로 깨어나는 게 정석이다.

"…무곡."

슈지로는 중얼거리면서 두 다리로 점프하여, 그대로 교진의 배에 발차기를 날렸다. 싸움이 재개한 후, 처음으로 이쪽의 공격이 먹혔다.

그러나 얕다. 두 발이 닿은 순간, 교진은 스스로 뒤로 뛰었다. 어쨌든, 거리가 생김으로써, 슈지로는 착지하자마자 몸을 돌려 도주했다.

정면으로 붙어도 이길 수 없다는 것을 깨달았다. 타개책을 찾아낼 때까지 시간을 벌어야만 한다. 슈지로도 또한 벽을 박차고 뛰어, 지붕 테두리를 붙잡더니 단숨에 몸을 끌어올렸다.

“괴물인가?”

슈지로는 금방 지붕 위를 달려 나간다. 교진은 벽조차도 사용하지 않고, 지붕 테두리에 손이 닿을 정도의 높이로 도약한 것이다.

슈지로는 확신했다. 교진은 시간이 지날수록 더 빨라지고 있다. 인외의 존재에 가까워지고 있다. 교진의 눈은 공허함을 넘어, 죽은 사람처럼 동공이 열려 있었다. 더욱이 침을 흘리면서 점프했던 것이다.

거기에서 한 가지 의문이 스쳤다. 이 기술은 과연,

－교진은 자기 의지로 풀 수 있는 건가?

라는 것이었다.

어째서 교진은 지금까지 이 기술을 한 번도 쓰지 않았을까? 비장의 한 수로 숨겨둔 것인가? 후지산 기슭에서 혼자일 때는 썼을까? 아니, 하마마쓰 우체국에서 그랬던 것처럼, 여행 중에도 절체절명의 위기는 있었다. 기술의 편린만이라도 보였을 법도 하건만.

그보다도 훨씬 큰 단서가 있다. 아까, 그 기술을 꺼내기 직전에 교진은,

－미리 작별 인사를 해두겠구먼.

　이쿠사가미 전쟁의 신

이라고 말했다. 이것이 의미하는 것. 교진은 이 기술을 통제할 수 없다. 일단 꺼내면, 자기 힘으로는 두 번 다시 돌아갈 수 없게 되는 것이다.

"그런 거였군."

슈지로는 지붕 위를 달리면서 돌아봤다. 교진은 육박하려고 했다. 다리 힘이 이상할 정도로 세진 탓인지, 밟힌 기와가 메마른 소리를 내며 갈라진다. 발밑이 불안정한 탓에 이미 다리 힘으로는 내가 지고 있는데도, 아직 따라잡히지 않았다.

"요모쓰… 히라… 사카…."

교진이 뭔가를 중얼거린다. 이미 다른 사람의 목소리. 다른 것은 음색뿐만이 아니었다. 얼굴은 붉게 울혈되었고, 그 눈은 심하게 핏발이 서 있다. 입술은 창포처럼 보라색으로 변하고, 그 틈새에서 침이 흘러나온다. 이 기술의 종착지는 죽음이라고 확신했다.

그렇게까지 해서 지켜야만 할 인질. 교진을 거기까지 몰아붙인 자에 대한 격렬한 분노를 느낌과 동시에, 내가 돌아오게 해줘야만 한다는 각오가 다져졌다.

"오너라!"

슈지로는 몸을 돌리는 것과 동시에 허리춤의 협차도 빼서 휘둘렀다. 교진은 거기에 악귀나찰의 형상으로 덤벼든다. 북진은 버린다. 탐랑, 무곡이여, 벗을 위해 현재를 뛰어넘어라—.

하늘을 찢는 폭풍. 교진의 강습을 표현하려면 그것으로도 부족하다. 직도와 구나이가 쉴 새 없이 쏟아진다. 기와 위를 미끄러지는 것처럼 계속 발을 움직이며, 슈지로도 두 손으로 백은의 막을 펼친다. 저물어가는 도쿄의 하늘 밑, 네 자루의 칼이 용울음처럼 미쳐 날뛴다.

"어이, 저기!"

박물관 직원인가? 아니면, 근처 성청의 관리인가? 양복을 입은 몇 명이 지붕 밑에서 이쪽을 가리켰다. 여기에 경찰, 혹은 군인이 오면 감당하기 힘들다. 그러나 양복들을 밀어내는 자가 있었다. 남색 스탠드 칼라, 챙이 달린 둥근 모자, 경관 제복이다. 어째서, 우리를 봤으면서도 붙잡으려고 하지 않고 먼발치에서 보기만 하는 건가? 답은 한 가지, 저것은 아무것도 모르는 보통 경관이 아니라, 고독에 관여한 자들이라는 것이다.

"우우….'

교진은 이미 말조차도 하지 못하고 짐승처럼 낮게 신음할 뿐. 더욱이 칼날이 가속해 간다. 그러나 슈지로는 그것을 쳐내고, 튕겨내고, 흘려내면서 포효했다.

"너는 더 강하잖아!"

지금의 교진은 확실히 무서울 정도로 강하다. 그러나 두 손의 무기로 베기와 찌르기, 때로는 발차기 등 체술의 단조로운 공격.

내가 아는 교진과는 다르다. 적의 일격을 교묘하게 간파하고, 조금이라도 떨어지면 센켄을 날리고, 비책을 슬쩍 내보이면서 상대를 손바닥 위에 올려놓고 주무른다. 변칙 공격이 한 가지, 아니, 두세 가지

　　　　　　　　　　　　　　이쿠사가미 전쟁의 신

쯤은 있는, 보통내기가 아니었다.

"일어나!"

칼자루로 턱을 밑에서부터 쳐올렸다. 처음으로 일격이 들어갔다. 탐랑이 그런 것처럼, 지금의 교진이 칼날을 우선시해서 쫓고 있다는 것을 깨달은 것이다.

"카, 카, 카…."

한순간은 몸을 뒤로 젖혔으나, 교진은 뒤틀듯이 하여 되돌아온다. 언어가 되지 않는 소리를 발하면서. 더 두드려 패야만 눈을 뜰 것인가? 슈지로의 몸에도 무수한 작은 상처가 생긴다. 직도로 베인 뺨에서는 피가 흐르고, 구나이가 스친 허벅지의 살갗은 찢어졌다. 슈지로는 그래도 앞으로 내디뎠다. 무릎을 배에 붙이고, 팔꿈치를 가슴에, 이마를 이마에 밀어붙이고,

"쓰게 교진!!"

이라고 혼자서 계속 불렀다.

아니, 아니다. 혼자가 아니었다. 이 긴 여행의 처음부터 지금에 이르기까지, 줄곧 함께였던 사람의 목소리가 울려 퍼졌다.

"교진 씨!"

지붕 밑의 큰길가, 얼굴을 찡그리면서 열심히 외치고 있다. 후타바였다.

"후타바! 도망쳐!"

슈지로는 대답했다. 후타바 뒤에 경관과, 상황을 지켜보던 자들도

일제히 달려오는 것이 보였기 때문이다.

"히나 씨는 괜찮아! 이제 싸우지 않아도 돼!"

후타바는 도망치려고 하지 않는다. 경관에게 어깨를 붙잡혀도, 끌려가면서도, 더욱 필사적으로 호소했다.

"부탁이야! 교진 씨!"

교진의 움직임이 딱 멈췄다. 처음에는 머리가 달달 떨리고, 그것은 순식간에 온몸으로 퍼져갔다. 들리지 않았을 리가 없다. 후타바의 목소리는 전해졌다. 그때 생겨난 이 빈틈, 슈지로는 돌아오기를 빌면서 교진의 뺨을 주먹으로 후려쳤다.

처음에는 타산이었다.

이 고독, 혼자서 헤쳐 나가는 것은 매우 어렵고, 누군가와 동맹을 맺는 수밖에 없다고 생각한 것이다. 그렇기는 해도 참가자들은, 앞에서는 따르는 척하다가 돌아서면 배신하는, 신용할 수 없는 자들뿐. 배신할 수 없는 상황에 있는 자를 계속 찾아 헤매다가 마침 두 사람을 점찍은 것에 불과했다. 그러나 함께 지내는 가운데 생각이 바뀌었다. 이 녀석들은 배신할 수 없는 것이 아니라, 그저 배신하지 않는 것이라고.

도쿄에서도 함께 싸울 생각이었다. 당연하다. 거짓이 아니었다. 그러나 히나가 인질로 잡혔다는 것을 알았다. 구출하러 가는 것도, 동료에게 기대는 것도 할 수 없었다. 제2막이 시작되기 직전, 눈가리개를 하고 마차 안에 있었던 때의 일이었기 때문에.

나는 무엇을 위해 살아온 것인가? 가장 지키고 싶은 사람은 − . 자신에게 묻고, 교진은 각오한 것이다. 아니, 절대 배신하지 않는 자를, 배신한 것은 나였다.

사가 슈지로는 강했다. 그것은 여행 도중에 깨달은 일이다. 본인은 알아차리지 못하는 듯한 기색이었으나, 과거 막말의 교토에서 염탐하던 무렵, 고쿠슈라 불리던 때보다도 강했다. 그것은 비술이 늘어났기 때문은 아닐 것이다. 지켜야 할 자가 생겼을 때 사람은 한없이 강해지는 모양이다.

내가 이기기 위해서는 아메노도코타치노가미밖에 없다. 신의 힘을 빌려 인간의 한계를 초월한다고 전해지는 기술. 오토와가에 전해 내려오는 비술로, 이가조뿐만 아니라, 백인조 전체에서 가장 경외시되는 기술이다. 그러나 약점이 없는 것은 아니다. 아메노도코타치노가미의 최종단계인 간야라이를 끌어냈을 때, 술자의 목숨은 반드시 다 타버리는 것이다. 따라서, 역대의 술자들은 그보다 한 단계 전인 요모쓰히라사카까지밖에 쓰지 않도록 해왔다. 즉, 통제가 핵심이다.

그러나 내 아메노도코타치노가미는 어중간한 모조품. 일단 기술을 발동해버리면 자기 의지로는 통제할 수 없고, 어디까지고 깊이깊이

가라앉아버린다. 2단계째인 다카마가하라에서 의식은 몽롱해지고, 3단계인 요모쓰히라사카에서 완전히 자아를 잃는다. 그리고 최후에는 간야라이에까지 들어가 죽음에 이르는 것이다. 그 전에 누군가가 멈추게 해줘야 한다.

그 때문에 아메노도코타치노가미는 스승 앞 이외에는 수행이 엄격하게 금지되었다. 그 후, 스승이 막부의 명령으로 길을 떠날 때,

-아메노도코타치노가미는 금기술로 정한다.

라고 말한 것이었다.

그리고 스승은 두 번 다시 돌아오는 일은 없었다. 어떤 적이든, 쉽사리 패할 스승이 아니다. 분명 스승도 아메노도코타치노가미를 쓴 것이다. 자기 역할을 완수하기 위해, 소중한 뭔가를 지키기 위해, 간야라이까지 도달한 것이라고.

스승은 말했었다. 어차피 다음 세상에 닌자가 있을 자리는 없다고.

교진은 말했다. 그럼, 무엇을 위해 수많은 닌자 기술을 익힌 것이냐고.

-윗전을 위해서가 아니어도 좋다. 네가 진정으로 지키고 싶다고 생각하는 것을 위해 사용한다면. 이것이 스승으로서 최후의 가르침이다.

스승은 처음 만났을 때와 똑같은, 투명한 웃음을 보였었다.

지금, 그때가 온 것이다. 교진은 그렇게 결심하고, 13년 만에, 생애 최후의 아메노도코타치노가미를 발동했다.

술법 도중부터 의식은 혼탁해지고, 이윽고 말을 할 수조차 없게 되었다. 그러나 들리기는 했던 것이다. 몇 번이나, 몇 번이나, 계속 부르는 슈지로의 목소리가.

괴물은 너잖아. 아아, 그려. 깨어날 수가 없구면. 시끄러워. 교진은 마음속으로는 전부 대답했었다. 계속 울고 있었다.

그때였다. 또 한 사람의 목소리가 들린 것은.

게다가 히나를 —. 이 무슨 무모한 짓을. 너는 다친 데 없나? 고맙구면. 참말로 고마워. 교진이 숨이 막힐 정도로 울며 감사의 말을 반복했을 때, 다시 목소리가 들렸다. 그 순간, 캄캄했던 세상에 빛이 스며들어왔다.

"아프다니께…."

돌아와서 첫마디로 튀어나온 것은 그것이었다.

"…돌아온 건가?"

거기에 있던 것은, 슈지로의 망연자실한 얼굴이었다.

"바보. 니가 때리기 전에 돌아왔었구면. 그런데도 힘껏 팼당게."

교진은 통증이 되돌아온 뺨을 문지르면서 중얼거렸다.

"그걸 내가 어떻게 알아?"

슈지로는 구시렁구시렁 대답했다. 그러나 그것으로 되돌아왔다는 것을 새삼 실감했다. 모두의 곁으로, 함께 걸어온 여정 속으로, 비록 얼마 남지 않았다고 해도.

"미안혔다."

교진은 그 전부를 담아 사과했다.

"사과라면…."

"그려, 후타바한테 해야지."

내가 돌아왔다는 것을 알아차린 것이다. 저 아래쪽에서 후타바는 폭포처럼 눈물을 흘리면서 손을 흔들고 있다. 목편에게, 아니, 전 경보국 무리에게 끌려가면서도, 제압당하면서도, 힘껏 손을 흔들고 있었다.

"가자."

"당연하구먼."

두 사람, 움직이기 시작한다. 이번에는 서로 맞서는 것이 아니다. 줄곧 그랬던 것처럼 나란히. 지붕 끝자락까지 갔을 때, 교진은 농담을 날렸다.

"니도 사과혀. 내를 되돌리지 못했습니다 – 라고."

"뚫린 입이라고… 네가 묘한 기술을 쓰니까 그렇지."

"이제 안 쓴다."

골목 벽을 이용해 내려가려고 하는 슈지로와 달리, 교진은 말을 마치자마자 그대로 지붕에서 뛰어내렸다. 공중에서 두 번 몸을 돌려 땅에 착지하자, 격렬한 모래 먼지가 피어올랐다.

석양을 받아 황금빛으로 물드는 모래 먼지. 그것이 흐려졌을 때는 교진의 모습은 없었다. 착지와 동시에 폭발하듯이 달려 나갔다.

지켜야 할 사람 곁으로. 후타바 곁으로 - . 주위에는 전 경보국, 아니, 닌자를 은퇴한 무리. 두 명이 질질 끌고 가고, 두 명은 내 돌진을 막으려고 했다.

"쓰게 교진, 배반!"

"처음부터 이쪽이었구먼."

구나이를 입에 물고, 외투에 손을 집어넣어, 두 개의 센켄을 동시에 날렸다. 달리면서 한순간에. 막아선 두 사람이 절규하며 쓰러지는 것보다도 빨리, 교진은 질풍처럼 덤벼들었다.

"놓으랑께, 얼간이."

구나이는 다시 왼손으로. 오른손에는 직도. 열풍처럼 굉음을 내며 선회한다. 순간적으로 베였다는 것조차 깨닫지 못한 건가? 두 사람 다 자기 목에서 솟아오르는 피바람에 눈을 크게 뜨더니, 둔탁한 소리를 내면서 바닥으로 털썩 추락했다.

그때, 피를 뒤집어쓰지 않도록 등으로 막고, 아무에게도 상처입히지 않게 하려고 왼팔로 끌어안고, 교진은 살며시 마음의 크기를 전했다.

"고맙구먼."

"교진 씨…."

눈에 고여 있던 막이 툭 떨어져 흘러내리고, 후타바는 떨리는 목소리를 쥐어짜 내 불렀다.

“니를 만나서 다행이여.”

교진은 살며시 후타바를 땅에 세워줬다. 만나지 못했다면, 내 여로는 전혀 다른 것이 되었을 테지.

골목에서, 담장 위에서, 기둥 그늘에서, 놈들이 계속해서 모습을 드러냈다. 그 수, 어림잡아 30. 우리 쪽으로 사방팔방에서부터 다가온다.

“떨어지지 마.”

최초는 동쪽에서부터. 직도로 목을 베어버리고, 동시에 서쪽 남자의 턱을 발로 차서 분쇄. 북쪽에서부터 덤벼든 자에게는, 눈, 목구멍, 배를 순식간에 파헤친다. 더욱이 직도를 든 채로 센켄을 등 뒤로 던져 남쪽 남자의 절규를 만들어냈다.

“이, 이건 –.”

적들에게 경악이 휘몰아쳤을 때, 교진은 다시금 구나이를 입으로 옮기더니, 후타바의 손을 잡아끌고 달려 나갔다. 가로막는 자를 한 명, 두 명, 세 명, 직도를 선회시켜 길을 만들자, 네 명째는 손대지 않아도 앞으로 쓰러졌다. 교진은 구나이를 손바닥에 툭 떨어뜨리고는,

“늦구면.”

이라며 비아냥거렸다.

“혼자 뛰어나가지 마.”

슈지로도 또한 불평으로 대답한다. 거기에 애절한 후타바의 목소리가 겹쳤다.

     이쿠사가미 전쟁의 신

“슈지로 씨!”

“미안하다. 늦었다.”

“이 녀석은… 후타바한테는 순순히 사과하면서.”

교진은 정수리를 긁으면서 구나이를 날려, 그 틈에 덤벼들려던 적을 잠재웠다. 섣불리 덤벼봤자 소용없다는 것을 깨달은 건지. 한때 경보국이었던 사람들은 먼발치에서 상황을 지켜보고 있다. 모두 하나같이 숨을 들이켜면서.

“슈지로, 부탁하겠구먼.”

교진은 후타바의 등을 부드럽게 밀었다. 슈지로는 그 작은 어깨를 받아주고는, 똑바로 교진을 쳐다보면서 중얼거렸다.

“너… 설마….”

슈지로는 모든 것을 알아차린 모양이다. 후타바에게는 가혹한 일이고, 예전이었다면 숨겼을 것이다. 그러나 지금이라면 분명 극복할 수 있다. 교진은 그렇게 믿고 직접 입을 열어 전했다.

“내는 이제 곧 죽는구먼. 그런 기술을 썼으니께.”

아메노도코타치노가미는 아직도 사라지지 않았다. 여전히 폭주 상태로 통제도 할 수 없다. 그저 두 사람 덕분에 의식이 되돌아온 것뿐이다. 요모쓰히라사카 단계는 이미 지나갔고, 조금 전에 간야라이에 들어섰다. 몸은 당장이라도 갈가리 찢어질 듯한 격통이 일었고, 심장은 무서울 정도로 맥박쳤으며, 앞으로 몇 분만 지나면 조용히 멈출 것이다.

"뭔가 방법이 – ."

"없구먼."

후타바의 말을 끊고, 교진은 분명하게 단언했다. 후타바는 입술을 꼭 다물고 애써 눈물을 참으려고 했으나, 역시 한줄기 눈물이 뺨을 타고 흘러내렸다. 교진은 후타바의 머리를 헝클어지도록 마구 쓰다듬더니, 부드럽게 미소 지었다.

"니들이라서 참말로 다행이었다. 내 여행은 여기까지구먼."

슈지로는 아무 말도 하지 않고 고개를 끄덕였다. 아무것도 말하지 않아도 맡길 수 있다. 내가 유일하게 벗이라 부를 수 있는 남자니까. 교진은 휘청거리던 몸을 잠시 쉬게 하고는,

"뒷일은 맡기겠구먼."

그 말만 남기고 달려 나갔다. 그와 동시에 슈지로도 후타바의 손을 끌고 달리기 시작했다. 생각해 보면, 처음 덴류지에서 두 사람을 봤을 때도 저랬다. 어째서, 자기 목숨도 위험한 아수라장에서 여자애의 손을 잡아끌고 가는 걸까? 애초에 어째서 저런 여자애가 이런 곳에 있는 것인가? 둘 다 너무 어리석다고 생각했다.

하지만 지금은 다르다. 사가 슈지로는 그래서 강한 것이다. 가쓰키 후타바는 많은 사람들을 계속 변화시키고, 고독을 붕괴시킬 정도의 힘을 지닌 것이라고. 나 또한 후타바로 인해 변한 것이라고.

"역시 사라진 게 아니야!"

"아메노도코타치노가미다ㅡ."

옛 동창들이 외쳤다. 그것이 그자들의 최후의 말이 되었다. 직도의 선회에 잡아먹혀 절명한다. 외투 안쪽에서 센켄을 다발로 꺼내어 흩뿌리자, 요란한 비명이 소용돌이쳤다.

"일제히 덤벼라!"

지붕 위에서 지시하는 자. 고독의 포문을 연 남자, 엔주. 아니, 전 고우카조 요리키였던 다라오 지카게였다.

"항상 좋은 자리에 있구먼."

교진은 날카롭게 노려보고는, 또 한 명의 배에 구나이를 쑤셔 박았다. 덴류지에서는 나카무라 한지로를 포함한 많은 달인들의 경호를 받았고, 후지산 기슭에서도 지붕 위에서 지시를 내렸다. 언제나 안전권에 있다는 것이 마치 이 남자의 일생을 표현하는 것 같았다.

어떻게 그것을 아느냐고? 마차 안에서 본인 입으로 말했었다. 히나를 납치했다는 사실을 전한 것도 지카게였다.

막부 붕괴 전부터 사쓰마번과 내통하다가 그대로 경보국으로 넘어갔다. 경시국과 통합된 후에도, 전 경보국을 총괄하며 대경시 가와지 도시요시에게 붙었다. 현재는 구 막신이면서 17등 중에 위에서부터 다섯 번째인 권중경시라는, 실질적인 고위 관리 자리에 앉아 있다.

그렇다, 지카게는 의기양양했다. 시대의 파도를 잘 타고 올라선 것이다. 본래 닌자란 그런 것이라며.

ㅡ닌자란 무엇인가?

교진은 그렇게는 생각하지 않는다. 시대를 잘 타고 올라간 자가 막신이 되었고, 그것이 지금까지 이어져 온 것뿐이다. 그 그늘에서, 다른 삶의 방식을 선택하고, 보이지 않는 곳에서 침몰해간 수많은 닌자가 있을 터.

본래의 닌자의 삶. 줄곧 그것을 나타내는 적당한 말이 없었지만, 메이지라는 시대가 되어 퍼진 단어 중에서 마침 알맞은 것이 있다.

"본래 닌자는 자유구먼."

마차 안에서 하지 못했던 말을 내뱉고, 지붕에서 이를 갈고 있는 지카게를 향해, 교진은 한일자로 똑바로 돌진했다.

"막아라!"

그가 노리는 것을 알아차리고, 지카게는 부하들에게 명령한다. 부상자도 포함해서 남은 것은 스무 명. 낯익은 얼굴, 모르는 얼굴, 메이지라는 시대를 잘 헤엄쳐온 무리가, 물에 빠져 죽어가면서도 열심히 발버둥을 치던 한 사람을 향한다.

─가라, 슈지로.

적이 나에게 집중함으로써, 슈지로는 앞을 막아서던 나머지 한 명을 베고 길을 열어간다. 다른 한쪽 손은 절대로 놓지 않는다. 포위망을 빠져나갔을 때, 후타바는 뒤를 돌아봤다.

─가라, 후타바.

분명 잘될 거야. 분명 재미있어질 거야. 너에게 있어서 이 메이지라는 시대는 희망이 넘칠 거다. 그러니까, 가라─.

　　　　　　　　　　　　　이쿠사가미 전쟁의 신

“막아라, 막아라, 막아라!”

줄곧 노(能) 가면 같았던 지카게의 얼굴에 초조함이 스며 나오고, 침을 날리며 그저 연속으로 부르짖는다. 지붕에 올라가 지카게를 지키려는 자가 몇 명. 그중에서 단 한 명,

“맡겨주십시오.”

라며, 앞을 막아선 것은 하코. 지카게의 동생이며 고우카조 최강이라 불리던 다라오 조지. 후지산 산기슭에서 결판을 내지 못했던 것이 원통했던 모양으로, 엄청난 기백을 흘리며 자세를 잡고 있다.

“쓰게 교진, 누가 최강 닌자인지 — .”

“나구먼.”

간야라이의 섬광.

다라오 조지가 피의 폭풍에 휩싸인다. 이제, 상관없다고는 말하지 않았다. 나여야만 한다. 최강 닌자는, 최후의 닌자는.

“조지!!”

지카게가 비통한 외침을 지르는 가운데, 교진은 담장에 올라가, 문 상부의 인방돌(창문 위에 가로 건너 댄 돌)을 박차고 지붕으로 뛰어오른다. 기와지붕에 발이 닿기도 전에 또 한 명, 미늘 갑옷째로 허공에서 박살 낸다. 직도가 부러졌다. 고동이 격렬하다. 몸이 절규한다. 아메노도코 타치노가미가 끝나려고 한다.

“엔주!!”

소바 15그릇분. 구나이 한 개를 가로막는 적의 입에 넣어주고, 교진

은 지붕 위를 똑바로 돌진한다.

"어이, 어이, 어이… 어이!"

지카게의 낭패감은 극에 달했다. 그러나 자신은 허리에 찬 칼도 뽑지 못하고, 부하에게 방어하게 하려고 한다. 아니, 이제 잊어버리고 만 것이겠지.

어깨, 등, 가슴, 몇 군데나 칼을 맞으면서도 교진은 외투에 손을 넣었다. 제2막을 향해 준비해 온 무기도 남은 것은 이것뿐. 고풍스럽게 말하면, 호로쿠다마(焙烙玉. 구슬 같은 용기에 화약을 채운 원시적 수류탄). 세이난 전쟁에서도 사용되었던 작열탄. 닌자는 지금, 사라진다. 이것이 최후의 닌자 도구가 된다.

"자, 잠깐! 나를 죽이면 간에이지는―."

"유희는 끝났구먼."

칼날의 비를 빠져나가 지카게의 멱살을 잡더니, 교진은 작열탄을 자기 이마에 붙였다.

눈앞에 눈부신 빛이 퍼지고, 곧바로 아무것도 보이지 않게 되었다.

그러나 교진에게는 보였다. 메이지라는 시대, 만약 함께 살아갈 수 있었다면. 평온한 춘하추동. 해넘이 소바(도시코시 소바. 일본에서는 해의 마지막 날인 12월 31일에 액운을 막고 장수를 기원하는 의미로 소바를 먹는 풍습이 있다)를 먹으면서 가미가타 사투리로 이야기하며 웃는 두 사람이.

―남은 인원, 6명.

제 9 장
숙명의 검

1

마침, 야마시타바시(山下橋)를 다 건넜을 때였다. 낙뢰 같은 굉음이 울려 퍼져, 슈지로와 후타바는 동시에 뒤를 돌아봤다. 그들뿐만이 아니다. 길가에 있던 모든 자들의 시선이 소리가 난 쪽으로 몰렸다. 지금 막, 떠났다는 것을 알았다.

"슈지로 씨… 가자."

그가 하려고 했던 말을, 그보다도 먼저, 후타바가 씩씩하게 말했다. 이제 덴류지에서 처음 만났을 때의 모습은 없다. 여행하는 동안에도 변했지만, 단 하루밖에 떨어져 있지 않았는데도, 그사이에 후타바는 몰라볼 정도로 어른스러워졌다.

"그래."

슈지로는 대답하고 걷기 시작했다. 이미 주위는 어둑어둑했고, 사람들의 발길도 극적으로 줄었다. 그러나 이 앞은 긴자를 비롯한 도쿄 제일의 번화가다. 신시대의 이기인 가스등, 구시대의 흔적인 제등, 그 양쪽이 뒤섞여 밤을 채색한다. 빛에 꼬이는 것은 나방뿐만이 아니고 사람도 마찬가지인 모양이다. 밤새도록 상당한 사람들로 떠들썩한 지역이다.

"슈지로 씨, 할 말이 있습니다."

후타바는 격식을 차린 말투로 말을 꺼냈다.

이 한나절 동안 후타바는 오로지 혼자서 도망 다닌 걸까? 나보다 훨씬 빨리 발견할 수 있었을 자가 있다. 후타바에게도 의지하라고 전했지만, 만났을 때는 혼자였던 것을 보고 줄곧 가슴속이 술렁거렸었다.

"이로하로군."

슈지로는 자기 쪽에서 먼저, 하나뿐인 여동생 이름을 입에 올렸다.

"네. 이로하 씨는….."

후타바는 떨어져 있던 동안의 일을 전부 이야기했다. 때때로 목이 메기는 했지만, 눈물을 흘리지 않고 담담히 전해주었다.

"반씩…. 만주 때…. 그런 일도 있었지."

장소가 바뀌어도, 시대가 변해도, 남색 하늘에는 북두칠성과 북극성이 떠 있다. 지금 문곡의 별이 환하게 반짝 빛난 것 같았다.

"시쿠라에게는 이미 전해준 거지?"

"응. 슈지로 씨한테도."

후타바는 부드럽게 비술을 전달했다. 산에 있던 무렵의 후타바와 비슷한 나이대라서일까? 왠지 반가운 느낌이 드는 목소리로.

"이쪽인가?"

슈지로는 감고 있던 눈을 떴다. 이로하가 갖고 있던 두 개의 비술 중, 어느 쪽을 시쿠라에게 넘겼는지는 듣지 않았었다. 지금, 나머지를 건네받아 판명되었다.

"…잠깐만. 둘 다는 무리일까?"

후타바가 생각난 것처럼 물었다. 교하치류는 주문 같은 말로 비술을 전달한다. 들은 쪽이 그것으로 비술을 이어받을 수 있다는 것은, 사실은 이미 습득하고 있었는데, 암시 같은 것으로 자물쇠가 채워져 있던 것이 아닐까? 라고 추측된다.

한편으로, 전달한 쪽, 즉 보낸 쪽은 얼마 후면 비술을 잃어버린다. 전달하는 말조차도 잊어버린다. 이것은 잇칸에게서 북진을 넘겨받았을 때 검증이 끝났다. 이것도 또한 암시 같은 것이겠지.

그러나 이번 경우는, 이로하는 분명 지금까지 아무도 한 적 없는 전달 방식, 즉, 교하치류 관계자가 아닌 인물에게 전달을 부탁하는 방식을 취했다. 후타바는 시쿠라에게 전했던 말도 기억하고 있으니, 이것을 슈지로에게 다시 전달할 수도 있지 않을까? 라고. 후타바는 그렇게 말하는 것이다.

"아니, 그러지 않는 게 좋겠어."

슈지로는 고개를 가로저었다. 우리보다 3세대 전의 계승자 후보 이야기다. 계승전 직전에 스승에게서 들었다. 말을 잊어버리는 거라면, 동시에 전달하면 되는 것 아니냐고, 계승의 편법을 생각해 낸 모양이다. 한 명이 나머지 일곱 명에게 동시에 일제히 전달한 것이다. 그 결과, 7명 중 한 사람만 계승했고, 전달한 자는 갑자기 몸부림치다가 죽음을 맞이했다고 한다.

"그런 일이…."

"본인이 어떻게 인식하고 있는가, 그것이 문제인 것 같다."

두 명 이상에게 전달하겠다고 의식하고 비술을 전해줄 때, 그 말은 저주처럼 당사자의 목을 졸라 죽이는 것이 아닐까?

후타바는 후보자가 아니라서 어떻게 될지는 모른다. 그러나 같은 일이 벌어질 가능성이 있는 이상, 위험을 무릅쓰고 도박 같은 일을 하게 할 수는 없다. 이로하도 이 일화를 알고 있기 때문에, 두 사람에게 각각 한 가지씩 전하라고 말했을 것이다.

"마음을 이어받는 거니까… 약삭빠른 꾀를 부릴 수 없는 거구나."

교하치류가 무섭다고 말할 줄 알았는데, 후타바는 전혀 반대 의견을 말했다. 아니, 의외는 아니다. 후타바란 사람은 이렇다. 그러기에 모두 후타바에게 힘을 보태주려고 하는 것이다.

가무이코차 일도 들었다. 슈지로가 이로하와 헤어진 후, 줄곧 후타바를 지켜주고, 덴묘 도야의 발을 묶어놓기 위해 남아준 것도. 아무리 가무이코차라고 해도, 그 남자만큼은 상대하기 쉽지 않을 것이다. 그래도 그 혼자였다면 도망칠 수도 있었을 터. 우에노로 가면 언젠가는 만날 수 있겠지.

그리고 동시에, 덴묘와는 마주치지 않도록 주의해야만 한다는 생각이 들었다. 가무이코차가 발을 묶어놓은 곳은, 여기서부터 그리 멀리 떨어진 장소가 아니다. 덴묘가 우에노를 향해 북상하면, 긴자 부근에서 딱 맞닥뜨려도 이상할 것 없다.

"내가 보고 있다. 고개를 숙여도 돼."

슈지로는 오감을 곤두세우고, 후타바의 손을 잡고 걸음을 옮겼다. 더 인적이 드문 수로 길을 따라가지 않고, 오와리초 쪽을 향해 동쪽으로 가서, 커다란 십자로로 나가서 북쪽으로. 교바시(京橋)로 이어지는 가장 큰 길이다.

후타바 혼자일 때와는 달리, 내가 있으면 적을 빨리 알아차릴 수 있다. 한쪽이 수로로 막힌 곳보다는, 사방 어느 쪽으로든 갈 수 있는 편이 도망치기 쉽기 때문이다.

경찰이 다가오면 골목으로 들어가고, 지나간 것을 확인하고 다시 큰길로 나온다. 그 때문에 평소보다도 진행 속도는 느리다. 그렇기는 해도, 아까의 폭발 때문에 그쪽으로 경찰과 군대도 집중된 모양으로, 지금까지보다는 훨씬 마주치는 일이 적었다. 다른 이도 아닌 교진이다. 분명 이렇게 될 것까지 생각해 준 것이겠지.

이쪽을 향해 걸어오는 경관 무리를 발견하고, 유미초 쪽으로 한 칸 서쪽에 있는 길로 피한 직후였다. 슈지로는 뒤를 향해 말했다.

"쓰루바미… 로군."

조금 전부터 미행당하고 있다는 것을 깨달았다.

"네."

"나는 목편을 뺐다. 그것이 고독의 규정을 위반한 것이라면, 이미 실격이라는 말이 된다. 너를 벨 수도 – ."

"슈지로 씨, 아니야."

후타바는 황급히 말리더니, 나와 떨어져 있던 때 일어났던 일을 빠른 말투로 이야기했다. 슈지로는 처음에는 놀랐으나,

"아니… 그런가."

　이쿠사가미 전쟁의 신

라고 금방 있을 수 있는 일이라고 생각을 고쳤다. 어떤 시기를 기점으로, 쓰루바미는 고독의 단서가 될 만한 정보를 대화 사이사이에 끼워 넣었었다. 이것은 나를 위해서가 아니라, 후타바를 위해서일 것이라고 생각하고 있었는데, 바로 그게 맞았다는 뜻이다.

"야마시타바시를 건널 것이라고 짐작하고, 미나미나베초에서 기다리고 있었습니다. 사가 님의 살기가 어마어마해서, 좀처럼 말을 걸지 못하고 있던 점은 사과드립니다."

쓰루바미는 조용히 자초지종을 고했다. 내가 알아차린 것은 불과 방금 전. 많은 사람들이 오가기 때문이었다고는 해도, 쓰루바미는 역시 엄청난 미행의 달인이다.

"확실히 신경이 곤두서 있었다."

"심중은 이해가 갑니다."

교진의 이름을 거론하지 않는 것을 봐서, 진심으로 배려한다는 것을 알 수 있었다.

"어째서냐?"

어째서 후타바를 지켜줬는가? 어째서, 배반을 결심했는가? 슈지로는 그 전부를 포함한 질문을 던졌다.

"하지카미…, 그 사람은 사카구치 시즈노라고 하며, 신푸렌(神風連)의 난(1876년 구마모토에서 일어난, 메이지 정부에 대한 사족 반란. 폐도령에 대한 반대 운동으로서 일어났다) 때 순직한 사카구치 시즈키 1등 순사의 누이동생입니다."

재작년, 메이지 9년(1876년) 10월 24일 심야. 게이신토(敬神党)가 메이지 정부에 대한 불만이 폭발해, 구마모토 각 곳을 일제히 습격했다. 구마모토 현령 야스오카 료스케 자택도 그중 하나. 야스오카 외에 호위 경관 2명이 순직했다. 그중 한 명이 시즈노의 오빠였다. 회를 뜨듯 난도질당했다고 한다.

아무런 죄도 없는 오빠가 참살당하자, 시즈노는 사족을 강렬하게 증오하게 되었다. 무가의 딸로 소태도 품계도 받았고 최소한의 무술도 익혔다. 엔주, 즉, 다라오 지카게는 그것을 평가하여, 급사 지위로 경보국에 초빙했다고 한다.

그것이 진로쿠와의 여행을 통해 변했다. 요코하마에서 슈지로에게 도움을 청하러 갔을 때, 쓰루바미는 그것을 확신했다고 한다. 진로쿠의 바람을 이뤄주기 위해, 하지카미는 목숨을 걸고 후타바에게로 달려갔었다.

"무모한 짓을 한 거지요. 우시바 슈조는 강하니까요."

"대답이 되지 않는데."

"아뇨, 계기는 되었습니다. 나는 무엇을 하고 있는 건가? 하고."

"너도…."

"저는 도치기의 말단 관리의 자식입니다. 남들에게 들려줄 만한 반생을 보내지 못했습니다."

쓰루바미는 약간 쓸쓸함이 느껴지는 말투로 이야기했다. 다른 목편과 비교해도 미행이 능숙한 것은, 경보국의 전신인 경보료 발족 당시

　　　　　　　　　　　이쿠사가미 전쟁의 신

부터 있었기 때문. 그뿐이라고 덧붙였다.

"그런가."

"지금 사와라는 붙어 있지 않군요."

쓰루바미는 뒤를 돌아본다. 도쿄에서 슈지로의 담당. 질척한 논바닥을 방불케 하는 음습한 남자다. 우리를 발견하고도 금방 말을 걸지 않은 것은, 사와라의 위치를 살폈기 때문이라고 한다. 한동안 추적해봤지만, 기척조차 느껴지지 않았다. 쓰루바미는 그래서 이제야 말을 걸었다고 한다.

"교진이 센켄을 날렸다."

아까, 교진이 전 경보국을 물리치던 와중에, 사와라는 아군을 응원하러 가야 할지, 아니면 도망치는 나를 쫓아야 할지 망설임을 보였다. 그 순간, 교진이 날린 센켄이 목에 박혀, 공중제비를 돌듯이 쓰러졌다. 자기는 어차피 고독에서 탈락이니까, 우리가 조금이라도 움직이기 편하도록─. 교진은 마지막까지 우리를 생각해줬다.

"이해했습니다."

"어째서, 말을 걸었지?"

슈지로는 본론으로 들어갔다. 쓰루바미는 눈을 가늘게 뜨면서 말했다.

"골치 아픈 일이 벌어졌는지도 모릅니다."

아직 현장에 가본 것은 아니라서 확신할 수는 없지만, 아까의 폭발로 쓰게 교진은 엔주를 해치운 것이 아닐까? 라고 추측했다. 만약 그

렇다면,

"우에노 간에이지의 문은 열리지 않습니다."

라고 쓰루바미는 고독의 내막에 관해서 말하기 시작했다.

고독 제2막 종료는 오전 0시. 그 10분 전인 오후 11시 50분에, 참가자에게 붙은 자를 제외하고 도쿄에 흩어졌던 목편들은 간에이지에 집결하게끔 되어 있다.

한편, 간에이지에는 경시국의 경관 백여 명이 들어와 있다. 그들은 고독에 관해서는 아무것도 모른다. 대경시 가와지 도시요시가,

－문을 닫고 아무도 들여보내지 마라.

라고 엄명을 내린 것이다. 단, 예외가 있다. 반으로 쪼개진 증표 한 쪽을 건네주고, 나머지 반쪽을 제시할 때만 문을 열게끔 한 것이다.

"그 증표를?"

슈지로가 말하자, 쓰루바미는 고개를 끄덕였다.

"네. 다라오 지카게… 엔주가 갖고 있습니다."

도카이도에서도 목편 중에서 십여 명의 사망자가 생겼다. 도쿄에서도 충분히 일어날 수 있는 일이다. 그것이 엔주가 될 수도 있다. 그때는 엔주는 누군가에게 증표 반쪽을 맡기게끔 명령받았다.

"굳이 증표 같은 것을 갖게 하는 건가…?"

"대경시는 목편도 완전히 신용하지 않는다는 것이겠지요."

목편은 전 경보국 인간들이다. 작년에 경시국에 흡수되었고, 이번 고독에 반대하는 자들은 앞서 처치했다. 그러나 그중에는 속으로는

내키지 않지만, 목숨이 아까워서 따르는 자도 남아 있을 거라고 의심하고 있다. 그런 자들이 막판에 배신하고 고독을 망쳐버리게 하지 않기 위한 대비책이라는 것이다.

"사실, 배반자가 생겼으니까요. 그다지 틀린 생각도 아닙니다."

쓰루바미는 자조적으로 말했다.

"그러나… 어째서 그렇게까지 고독에 집착하지? 이미 목적을 달성한 것 아닌가?"

우리를 흉적으로 만들기 위한 고독. 가와지의 목적이 뭔지는 모르지만, 이미 이 시점에서 고독의 역할은 끝난 것이 아닌가?

"먼저 대경시의 목적은 권총 배포입니다."

"그런 일 때문에…."

"아뇨, 대경시에게 있어서, 경찰에 있어서는 숙원이라고도 할 만한 사항."

일본 경찰은 가와지가 창설했다. 가와지에게 있어서는 자식 같은 존재다. 경찰 조직이 생기고 얼마 안 있어, 정부에 불만을 품은 사족에 의한 칼부림 사건, 습격 사건이 발발. 이것을 체포하려던 경찰관 중에 많은 순직자가 생겼다. 다른 나라 경찰과 마찬가지로 동등한 장비가 필요하다고,

─우리에게도 권총을 들게 해주십시오.

가와지는 몇 번이나 호소했다. 우리에게도, 라고 말한 것에는 이유가 있다. 주로 평민으로 구성된 육군이 총기 휴대를 허가받았기 때문

이다. 대부분이 사족 출신인 경찰이 휴대하는 게 뭐가 문제냐고.

그러나 그것이 바로 총기 배포를 허가할 수 없는 이유였다. 불평 사족 사건은 암살, 방화 등으로 끝나는 일은 없다. 사가의 난, 신푸렌의 난, 아키즈키의 난, 하기의 난, 그리고 세이난 전쟁 등, 요 몇 년 사이에 여러 차례 반란을 일으킨 것이다. 경찰에게 권총을 쥐여준다면, 그 총을 들고 반란에 가담하는 자가 생길지도 모른다. 아니, 경찰 조직 그 자체가 반란을 일으킬 수도 있다. 오쿠보는 그것을 우려하여 가와지의 신청을 번번이 기각했다.

가와지는 그래도 포기하지 않았으나, 세이난 전쟁을 계기로 역풍이 분 것이다.

사이고군은 만성적인 탄약 부족에 시달렸고, 적극적으로 칼싸움을 하는 수밖에 없었다. 그러나 이것이 의외로 상상 이상의 성과를 올리게 되었다.

귀신 같은 형상으로 돌진해 오는 사족들 앞에서, 전쟁에 익숙하지 않은 평민 출신 육군은 벌벌 떨었다. 총 조준도 제대로 못하고, 급기야 무기를 내던지고 도주하는 자도 속출한 것이다. 정부는 이 사태를 엄중하게 보고, 경찰 내에서 검의 달인들을 선별하여 발도대라 불리는 부대를 결성했다. 보신 전쟁 때 슈지로나 부코쓰가 소속했던 12지대 같은 것이다.

"발도대의 활약은 잘 아시겠지요."

사이고군과 발도대 사이에서 격렬한 백병전이 벌어졌다. 사방을 둘러봐도 아무도 총을 갖고 있지 않았고, 모두가 칼을 손에 들고 싸웠다. 마치 전국시대 같은 광경도 있었다고 한다. 발도대가 분투하는 모습을 신문도 보도함으로써, 일본 전체에서 찬사가 쏟아졌다.

가와지는 어깨가 으쓱해져, 검격에 관련된 서적을 출판하고자 집필까지 시작했었다. 이 기세를 이용하면, 마침내 권총 배포에도 도달할 수 있을 거라고 생각한 모양이다. 그러나 그것은 전부 역효과를 초래하게 되었다.

– 경찰은 검만으로도 충분하다는 것을 증명했다. 역시 권총을 들 필요는 없다.

오쿠보뿐만이 아니다. 많은 정부 요인이 그렇게 받아들인 것이다.

가와지는 매우 낭패하여 청원을 계속 올렸다. '검이 있으면 된다'가 아니라, '검도 있으면 좋다'라고. 앞으로 언제 또 흉악한 범죄자가 출현할지 모른다. 그때는 검만이 아니라, 역시 총이 필요하다고.

그러나 정부 요인들은 입을 모아 말했다. 세이난 전쟁 이후로는 불평 사족의 움직임은 단숨에 줄어들 것이라고. 이제 반란이라 부를 정도로 규모가 큰 것은 일어나지 않을 것이라고.

그 점에 있어서는 가와지도 같은 견해였다. 즉, 가와지는 자기 손으로 숙원 달성의 절호의 기회를 박살을 내버린 것이었다.

"기회를 직접 만들어내기 위해…."

"네. 그것이 고독입니다."

한 번 더, 도쿄에, 이 나라에, 위기감을 품게 해야 한다. 그렇기는 해도 반란을 선동하는 것은 궁지에 반하는 일이다. 이권을 쥔 자에게 있어서 가장 두려운 것은 세상이 뒤집히는 것. 세상에 불만을 품은 자들의 칼끝은, 정부뿐만이 아니라, 신음이 나올 정도로 돈이 많은 재벌에게도 향하기 시작했다. 그런 놈들을 일제히 처분할 수 있다고 설득하여, 재벌 중에서 장래를 촉망받는 자들을 끌어들인 것이다.

"그렇게까지 할 필요가 있는 건가…?"

가와지의 꿍꿍이는 알았다. 그렇기는 해도, 역시 이 정도까지의 장치, 고독을 개최할 필요가 있었는지 생각하지 않을 수가 없었다.

"사가 님, 먼저, 정부의 눈은 옹이구멍이 아닙니다."

메이지 정부도 출범한 초기에는 갈팡질팡했고, 온갖 모략이 횡행했으며, 그것이 결과를 만든 일도 많았다. 그러나 메이지도 벌써 11년. 국가의 체제는 서서히 안정되어가고, 그 무렵처럼은 되지 않을 것이다. 정부는 주모자를 금방 알아낼 수 있게 되었다. 그리고 그들의 말로는 전부 다 비참한 것이다. 쓰루바미는 말을 이었다.

"게다가 대경시의 성격도 한몫 거들었습니다."

"가와지의 성격?"

"그분은 정상 범주를 벗어난 결벽증입니다."

몸을 청결히 한다는 위생적인 의미가 아니다. 가와지의 그것은 심적인 것이다. 다소 쉽게 말하자면, 정도를 벗어난 일을 도저히 용서하지 못하는 성정인 것이다. 국가에 반하는 일, 법을 어기는 일 등은 논외. 어디까지나 정도를 통해서 숙원을 달성해야만 한다고 생각한다.

“…그런 건가.”

슈지로는 깨달았다. 어디까지나 특이한 유희를 개최했을 뿐. 상금에 눈이 멀어 모였을 뿐. 서로 죽이라고는 말하지 않았고, 목패를 빼앗으라고 말했을 뿐. 파렴치한 자들이 멋대로 서로를 죽인 것이며, 경찰로서 그 시신을 처리했을 뿐. 어디까지나 참가자는 스스로의 의지로 범죄자가 된 것뿐. 그런 자들이 도쿄에 들어왔으므로 체포할 뿐. 뿐, 뿐, 뿐―.

가와지는 너무나도 험난한, 정도를 걷겠다는 신념을 관철하기 위해, 이런 거창한 장치를 마련했다. 그것이 고독의 정체다.

“확실히 일리는 있군.”

슈지로는 순순히 인정했다. 확실히 단 한 번도 서로를 죽이라고는 말하지 않았다. 모두 제각각의 이유로 참가했고, 살아남기 위해서 타인의 목숨을 빼앗아 왔다.

나도 처자식을 지키기 위해서였다고는 해도, 확실히 내 손으로 죄를 범했다. 벌받는 것은 감수할 수 있다. 그러나 가와지가 아무리 평계를 늘어놓아도, 고생 끝에 준비한 그의 정도에서는 이미 한참 벗어나 버렸다.

“그러나 후타바는 다르다.”

슈지로는 후타바의 어깨에 팔을 둘렀다. 아무도 죽이지 않고, 아무도 다치게 하지 않고 여기까지 온 후타바까지 표적에 넣었다. 후타바는 다른 사람 목에서 목패를 빼앗은 일조차 단 한 번도 없는 것이다.

오히려 나눠주면서 여기까지 왔다.

"네. 그러기에 더욱….”

쓰루바미는 거기에서 말을 끊었으나, 하고 싶은 말은 알겠다. 그러기에 더욱 쓰루바미의 마음을 흔들었고, 이러한 행동을 취하게 만든 것이겠지.

"상금은 있는 거지?”

"네. 그것도 대경시의 결벽한 점. 전부 ‘사실’로 굳혀놨습니다.”

"그걸 들은 것만으로도 됐다. 그러나 간에이지의 문은 어떻게 하면….”

"제가 증표 반쪽을 갖고 오겠습니다.”

쓰루바미는 그것을 전하러 온 것이라고 한다. 지금부터 박물관 부근으로 간다. 엔주가 죽었다면, 그것을 훔쳐 간에이지로 달려가, 반드시 약속 시간에 문을 열게 한다. 만약 실패해서 문이 열리지 않으면, 당장이라도 도쿄에서 도망 나가길 바란다. 쓰루바미는 담담하게 말했다.

"너… 역시.”

그렇게까지 이쪽 편을 들어준다는 것은, 뭔가가 있는 것 아닌가? 슈지로는 그런 느낌이 들었지만,

"말단 관리의 자식이라고 말씀드렸지요?”

라며, 쓰루바미는 느릿하게 고개를 젓더니, 깊이 숨을 들이쉬고 말을 이었다.

"이것이 최후가 됩니다… 사가 님, 가쓰키 님, 이것이 최후의 여행

입니다. 간에이지에서 기다리고 있겠습니다."

그 말을 남기고, 쓰루바미는 몸을 돌려 길가를 향했다. 그 뒷모습을 향하여 후타바가 조심해요, 라고 말을 던진다. 쓰루바미는 아무 대답도 하지 않았으나, 아주 약간 고개를 끄덕인 것처럼 보였다.

*

도치기 역참은 닛코 레이헤이시 가도(例幣使街道. 에도시대 교토의 조정에서 닛코 도쇼구(東照宮)로 공물을 봉납하러 사신들이 다니던 길)에서 11번째 역참마을로, 오래전부터 우즈마가와에서 에도로 향하는 물길의 거점으로서 번창했다. 모든 역참마을에 책임자인 돈야(間屋), 그 보좌역인 도시요리(年奇), 사무를 맡는 초쓰케(帳付)가 있으며, 이를 통틀어 역참 3역이라 불렀다.

미나가와 하지메는 그 돈야의 장남으로 태어났다. 아버지는 매우 온화한 사람이었으나, 역참 사람들을 위해서는 윗사람에게도 할 말은 하는, 기골이 있는 인물로, 모두에게서 대단히 지지받고 있다는 것이 자랑스러웠다. 어머니는 에도 출생이라는 점도 있어서, 기개가 있고, 약간 오지랖이라고 할 정도로 사람을 잘 챙겼다. 다섯 살 차이 나는 여동생 쓰에는 하지메와 달리, 밝고 햇살처럼 눈부신 웃음을 보이는 아이였다.

그림에 그린 듯한 이상적인 가족. 역참마을에서 살아가는 모두가 그렇게 생각했을 테고, 그도 그렇게 믿어 의심치 않았다.

겐지 원년(1864년) 6월 6일, 하지메가 14살이 된 여름. 그것이 하루 아침에 사라져 버렸다.

미토의 과격파가 존왕양이를 외치며 쓰쿠바산에서 거병. 후에 덴구토(天狗党)의 난이라 불리는 사건이다. 덴구토 패거리는 군량, 탄약, 군자금을 마련하고자 간토 전체를 약탈하고 다녔다.

다나카 겐조라는 남자가 이끌던 별동대는 그중에서도 지독했다. 마을이라는 마을, 상가라는 상가 전부에서 약탈을 해댔고, 조금이라도 저항하면 남자는 베어 죽이고, 여자는 닥치는 대로 범하고, 아이와 노인조차 밟아 죽였다. 다나카 별동대는 악귀나찰 같은 무리였다.

그 다나카 별동대가 도치기 역참에까지 발을 뻗어와,

"3만 냥을 내놔라."

라고 다그친 것이다.

기술 장인의 연봉이 5냥이므로 6천 명분. 쌀이라면 3만 석을 살 수 있다. 막부의 연간 예산이 4백만 냥이므로, 그 7부 5리에 해당하는 액수다. 그런 큰돈이 역참 한 곳에 있을 리가 없다. 돈야인 아버지는,

"있다면 얼마든지 내어주겠소. 그러나 없는 것은 없소이다."

라고 다나카에게 열심히 호소했다.

"아, 그래? 그렇다면 죽어도 어쩔 수 없겠군."

다나카는 낄낄 웃으면서 아버지의 목을 단칼에 베었다. 그리고 부하에게 역참에 불을 지르라고 명령한 것이다.

 　　　　　　　　　　　　　　　　　　이쿠사가미 전쟁의 신

도망 다니는 백성들. 쫓아다니는 덴구토. 활활 타오르는 불꽃에 삼켜진 역참. 살아남은 소수의 이야기에 따르면, 그것은 그야말로 지옥도였다고 한다.

그때 하지메는 역참에 없었다. 덴구토를 서둘러 추포해주십시오. 최소한 병사들을 파견해서 지켜주십시오. 그렇게 역참을 관할하는 도추부교(道中奉行. 에도시대의 관리. 가도와 역참 등을 단속하고 관리했다)에게 탄원하기 위해, 아버지 대리로 도시요리와 함께 에도에 가 있었다. 돌아오는 길에, 아직 연기를 자욱하게 토해내는 도치기 역참을 본 것이었다.

"아버님! 어머님! 쓰에!"

하지메는 목이 찢어져라 계속 외쳤다. 아버지의 머리는 어딘가로 사라지고 몸통만이, 어머니는 다른 아이를 지켜준 듯한 모양새로, 쓰에는 입에 담기에도 참혹한 모습으로 발견되었다. 그런 쓰에를 부둥켜안으면서,

"지옥으로… 지옥으로 떨어뜨려 주마."

라고 하지메는 심연에 닿을 듯한 신음을 발했다.

다나카도 알고 있었을 것이다. 도치기 역참이 그런 큰돈을 마련할 수 있을 리가 없다는 것을. 그런데도 요구했다는 것은 이미 돈이 아니라, 그저 날뛰는 것이 목적이 되었다고밖에는 생각할 수 없다.

존왕이니 양이니 그럴듯한 명목을 늘어놓지만, 그 실체는 금수 같은 놈들이 아닌가. 아니, 금수도 과분하다. 놈들은 오물만큼의 가치도

없다. 평생이 걸리더라도 덴구토에 복수하기로 맹세했다.

그렇다 해도, 무사도 아닌 그가 막부군에 들어가는 것은 그리 쉬운 일이 아니다. 기회를 계속 기다린 지 4년 후인 게이오 4년(1868년) 3월, 하지메는 고슈에서 도망쳐온 한 부대로 달려가,
"아무쪼록 군의 끝자리에라도 넣어주십시오."
라고 간청했다. 명칭은 세이쿄타이(靖兵隊)라고 한다. 원래 교토에서 용맹을 떨친 신센구미가 고요친부타이(甲陽鎭撫隊)로 이름을 바꾸고 고슈 가쓰누마에서 신정부군과 싸워 패배한 이후, 내분으로 인해 이탈한 자들로 결성된 부대다. 부대장인 나가쿠라 신파치, 하라다 사노스케 등, 전 신센구미 사람들이 많이 재적했었다.

막부 쪽이 열세인 와중에 부대에서 도망친 자는 많았지만, 넣어달라고 부탁하는 자는 드물다. 정병대에는 농민, 상인, 기술자 등도 있기 때문에, 거절할 이유도 없어 입대를 승낙했다.

하지메가 배속된 곳은, 보병 관리직인 하야시 신타로라는 사람 밑이었다. 이 하야시도 또한 신센구미 출신이며, 게다가 상당한 고참이었다고 한다.

"우리는 적 수색 임무를 주로 한다."
이 하야시 신타로, 신센구미 시대에는 조사 겸 감찰부 오장이라는 지위로 불량 로시 탐색, 내부 밀정 조사 등의 역할을 담당했다. 하지메는 이 사람에게서 다양한 지식, 기술을 배웠다.

"너는 재능이 있군. 만약 신센구미에 있었다면, 야마자키에 맞먹을
정도로 유능했겠지."

신센구미에서 가장 탐색의 재능이 뛰어났던 사람과 비교하며, 하야
시는 그를 칭찬했다. 그러나 세이쿄타이도 금방 균열이 생기기 시작
했다.

결성 초기부터 북 간토 지방을 전전하다가, 몇 달 만에, 놀랍게도 대
장과 부대장이 잇달아 이탈. 두 번 다시 부대로 돌아오지 않았다.

하야시는 부대장 자리에 앉았으나, 아이즈에서 벌어진 전투로 대장
이 항복. 이것으로 사실상 세이쿄타이는 와해되었다고 할 수 있다. 더
욱이 아이즈번도 항복. 그래도 하야시가 소수의 부하와 함께 계속 싸
웠으나, 어느 날 밤, 하지메에게 말했다.

"이제 충분히 배웠을 터. 너는 슬슬 빠져나가서 본래의 목적을 달성
해라."

하지메의 목적이 뭔지는 말하지 않았었다. 그렇기는 해도, 막말의
동란 중심지인 교토에서 사람들의 마음속을 계속 관찰해 온 남자다.
속에 감춘 격정이 있다는 것을 하야시는 간파했던 모양이다.

하지메는 솔직하게 말했다. 덴구토에 복수하는 것이 숙원이라는 것
을. 하야시는 잠자코 귀를 기울였으나,

"갈 건가?"

라고 느닷없이 물었다. 미토번에는 덴구토에 대항하는, 쇼세이토(諸
生党)라는 보수파가 있었다. 신정부군의 약진으로 인해, 미토번은 한

번 끊어냈던 덴구토를 복권시키려는 움직임이 생겼다. 이에 쇼세이토가 반발하여, 미토성 탈환을 내걸고 군사를 일으켰다고 한다.

"네. 가겠습니다."

하지메는 긍정하고, 하야시와 함께 쇼세이토에 합류했다.

10월 1일, 구 막부군과 쇼세이토의 혼성군 8백 명이 미토성에 총공격을 개시. 그 안에 하지메도 있었다. 구식 게베르 총을 들고,

"이제야말로, 이제야말로, 이제야말로."

라며 몇 번이나 원한 섞인 말을 내뱉으면서 총알을 쏘았다. 그러나 미토성은 함락하지 못했고, 혼성군은 패배하여 뿔뿔이 흩어졌다.

세이쿄타이에서부터 함께 한 동지는 이제 불과 15인. 지바 방면으로 도주했으나, 집요하게 구루리번 병사가 추격해 온다. 상당히 거리는 벌렸으나, 구루리번에는 지켄 하야토라는 저격의 달인이 있어서, 한 명, 또 한 명, 총을 맞았다. 5일에는 군량도, 총알도 떨어져, 이제 여기까지라고 모두가 깨달았다.

"하지메, 이것을."

그날 밤, 하야시가 장부 한 권을 건네줬다. 안을 펼쳐보니, 무슨 내력 같은 것과 가족에 관해서. 좋아하는 음식부터 어릴 때의 체험까지 적혀 있었다. 하야시가 자신의 정보를 기록한 것인 줄 알았으나, 그게 아니라고 한다.

"이것은 미나세 가스케라는 사가번 하급 사족에 관해서 적은 것

이다.”

이 남자, 젊을 때 탈번해서 존왕양이의 지사가 되지만, 불과 1년 정도 만에 소식이 끊겼다. 그렇게 알려졌으나, 실제로는 신센구미가 붙잡아서 고문하고, 그로부터 얼마 안 있어 죽여버렸다고 한다. 부모는 어릴 때 죽었고 형제도 없다. 성격이 까다로운 남자였던 모양으로, 친척들과도 소원했고, 다른 번사들과도 거의 교류가 없었다. 신센구미에서는 이렇듯 적합한 인물을 발견하면,

－그 내력을 훔친다.

그런 일을 하고 있었다. 그 사람으로 위장해서 정보를 빼내기도 하고, 책모에 이용하기도 하기 위해서다. 신센구미 재적 중에 위장용 재고는 거의 다 썼고 남은 것은 이 자뿐이라고 했다.

“우리는 모든 것을 다 해본 자. 너는 아직 이루고 싶은 일이 있는 자. 그것이 비록 복수라고 해도 말이지…. 그래도 살아 있는 게 아무래도 낫지.”

하야시는 이런 절박한 때에도 평소와 다름없이 농담처럼 가볍게 말하며 웃었다.

그날 밤, 하지메는 세이쿄타이를 벗어나 밤의 그늘에 숨어 산 동쪽으로 달렸다. 다음날 하야시를 포함한 7명이 구루리번 병사와 최후의 전투를 벌였고, 거기에서 전사했다고 들은 것은 훗날의 일이다.

메이지 4년(1871년), 전 사가번사인 미나세 가스케는 도쿄부 나졸대에 지원. 그때 이름을 하지메로 개명했다. 아니, 되돌렸다. 성은 상관

없지만, 가족이 부르던 그 이름만큼은 지키고 싶었다.

메이지 7년(1874년)에 도쿄 경시청이 생기고 나졸대도 거기에 편입되어 입청. 메이지 8년(1875년)에는 정보 수집 능력이 매우 뛰어나다고 인정받아 경보국의 전신인 경보료에 배속. 이후로 항상 상위의 성과를 내면서도, 그 사생활은 동료에게도 알려지지 않았다.

한때, 비번일 때면 누군가를 미행하고 다닌다는 소문이 돌았었다. 상대는 미토 출신, 전 덴구토의 공무원이라고 한다. 그러나 그 소문도 언제부터인가 사라졌다. 그 공무원이 급사했을 무렵의 이야기다.

2

"딱 14년…."

우치야마시타초를 향해 가면서 쓰루바미는, 하지메는, 문득 중얼거렸다.

오늘은 메이지 11년 6월 6일. 도치기 역참이 불탄 것 또한 6월 6일. 사용하는 달력은 변했지만, 아버지의, 어머니의, 쓰에의 기일이다. 우연치고는 너무나 교묘하다. 뭔가를 전하려는 것 아닐까? 그런 생각이 들 수밖에 없었다.

지금까지 덴구토의 생존자를 발견해서는, 독을 이용해서 한 명씩

황천으로 보냈다. 그때마다 하지메의 뇌리를 스친 생각은,

─모두 이것을 바라는 걸까?

라는 것이었다. 아니, 아무도 바라지 않는다는 것은 오래전에 이미 깨달았다. 그것 말고는 살아갈 목적이 없었던 것뿐이다.

나머지 한 명인 거물. 전 덴구토 간부이며, 그날 다나카 별동대 안에도 있던, 이와야 게이이치로. 시즈오카현 관속을 거쳐, 지금은 궁내성까지 들어간 남자. 그놈에게 복수를 마친 후에 하지메는 자기 목숨을 끊을 생각이었다.

─그래도 살아 있는 게 낫지.

때때로 하야시 신타로의 목소리가 되살아난다. 그 말에는 뒤가 더 있었던 것 아닐까, 생각한다. 살아 있기만 하면, 또 다른 삶도 보일지도 모른다고.

아무래도 상관없다. 덴구토 같은 놈들이 서로 죽이는 것뿐. 가와지의 평판이 좋아지면, 이와야를 해치울 기회도 찾아올지도 모른다. 그 정도의 마음으로 가담한 고독.

어째서 저런 여자애가 섞여 있던 것일까? 게다가 왜 내가 담당인 건가? 아니, 저 아이 잘못이다. 너무 조심성이 없다. 어쩔 수 없다. 그 아이의 강한 면을 볼 때마다, 하지메는 자기 자신에게 변명을 반복해 왔다. 그래, 변명이었다.

"쓰에."

하늘을 향해 작은 목소리로 불러본다. 줄곧 떠올릴 수가 없었다. 그

토록 잘 웃는 아이였는데. 쓰에의 웃는 얼굴을. 지금, 14년 만에, 쓰에의 보조개가 패는 웃음이 떠올랐다.

우치야마시타초 박물관 주변은 큰 소동이 일어났다. 우선, 수많은 화톳불이 지펴지고, 그 부근만은 대낮처럼 밝아졌다.

흐릿하게 빛이 비치는 지붕에는 큰 구멍이 뚫리고, 기와가 사방으로 흩어져 있었다. 목편, 전 경보국, 그중에서도 백인조 출신자의 시체도 많았다. 이미 경찰관 외에도 소방대원, 군인도 출동했고, 유체가 나란히 놓이는 가운데, 아직도 생존자가 있는지 찾고 있다. 거기에 구경꾼들도 몰려와, 그야말로 난장판이었다.

그 구경꾼을 가로막는 것은 순사들. 고독에 관해서는 아무것도 모르는 자들이다.

"경시국 중경부, 미나세 하지메입니다."

하지메가 천천히 걸음을 옮겨 이름을 대자, 순사들은 경례를 하고 길을 터줬다. 현장은 혼란스러웠고, 고독에 관여한 경찰 관계자는, 얼핏 보니 보이지 않았다. 좋은 기회다.

"폭발의 원인은?"

가까이 있던 순사에게 물어보니, 아무래도 지붕 위에서 작열탄을 사용한 모양이라고 한다. 지붕 위. 다라오 지카게가 진을 치고 있을 만한 장소다. 쓰게 교진은 거기까지 다가간 후, 작열탄을 이용해 그를 길동무로 삼은 것이겠지. 다라오 지카게가 박살 났다면 ─.

건물 안으로 태연한 얼굴로 들어가, 뚫린 큰 구멍 바로 아래까지 갔다. 거기에도 경찰, 소방대원이 몇 명 있었고, 기왓장을 들어내고 있었다.

"글자가 새겨진 나무판 같은 것은 없었습니까?"

또 신분을 고한 후, 하지메는 그 자리에 있던 자들에게 물었다.

"아아, 아까 그거 아닌가?"

경관 한 명이 곧바로 대답했고, 그의 동료가 있었습니다, 라며 들어 보였다. 두꺼운 판에 '고(蠱)'라는 글자. 틀림없다. 증표다.

"다라오 권중경시에게 내가 맡겼던 것. 이리 주십시오."

다행히도 이 자리에 그보다 계급이 높은 자가 없다. 쉽사리 손에 넣어 밖으로 나가, 시끌벅적한 현장을 뒤로하고, 우에노 간에이지를 향하여 걷기 시작했다.

급하지 않게, 느리지도 않게, 걸음을 옮긴다. 히비야 문이 보였을 때였다. 뒤에서,

"잠깐."

이라고 누가 말을 걸어왔다.

"오노야마… 살아 있었군요."

"본명으로 부르지 마."

도쿄에서의 슈지로 담당, 사와라다. 본명은 오노야마 도라시게. 전 경보국 중에서도 상당한 실력자로 알려졌다. 쓰게 교진의 센켄을 맞았다고 들었는데, 운 좋게 급소를 피한 모양이다. 피가 배어 나오는

목을 누르면서, 어깨를 들썩이며 숨을 몰아쉬지만, 생명에 지장은 없는 것 같다.

“뭐지요?”

“엔주 님의 증표를 챙겼지?”

“봤습니까?”

“구멍 위에서. 마침, 찾으러 가던 참이었다. 나한테 넘겨.”

“말이 짧군. 계급은 내가 위입니다.”

하지메는 쓸쓸하게 웃었다. 오노야마의 계급은 그보다 두 개 아래인 13등 소경부다. 오노야마는 평소부터 성적으로는 약간 차이로 이기지 못하는 그를 적대시했다. 신경이 곤두섰기 때문인지, 오늘은 그것이 현저했다.

“엔주 님이 순직하면, 그것은 사카키 님이 이어받기로 되어 있을 터.”

“네, 그러니까 사카키 님에게 가려던 참입니다.”

하지메는 느긋하게 고개를 끄덕여 보였다.

“사카키 님은 저쪽이다. 나한테 넘겨.”

사와라는 엄지로 뒤쪽을 가리키면서 말했다.

“그렇습니까? 알겠습니다. 만에 하나라도 증표가 사람들 눈에 띄면 안 되니….”

하지메는 좁은 골목으로 들어갔고, 오노야마도 뒤를 따라갔다. 그 직후, 하지메는 몸을 돌려 오노야마를 벽에 몰아붙이고, 예의 작은 병에 든 독을 얼굴에 뿌렸다. 자기는 입을 다물고 눈을 감으면서.

"네 이놈… 역시…."

벌써 오노야마는 격렬하게 경련하기 시작했으나, 목 언저리를 누르는 손은 힘을 빼지 않았다. 가루가 다 바닥으로 떨어졌을 시간을 계산해서, 하지메는 그제야 입을 열었다.

"의심했었다면 그냥 죽이지 그랬습니까?"

하지메는 실수를 범했다. 먼저, 오노야마라고 불러버린 것. 목편을 배반하기로 마음먹음으로써 무의식중에 입에서 흘러나온 것이었다. 게다가 살아 있었냐는 발언. 이것은 그가 슈지로에게 붙어 있지 않았다는 사실을 몰랐다면 나올 수 없는 것이었다.

그에 오노야마는 위화감을 느꼈을 것. 그러나 사카키에게 증표를 건네 자기 공으로 만들고 싶다는 공명심이, 그 아련한 의혹에 덮개를 씌우는 꼴이 되었다. 양쪽 다 밀정으로서는 실격이다. 그러나 하지메는 이제 그것으로 됐다고 생각한다.

오노야마의 힘이 빠졌을 때 손을 떼고는, 얼굴을 털면서 눈을 떴다. 골목에서 나왔을 때 가래가 나왔다. 그도 약간이지만 독을 흡입한 모양이다.

내가 죽어버리면 복수를 할 수 없다. 예전이라면 절대로 취하지 않았을 방식이다. 그러나 하지메는 지금은 이것도 나쁘지 않다고 생각한다. 나는 변한 것인가? 아니, 되돌아온 것이겠지. 그런 생각을 하면서, 하지메는 다시금 간에이지를 향해 발을 내디뎠다.

3

슈지로는 후타바와 함께 긴자를 걸어간다. 흉적은 아직 붙잡히지 않았다. 그렇게 전해졌기 때문인지, 일본 제일의 번화가도 사람들의 왕래가 거의 없었다. 발소리가 들리면 십중팔구, 그것은 경관이나 군인이었다. 그 때문에, 마주치기 전에 회피하는 것은 쉬웠다.

지금 생각해 보면, 낮의 인파가 비정상이었다. 당연히 몰랐던 자도 있겠지. 수배자를 붙잡아서 일확천금을 노리려는 것도 그나마 이해할 수 있다.

그러나 대부분은 그게 아니었다. 발견했으니까 쫓아온 자는 있었지만, 그것을 목적으로 밖에 나온 것은 아닌 것 같았다. 결국은,

-뭐, 나는 괜찮겠지.

라고 낙관하고 있던 것 아닐까? 막부 융성 시기라면 몰라도, 적어도 막말은 이렇지는 않았다. 언제 목숨을 잃을지 모른다는 것을 자기 일로 생각했었다.

작년에 세이난 전쟁이 일어난 직후인데도, 그조차도 먼 이국의 이야기처럼 느껴지는 것일까? 사람은 그 정도까지 태평함에 익숙해지기 쉬운 것일까? 아니면 문명개화의 영향인가? 메이지에 들어와서 크게 변한 점이다.

간신히 긴자를 빠져나와, 니혼바시 거리 남쪽까지 왔다. 이 주변은

완전히 변해버려, 석조건물들이 줄지어 있다. 마치 시대에 따라가지 못하고 홀로 남겨진 것처럼, 딱 한 채의 구라야시키(蔵屋敷. 에도 시대 영주가 에도와 오사카에 설치한 창고 딸린 저택)만이 그 당시의 풍경을 간직하고 있었다.

이 앞은 니혼바시. 도카이도가 시작되는 장소이며, 교토에서 올 때는 종착지다. 그 니혼바시가 아직 보이기도 전부터,

"좋지 않군."

이라며 슈지로는 혀를 찼다. 앞쪽에 상당한 인원수의 사람들이 모여 있다는 것은 조금 전부터 알아차렸었다. 지금, 확신했다. 니혼바시는 경찰이 봉쇄하고 검문하고 있다.

"아니… 모든 다리가 다 그런가?"

니혼바시 동쪽의 에도바시, 서쪽의 잇코쿠바시. 전부에 경관이 있다. 다리 하나에 적어도 30명은 있겠지. 수배서의 '흉악범'이 밤이 되어도 발견되지 않아서, 수색에서 포위망을 펴는 쪽으로 노선을 바꾼 것이라고 생각된다.

"돌아서 갈까?"

후타바의 말을 듣고, 슈지로는 주위를 둘러보며 우회로를 찾는다. 우편배달원 시대 담당 지역이었기도 해서, 이 주변에 관해서는 잘 안다.

야에스 쪽에서부터 가면 군사시설이 많아서 위험이 커진다. 가야바초 쪽으로 가면 다리 때문에 상당히 멀리 돌아가게 된다. 그래도 간에

이지의 시각까지는 충분히 시간이 있으므로, 사실은 가야바초로 해서 가는 게 낫다. 그러나 그것이 허용되지 않는 사태가 닥쳐왔다.

"뒤에서 기마대가 오고 있다."

한 명. 딱 한 명이지만, 서서히 다가오고 있었다. 니혼바시에서 검문하는 무리에게로 가는 전령인가? 이 주변은 트여 있어 몸을 숨길 장소가 별로 없다. 다리 난간 밑에 숨을 생각이었으나, 계획이 틀어졌다. 역시 시간이 걸리더라도 가야바초인가? 그렇게 생각하자마자, 슈지로는 퍼뜩 뭔가를 깨닫고는,

"니혼바시를 건넌다."

라고 결단을 내렸다.

"경관이 있잖아…."

방침을 바꾸자, 후타바는 당황했다.

"강행 돌파한다."

배치된 자들이 군인이었다면 총이 있을 테니 힘들었겠지만, 경찰이라면 경찰봉이나 사벨. 숫자는 많지만 빠져나갈 수 있다.

"갑자기 왜 ―."

"잘 들어. 다리에 접어들어도 발을 멈추지 마. 만에 하나, 나와 또 엇갈리게 되면, 간에이지로 가. 똑바로 북쪽으로 가면 돼."

후타바의 질문을 가로막고, 슈지로는 빠른 말로 앞으로의 계획을 전했다. 후타바는 영문을 모르겠지만, 위험은 바로 코앞까지, 불과 3백 미터 앞까지 다가와 있다. 지금까지 어두워서 모습은 보이지 않았

었다. 그러나 가스등에서 번져 나오는 빛 속, 사람과 말의 윤곽까지 보이기 시작했다.

"저것은 그냥 넘어갈 수 있을 정도로 만만치 않아. 가자."

대충 상황이 이해된 모양이다. 후타바는 아무 말도 하지 않고 고개를 끄덕이고는 달려 나갔다. 앞에서 가는 것은 슈지로. 니혼바시에 주둔한 경관 중 한 명이 이쪽을 보고,

"검문이다. 멈춰라."

라고 불렀다. 그러나 후타바는 슈지로가 이른 대로 발을 멈추지 않았다. 슈지로는 오히려 걸음을 빨리했다. 오늘 밤은 초승달보다 약간 더 찬 달. 결코 달빛이 밝지 않은 데다가, 그 달마저 등지고 있어서 그늘졌다. 화톳불의 흐릿한 불빛이 얼굴에 닿을 때까지는 시간을 요한다.

"어, 어이! 멈추라고 –."

다른 경관이 언성을 높인 그때,

"저것은… 사가 슈지로다!"

"가쓰키 후타바도 있다!"

라고 그제야 그들의 정체를 깨달았다. 그때는 이미 늦었다. 슈지로는 먼저 경관들 사이로 뛰어들었다.

"으헉!"

간신히 한 명이 신음을 발했을 때는, 그 사이에 이미 세 사람을 쓰러뜨린 뒤였다. 모조리 칼등으로 때려눕히고, 경찰봉을 베어버리고,

사벨을 붙잡아 날려버린다. 니혼바시 바닥에 경관들이 나뒹굴었고, 후타바도 그 사이를 가로지르듯이 돌진했다. 더욱 밀집된 경관들 앞에서,

“후타바!”

하고, 슈지로는 손을 잡았다. 그에게는 사벨이, 후타바에게도 봐주지 않고 경찰봉이 쏟아졌다. 그러나 이렇게 손을 잡은 지금, 탐랑은 지켜야 할 것이 늘어났다는 것을 알고 있다. 연속으로 튕겨 내버린다. 슈지로는 앞차기로 경관들을 무너뜨리고, 중앙에 뚫린 좁은 길을 질주했다.

경비는 돌파했다. 경관이 고함을 지르며 쫓아온다. 니혼바시도 중간. 달빛이 약한 만큼, 강 수면에도 반짝이는 별이 비친다.

“길, 비켓!”

뒤에서부터 목소리가 들리고, 다리 횡목을 밟는 말발굽 소리가 울려 퍼졌다. 역시 따라잡히기 전에 다리를 다 건널 수는 없다. 슈지로는 각오를 하고,

“간에이지다. 갈 수 있지?”

라고 숨을 몰아쉬는 후타바에게 물었다.

“네. 슈지로 씨도 조심해.”

“그래, 반드시 쫓아간다.”

슈지로는 손가락을 풀어 보내주고는, 몸을 돌리고 기마병을 기다렸다.

     이쿠사가미 전쟁의 신

과거의 내가 쫓아오는 듯한 착각을 일으켰다. 아니, 지나가 버린 시대 그 자체가 쫓아오고 있는 것 같았다. 그 피의 시대는, 코앞까지 와서 나를 불렀다.

"여어, 자객."

"니도."

목편 사쿠라. 군인 기리노 도시아키. 아니, 자객 나카무라 한지로다. 처음 하나마치에서 지나쳤던 날. 사쓰마번 저택에서 호방하게 웃던 날. 딱 한 번 본, 사람을 베는 순간, 피의 빗속에서 조용히 서 있던 날. 모든 순간이 압축된 것처럼, 한순간에 머릿속을 달려갔다. 이미 뽑은 칼을 치켜들고 돌진해 온다.

말을 마주 본 상태에서 왼쪽은 불리하다. 오른발을 축으로 몸을 돌려 도망쳤다. 그러나 한지로는 양손잡이나 마찬가지. 곧바로 튕기는 것처럼 왼손으로 칼을 바꿔 잡고, 벼락같은 공격을 쏟아낸다.

그러나 슈지로 쪽이 아주 약간 빨랐다. 회전의 속도를 실은 채 뛰어올라, 왼발 돌려차기를 말의 배에 날렸다. 말은 요란한 울음소리를 내며 비틀거렸고, 한지로의 칼끝이 멀리 벗어났다.

슈지로는 이것으로 끝이 아니었다. 말을 찬 기세를 그대로 실어 더욱 높이 뛰어올라,

"오오!!"

기염을 토해내며, 왼팔을 쭉 뻗어 옆으로 휘둘렀다. 한지로의 뺨이

찢어져 핏방울이 튀어 오르는 것까지 보였다. 희미한 달빛을 받아 광택을 내뿜는 그 방울 속에 아련하게 비친 자기 모습조차도.

다음 순간, 한지로는 스스로 허공에 몸을 날렸고, 말만 울음소리를 내며 니혼바시를 달려가 버렸다. 서로의 위치가 뒤바뀐 모양새로, 슈지로가 칼을 팔상에 가까운 정안세로 겨눴다.

"오랜만이데이."

한지로는 뺨을 손바닥으로 닦으면서 말했다.

"한 달 만일 텐데."

덴류지다. 엔주에게 덤벼든 교토부 4과의 달인을 일격에 잠재웠다. 그때 한지로는 복면을 썼었고, 한 마디도 하지 않았었다. 검 놀림으로 보통 사람은 아니라는 것을 알았지만, 설마 한지로일 거라고는 생각지도 못했었다.

"다가오지 마라. 죽고 싶지 않으면, 떨어지레이."

내 등 뒤의 경관들을 향해, 한지로는 고양이라도 쫓아내는 것처럼 손을 흔들었다. 모두 거의 넋을 놓고, 한지로가 말할 필요도 없이 우두커니 서 있었다.

"이런 날이 올 줄은 생각지도 못했구마."

거리를 충분히 두고, 한지로는 먼 곳을 바라보는 것 같은 눈으로 말했다.

막말의 교토, 나카무라 한지로와는 몇 번이나 얼굴을 마주했었다. 그러나 항상 같은 진영에 있었다. 검을 섞는 일은 끝내 없었다. 딱 한

번, 그 검을 직접 눈으로 본 그때, 하계에도 이 정도의 달인이 존재했나? 하고 놀랐던 것을 기억한다.

"너, 오쿠보 씨를…."

슈지로는 으르렁대는 것처럼 말했다. 마에지마한테서 들었을 때, 분노하기는 했으나, 왠지 현실감이 없었다. 지금, 이렇게 대치함으로써, 그 분노가 단숨에 밀려왔다.

"내 살아 있는 건 안 궁금했나? 그리고 직접 손을 댄 건 이시카와의 사족이데이."

한지로는 쓸쓸하게 중얼거리다가, 갑자기 돌변해서 차갑게 말을 이었다.

"그야 죽어버렸지만."

"너만은 반드시 죽인다."

"돌아왔구마, 자객 고쿠슈. 내도… 니만은 꼭 죽이라는 명령을 받았데이"

한지로는 다리를 앞뒤로 벌리고 깊이 허리를 낮춘다. 칼은 오른쪽 어깨 뒤. 반은 등에 가려질 정도. 지겐류 특유의 자세, 잠자리 자세다. 놀랄 만큼 조용하지만 그 등 뒤로 불꽃 같은 살기가 으르렁댄다.

이제 말은 없었다. 아니, 이미 싸움은 시작되었다. 한지로의 첫 태도의 위력은 기이할 정도. 그 점에서는 부코쓰보다도, 덴묘조차도 능가한다.

서로 사정거리를 살피면서, 호흡을 해석하면서, 그때가 찾아오기를 기다린다. 다리 위를 지나가는 바람은 미지근했고, 찌는 듯한 교토의 더운 여름을 방불케 했다.

*

나카무라 한지로는 어릴 때부터 하루도 빠짐없이 검 수련에 몰두했다. 입신출세하기 위해서가 아니다. 조카시(城下土. 에도시대 사쓰마번에서 가고시마 성 밑에 거주하며 번주의 가신으로서 정무와 경비를 담당한 무사)라는 낮은 신분을 조롱하는 이들한테 얕보이고 싶지 않았기 때문도 아니다.

그저 검을 좋아했다. 너무 좋아서 견딜 수가 없었던 것이다. 검을 쥘 수 있다는 것만으로도 행복했지만, 강한 자에게 이겼을 때는 펄쩍펄쩍 뛸 정도로 기뻤다.

막말의 동란 속, 사쓰마번이 존재감을 드러내게 되고, 한지로도 세상에 나가게 되었다. 의뢰를 받아 사람을 베었다.

사람들에게 알려진 것은 빙산의 일각일 뿐이었다. 베고, 베고, 또 베어, 나는 메이지라는 시대를 개척하기 위한 조력자가 된 것이었다.

이윽고 정오위라는 위계를 받고, 육군 소장이라는 관직에 앉았다. 이름도 기리노 도시아키라고 바꾸고, 면학에도 한층 더 힘을 쏟았고, 사쓰마 사투리도 사라지고, 세상에 부끄럽지 않은 인물이 되었다.

사이고 다카모리의 하야에 따라간 것은, 이 나라의 미래를 걱정했기 때문이다. 나는 그런 것을 생각할 수 있을 정도의 남자가 된 것이다.

세이난 전쟁에서는 군을 이끌고 활약했다. 최후의 땅은 다바루자카. 벼락처럼 공격하는 관군. 사족 경관 중에서 선발했다는 발도대. 팔다리를 잘라버리고, 목을 치고, 닥치는 대로 무찔렀다. 이쪽이 진정한 애국지사다. 너희는 가짜다.

수십 명을 죽였을 때였다. 번쩍, 눈앞에 눈부신 섬광이 일었다. 미간에 총알을 맞은 것이다.

그러나 수많은 검격을 피해 온 이 육체는, 총알에도 무의식중에 반응한 모양이었다. 반사적으로 고개를 돌린 덕분에, 총알은 살과 두개골을 깎아내긴 했으나, 목숨은 건졌다.

내가 눈을 뜬 것은 열흘 후. 눈앞에 있던 것은, 가와지 도시미치였ㅐ△ㅏㅇt∠ㅠ—.

『언제까지 잘 셈이냐?』

날밑이 삐걱거리고, 불꽃이 눈을 찢었다. 맞부딪친 칼날 너머에서, 찌르는 듯한 곧은 눈으로 노려본다. 눈앞에 있던 것은 사가 고쿠슈－.

"뭐 어떤가. 잠시만 추억에 잠겨 있게 해주레이."

"요컨대 도망친 것뿐이잖아."

"닥치레이!"

분노가 솟구쳐 올라 머리 꼭대기를 태워, 한지로는 짖어대면서 칼날을 튕겨낸다. 지겐류 특유의 높은 외침. 원숭이 소리를 내며 몇 번이나 쳐댄다. 문득, 생각한다. 나는 무엇에 화가 난 것인가? 하고. 정말로 화가 난 쪽은 오쿠보의 죽음을 겪은 고쿠슈일 텐데.

공격 하나하나가 납덩어리 같은 무게일 터. 그러나 고쿠슈는 그 모든 것을 받아내고, 막아내고, 흘려버린다. 자객으로서는 내 쪽이 더 위일 텐데, 전혀 칼날이 닿을 것 같지가 않다.

"죽으레이!"

또 생각이 머리를 스친다. 어째서 나는 이토록 화가 난 것일까? 고쿠슈가 한 말이 정곡을 찔렀기 때문인가? 아니야, 그렇지 않아. 나는 국가의 미래를 보고 있었다. 사이고에게 공감했기 때문에, 항쟁에 가담했던 것이다.

깨어난 후에도 그렇다. 가와지는 눈물을 흘리며 말했었다. 사이고 토멸에 힘을 빌려주는 것은 내키지 않았지만, 사쓰마의 추억을 끊어내기 위해 고심 끝의 결단이었다고.

참된 애국지사를 많이 죽게 해버렸다. 머지않아 스스로 목숨을 끊을 생각이지만, 그 전에 지사의 가면을 쓴 가짜들을, 간악한 적들을 전부 제거할 생각이라고.

이제 기리노 도시아키는 죽은 것으로 되었다. 마지막으로 힘을 보태달라고. 그 후에 서로에게 검을 찔러 사이고의 뒤를 따라가지 않겠냐고―.

나는 아무것도 쇠하지 않았다. 나카무라 한지로 그대로다. 그런데도 검으로 밀어낼 수가 없다. 칼끝이 닿지 않는다. 닿기는 고사하고, 고쿠슈의 하얀 날에 가로막힌다. 배가 찢어지고, 가슴에서 선혈이 배어 나온다.

"너는 약하군!"

"니 동생한테도 이겼데이!"

한지로는 즉각 반론하고, 더욱 팔에 힘을 주고 휘둘렀다.

"계속 싸웠었다면 그가 이겼을 것이다."

"그럴 리는-."

"있다."

고쿠슈의 발차기를 배에 맞고, 한지로는 입에서 침을 흩날렸다.

그러나 바로 으라차, 라고 기합 소리를 외치며 가열차게 공격한다. 막말의 교토에서 그랬던 것처럼, 다바루자카에서 그랬던 것처럼, 수많은 적을 잠재운 검으로.

그러나 어째서인지, 역시, 전부 다 막혀버린다.

이상하다. 내 쪽이 검의 재능은 더 뛰어나다. 내 쪽이 경험이 더 많다. 설사 내가 뒤떨어진다 해도, 이 정도까지 실력 차이가 날 리가 없다.

"너는 이제 나카무라 한지로가 아니다."

고쿠슈의 검을 허벅지에 맞고 얼굴을 찡그렸다.

"기리노 도시아키도 아니다."

찌르기가 어깨를 스쳐 입가가 일그러진다.

"니야말로 이젠 고쿠슈가-."

"그래, 사가 슈지로다."

두 개의 칼날이 니혼바시 위에서 번쩍였다. 어중간한 모양의 달이 웃고 있었다. 내 것은 허공에서 뛰놀고, 놈의 것은 열매를 벤다. 비스듬하게 깊숙이 파고들어 이 목숨을 도려낸다.

"…그런 거였구마."

깨달았다. 나는 휩쓸리고 흘러가며 살아온 것뿐이었다. 마치 강에 떠 있는 나뭇잎 한 장 같은 존재라는 것을.

결코 그것이 나쁘다는 것은 아니다. 그때그때, 나는 확실하게 열심히 살아왔다. 인정받고 싶어서 살아온 것이다. 그것을 존황이니 국가니 떠들어대기 시작했을 때부터, 나는 나 자신을 버렸고 아무것도 아니게 되었다. 딱히 아무도 아니었던 것이다.

"사가…."

고쿠슈. 아니, 그게 아니다. 이 남자도 흘러왔을 터였다. 그러나 어느 시점에서부터 격류를 거슬러 올라가, 슈지로로서 걷기 시작한 것이리라.

"지금의 너라면 이길 수 없었을지도."

슈지로는 부드러운 눈을 하고 있었다. 지난날의 그림자는 조금도 남아 있지 않은 눈이다.

"그렇구마… 돌아올 수 있었던 거구마…"

한지로는 웃더니, 스스로 뒤로 물러나 칼날에서 멀어졌다.

경관들이 덤비려고 빈틈을 노리고 있는 것을 보고, 하지 마라, 하지 마, 이길 수 있을 리가 없데이, 라고 타이르면서.

난간에 기대어 하늘을 올려다본다. 가장 밝게 빛나는 별을 보며, 사이고에게 사죄했다. 줄곧 거짓말을 했었다고. 가와지의 꼬임에 넘어간 것도, 실은 다시 한번 검을 잡고 싶었던 것뿐이었다고.

검은 재미있다. 정말 재미있다. 비논리적인 것이 잔뜩 숨겨져 있다. 힘으로 이겨도, 기술로 이겨도, 마음 하나로 패하는 일도 있는 것처럼.

사쓰마의 바람 냄새가 났다. 사쓰마의 하늘이 보였다. 목검을 치는 메마른 소리도.

"사가 슈지로… 또, 보제이."

사쿠라도, 기리노 도시아키도, 나카무라 한지로조차도 아니다. 가고시마 근처에 있는 요시노촌에서 태어난, 검을 너무 좋아하던 풋내기가, 니혼바시 강 수면에 물거품의 꽃을 피웠다.

아다시노 시쿠라는 히로시마 진대 소속 군인으로서 메이지를 살아왔다. 그 때문에, 시미즈고몬 다리를 건너면 그 앞이 도쿄 진대 근위 포병대 병영이라는 것 정도는 알고 있었다.

병영에 돌입하는 것은 무리지만, 유인할 수는 있을지도 모른다. 과연 대포까지는 나오지 않겠지만, 총을 든 부대 하나 정도는 내보내지 않을까? 도쿄 진대 중에서도 근위 포병대대는 혈기 왕성하기로 알려졌고, 요즘은 월급이 적어서 불만을 품고 공공연히 모반조차 입에 담는 패거리다. 십중팔구 걸려들 것이라고 봤으나, 그래도 더욱 확실히 해둘 생각이었다.

시각은 오후 8시. 시미즈고몬 위병 두 명 중 한 명을 때려눕히고,

"히로시마 진대 소속, 제4공병중대의 다나카 지로 오장이다. 본명은 아다시노 시쿠라. 도쿄부에 들어온 흉적 9인 중 한 명이다."

라고 고한 후에 남은 한 명을 놔주었다. 자기와 같은 군인의 정체가 흉적 중 한 명이고, 근위 포대 병영을 당당히 도발했다. 자기 손으로 잡아서 실수를 만회하고자, 혹은 공을 세우려고 한 것일까? 마치 벌집을 들쑤셔놓은 것처럼 근위 포병대대가 우르르 튀어나왔다. 시쿠라는 쓰러뜨린 위병에게서 스나이더 총을 빼앗더니, 상점가 쪽으로 달려갔다.

당연히 포병대대는 쫓아간다. 이렇게 되어, 시쿠라를 놓친 후에도 포기하지 않고, 주위에 병사를 풀어 탐색을 계속하고 있다.

이것으로 됐다. 시쿠라가 의도한 대로였다. 아니, 게아게 진로쿠가 썼던 전략의 재현이었다. 시쿠라는 어떠한 수를 써서라도, 설령 자기가 그 자리에 죽는 한이 있어도,

－오카베 환도재를 해치운다.

라고 다짐한 것이다.

후타바와 헤어진 후, 시쿠라는 신토미자로 갔다. 이미 수많은 경관

들에게 포위당한 상태였고, 도저히 안으로 들어갈 만한 상황이 아니었다.

여자 한 명이 죽고, 여자아이와 노인이 도주했다. 모두 수배서에 실린 흉적들이다. 구경꾼들이 그렇게 말했었다.

원래는 슈지로와 이로하와 합류한 후에 결전을 치르기로 했었다. 그러나 이미 이로하는 죽었다. 환도재는 냄새를 쫓아오고 있는 것이라고 이로하와의 대화를 들었던 후타바가 말해줬다. 이래서는 슈지로와 합류하기 전에 각개격파 당할 우려가 있기 때문에, 혼자서 결판을 지으려고 결심했다.

아니, 치밀어오르는 분노를 억누를 수가 없었다. 이제 한 명 남은 형제를 죽게 하고 싶지는 않았다. 비록 싸우다 양쪽이 다 죽게 되더라도, 내가 환도재를 해치우겠다고 결의한 것이다.

시쿠라는 근위 포병대대를 따돌린 후, 협차로 자기 팔을 훑듯이 베었다. 피가 솟아나더니 이윽고 빨간 방울이 되어 땅에 떨어진다.

환도재가 더욱 냄새를 잘 맡을 수 있도록, 슈지로 쪽이 아니라 내 쪽으로 오게 하려는 것이었다.

밤하늘 밑, 나를 탐색하는 포병대의 화톳불이 동네 여기저기에서 흔들린다. 저쪽에는 없다, 이쪽에도 없다, 서로 말을 주고받는 것이 들린다.

이쪽이 함정을 팠다는 것을 알고, 같은 실수를 반복하는 것 아니냐는 우려는 있었다. 그러나 그것은 기우로 끝났다.

여기는 진보 골목. 남쪽에 오오메쓰케(大目付. 에도시대 로주(老中) 밑에서 다이묘 및 막부의 정무를 감독한 벼슬)인 진보 호키노카미의 저택이 있었기 때문에 그런 이름이 붙었다.

시쿠라가 숨어 있던 지붕에서 내려온 곳은, 그 진보 골목 서쪽 끝자락이었다. 그림자는 터벅터벅, 흔들흔들, 흔들리면서. 동쪽에서부터 길을 따라 다가오고 있다.

"교하치류 네 번째… 아다시노 시쿠라…."

"그래. 네놈을 파멸시킬 자다."

시쿠라는 떡 버티고 서서 노려보았다. 환도재는 낄낄 웃는다. 지금까지보다도 더 오싹한 분위기가 늘어났다. 광대뼈와 코뼈가 꿈틀거렸고, 오키나멘(翁面. 일본 전통예술인 가면극 노(能)에 쓰이는 노인 얼굴 가면)이 물결치듯 흔들리는 것 같았다.

"시치야, 가자."

염정을 불러낸다. 내 염정은 3분도 못 버틴다. 그러나 3분이나 쓸 생각은 없다. 쓸 수 없다. 처음부터 방어는 포기. 처음부터 전력. 그것으로 해치우지 못하면, 포병대의 사격에 함께 침몰하면 된다. 건곤일척이다.

"이 몸이 하지."

환도재는 누군가에게 말하는 것처럼 중얼거리더니, 시위를 떠난 화살처럼 달려왔다.

시쿠라는 기다리지 않았다. 이쪽도 또한 질주한다. 진보 골목의 서

 이쿠사가미 전쟁의 신

쪽 끝. 천년의 악연이 소리를 내며 충돌했다.

"부서져라."

시쿠라의 파군을 실은 공격을, 환도재는 어깨를 다른 방향으로 꺾어 피한다. 동시에 팔이 큰 뱀처럼 꿈틀거렸다. 팔만 등 뒤로 돌아가, 시쿠라의 목을 베고자 덤벼든다.

"한가미 놈."

스승도 입에 올렸던 말. 지금에 와서도 그것이 무엇인지도 모른다. 알 필요도 없다. 그러나 나를 능멸하는 것 같기도 하고, 자기 자신을 저주하는 것처럼 들리기도 했다.

본래라면 손을 당겨 막거나, 목을 흔들어 치명상을 피한다. 그러나 시쿠라는 마음대로 하라는 듯이 그대로 목을 내밀었다.

"…후고로."

거문으로 몸을 단단히 하고. 그래도 상대는 환도재. 상처는 생겨버린다. 그것도 상관없다. 오히려 검격의 반동을 이용해, 한 발짝 더 앞으로 내디뎠다.

"칠살!"

환도재는 팔을 당겼지만, 늦는다는 걸 깨닫고, 왼팔을 흐르듯이 뻗어, 꽉 쥔 주먹을 복부에 꽂아 넣었다.

인간의 힘이 아니다. 포탄을 맞은 것 같은 어마어마한 충격이 온몸에 퍼진다. 거문의 한계를 넘어선 일격에 내장이 짓눌리고, 목구멍에서 쇳내가 치밀어오른다.

그러나 이것도 상관없다. 어떻게 되든 상관없는 것이다. 내가 무너진다고 해도 해치운다. 여기에서 끝낸다. 그 일념이 한 발짝 더 앞으로, 필살의 사정거리로 발을 내딛게 한다.

"이제부터는 내 차례다."

시쿠라는 파군으로 베어 올렸다. 마치 폐가 쪼그라든 것처럼, 환도재는 가슴을 납작하게 만들어 피한다. 마치 수백 년을 살아온 것 같은 백전연마. 이쪽의 움직임을 보고 나서, 몸을 구부려 종이 한 장 차이로 피한다.

그 때문에, 이쪽이 도중에 검의 궤도를 바꾸기라도 하지 않는 한, 아무리 휘둘러도 상처 하나 낼 수가 없다. 도중에 궤도를 바꾸지 않는 한ㅡ.

"이로하…."

어째서 이로하는 이쪽 비술을 나에게 맡긴 것인가? 분명 이로하는 상처를 입힐 수 있었던 것이다. 하지만 위력이 결정적으로 부족해 해치울 수는 없었다. 그러나 내 파군이라면 다르다. 스치는 것만으로도 깊숙하게 찢어발긴다. 게다가 4와 8의 상성은 발군. 동시에 발동할 수 있다. 오히려 합치면 더 커지는 것을 느꼈다.

"문곡!!"

시쿠라가 포효했을 때, 칼이 신기루처럼 흔들리고, 환도재의 가슴을 훑는 것처럼 스쳤다.

"우와앗!"

 이쿠사가미 전쟁의 신

환도재는 몸을 크게 뒤로 젖혔다. 넝마 같은 옷은 갈가리 찢어지고, 가슴에서 피바람이 솟구쳤다. 파군과 문곡. 이 조합이라면 할 수 있다. 이로하는 그래서 나에게 맡긴 것이다.

"간다."

자기 안에 깃든 형제에게 말하며 시쿠라는 더욱 맹공을 이어갔다. 환도재는 시코미즈에를 끌어당겼지만, 막아낼 수가 없었다. 파군은 모든 무기를 멸한다.

그렇다고 피하기만 하는 것도 쉽지 않다. 이쪽의 움직임을 보고 나서 피했다고 해도, 문곡이 놓치지 않으려고 쫓아간다. 그래도 스치는 것이 고작이지만, 파군은 털끝만 한 상처를 심각한 상처로 변모시킨다.

"넷… 어차피 네 개."

중얼중얼 염불을 읊는 것처럼 중얼댄다. 환도재는 피거품을 흩날리면서 고통스러운 얼굴로 열심히 피하려고 했다.

"숫자가 아니다."

여덟 개 다 모이지 않으면 이길 수 없다고 누군가가 말했다. 애초에 여덟 명이 함께 싸우는 것이 강한 것이었다. 이미 그것은 이루어질 수 없지만, 형제의 의지는 내 안에 살아 있다. 그것은 비술의 유무와도 관계없다. 잇칸도, 산스케도, 진로쿠도, 모두가 살아 있다.

"지지 않아… 교하치류한테는!"

환도재는 외치면서 시코미즈에를 휘둘렀다. 옛날의 나였다면 공포에 전율했겠지. 그렇다, 무서웠던 것이다. 그러나 지금은 아무것도 무섭지 않다. 환도재도, 교하치류의 역사도, 죽음조차도.

"정말이었나?"

이미 몇 군데 상처를 줬는데도, 환도재는 전혀 침몰하지 않는다. 그럴 기색도 없다. 처음으로 낸 상처에서 이미 피는 멎은 상태였다. 이것도 후타바가 가르쳐줬었다. 멀찌감치 떨어져 있어서 전부 다 듣지는 못했지만, 환도재한테는 그런 기술이 있다고.

"천기….."

방어만 하다가는 결국 소모된다. 환도재는 흰자위를 빨갛게 물들이고 덤벼든다. 문곡을 물러나게 하고, 염정을 줄이고, 채찍처럼 물결치는 팔을 움켜잡았다. 다음 순간, 시쿠라는 휘어지는 팔을 밑에서부터 비틀어 올렸지만,

"이 몸한테 통할 리가."

라고 환도재가 낮게 중얼거리는 것이 귓가에 전해졌다. 이 문어 같은 몸, 관절 기술 등을 생각하면, 이것으로 끝날 리는 없다.

"그런 건 알고 있다. 놓치지 않기 위해서다."

시쿠라는 말하자마자, 환도재의 팔을 향해 파군의 검을 쏟아냈다. 그 너머에 자기 손도 있다는 것을 알고도.

"커헉!"

환도재의 오른팔이 땅에 툭 떨어진다. 그러나 시쿠라의 왼손은 살갗이 찢어졌을 뿐. 파군이 팔을 다 깎아내는 순간, 지웠던 거문을 불

  이쿠사가미 전쟁의 신

러온 것이다.

"오오…."

말라비틀어진 오른손에서 시코미즈에를 재빨리 집어 들고, 환도재는 거리를 벌리려고 한다. 그러나 시쿠라는 놓치지 않는다. 놓칠 리가 없다. 팔을 빼앗은 것이다. 죽일 수 있다. 지금의 나라면. 목숨을 던진다면.

날카롭게 땅을 박차 거리를 순식간에 없애고, 쉴 새 없이 연속 공격을 쏟아붓는다. 다시금 파군과 문곡을 소환해서.

"겐주우!"

환도재는 누구인지도 모를 이름을 부르며, 남은 팔을 휘두른다. 칼날은 피했으나, 주먹에 뺨을 맞았다. 또 그 기술. 강렬한 충격에 목이 부러질 것 같다.

그래도 시쿠라는 칼을 멈추지 않는다. 빨간 피와 함께 부러진 어금니를 뱉어내면서 환도재에게 덤벼들었다.

"아아…."

환도재는 두세 걸음 뒤로 비틀거리고, 석류가 깨진 것처럼 입을 벌렸다. 포착했다. 이제야. 혼신의 일격은 환도재의 배를 가르고, 엄청난 양의 피가 흘러나와 흙모래를 적신다.

"겐주, 가이지, 시로에몬… 사루키치."

기억이 혼탁해진 것인지, 아니면 착란을 일으킨 것인지. 또 누군가의 이름을 부르면서, 환도재는 공허한 눈으로 쳐다보나 싶더니,

"사요오!"

라며, 어둠에 튕겨진 것처럼 덤벼들었다.

형제들뿐만이 아니었다. 교하치류의 왜곡된 역사 속에, 도대체 얼마나 많은 계승 후보자가 있었을까?

이 환도재뿐만이 아니다. 오보로류의 숨겨진 역사 속에, 도대체 얼마나 많은 환도재가 있었을까?

수십 명, 수백 명, 그 원통함을 생각하며, 시쿠라는 자기 자신에게 일절의 허술함을 금지했다. 검으로만 이기는 것이 아니어도 좋다. 수치심도 체면도 없다. 내 몸에 있는 기술, 일생 전부를 걸고 반격한다.

서로가 주고받는 베기, 주고받는 찌르기, 더욱이 등 뒤에서 스나이더 총을 집어, 턱에서부터 머리 꼭대기를 향해 총알을 발사한다. 환도재가 이를 가는 것 같은 신음을 흘리면서 벌렁 드러눕듯이 침몰해갈 때,

"죽어라."

라고 더욱 결별의 검을 내리쳤다.

환도재는 마른 나뭇가지처럼 덜그덕 쓰러졌다. 바람이 피에 젖은 넝마 같은 옷자락을 흔든다. 눈을 부릅뜬 채로 절명했다. 죽고 나서 주름이 더욱 깊어졌는데도, 그 눈은 왠지 어린아이처럼 보인 것은, 눈 꼬리에 딱 한 방울 눈물이 맺혀 있기 때문일까?

"다들…. 해냈어."

시쿠라는 비틀거리면서도 발을 앞으로 내밀었다.

총성을 듣고 포병대가 모여들고 있다. 목숨은 아주 약간 남았다. 그렇다면, 여기서 끝나도 좋다고는 생각하지 않는다. 단 한 명 남은 형에게 고해야 한다. 함께 싸워 살아남은 것이다. 모두 그것을 바라고 있다는 것을 알기에. 10년 동안 직시할 수 없었던 북쪽의 별들을 올려다보며, 시쿠라는 형과 약속한 땅을 향해 걸음을 내디뎠다.

 ─ 남은 인원, 5명.

제 10 장

용의 벽

1

후타바는 길을 걸어간다. 니혼바시에서부터 한동안 걸어가다 보니 길이 더욱 조용해졌고, 사람은 자취를 감춘 듯했다. 번화가에서 떨어진 곳이기도 하지만 그보다는 밤이 깊었기 때문일 것이다. 후타바는 남쪽 하늘을 돌아보며,

－지금은 몇 시지?

라고 생각해 봤다. 오늘 밤은 달이 일그러져 보이기 때문에 시각을 알기 힘들다. 문명개화로 시계도 꽤 보급되었지만, 이럴 때는 결국 지식에 의존하는 수밖에 없다.

고향인 가메오카의 사냥꾼 할아버지가 가르쳐준 것을 떠올렸다. 이 계절에는 먼저 진주성(스피카의 일본식 명칭. 처녀자리의 알파성)이 보인다. 아직 서쪽으로 완전히 지지 않았으니, 오후 8시가 넘은 무렵이 아닐까?

바깥을 돌아다니는 사람이 별로 없을 뿐만이 아니라, 니혼바시에서부터 거의 경찰도 보이지 않게 되었다. 수배자 중 누군가 때문일까? 조금 전에 서쪽이 소란스러웠으니, 그쪽에 몰려 있는지도 모르겠다.

때때로 사람 그림자를 발견하면, 골목에 몸을 숨기고 상황을 살핀다. 지금이 오후 8시 넘은 무렵이라고 치고, 예정대로 간에이지의 문을 연다면, 앞으로 3시간 이상 더 있어야 한다는 뜻이다. 충분히 제때

도착할 터였다. 그러나 이미 간에이지에 도착한 자도 있을지도 모른다. 너무 일찍 도착해도 위험하지 않을까? 정확히 문이 열리는 시각에 도착하는 게 좋다. 슈지로와 재합류도 해야 한다. 즉, 여기서부터는 미묘한 줄다리기가 필요할 것 같다.

간다가와(神田川)가 보였다. 거기에 두 개의 반원, 돌로 지은 다리가 놓여 있다.

"만세이바시다…."

슈지로가 말해주었다. 원래 여기에는 스지카이 망루가 있었고, 같은 이름인 스지카이바시라 불리는, 나무로 만든 다리가 놓여 있었다. 그것이 지금으로부터 5년 전인 메이지 6년(1873년)에 교체되었다. 본래는 '요로즈요바시'라는 이름이었으나, 몇 년이 지나자, 모두가 '만세이바시'라고 부르게 되어, 지금은 두 명칭이 혼재한다.

만세이바시를 건너면 새로운 거리가 펼쳐진다. 거리라고는 해도, 요코하마나 긴자처럼 석조건물들이 있는 것이 아니라, 목조주택이 대부분이다. 여기도 와본 적은 없지만, 슈지로가 이런 모습이라고 가르쳐줬었다.

원래는 소토간다(외부 간다) 등으로 불렀던 모양인데, 요즘에는 아키하바라라고 부르는 사람들이 더 많다고. 메이지 2년(1869년)의 화재로 이 주변 일대는 불길에 휩싸였었다. 복구할 때, 불의 액운을 막는 신인 아키하곤겐(秋葉権現)을 제사 지낸 일에서 유래한다고 한다.

─이제 금방이야.

후타바는 그 아키하바라를 걸어간다. 여기까지 오면 우에노까지는 금방. 이렇게 천천히 걸어가도, 간에이지까지 1시간도 채 걸리지 않을 것이다.

"…스에히로초."

간판에서 동네 이름을 발견하고, 후타바는 중얼거리며 기억을 소환했다. 여기도 전화에 휩쓸려 다 타버렸었고, 앞으로는 동네가 번영하길 바라는 기원을 담아, 스에히로가리(점차 번영함)에서 따온 이름이라고 한다.

이것도 또한 슈지로가 알려준 것. 우편배달원으로 일할 때, 계속 지명이 변하는 바람에 외우기가 힘들었다고. 도쿄부 전체를 사전답사할 시간은 없지만, 일단은 머릿속에 넣어두라고 제2막이 시작되기 전에 계속 가르쳐줬던 것이다. 그것이 지금 이렇게 도움이 되고 있다. 스에히로초까지 오면, 드디어 우에노는 바로 코앞일 터였다.

지금은 몇 시지? 느릿하게 걸어왔고, 때로는 발을 멈춘 적도 있었다. 진주성은 이미 숨어버렸다. 오후 10시 정도일 거라는 느낌이 든다. 이제 간에이지로 가도 될 무렵일까? 아니면, 아직 너무 이른가? 슈지로는 아직 쫓아오지 않는 건가? 후타바가 돌아봤을 때, 멀리에 작은 그림자가 보여,

"앗…."

하고, 자기도 모르게 목소리가 흘러나왔다. 사람이다. 한 명인데, 경찰은 아닌 것 같다. 키를 보니 남자. 슈지로인지도 모른다. 아니, 가무

   이쿠사가미 전쟁의 신

이코차일 수도-.

"역시 그렇구나."

아직 멀다. 그러나 정적 속이기 때문에, 확실히 목소리가 들렸다. 뭔가를 알아차린 건지, 들개가 느닷없이 짖기 시작했다.

후타바는 아무 말도 하지 않았다. 놀라움도, 절망도, 희망조차도 꿀꺽 삼켜버리고, 몸을 돌려 온 힘을 다해 달렸다. 도망친다. 머릿속에 있는 것은 그것뿐이었다.

숨어도 소용없다. 들킨다. 우에노로, 간에이지로 간다. 이대로 가면 문이 열리기 전에 도착해버리지만, 이미 그것조차도 나중에 생각할 일. 멈추면 확실하게 죽는다. 지금은 가는 수밖에 없다.

타, 타, 타, 타, 하고. 자기 발소리가 아닌, 경쾌한 발소리가 섞여 귀에 닿는다. 이 앞에는 시노바즈이케라는 연못이 있을 터. 저 사람이 헤엄을 못 치기를 빌며 거기로 뛰어들까? 거기까지 도망칠 수 있을까?

달리기 시작했을 때는 적어도 50미터는 떨어져 있었다. 지금은 어떻게 되었을까? 고개만 돌려서 보고, 후타바는 숨을 들이켰다. 벌써 30미터 정도까지 다가와 있다. 서늘한 얼굴로, 아니, 모든 감정을 잃어버린 듯한 무(無)의 얼굴로. 그 남자, 덴묘 도야가-.

"기다려."

목소리도 또한 무기질. 전신 수신음을 방불케 한다. 어째서 싸우려는 건지를 물어봐봤자 이 사람에게는 전혀 의미가 없다. 처음 봤던 그때, 후타바는 그렇게 확신하고 말았다. 그러나 물어보고 싶은 것이 있었다. 아니, 입이 제멋대로 움직였다.

"가무이코차 씨는-?"

"아아, 그 활 쏘는 사람? 죽었어."

한 박자 뒤에 덴묘의 차가운 목소리가 들렸다. 이제 조금도 흥미가 없다는 듯한 목소리가.

후타바의 다리에 힘이 담겼다. 분노도, 슬픔도 있다. 그러나 가무이코차를 위해서도, 이런 곳에서 끝낼 수는 없어- 라는 강한 마음이, 지금은 이 다리를 오로지 충동질한다. 그때,

"칫."

이라고 날카롭게 혀를 차는 소리가 들렸다. 내가 낸 소리가 아니다. 뒤에 오는 덴묘도 아니다. 앞에서였다. 그 직후, 앞 골목에서 그림자가 부풀어 오르는 것처럼 거구가 나타났다.

"도망쳐!"

후타바는 비통하게 외쳤으나, 남자는 큰길로 향하는 걸음을 멈추지 않았다. 두 손을 허리로 가져가면서. 마침, 한가운데까지 왔을 때, 남자는 이쪽을 향해 떡 버티고 섰다.

"어서 가."

단 한 마디. 자식에게 말하는 것 같은 부드러운 목소리로. 일절 막힘없는 아름다운 일본어로. 내 뒤쪽을 노려보면서, 길버트는 앞을 막아섰다.

어때?

골목에서 벽에 등을 기대면서, 길버트는 M1861 쉐리프스에게 말했다. 이 권총에는 총알이 한 발밖에 들어 있지 않았다. 그때 그대로다. 원래 소유자, 남군의 영웅, 아니, 친구인 스톤월 잭슨을 보내주지 못했던 그때 그대로.

친구도, 긍지도, 모든 것을 잃고, 죽을 장소를 찾아 이 극동의 나라로 흘러왔다. 이 총으로 자기 목숨을 끊으려고 한 적도 있다. 그럴 때도 잭슨은,

– 잃었다면 되찾아.

라며, 말려주었다. 군함에 이름을 맡긴 형태로.

길버트는 종이로 만 연초에 손을 뻗었다. 크리미아 전쟁 때 오스만 제국에서 들어와 영국에 순식간에 보급된 것이다. 이 나라에서는 아직 쉽게 구할 수 없다. 미리 말아놓았던 한 개비만 남았다. 아무렇게나 입에 물면서 문득 생각했다.

지금 나는 되찾은 것일까? 라고.

영국에서도 콜레라가 만연했다. 가족과 고향을 구하려면 돈이 필요하다. 그러나 돈만 갖고 돌아가는 것은 의미가 없다. 그날, 남편으로서, 당당하게 가슴을 펼 수 있는 아버지로서, 다녀왔어, 라고 낡은 집

문을 열어야 한다. 그 양쪽을 다 이루기 위해 걸어온 이 여행도, 얼마 남지 않아 곧 끝을 고한다.

길버트는 바지 주머니에 있는 성냥을 찾았다. 본국에서는 20년 전에, 이 나라에도 요 몇 년 사이에 판매되기 시작했다. 가슴 주머니에 넣어뒀었다는 것을 깨달았을 때, 발소리가 들려 투박한 손이 멈췄다. 골목에서 길가의 상황을 살피고,

"칫."

하고 혀를 찼다. 생각보다 소리가 커져 버린 것은, 흡입하려던 연초를 입에서 빼냈기 때문이다.

되찾고 있는 건가?

다시 자신에게 묻는다. 길버트는 연초를 가슴 주머니에 집어넣더니, 지나치게 어두운 골목에서 나왔다. 허리에서 사벨과 손도끼를 꺼내면서.

"도망쳐!"

소녀는 외친다.

문이 열리기까지는 아직 시간이 있다. 너무 빨리 가면 다른 자들과 마주칠 수 있기 때문에, 이 주변에 숨어서 때를 기다리고 있었던 것이다.

도망칠 거였다면 애초에 나오지 않았을 것이다. 너를 위해서가 아니야. 나 자신을 위해서다. 그런 마음을 담아 길버트는 재촉했다.

"어서 가."

“길버트 씨!”

2남 2녀. 성장을 지켜보는 일은 거의 못 했다. 나쁜 아빠다. 그래도 모두가 나라를 위해서라고 이해해준다. 나를 자랑스럽게 생각해주는 모양이다. 아내, 레일라의 편지에 그렇게 적혀 있었다.

다정함이 넘치는 장남, 배려심 있는 장녀, 정의감이 강한 차남, 그리고 누구보다도 사람을 잘 따르는 차녀. 아이들이 여기에 있었다면, 분명 도와주라고 졸랐을 테니까. 길버트는 눈앞의 소녀에게, 후타바에게, 다시 타이르듯이 말했다.

“됐으니까. 여기는 나한테 맡기고.”

아이들의 추억과, 후타바가 옆구리를 스치고 지나간다. 길버트에게 다가오는 어찌할 도리가 없는 놈은,

“역시 강한 놈을 불러내네.”

라며, 악마 같은 웃음을 짓는다. 순식간에 깨달았다. 다치지 않고 이길 수 있는 상대가 아니라는 것을. 다치지 않으려고 하면 할수록, 이길 수 없다는 것을. 백 번을 맞아도 백한 번을 돌려주겠다. 그것 말고는 막을 수 없다는 것을.

“Try me.”

중얼거렸다. 그리고 과거 별명이었던 전설상의 용, 와이번처럼 포효하며, 길버트는 맹렬하게 맞섰다.

첫 공격은 상대방 쪽에서. 무시무시한 속도의 베기. 왼손의 손도끼로 간신히 막아냈을 때,

"덴묘 도야. 이름은?"

이라고 태평하게 묻는다.

"닥쳐. 애송이."

손도끼를 비틀어 칼을 쳐내고, 사벨을 머리 꼭대기에 때려 넣는다. 그러나 높은 금속음이 울려 퍼졌다. 놀랍게도 쳐냈던 칼이 다시 돌아와 있다. 마치 거울에 비친 빛 같다. 속도로는 완전히 상대방이 위였다.

그게 무슨 상관인가. 길버트는 사벨로 밀어내면서, 덴묘의 굽히려는 무릎을 손도끼로 쳤다.

덴묘는 다리를 옆으로 내던지는 것처럼 점프하여, 아슬아슬한 차이로 피했다. 그뿐만이 아니다. 동시에 협차를 거꾸로 뽑아 들고, 손도끼를 든 왼팔에 공격을 쏟아낸다. 이렇게까지 방어를 포기하고 덤벼드는 자와 싸운 적이 없는 모양이다. 이 녀석은 몸 성히 끝내고 싶겠지. 그러나 나는 여기에서 사지를 잃든, 빈사 상태가 되든, 이제 두 번 다시 싸울 일이 없을 테니 상관없다.

덴묘의 얼굴에 공포가 떠오르고, 발꿈치를 땅에 비비는 것처럼 해서 물러난다. 길버트는 그것을 놓치지 않고, 두꺼운 다리를 앞으로 내밀었다. 초 접근해야만 승기가 있다.

놀란다.

그게 무슨 상관인가? 길버트는 다시 마음속으로 중얼거리고, 손도끼 자루가 부러질 듯 꽉 움켜쥐었다. 칼은 그래도 살을 찢었지만, 기세를 잃고 뼈에서 멈췄다.

덴묘는 놀라움에 얼굴이 빨갛게 물들었다. 길버트는 사벨을 세 번 땅에 꽂았으나, 덴묘는 점프한 기세 그대로 굴러 피했다. 덴묘가 간신히 무릎을 세웠을 때, 길버트는 선혈에 물든 왼팔을 휘둘러 손도끼를 던졌다.

덴묘는 옆으로 피하지도 않고, 뒤로 물러서지도 않고, 흑요석 같은 눈동자를 빛내면서 맞서온다. 손도끼 밑으로 빠져나와서. 길버트가 사벨을 치켜들자, 덴묘는 더욱 가속한다. 사정거리를 무효화하기 위해.

그렇다면, 길버트도 또한 앞으로 내디딘다. 칼날이 어깨를 찢었지만, 상관없다. 흔들리는 종처럼 이마를 콧잔등에 밀어붙이고, 동시에 피 묻은 왼손 주먹을 옆구리에 비틀며 꽂았다.

"엉망진창이야…."

"너보다는 낫다."

이쪽이 쳐올린 사벨을 코끝에서 피하고, 덴묘는 앞으로 쑥 내디뎠다. 공포의 얼굴인 채로. 몸만, 피만 반응하는 것처럼. 누군가의 명령으로 앞으로 나아가는 것처럼. 가슴을 꽤 깊게 베였다. 그러나 연초는 무사하다. 이 상황에 무슨 생각을 하는 거냐고, 레일라가 어이없어할 것 같다.

"Stand with me, Stonewall."

아까 베어 올릴 때, 이미 사벨은 손에서 놔버렸다. 속도가 더 빠른 이 남자를 해치우려면, 이 방법이 최선이라고 - .

길버트는 덴묘의 목덜미를 움켜잡더니, 하늘을 찌를 정도의 포효와 함께, 몸을 풍차처럼 돌려 벽에 처박았다.

"커헉 - ."

덴묘가 고통의 소리를 낸다. 이마에서 피가 흘러나온다. 그러나 동시에 내 배에서도. 거꾸로 쥔 협차가 깊숙이 박혀 있다.

"Not yet."

길버트는 기염을 토하면서 달린다. 덴묘의 목에서 손을 떼지 않고, 안면을 벽으로 깎아버리려는 것처럼.

"놔, 놔, 놓으란 말이야."

덴묘는 어린아이가 떼를 쓰는 것처럼 되풀이 말하며, 협차를 든 손을 추처럼 앞뒤로 흔들어, 몇 번이고, 몇 번이고 옆구리를 파헤친다.

그러나 길버트는 놓지 않았다. 용이 발톱을 세우는 것처럼. 치밀어 오르는 핏덩어리를 씹으면서, 덴묘의 머리를 검은 구름이 토해내는 낙뢰처럼 땅에 꽂아버린다.

휘날리는 모래 먼지 속, 길버트가 숨을 내쉰 그때, 목구멍에 강렬한 열기가 퍼진다.

"큭…."

덴묘는 엎드린 채로 오른손을 뒤로 뻗었고, 그 끝에 있는 칼이 명치에 박혀 있다. 깊이 박히지는 않았지만, 급소다. 목숨을 빼앗기에는 충분하다.

아까 그렇게 했는데도 두개골이 박살 나지 않는 사람이 있다니. 길버트는 진상을 알고 이를 갈았다. 땅에 처박히는 순간, 덴묘는 머리와 땅 사이에 왼팔을 밀어 넣었던 것이다.

그런 발상을 순간적으로 떠올리는 것뿐만이 아니라, 실제로 해내다니. 천성의, 아니, 마성의 재능이라고 해야 하겠지.

"됐어, 이겼다…."

덴묘가 엎드린 채로 한쪽 눈을 보였을 때, 길버트는 온몸의 힘이 쭉 빠져나가, 무거운 소리와 함께 위를 향한 채 벌렁 쓰러졌다.

"아얏…. 엄청난 힘이야."

이 남자에게는 죽음이 보이는가? 이미 목숨이 꺼져가는 나에게는 흥미를 잃은 것처럼 걸어 나간다. 탈골된 왼팔을 끼우면서. 간에이지가 있는 쪽으로.

─언젠가 대단한 기사가 되겠구나, 하고. 그 과정을 지켜보고 있다는 게 굉장하지 않아?

언젠가의 레일라의 목소리가 들렸다. 분명 요크셔까지 이어져 있을, 별이 빛나는 하늘을 보며 사죄했다. 죽으려고 했던 것은 아니라고. 그야, 여기까지 왔으니까.

─아빠는 나쁜 놈을 무찌르러 가는 거지?

그날의 아이들의 목소리도 들렸다. 분명 요크셔에도 전해질 터. 무릎을 세우고 지구 반대편을 향해 대답했다. 맞아, 그 말이 맞다고. 지금이야말로 말할 수 있으니까.

"엇ㅡ."

덴묘가 돌아본 순간, 길버트의 두 팔이 뒤에서부터 몸을 옭아매 움직임을 봉쇄했다. 남은 힘 전부를 쥐어 짜내어 졸랐다.

"뭐야…? 어라…? 이미 사라졌는데."

덴묘는 아연실색한다. 팔다리를 움직이며 버둥거리지만, 길버트는 놓지 않았다. 뭐가 사라졌다는 건지는 모르지만, 그것은 착각이다. 아직 사라지지 않았어.

"어이, 나는 그 여자아이를 쫓아갈 거니까… 놔…."

이 꼬마는 아무것도 모른다. 그래서 보내줄 수 없는 거다.

1분이라도, 1초라도, 내 안의 불꽃이 다 타버릴 때까지. 팔을, 허벅지를, 배를, 덴묘는 헐떡이면서 찔러댄다. 이제 아픔은 없다. 눈도 완전히 침침해지고, 소리도 멀어져간다.

도대체 얼마나 시간이 흘렀을까? 나를 떨쳐내고 달려가는 덴묘의 뒷모습이 보였다. 후타바가 도망갈 수 있을 만큼의 시간을 벌었다고 믿고 싶다. 명예로운 기사보다도, 자랑스러운 남편이며, 아버지였다고 믿고 싶다.

이제, 피워도 될까? 가슴께로 떨리는 손을 뻗었을 때, 그 남자가 머리를 스쳐 갔다. 처음 만났을 때 후타바와 함께 있던 사무라이. Dance man. 이미 죽은 건가? 아니, 쉽게 죽을 만한 남자는 아니다. 지금쯤 분명 찾으면서 쫓아가고 있지 않을까?

 이쿠사가미 전쟁의 신

흐릿해져 가는 사고로 거기까지 생각했을 때, 길버트는 손을 가슴에서 품속으로 옮겨, M1861 쉐리프스를 꺼냈다.

총구가 노리는 것은 자기 머리가 아니었다. 덴묘의 뒷모습도 이제 보이지 않는다. 최후의 한 개비에는 약간의 미련은 있지만, 길버트는 희미하게 한쪽 입만 올려 웃으면서, 용 기사로서의 최후의 한 발을 하늘에 쏘았다.

– 남은 인원, 4명.

흐름의 끝

열심히 달리는 와중에도 슈지로가 가르쳐줬던 것이 머릿속에서 되살아났다. 우에노 간에이지 앞은 화재 방지를 위해 길 폭을 넓혀, 시타야 가로라고 불리게 되었다. 여기는 에도에서 제일 가는 번화가였다.

그리고 그 앞이 미하시(三橋). 그 이름처럼, 시노부가와에 세 개의 다리가 놓여 있다. 중앙은 쇼군과 린노지노미야(輪王寺宮. 에도시대 닛코산 린노지(輪王寺), 도에이잔 간에이지(寬永寺), 히에이잔 엔랴쿠지(延曆寺), 천태종 3본산을 총관리한, 황족 출신 주지승의 칭호)가, 동쪽은 죄인이, 서쪽은 장례 행렬이 다니는 다리라고 한다. 실제로는 평소에도 이용되는 모양으로, 근거 없는 말인지도 모른다 –.

후타바가 중앙의 다리를 망설임 없이 건너던 그때, 뒤에서 총소리가 높이 울렸다. 군대가 출동했다고 들었는데, 그들이 달려온 것인가? 아니, 총성은 한 발뿐이었다. 그 후 한동안 시간이 지나도 다시 들리지 않았다. 군대는 아닌 것 같다.

그보다도 지금은 조금이라도 더 가야 한다. 미하시를 건넌 그 앞, 간소한 검은 가부키 문(冠木門)이 있다. 여기에서 더 가면 간에이지 부지다.

"아… 그런가."

분명 아직 시각이 되지 않았는데도 문이 열려 있다. 그것을 의아하게 생각했으나, 이것도 슈지로가,

ㅡ간에이지의 대문은 두 개 있다.

라고 말했던 것을 떠올리고 납득했다. 슈지로는 시간이 허락하는 한은 실제로 돌아다녔고, 갈 수 없어도 세세한 것까지 이야기해 주었다. 그러나 우에노 이야기가 되면 말수가 명백하게 줄었었다. 그래서 떠올리는 데 시간이 걸린 것이다.

첫 번째 대문. 거기에는 무수한 총알의 흔적이 남아 있었다. 불과 10년 전, 에도 개성을 달가워하지 않는 쇼기타이(彰義隊. 보신 전쟁 때 신정부군과 싸운 구 막부군 쪽 무사단. 우에노 전쟁에서 괴멸된다)와 신정부군 사이에서 싸움이 일어났다. 우에노 전쟁이다.

슈지로도 그 싸움에 참전했었다. 교진도 그랬다고 말했었다. 그 밖에도 고독 참가자 중에는 그때 여기에 있던 사람이 많을지도 모른다. 그런 생각을 하면서, 후타바는 대문을 지나, 마침내 간에이지 부지 안으로 발을 들여놓았다.

아니, 엄밀히 말하면, 지금은 다른 이름으로 불린다.

재작년인 메이지 9년(1876년)에는 메이지 천황이 행차하여, '우에노 공원'이 개원된 것이다. 시바, 아스카야마, 아사쿠사, 후카가와와 나란히 일본 첫 공원이다.

그리고 이듬해인 메이지 10년(1877년)에는, 내무경 오쿠보 도시미치의 제안으로, 이 땅에서 '제1회 내국권업 박람회'가 개최되었다. 미

술 본관 외에도 농업관과 기계관, 동물관, 원예관까지 건설되고, 일본 각지에서 모인 물산, 기계, 공예품 등이 전시되어, 상당히 성황이었다고 한다.

그 박물관 본관이 있는 장소. 거기가 원래 간에이지 본전이며, 두 번째 대문이 있는 장소. 즉, 고독의 종착지다.

"갈 수 있어."

후타바는 스스로를 질타하며 걸음을 옮긴다. 일부러 뛰어가지 않는 것이 아니라, 뛰는 것이 힘들다. 아주 희미한 달빛은 있지만, 우거진 나무들에 가로막혀, 발밑도 잘 안 보일 정도로 캄캄한 것이다. 그러나 조금 걸어가서 깨달았다. 구석 쪽 나무들 사이에서 희미하게 빛이 스며 나온다. 화톳불을 지핀 것이겠지. 분명 거기가 박물관 본관이다.

"보인다."

후타바는 자기도 모르게 고개를 끄덕였다. 5백 미터 정도 가보니, 갑자기 시야가 트이고, 벽돌로 지은 거대한 건물이 모습을 드러낸 것이다. 첨탑을 품은 좌우 대칭의 위풍당당한 구조였다.

"시간은….."

밤하늘을 또 올려다본다. 이제 아는 별도 없다. 달이 꽤 많이 서쪽으로 기울어져서, 아마도, 이제 오후 11시는 지났을 것이다. 그래도, 개문까지는 아직 30분 정도 남은 것 같다. 어딘가 덤불 속에 몸을 숨기고 기다릴까? 그러나 그러면 정확한 시간을 모르는 이상, 문이 열리는 것을 알아차리지 못할 우려도 있다. 게다가 덴묘가 대문 앞에서 기다리고 있다면 -.

"찾았다."

등줄기에 강렬한 오한이 일어, 후타바는 힘차게 몸을 돌렸다. 발소리는 나지 않았다. 아니, 바람에 흔들리는 나무들의 수런거림에 섞여 알아차리지 못했을 뿐. 잿빛으로 보이는 나무 너머에서부터 불쑥 모습을 드러냈다. 아까와 다른 점은, 이마에서 피가 흐르고, 그것이 굳어 얼굴을 빨갛게 물들인다는 점. 덴묘는 그 상태로 황홀한 웃음을 띠고 있었다.

"그럴 수가⋯."

다리가 움츠러들 것 같아, 한 걸음, 두 걸음, 뒤로 물러서는 것이 고작이었다.

"자, 불러."

덴묘는 고개를 살짝 틀고 두 팔을 벌렸다. 도대체 뭘 부르라는 건가? 전혀 알 수가 없다. 후타바가 아무 대답도 하지 않고 있으니, 덴묘는 안달난 것처럼,

"자, 자, 어서."

라고 같은 태도로 재촉했다.

"뭘⋯?"

"강한 사람을 부를 수 있지?"

이 남자는 무슨 말을 하는 것인가? 어떻게 해서 태어난 것일까? 인간 이외의 정체 모를 뭔가인 것처럼 느껴진다.

“이제 재고가 떨어졌나…? 할 수 없네.”

매우 유감이라는 듯이 눈꼬리가 처지더니, 덴묘는 깊은 한숨을 내쉬었다.

“그럼, 벤다.”

그 한마디를 발했을 때, 후타바는 다리를 움직였다. 떨림이 멎은 것은 아니다. 그래도 달려 나간 것이다.

“소용없다니까.”

소름 끼치는 목소리가 귓가를 흔든다. 후타바는 그래도 멈추지 않았다.

마침내 보인다. 돌로 만든 다리 너머에 솟아 있는 대문이. 첫 번째 것과는 달리 훌륭한 조형. 지붕에는 제대로 기와가 덮여 있고, 그 위에 시계탑이 올라가 있다. 바늘은 오후 11시 32분을 가리킨다. 역시 아직 문은 닫혀 있다. 그러나 쓰루바미의 말에 따르면, 안에는 경관이 있을 터.

“부탁입니다! 열어주세요!”

후타바는 열심히 달리면서, 문 너머에 들리도록 외쳤다. 이제 30미터도 안 남았다. 확실히 건너편에 사람의 기척이 있다. 그러나 몇 번을 불러도 전혀 열어줄 기색은 없었다.

이제 안에 들어가는 것은 포기하고 숲으로 도망치는 수밖에 없다. 안 된다. 덴묘의 다리는 도저히 이길 수 없다.

“열어줘!”

후타바가 쥐어 짜내는 것처럼 외친 그때, 대문을 지탱하는 기둥 한 개가 일그러진 것 같은 느낌이 들었다. 아니, 그게 아니다. 누군가가, 천천히 일어선 것이다.

"…후타바인가?"

이 목소리를 안다. 후타바는 치미는 오열을 참으면서 대답했다.

"네!"

그림자는 달려 나간다. 땅 위를 기어가듯이 낮게. 후타바 옆을 빠져 나간 직후, 귀를 찢는 괴음이 울려 퍼지고, 허공에서 춤추던 칼날이 땅에 박혔다.

"대단하네. 부를 수 있잖아."

"덴묘 도야, 포기해라."

녹색 향기를 머금은 바람이 문으로 이어지는 돌바닥 다리를 달려간 다. 문 너머에서 흘러나오는 희미한 빛을 뺨에 받으면서. 그림자는, 아 다시노 시쿠라는 조용히 명했다.

2

아다시노 시쿠라가 진보 골목에서부터 포병대의 망을 뚫고 나와 우에노 간에이지 대문에 도착한 것은 오후 10시 47분의 일. 또 제1착인 모양이다.

앞으로 1시간 후면 문은 열린다. 슈지로와 후타바도 반드시 올 것이다. 그러나 그때까지 나는 이제 버틸 수 없을지도 모른다.

오카베 환도재는 역시 무서울 정도로 강했다. 애초에 공멸할 것을 각오했었다. 아무리 베여도 좋다. 대신에 나 또한 베겠다고. 그런 전투 방식을 취했기 때문에, 피를 너무 많이 흘렸다. 여기까지 올 수 있었던 것도 기적 같은 일이다.

시쿠라는 대문 기둥에 기대어 검을 끌어안듯이 하고 쪼그리고 앉아 있었다. 몸의 감각은 둔해지고 있었고, 조금만 긴장을 풀면 잠들어버릴 것 같았다.

구라마산에서부터 꽤 멀리까지 왔다. 일일이 말할 필요도 없다. 그 날, 산을 벗어난 것은 잘못이 아니었다. 남아 있는 것은 이제 두 명. 그러나 다른 형제들도 불행하지는 않았다고 생각한다. 산에서부터의 세월, 각자 누군가를 만났고, 뭔가를 남겼으니까. 형제의 일생을, 오보로 류와의 악연을, 교하치류의 역사를, 그 남자가 모든 것을 바꾼 것이었다. 바꿔준 것이었다. 지금은 단 한 마디를 전하고 싶어서, 무너져가는

　　　　　　　　　　　　　이쿠사가미 전쟁의 신

몸을 영혼이 간신히 지탱하고 있는 것이다.

나무들의 술렁거림이 멀어졌다. 지금은 몇 시일까? 고개만 들어 시계탑을 올려다본다. 오후 11시 30분.

정말이지, 항상 그랬다.

밥때에도 항상 마지막에 나타났었다. 그러면서 용케도 우체부원 노릇을 할 수 있었네. 조금만 더 기다려줄까.

시쿠라가 마음속으로 중얼거렸을 때, 목소리가 들린 것 같은 느낌이 들었다. 나뭇잎이 스치는 소리가 그렇게 들린 건가? 하고 생각했다.

아니다. 목소리다. 두 개의 발소리다. 그 녀석, 또 마지막인가? 시쿠라는 씁쓸한 한숨을 내쉬면서, 땅에 손을 짚고 일어섰다.

"…후타바인가?"

"네!"

후타바가 대답한 다음 순간, 시쿠라는 달려 나갔다. 진작에 한계를 맞이했지만, 뭔가가 이 몸을 충동질한다.

그 남자가 지키고 싶어 하는 아이라서가 아니다. 형제를 변화시켜 준 아이여서가 아니다. 본래, 이것을 못 본 척할 수 있는 내가 아닌 것 뿐이다.

열심히 달리는 후타바의 옆을 지나쳐, 바로 등 뒤까지 쫓아온 덴묘 도야를 향해, 시쿠라는 파군으로 발도와 동시에 검을 휘둘렀다. 어딘 가에서 조달한 건가? 덴묘는 대검으로 막지 않고, 반사적으로 협차를 뽑아 후려친다. 고음을 발하며 쇠는 비틀린다. 협차는 뿌리 쪽부터 두 쪽으로 부러지고, 칼끝은 날아가 땅에 박혔다.

생애 최후의 여름. 뭔가 지껄이는 덴묘에게,

"덴묘 도야, 포기해라."

라고 시쿠라는 의연하게 조용히 고했다.

"싸우자."

"죽어라."

협차 칼자루를 내던지고, 덴묘는 대검을 내리친다. 칼날이 코에 닿기 직전, 옆으로 피했다. 특이한 호흡의 율동. 달려 나갔을 때는 이미 염정을 소환한 상태였다.

─시쿠라 형, 이제 얼마 버티지 못해.

시치야의 불안한 듯한 목소리를 들으면서.

"파군이여."

그와 가장 오래전부터 함께 해온 기술을, 시쿠라는 속삭이는 것처럼 불러냈다. 파군은 일격필살. 한 번이라도 맞으면 끝난다.

"그건 안 막아."

웅웅거리는 소리를 내는 하얀 날 가운데에서, 윤무를 추는 것처럼 두 사람의 그림자가 흔들린다. 시쿠라가 쏟아내는 공격을, 덴묘는 칼로 막지 않고 버드나무처럼 몸을 휘어 번번이 피했다. 그렇다면 다음 수는 한 가지다. 지켜야 할 것은─.

"이로하, 후타바다."

오누이 사이다. 이로하가 꽤 일찍부터 후타바를 아꼈다는 것은 알고 있었다. 분명 아무것도 할 수 없었던 그날의 자신과 겹치는 부분이 많았을 것이다.

―부탁이야. 그 애를 도와줘.

이로하의 목소리도 들린 것 같은 느낌이 들었다. 파군에 더하여 문곡. 쏟아져 내린 별이 보이지 않는 상자 속에서 뛰어다니는 것처럼, 칼날이 궤도를 바꿔가며 교차한다.

"전보다 더 강해졌어!"

덴묘는 기쁜 듯이 웃었다. 방어에 전념하고는 있지만, 그래도 전혀 맞지 않는다. 환도재가 셀 수 없는 수많은 경험을 통해 얻은 기술로 회피하려고 했었다면, 덴묘는 본능으로 예민하게 반응하는 것처럼. 천년을 살아온 무사의 혼이, 원념이, 사라지는 것을 거부하는 것처럼, 덴묘의 편을 들어준다. 이 남자야말로 낮에 싸웠을 때보다 몇 단계는 더 강해졌다.

덴묘의 앞머리가 밤바람에 흩날린다. 상상을 초월하는 속도로, 인간을 벗어난 순발력으로 칼날이 돌아온다. 뺨이 찢어져 피가 허공을 떠도는 것이 보였다.

"시쿠라 씨!"

후타바가 부르는 소리가 귓가에 울린다. 아직 들린다. 아직 쓰러지기에는 이르다. 아직 나는 서 있다.

"아직… 살아 있다."

시쿠라는 자기 목숨에게 더욱 타오르라고 명령했다. 둘 다 더욱 검이 빨라진다. 뭔가가 타는 것 같은 소리가 들린다. 휘날리는 모래가 파군의 검에 닿아 폭발한 소리다. 그러나 단 한 번도 칼의 울림은 들리지 않는다. 서로 피하기만 할 뿐. 한 수라도 잘못 두면 다음 순간에는 죽음이 기다리고 있다. 단, 그것은 덴묘뿐이다.

– 시쿠라 형, 위험했어.

"후고로, 미안하다."

덴묘의 바람 같은 일격. 시쿠라는 왼팔로 막았다. 피부가 찢어져 피가 흘렀지만, 살은 찢어지는 일은 없다. 거문은 살아 있다. 후고로의 마음은 살아 있다.

시쿠라가 손목을 돌려 내지른 찌르기. 수면으로 날아든 빛처럼 꺾어져, 덴묘의 어깻죽지를 스쳤다. 톱으로 훑고 지나간 것처럼 기모노가 심하게 찢어지고, 서서히 솟아오른 피가 천을 붉게 물들였다.

실질적인 막부 종언의 땅. 몇백, 몇천의 무사가 혼을 불태운 땅. 지금은 단 두 사람이다. 그러나 시쿠라는 그 수많은 무사들을 베어버리고 있는 듯한 착각이 들었다. 개인이 아닌 무리. 아니, 집단. 사람을 초월한 존재가 되어가고 있다.

끝이 보이지 않는 공방전 중에 시쿠라는 어떤 불가사의를 생각하고 있었다.

도쿄에 들어선 이후에 딱 한 번 이로하를 만났다. 그때, 진로쿠가 세웠던 가설 이야기를 들었다. 각각의 이름에 들어 있는 숫자대로, 교하치류의 비술을 순서대로 나열한다. 그때, 숫자가 가까울수록 상성이 나쁘고, 떨어져 있을수록 상성이 좋다고.

분명 그 추측은 맞았다. 시쿠라에게는 실감이 있었다. 파군과 염정, 거문과 염정. 둘 다 동시에 꺼낼 수 있다. 그러나 그때 거문이 명백하게 열화된다는 것. 그리고 파군과 거문은 동시에 낼 수 없다는 것으로 알았다.

따라서, 이로하는 파군과 가장 숫자가 먼, 가장 상성이 좋은 문곡을 나에게 맡긴 것이다. 즉, 지금 내가 보유한 비술을 숫자로 표현하자면, 4, 5, 7, 8.

그러나 그러나 말이다. 아까 거문으로 막았을 때. 그때, 칼을 팔로 막은 채로 파군의 찌르기를 쏟아냈었다. 즉, 그것은,

－동시에 소환했다.

라는 뜻이다.

아니, 애초에 이상하다. 물려받은 지 얼마 안 되어 알아차리지 못했었지만, 염정과 문곡은 서로 이웃한 비술. 그런데도 간섭하지 않고 꺼낼 수 있다. 생각해 보니, 환도재와 싸웠을 때부터다.

"뭔가…."

목소리가 흘러나왔다. 교하치류에는 아직 숨겨진 뭔가가 있다. 분명 그것이 최후의 수수께끼이며, 스승이 말했던, 환도재도 중얼거렸던 '한가미'와 관계가 있는 것이라고.

산에 있던 때도, 군대에 있던 때도 할 수 없었다. 아니, 고독 전반 때

조차 불가능했었다. 비술이 늘어났기 때문일까? 아니다. 그 이후에 나는 검에 무슨 장치를 했는가? 그것도 아니다. 그럼, 무엇이 변했나? 무엇이―.

"…설마?"

눈 가장자리에, 후타바가 외치는 모습이 비쳤다.

그런 거였나? 단지 그것뿐인 건가? 아니, 검을 이루는 세 가지 중 한 가지다. 있을 법한 일인지도 모른다. 처참한 고독 한복판에 있었기 때문에 더욱. 그것이 필요했던 것이다.

이제야 교하치류가 무엇인지를 알았다. 역대의 누군가가 길을 잘못 들어섰다. 7백 년 전, 이 유파를 만들어낸 자의 기도가 틀린 것 같은 느낌이 들었다. 목숨이 다하기 직전에. 심지가 다 타버린 촛불처럼, 꺼질 듯이 흔들리는 지금.

"알고 있어… 이제 금방이로군."

온몸을 적시는 피가 따뜻하다.

이제 염정도, 거문도, 문곡도 꺼낼 수 없다. 지금 막, 파군도 스러졌다.

그래도 아직 시쿠라는 서 있다. 그렇게 만드는 것은, 몸도, 기술도 아니다. 단 한 가지의 그것이 아직 나를 버티고 서게 한다.

남은 한 방울까지 쥐어 짜내는 것처럼 내지른 검은, 덴묘에게 파군이 사라졌다는 것을 깨닫게 만들어 튕겨 나갔다.

그러나 이제 됐다. 나는 형제의 바람을 전부 이뤘으니까. 약속을 지킬 수 있었으니까.

　시쿠라, 시쿠라, 시쿠라.

　쓰러진 내 몸을 안고, 형은 몇 번이나 그 이름을 부른다.

　센닌즈카에서는 나도 모르게 입에서 튀어나와 버렸었지만, 지금은 오랜만에, 구라마에 있던 때처럼,

　"늦었잖아… 슈 형."

　형의 품속에서, 시쿠라는 온화하게 불평했다. 형은 이름을 부르는 것을 멈추려고 하지 않는다. 이래서는 전달할 수가 없잖아. 시쿠라는 떨리는 손을 들어 제지했다. 손을 따뜻한 것이 적신다. 시쿠라는 예전처럼 미소 지으면서, 세 명의 동생들의 마음을, 내 마음을, 순서대로 전했다.

　딱 한 가지만 더. 꼭 전해야만 할 말이 있다.

　"슈 형은… 이제 여덟 개 전부 쓸 수 있을 거야."

　나라도 그랬을 것이다. 동생들을 지키기 위해 계속 도망쳤고, 처자식을 위해 다시 일어섰고, 누구인지도 모를 여자아이를 위해 싸워온 형이다. 틀림없다.

　교하치류의 종착지. 그것은 여덟 개의 비술을 빼앗아 모으는 일이 아니었다. 바보 같은 이야기지만. 어리숙한 이야기지만. 이런 것인 모양이다. 그것도 전하고 싶지만, 이제 입이 움직이지 않는다. 아니, 분명 형이라면 알아줄 거야. 이미 알고 있을 것이다. 시쿠라는 그런 생

각을 하면서, 눈꺼풀 안쪽에 떠오른 모두를 향해 고개를 끄덕였다.

—남은 인원, 3명.

   이쿠사가미 전쟁의 신

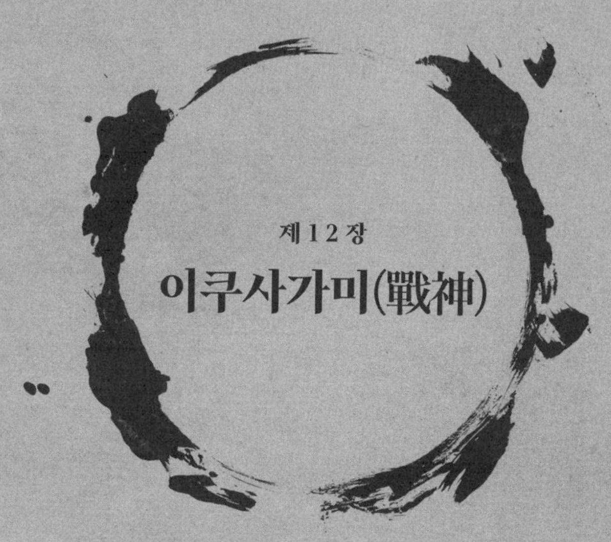

이쿠사가미(戰神)

1

사가 슈지로는 동생을 살며시 땅바닥에 눕히고는, 덴묘에게 시선을 옮기며, 날씨가 거칠어지기 시작한 밤하늘을 향해 일어섰다. 덴묘도 또한 이쪽을 응시하며 미동도 하지 않는다. 마치 꺼져가는 목숨의 향기를 충분히 즐기는 것처럼, 가슴을 부풀릴 뿐이었다.

그렇다, 생명의 등불은 꺼져가고 있었다. 내가 늦지 않게 왔다고 해도 아무것도 달라지지 않았을 것이다. 동생은 분명 그렇게 말하겠지.

그러나 늦는 버릇은 지금 시작된 것이 아니다. 그날, 그때, 형제들에게 좀 더 말했었다면, 설득하는 것을 포기하지 않았더라면, 모든 것은 달라졌을지도 모른다.

그러나 만약 그랬다면, 나는 아내를 만나는 일도, 아이를 낳을 일도 없었을 것이다. 이렇게 고독에 참가하는 일도-. 후타바가 변함없이 왔었다면, 분명 덴류지에서 목숨을 잃었을 것이다. 아니, 그것도 전부 달라졌을 것이다.

지금 그것을 물어봤자 의미는 없겠지. 모두가 그 순간순간 뭔가를 결정하고, 결정한 방향으로 걸어가면서, 자기 일생을 여행해 왔다. 인간 세상이라는 건, 각자의 여행이 교차하는 것이다.

"슈지로 씨…."

후타바가 소태도를 꺼냈다. 그 작은 손은 공포가 아니라, 분노로 떨

 이쿠사가미 전쟁의 신

리고 있는 거라는 것을 알았다.

"뽑지 않아도 돼."

덴류지에서 만난 이래로 처음이다. 강자일수록 칼날에 반응한다. 그때는 그 이유로 말렸었다.

지금은 아니다. 이 고독에서, 후타바는 그 한번 말고는 칼을 뽑지 않았다. 누구 한 명도 다치게 하지 않았다. 그러면서 여기까지 도달했다. 그런 일을 누가 상상이나 할 수 있었을까? 후타바는 그 모습 그대로 있기를 바랐다.

"정말로 대단해… 계속해서 나타나네."

덴묘 도야. 글자는 달라도, 내 아이와 같은 발음의 이름이면서도 정반대인 남자. 잘 안다. 이름 같은 건 상관없다는 걸. 사람은 누구와 만나는지, 무엇을 생각하는지, 어떻게 살아가는지, 그것들이 일생을 결정하는 것이라고.

도쿄에 올 때까지 마주치는 일은 없었다. 그러나 도야에게도 여행이 있었던 것이다. 만약 내가 형제를 해치는 길을 선택했더라면, 아내를 만나지 못했더라면, 후타바를 못 본 척했더라면. 어쩌면 나도 같은 길을 걸었을 가능성도 있다. 덴묘의 그것은, 내가 걸어가지 않은 또 하나의 길이었는지도 모른다.

"싸우자."

"그래."

덴묘가 기쁜 표정을 지으며 돌진해 온다. 슈지로는 허리에서 칼을

해방시켰다. 앞면과 뒷면의 여행이 착종하여 눈부실 정도의 불꽃이
튀었다.

엇, 하고 놀란 소리를 내며, 덴묘는 용수철처럼 뒤로 점프했다. 겹친
칼날이 떨리기 시작하는 것을, 파군이 웅웅거리는 소리를 낸 것을 알
아차린 것이다.

"어떻게 된 거야?"

덴묘는 당혹스러워하면서, 이가 빠진 검을 쳐다본다. 그때, 슈지로
는 벌써 사정거리 안에 들어가 있었다. 여름 바람 속에서 호흡을 잘게
나누며, 염정을 발하면서.

"그것도-."

경악도 한순간. 잠자던 뭔가가 해방된 것처럼, 덴묘는 절규와 비슷
한 포효를 지르면서 검을 휘두른다.

그야말로 용울음, 그야말로 우레와 바람, 덴묘는 그 몸에 마(魔)를
채우면서, 수라 같은 속도로 무수한 검격을 휘날린다. 그러나 그것도
전부 허공에서 폭발해 버린다. 탐랑이 잡아먹는다.

"뭐야! 그건!"

덴묘의 시선은 슈지로의 어깨에 쏠린다. 그 얼굴이 굳는 것을 처음
봤다.

"아직, 아직 더 할 수 있어, 할 수 있어."

아직이다. 덴묘 속에서 꿈틀대는 무수한 그림자가 보인 것 같은 느
낌이 들었다. 덴묘는 혼잣말을 중얼거리면서, 칼자루에서 왼손을 떼

 　　　　　　　　　　　　　　　　　이쿠사가미 전쟁의 신

더니, 오른손 하나로 공격하는 것으로 바꿨다. 속도도, 무게도, 전혀 변함없다. 짐승 같은 후각으로 탐랑의 약점을 냄새 맡은 건가? 슈지로의 발끝을 짓밟으면서,

"어떠냐아!"

라며 왼손으로 슈지로의 배에 발경(發勁. 혈도 찌르기)을 꽂아 넣는다. 포탄을 맞은 것 같은 충격. 그러나 그래도 몸은 강철처럼 깨지지는 않는다. 거문은 전혀 파헤쳐지지 않았다.

그때였다. 무겁게 삐걱거리는 소리를 내며 문이 열렸다. 거기에는 경관들 무리. 밖에서 들린 소리만으로도 이미 혼란스러워하고 있을 터. 거기에 이 광경이다. 망연자실한 기색이었다. 그 경관들 앞, 문 중앙, 쓰루바미가 서 있었다.

"대경시의 명령을 잊었나! 문밖으로 나가서는 안 된다!"

경관들을 다시금 견제한 후,

"개문… 문이 열렸습니다!"

라고 목이 터져라 외쳤다.

"슈지로 씨!"

"가!"

슈지로는 한 박자도 늦지 않게 대답했다.

"부탁이야, 같이….."

"이놈을 들여보낼 수는 없어."

경관이 있든 말든 아랑곳하지 않고 날뛸 테니까. 후타바에게로만

표적을 좁히면, 지금의 내가 막는다고 해도, 만에 하나 무슨 일이 벌어질 수도 있으니까.

그 이유도 있었다. 그러나 그보다 더 큰 이유. 모두가 달려온 이 여행의 종착지. 거기에 이놈을 도달시키고 싶지 않다. 그 마음이 가슴을 온통 불태우고 있었다.

소나기처럼 쏟아져 내리는 칼날을 튕겨내는 가운데, 시간이 압축된 것처럼 천천히 흐른다. 여행의 시작. 슈지로는 그날과 같은 질문을 했다.

"살려는 마음은 있는 건가?"

"살고 싶어…, 살아서….”

"가라, 후타바.”

후타바는 눈물을 흩날리며 고개를 끄덕이고는, 문 안으로 뛰어갔다. 덴묘가 그것을 힐끔 보는 것을,

"나를 봐.”

라며, 칼날을 돌려준다. 파군의 검은 고오 – 소리를 내며 덴묘의 옆구리를 깎아냈다.

"도대체 뭐야…? 이 녀석….”

덴묘의 웃음이 사라졌다. 지금까지 떠올라 있던 희열은 완전히 흩어져버렸다. 뭘 어떻게 생각한 것인지, 덴묘는 후타바를 쫓아가려고 했다.

슈지로는 그것을 순식간에 추월하여, 뒤를 돌아보지도 않고, 쓱 수평으로 허벅지를 베어버렸다. 똑똑히 보고 있다. 북진은 놓치지 않았다.

"이상해, 이상해, 이상해."

덴묘는 얼굴이 창백해지면서 사방팔방에서부터 공격한다. 탐랑에 북진이 더해지고, 공격의 반을 튕겨내고, 반을 간파하고 피했다.

"이렇게 좋아하는데… 이렇게 사랑하는데… 더, 더 오란 말이야!"

덴묘는 여기에 없는 누군가를 부르는 것처럼 하면서 검을 휘두른다. 또 한 단계 더 빨라졌다. 아니, 불러낸 누군가가 가세한 것처럼, 검놀림이 진화했다.

"너는 싸우는 걸 좋아하는 게 아니야."

슈지로는 고개를 흔들어 피하고, 덴묘를 노려보면서 말을 이었다.

"이길 수 있는 싸움을 좋아하는 것뿐이다."

"아니야!"

덴묘는 갑자기 화를 내면서 슈지로의 얼굴을 향해 입에서 피를 뿜어냈다. 이것은 탐랑으로도 북진으로도 포착하지 못하여, 슈지로는 눈을 감을 수밖에 없었다.

"비겁하다고는 말하지 않겠다. 이기고 싶을 테니까."

"왜 안 맞는 거냐고!"

이제 완전히 애새끼다. 단, 검의 속도는 더 빨라졌다. 바람을 가르는 소리 속에 단말마가 실렸다. 틀림없다. 이 남자는 수천 년을 살아온 무사의 집대성이며, 종착지라는 것이.

그러나 슈지로는 그 통곡 전부를 번번이 피하고 있다. 후타바의 목소리를, 동생의 목소리를 듣고, 여기까지 이끌어준 귀로, 녹존으로 확실하게 포착했다.

"슈지로 씨!"

피를 닦고 뜬 눈 가장자리로 후타바가 문 안쪽에서 부르는 것이 보였다.

쓰루바미도 경관을 향하여 외치고 있었다. 이 아이는 결백하다. 호코쿠 신문은 거짓이다. 애초에 문 안으로 들어온 자는 그 누구도 다치게 해서는 안 된다는 엄명을 받지 않았느냐며.

"들어갔다."

슈지로는 단 한 명의 여동생에게 말했다. 덴묘가 간신히 피한 칼날이, 초승달 같은 궤도를 그리며 어깨를 찢었다. 감사의 뜻을 전하려는 것처럼. 문곡이 환희에 차 약동한다.

"우우… 강해져야만 해. 어머니가 슬퍼해… 아버지한테 인정받아야 해…."

무(無)였다. 백 개의 얼굴이 겹친 것처럼. 지금, 처음으로 덴묘의 얼굴이 보였다. 악몽에 시달리는 것처럼, 덴묘는 당장이라도 울음을 터뜨릴 것처럼 중얼거리고 있었다.

무슨 비애인가? 무슨 쓸쓸함인가? 그것으로 꺼림칙함이 사라진 것은 아니다. 오히려 늘어났다. 그리고 또 강해지는 것이다. 확실히 그 녀석이 말한 대로. 세상에는 도리가 통하지 않는 일이 더 많다. 검은 그중 가장 대표적인 것인지도 모른다. 그것은 교하치류도 또한 마찬가지다.

시쿠라가 전하고 싶어 했던 것은 알고 있다. 검은 마음, 기술, 몸이라고 한다. 어째서 마음이 들어가는 건가? 마음으로 뭐가 달라지는 건가? 아니, 달라지는 것이다. 지금의 나는 그것을 알고 있다.

"빼앗는 것이 아니라, 믿고 맡긴다. 그것이 우리의 검이다."

북진, 녹존, 파군, 거문, 탐랑, 염정, 문곡, 그리고 줄곧 나와 함께 있었던 무곡. 지금, 모두 다 나왔다. 모두가 이어진 곡선처럼 다리를 빠져나가, 덴묘의 턱을 밑에서부터 관통했다. 덴묘는 몸을 크게 뒤로 젖히고 하늘에 토혈을 흩뿌렸다.

"슈지로 씨!!"

그때, 후타바가 또 목청껏 외쳤다.

그래서 깨달았다. 길버트의 총성을 들은 것일까? 아니면, 시쿠라를 쫓아온 것일까? 멈추지 않고 휘몰아치는 바람에 흔들리는 숲에서부터, 우르르 군인들이 나타나, 광장을 가로질러 이쪽으로 오려고 했다.

시계탑이 가리키는 시각은 11시 58분.

아니, 바로 지금, 바늘이 움직여 59분이 되었다.

후타바가 기다려달라고 애원한다. 경관에게 밀쳐질 뻔한 것을, 쓰루바미가 가로막듯이 막아서며 뭔가를 외친다. 그러나 의미는 모르지만, 이것도 엄명을 받은 것이라며, 경관들이 문에 손을 대려고 했다.

10년 전 여름과 마찬가지로 우에노의 산은 바람에 울고 있다. 설탕에 몰려드는 개미 떼처럼 다가오는 군인들. 그런 가운데, 아직이다.

덴묘는, 아직 서 있다. 무릎이 꺾어지려는 것을 버티면서, 온몸을 격렬하게 경련하면서, 자기를 낳은 하늘을 노려보는 것처럼.

"아직… 아직…."

부서진 턱을 미세하게 움직여, 이쪽으로 핏발 선 눈을 향한다.

이 싸움도 곧 끝난다. 칼의 시대도 끝난다. 내 여행도 곧 끝난다.

둑이 터진 것처럼 흉악한 기운을 쏟아내며, 또 한 단계 더 강해진 덴묘와 검을 섞는 가운데, 슈지로는 이것이 최후라며 이름을 불렀다.

"후타바, 돌아오지 마."

닫혀가는 문의 틈새, 후타바는 뺨을 눈물로 적시면서, 이쪽을 향하여 달려 나오려고 했었으니까.

사람은 여행을 돌이켜봐도 된다. 그래도, 되돌아가서는 안 된다. 또 새로운 여로에는, 메이지라는 여로에는, 아름다운 경치도, 빛나는 만남도 분명 기다리고 있을 테니까.

"여기였다."

슈지로는 누군가에게 중얼거렸다.

7백 년을 넘게 이어져 온 교하치류는, 함께 걸어온 내 여행은, 여기가 종착점이었다. 문에서 흘러나오는 빛이 가늘어진다. 그것은 마치 실처럼. 시계탑의 바늘이 오늘의 끝인 오후 12시를, 새로운 하루의 시작인 오전 0시를 가리키는 가운데, 슈지로는 더욱 앞으로 발을 내디뎠다.

─ 도달자, 1명.

   이쿠사가미 전쟁의 신

최종장

메이지 12년(1879년) 10월 13일의 일이다. 많은 배가 정박하는 시바우라 항구. 괭이갈매기가 하늘을 돌면서 마중해 주는 것처럼 울고 있다.

가쓰키 후타바는 우편선에서 내려 오랜만에 도쿄 땅을 밟았다. 약 1년만. 그 여름, 고독의 종언 얼마 후에 왔던 이후로 처음이다.

메이지 11년(1878년) 6월 6일 오후 11시 59분. 우에노 간에이지 대문이 닫혀가는 가운데, 후타바는 몇 번이나 그 이름을 불렀다.

점점 좁아지는 풍경 속에서 봤다. 그 사람은 확실히 숙명에 이겼다. 근위병이 구름떼처럼 다가오는 가운데, 밤하늘에 가득한 별을 우러러보고 있었던 것이다.

"후타바, 너무 빠르다니까!"

목소리가 들려 돌아본다. 사야마 신지로가 잔교를 종종걸음으로 따라오고 있다. 그날, 신지로는 특송 사람들과 함께, 교진의 소중한 사람을 구출해 줬다. 그 후로도 역체국과 함께 행동했고, 재회한 것은 그 다음 날의 일이었다. 신지로는 만나자마자 부둥켜안고 엉엉 울었다. 둘이서 같이 울었다.

"미안. 마음이 급했나봐."

후타바가 쓴웃음 지으면서 걸어 나가다가, 7, 8살 정도의 남자아이와 부딪쳤다. 분명 배 여행에 신이 나서 주위가 보이지 않았던 것이겠지. 부딪쳤을 때, 남자아이의 손에서 뭔가가 후드득 떨어졌다.

　　　　　　　　　　　　　　　이쿠사가미 전쟁의 신

"죄송합니다…."

"나야말로, 미안해."

후타바는 잔교에 나뒹구는 그것을 주워 들고,

"이거, 어디서 났어?"

라며 미소 지어 보였다.

"주워서 모은 거야."

남자아이는 만면에 웃음을 띠며 대답해 줬다. 도토리, 떡갈나무 열매, 또 다른 이름은 상수리나무(쓰루바미) 열매라고 한다.

대문이 닫힌 후, 쓰루바미는 곧바로 고독 종료를 선언했다. 그리고 경관들을 헤집고 나가듯이, 안쪽의 박물관 본관으로 후타바의 손을 잡아끌었다. 돈은 반드시 지급하게 한다. 무슨 일이 있어도. 자기 자신에게 이르듯이 중얼거리면서.

후타바는 박물관 본관의 한 방에서 기다리라는 말을 들었고, 다시 문이 열린 것은 창밖이 아련하게 밝아지기 시작했을 무렵이었다. 거기에 서 있던 것은, 후와 나루이치라는 사람을 비롯해 특송 사람들 열 명 정도.

쓰루바미의 모습은 없었다. 그 후로는 단 한 번도 만나지 못했다. 나중에 들은 이야기로는, 고독이 끝나고 석 달 정도 지났을 무렵, 쓰루바미는 경찰이 아니라 대심원에 출두했다고 한다. 그리고 사태의 전말을 전부 고한 후, 지금은 법의 심판을 기다리고 있다는 것. 쓰루바미의 이름이 미나세 하지메라는 것을 들은 것도 그때였다.

모든 것이 끝난 다음 날 아침. 간에이지 대문 밖에는 이미 그 사람의 모습은 없었다.

"아아… 땅이 흔들려. 배는 도저히 익숙해지질 않네."

둘이 나란히 걷기 시작하자마자 신지로는 원망스럽다는 듯이 우편선을 쳐다봤다.

역체국과 경시국의 싸움은 어떻게 되었는가? 후타바는 자세한 이야기는 듣지 못했다. 그저 내무경 대리인 이토 히로부미가 일련의 진상 규명에 착수했고, 마에지마 히소카 역체국장과 가와지 도시요시 대경시에게 자택 근신을 명했다. 가와지는 호코쿠 신문과의 관여도 부정. 수배자에 대한 현상금도 지급되지 않았으니 악질적인 장난일 것이라고 단언했다. 그 후로도 전혀 증거를 찾지 못하여, 사건은 그대로 어둠 속에 묻히는 것처럼 보였다.

사태가 움직인 것은 올해 2월. 도쿄 니치니치 신문이 호외로,

－'6월 6일의 변'의 진상.

이라고 1면에 보도한 것이다. 호코쿠 신문은 경시국이 4대 재벌의 간부들과 공모해서 만들어낸 것이며, 메이지 11년 5월 5일에는 분명히 292명이 덴류지에 모였었다고. 그 후, 도카이도에서 벌어진 여러 가지 사건에 관해 상세한 내용이 적혀 있었다.

취재기자의 이름도 있었다. 쓰게 교진이라고.

 이쿠사가미 전쟁의 신

사주에게 들었다. 도쿄에 도착하고 나서 보름 동안, 교진은 모두를 지키는 데 도움이 될까 하고, 고독에 관한 기사를 썼다. 제2막이 시작되자마자, 감시의 눈을 피해 도쿄 니치니치 신문 본사로 기사를 보낸 것이었다.

쓰루바미가 가르쳐줬다. 그날, 가무이코차가 봤던 광경은, 교진이 행방을 감췄던 일을 나카무라 한지로가 질책하던 장면이었던 모양이라고.

정부의 눈을 피하고자, 호외라는 형태로 도쿄 전체에 뿌렸다. 그렇기는 해도, 공무원들이 총출동해서 바로 회수했고, 배포도 중단되었다. 그 결과, 오전 중에만 호외가 돌았기 때문에, 아직도 근거 없는 헛소문이라고 생각하는 사람도 많다.

이때, 거의 진실에 도달하기 직전까지 조사했던 이토 히로부미에 의해, 이 호외가 진상을 뒷받침해 주는 자료가 되었다고 한다. 경시국과 4대 재벌 본사에 비밀리에 군을 파견하여, 한패로 짐작되는 자의 체포를 시도했다. 스미토모의 모로사와, 야스다의 지카야마는 무사히 포박. 미쓰비시의 사카키바라는 직전에 사옥에서 뛰어내렸고, 미쓰이의 진보는 스스로 목을 베어 죽었다.

가와지는 어떻게 되었는가? 호외가 배포된 날 다음날, 갑작스럽게, 유럽 경찰을 시찰한다며 배를 타고 외국으로 나간 것이다. 그리고 아직 귀국했다는 말은 듣지 못했다.

“오, 소고기 전골이다. 배도 고프니 먹고 가자.”

신지로는 배를 문지르면서 눈을 크게 떴다. 시바우라 부두 근처에는 선원, 승객을 겨냥한 많은 상점이 늘어서 있어 매우 활기찼다. 소고기 전골 가게처럼, 메이지의 특색을 갖춘 밥집도 또한 늘어났다.

“비싸.”

후타바가 어이없다는 듯이 대답하자,

“뭐 어때. 돈은 있잖아.”

라며 신지로는 하얀 이를 보이며 웃었다.

도쿄 니치니치 신문의 호외가 뿌려진 날부터 거슬러 올라가기를 약 8개월. 고독의 종료로부터 불과 5일 후인 6월 11일. 역체국에 한 통의 전보가 도착했다. 발신자는 불명. 발신원 번호는 이 6. 시나가와 우체국. 일반인이 본국으로 직통 전보를 보내는 것은 금지되었다. 그런데도, 어째서 시나가와 우체국은 전보를 허락한 것일까? 창구 국원이 말하기를, 발신자는,

─경단 꼬치가 부탁한다.

라고 비밀 암호를 말했기 때문에 보냈다고 한다. 이 암호를 아는 사람은 제한되어 있다. 후타바는 눈을 빛냈으나, 아무래도 이것은 연령대나 용모를 보아 미나세 하지메였던 것 같다. 그 전보 내용이라는 것이,

─후타바 가쓰키 님. 제1국립은행에서 금 십만 엔 수령 가능.

이라는 것이었다. 후타바는 역체국에서 보호받고 있었고, 호위와 함께 곧바로 제1국립은행으로 갔다. 그랬더니, 그것은 사실이었던 것

이다.

“소중하게 써야 해.”

후타바가 꾸짖자, 신지로는 조금 토라진 것처럼 대답한다.

“그야 그렇지. 분명히. 그렇게 많이 남지도 않았고.”

후타바는 10만 엔을 받아서, 곧바로 두 곳에 우선 1만 엔씩 송금 절차를 밟았다.

첫 번째가 고향인 가메오카. 어머니에게. 그 당시 병세는 결코 양호한 편은 아니었고, 또한 딸이 실종되었기 때문에 몹시 낙담하고 있었다고 한다. 그러나 그 딸로부터 연락이 왔다고 눈물을 흘렸고, 더욱이 거액의 송금에 놀랐다고 한다. 역체국이 수상한 돈이 아니라는 말을 덧붙여줌으로써, 어머니는 그제야 안심하고 받았다. 그리고 본인뿐만이 아니라, 마을 사람들의 치료비에도 충당하여, 지금은 무사히 회복했다.

두 번째는 후추. 아직 본 적 없는 사가 시노에게. 가쓰키 후타바 이름으로 보내면 어리둥절할 것이다. 자세한 사정은 말하지 않았지만, 이것은 남편이 보내는 돈이라고 덧붙였다. 시노는 받았을 때 뭔가를 알아차린 것일까? 한줄기 눈물이 뺨을 타고 흘러내렸다고 한다.

시노 또한 결코 양호한 상태는 아니었으나, 특히 아들인 도야는 위험했었다고 한다. 그러나 의술에 정통한 시노였다. 치료 자금이 없었을 뿐. 돈을 받자, 자기도 괴로운데도 진료를 개시했고, 도야뿐만이 아니라 마을 사람들도 구했다고 한다. 바람이 이루어졌다는 뜻이다.

송금을 마치고 며칠 후, 근신 중인 마에지마로부터, 앞으로는 어떻게 할 거냐고 묻는 연락이 왔다. 고향에 돌아간다면 우편선에 태워주겠다고.

후타바는 이미 결심했다. 수령한 이 돈을, 여행 중에 자기를 도와준 사람, 그 사람이 필요로 했던 곳에 전달하기로―.

"이제 가을이네."

후타바는 가로수를 바라보면서 말했다. 아주 약간이지만, 나뭇잎이 다른 색으로 물들기 시작했다. 이렇게 주위를 둘러보는 것이 완전히 습관이 되어버렸다. 함께 보고 싶었다고 생각하는 일도.

마에지마는 신원조사를 하고 우편선을 내줬다. 여자아이 혼자 여행하는 것은 위험하다며, 신지로도 동행하게 해준 것이다. 그로부터 1년 하고도 4개월. 이제야 전부 다 전달을 마쳤다.

우선은 신지로였다. 아버지가 이자카야를 지키기 위해, 가라스가네(烏金)라 불리는 고리대금업자에게서 빌린 돈. 그것을 깔끔하게 변제했다. 고로리의 유행도 지나가고, 이자카야에는 순조롭게 손님들의 발길도 되돌아오고 있다고 한다.

기쿠오미 우쿄를 위해서는, 대장 사다 히즈루를 비롯한 150명의 넋을 기린, 가잔인대 진혼비를 세웠다.

기온 산스케는 남겨진 가족에게 전달했다. 마찬가지로 형제인 아다시노 시쿠라, 게아게 진로쿠, 기누가사 이로하는 일체 연고가 없었다. 생전에 본인들도 돈 때문에 온 것이 아니라고 말했었다. 최소한의

 　　　　　　　　　　　　　　　이쿠사가미 전쟁의 신

정성으로써, 구라마데라(교토의 사찰. 미나모토노 요시쓰네가 어린 시절 수행한 곳으로 알려진다)에 기증하고 추모를 부탁했다. 지금은 다 함께 잠들어 있다.

길버트 카펠 콜맨 때는 조금 고생했다. 먼저 영국 영사관에 문의하여 과거의 군적을 조회하는 것부터 시작했다. 무관 중에 친하게 지냈던 사람이 있어서, 길버트가 무엇에 돈을 쓰려고 했었는지를 알아냈다. 영국까지는 가지 못하고, 고향 요크셔에 사는 그의 아내에게 송금했다.

쓰게 교진은 금방 알 수 있었다. 히나에게 1만 엔을 전달했다. 히나는 엉엉 소리 내 울었고, 가미가타 사투리로 몇 번이나 감사의 말과 교진의 이름을 되풀이했었다. 지금은 요시와라를 나가 혼자 살면서, 교진의 직장이었던 도쿄 니치니치 신문사에 고용되어 일하고 있다고 한다. 교진이 남긴 기사, 그것을 호외로 발행하는 데도 관여한 모양이다.

그리고 마지막은 가무이코차. 고향 토지를 되찾기 위한 돈 3만 4천 3백 엔. 송금만으로는 미덥지 못해서, 제대로 금액을 딱 맞춰 직접 지불하고 왔다. 그리고 바로 지금, 오타루 항구에서부터 우편선으로 도쿄에 돌아온 것이다.

"자, 그럼… 나는 이 여행이 끝나면 숙부님한테 간다."

신지로는 휘파람을 섞어 말했다.

"아버님한테가 아니라?"

“이자카야는 적성에 안 맞으니까. 요리는 할 줄도 모르고.”

지금까지 신지로는 앞으로의 이야기를 하지 않았었다. 지금 처음 들은 것이다. 숙부의 총포점에서 일하겠다고 한다. 검의 세상은 이미 끝났다고 해도 좋다. 이제부터는 더욱 강력한 무기인 총의 세상이 된다. 그러나 결국은 도구. 어떻게 다룰까? 무엇을 위해 쓰는 건가? 어디까지나 쓰는 사람에 달렸다. 신지로는 그렇게 생각하게 되었고, 그 길을 걸어가기로 결심했다고 한다.

“드디어네.”

인파 속에서 후타바는 중얼거리고, 품에서 종이 한 장을 꺼냈다. 사진이다. 그날, 제1국립은행에 돈과 함께 맡겨져 있었다. 모두와 함께 찍은 사진. 함께 여행한 증거. 후타바의 시선은 한 사람에게로 쏟아졌다.

아무리 생각하지 않으려고 해도, 이 가슴속 가장 깊은 곳에 언제나 있다. 돈은 다 배분했다. 그러나 딱 한 곳. 가보고 싶은 곳이 있다. 후추에 있는 시노의 병원. 슈지로가 살던 집에.

시노가 어떤 사람인지, 도야가 어떤 아이인지. 후타바는 만나보고 싶었다. 그리고 슈지로 이야기를 많이 듣고 싶다. 후타바도 이야기하고 싶다.

“정말로 태워달라고 하지 않아도 되겠어?”

신지로가 걱정스럽게 물었다.

“응.”

후추를 방문한 뒤에 후타바는 가메오카로 돌아간다. 마에지마는 우편선을 내주겠다고 했으나, 그것을 거절하고 걸어서 돌아가겠다고 대답했다.

"다시 한번… 이 발로 걸어가 보고 싶어."

후타바는 바닷바람 속에서 말했다. 함께 걸어왔던 여로를. 되돌아가기 위해서가 아니다. 다시 한번, 확인하면서 집으로 가기 위해. 신지로는 미소 지으며 고개를 끄덕이고는,

"내가 바래다줄게. 너 혼자는 걱정되니까."

라고 갑자기 말했다.

"어, 그러면 미안하잖아. 숙부님한테도 가야지."

"돌아온 후에 가도 돼. 끝까지 가볼까 해서."

"그렇구나."

후타바도 웃음으로 대답한 그때, 길가가 약간 소란스러워졌다. 호외, 호외, 호외라고 연호하면서, 사람들에게 신문을 뿌리고 있다. 두 사람은 서로 얼굴을 마주 보고 침을 꼴깍 삼켰다. 이윽고 그들에게도 다가와 신문 한 부를 건네준다.

"어…"

후타바는 자기도 모르게 목소리가 흘러나왔다.

─오늘 대경시 가와지 도시요시 사망.

이 한 문장으로 시작되는 신문이었다. 후타바는 몰랐으나, 가와지 도시요시는 5일 전인 10월 8일, 유럽 시찰을 마치고 일본에 돌아온 모양이다. 유럽에 있던 무렵부터 병을 얻어 긴급 귀국. 치료의 보람도

없이 사망했다고 한다.

그러나 신문은 여기에서 끝이 아니었다. 귀국한 8일부터 면회 사절, 마치 몸을 숨기려는 것처럼 관저로 이동한 모양으로, 정부 관계자 중 아무도 도시요시를 보지 못했다. 병 때문이라면 당연할 수도 있지만, 본지는 마음에 걸리는 정보를 입수했다. 오늘 오후 3시경에 관저에서 나온 마차를 누군가가 습격했다는 것이다 - .

"후타바…."

"응. 이거… 혹시나…."

마음을 진정시키기 위해, 후타바는 한번 고개를 들고 호흡을 가다듬으려고 했으나, 오히려 숨이 턱 막히고 말았다.

길거리 한구석, 오가는 사람들 가운데 어떤 뒷모습이 보인 것 같은 느낌이 든 것이다. 그날, 대문 안에서 바라보던 사람의 등이. 함께 살아왔던 사람의 뒷모습이.

그러나 금방 인파에 휩쓸리듯이 사라져 버리고, 이제 두 번 다시 찾을 수는 없었다. 괜찮아. 찾지 않아도 돼.

만날 수 있는 사람이라면 이 여행 끝에서 반드시 만난다.

만날 수 없어도 만날 것이다.

후타바는 동그란 숨결을 내쉬고는, 찾는 것을 그만두고 다시금 길을 걸어 나갔다. 전성기를 맞이하려는 메이지, 사람들의 활기 넘치는 목소리 속으로, 아름다워질 이 시대를 걸어간다.

(신의 권 완결)

본 작품은 문고를 위해 새로 집필한 작품입니다.

이쿠사가미

전쟁의 신4 | 神신

2026년 3월 15일 1판 1쇄 인쇄
2026년 3월 30일 1판 1쇄 발행

지은이 이마무라 쇼고 | 옮긴이 이형진 | 그린이 이시다 스이

발행인 황민호
콘텐츠4사업본부장 박정훈
책임편집 김선림 편집기획 최경민 윤혜림
마케팅 이승아 국제판권 이주은 김연
제작 최택순 성시원

디자인 ALL
발행처 대원씨아이(주)
주소 서울특별시 용산구 한강대로 15길 9-12
전화 (02)2071-2017
팩스 (02)749-2105
등록 제3-563호
등록일자 1992년5월11일

www.dwci.co.kr

ISBN 979-11-423-4719-1 04830